Angela Carter

Wie's uns gefällt

Roman

Aus dem Englischen übersetzt
von Joachim Kalka

Klett-Cotta

Schlag nach bei Shakespeare!
Cole Porter

Es braucht ein kluges Kind,
daß es den eigenen Vater kennt.
Altes Sprichwort

Wie oft malt Shakespeare Väter und Töchter,
niemals Mütter und Töchter! Ellen Terry

1

Warum ist London wie Budapest?
Weil es aus zwei Städten besteht,
getrennt durch einen Fluß.

Guten Morgen! Darf ich mich vorstellen, mein Name ist Dora Chance, willkommen auf der falschen Seite vom Bahndamm.

Anders ausgedrückt – wenn Sie aus den Staaten kommen, dann denken Sie mal an Manhattan. Und dann an Brooklyn. Sie verstehen, was ich meine? Für einen Pariser ist es vielleicht der Unterschied von *rive gauche, rive droite.* In London ist's die große Scheidung zwischen Nord und Süd. Ich und Nora, das ist meine Schwester, wir haben immer linkerhand gewohnt, auf der Seite, die Touristen selten sehn, auf der *illegitimen* Seite der alten Themse.

Es war einmal eine Zeit, da konnte man die ganze Chose grob so einteilen: Im Norden lebten inmitten von freundlichem Grün die Reichen, rasch von reichlichen öffentlichen Verkehrsmitteln zu den Luxusgeschäften gebracht, während im Süden die Armen ihre elende Existenz in heruntergekommenen Stadtvierteln fristeten, wo man stundenlang im strengen Wind an der Bushaltestelle stand, wo der Ehekrach tobte, Glas zersplitterte und die Betrunkenen sangen, und dunkel war's und kalt und roch nach Fisch und Fritten. Aber nichts bleibt, wie's war, man kann sich auf nichts verlassen. Der Wohlstand ist in die Diaspora gegangen, die Reichen sind in ihre Saab-Diesel gehüpft und haben sich über die ganze Stadt verteilt. Was jetzt hier in der Gegend ein Haus kostet, Sie würden's nicht glauben. Und was macht dann der kleine Sperling?

Scheiß auf den Sperling! Was wäre aus *uns* geworden,

wenn Omma uns nicht das Haus hinterlassen hätte? Bard Road Nummer 49, Brixton, London-Südwest 2. Gesegnet sei dies Haus. Wenn dieses Haus nicht wär, dann würden Nora und ich jetzt auf der Straße hocken, unser Hab und Gut in Plastiktüten hinter uns her schleifen, zum Trost an der Flasche nuckeln wie Babys an der Mutterbrust, in Freudengesänge ausbrechen, wenn wir endlich ins Nachtasyl reingelassen würden und ergo sofort wieder rausgeschmissen werden wegen Ruhestörung – und mit den Zähnen klappern und frieren und schließlich unbeachtet auf der Straße den Löffel abgeben und fortgeweht werden wie alte Fetzen. Erhebender Gedanke, wenn ein Mädel seinen Fünfundsiebzigsten hat, was?

Jawohl! Fünfundsiebzig. Zum Ge-burts-tag viel Glück. In diesem Haus geboren, hier, in diesem Dachzimmer, heute vor fünfundsiebzig Jahren. Fünf Minuten vor Nora hab ich meinen Knicks gemacht, die ist eben jetzt drunten und macht das Frühstück. Meine liebe, meine liebste Schwester. Herzlichen Glückwunsch für uns beide.

Das ist *mein* Zimmer. Wir wohnen getrennt. Wir haben immer die Privatsphäre der anderen geachtet – eineiig, schön und gut, aber nicht siamesisch. Alles ist ein bißchen dreckig hier, tut mir leid. Jetzt kann ich nicht mehr ständig am Putzen und Wienern sein, wo die Zeit so kostbar ist, aber schauen Sie sich mal die signierten Photos da am Frisierkommodenspiegel an – Ivor; Noel; Fred und Adèle; Jack; Ginger; Fred und Ginger; Anna, Jessie, Sonnie, Binnie. Alles Freunde und Kollegen, einst im Mai. Schauen Sie da, das neueste, ein großes Mädchen, schlank, schwarze Locken, enorm große Augen, rank und blank, »Immer Eure Tiffany« und jede Menge XXXXXXXX-Küßchen. Ist sie nicht wundervoll? Unser geliebtes Patenkind. Wir haben sie immer vorm Showbusiness gewarnt, aber hat nichts genutzt. »Was für euch zwei gut genug ist, ist für mich auch gut genug.« Showbusiness, stimmt schon, ein hübscheres Mädel als Tiffany hat's noch nie gegeben; aber *gezeigt* hat sie alles, was sie hat.

Was wir gemacht haben? Genau, erraten. Wir waren früher als Showgirls auf der Bühne, gesungen und getanzt. Wir können immer noch ein Bein höher in die Luft heben als die meisten Hunde, wenn's drauf ankommt.

Hallo, hallo ... da kommt eine von den Miezekatzen aus dem Kleiderschrank, streckt sich und gähnt. Die riecht den Speck. Eine schläft hier auf meinem Kissen, ne weiße mit marmeladebraunen Flecken. Dutzende streichen überall rum. Das Haus riecht ein bißchen nach Katz, aber vor allem doch nach Senilodeur – Gesichtscreme, Puder, Mottenpulver, alte Kippen, abgestandner Tee.

»Na komm und laß dich knuddeln, Mieze.«

Irgendwas braucht man zum Knuddeln. Ja, will die Miez ihr Frühstück haben, ja? Augenblick noch, Mieze, laß uns erst mal aus dem Fenster schauen.

Kaltes, helles, luftiges Frühlingswetter, grad wie am Tag unserer Geburt, als die Zeppeline runterkamen. Herrlicher blauer Himmel, schon ein Geburtstagsgeschenk für sich. Ich kannte mal einen Jungen, der hatte solche Augen, vor Jahren. Bloß wie ne Rose, kein Härchen am Leibe, er war zu jung für Körperhaar. Und himmelblaue Augen.

Man kann aus diesem Fenster meilenweit sehen. Man sieht direkt über den Fluß. Da liegt Westminster Abbey, sehen Sie's? Heute mit dem Sanktgeorgskreuz beflaggt. Die Paulskathedrale, die große eine Brust. Big Ben blinzelt mit dem goldenen Auge. Sonst gibt's nicht mehr viel Vertrautes. Wir haben grade die Zeit, wie sie in jedem Jahrhundert einmal kommt, wo sie sich alles vom lieben alten London schnappen, was sie kriegen können, und alles abreißen. Dann bauen sie's wieder auf, wie die London Bridge im Kindervers, Ade, Grüß Gott, aber es ist nicht mehr dasselbe. Sogar die Bahnhöfe, nicht wiederzuerkennen, wie die Basare. Waterloo, Victoria. Nirgends mehr ne anständige Tasse Tee, nix wie Harvey Wallbangers und so Dreckscappuccino. T-Shirts und Schlüpferboutiquen, wo man hinschaut. Ich sag zu Nora: »Weißt du noch, *Brief Encounter*, Trevor Howard und Celia Johnson, wie ich Rotz und Wasser geheult hab? Heute könnten die sich niemals irgendwo im Bahnhof treffen, höchstens in so einem blöden Höschenladen. Die Hände müßten sich scheu unter einem Paar Boxershorts mit dem Union Jack drauf berühren.«

»*Brief Encounter*, du sentimentales Stück!« sagte Nora. »Die einzige kurze Begegnung, die *du* im Krieg gehabt hast, war mit einem Yank hinterm Toilettenhäuschen an der Liverpool Street Station.«

»Da hab ich nur mein Teil für die Waffenbrüderschaft getan«, antwortete ich gemächlich, aber sie hat nicht zugehört, fing an zu kichern.

»Mensch, Dodo, toller Name für nen Wäscheladen – *Brief Encounter*.« Sie brach zusammen.

Manchmal glaube ich, wenn ich angestrengt genug hinschaue, dann kann ich in die Vergangenheit sehen. Da kommt wieder Wind auf, klirr, die Mülltonne fliegt um, der ganze Dreck rutscht raus ... leere Katzenfutterdosen, Cornflakesschachteln, laufmaschige Strumpfhosen, Teeblätter ... Ich arbeite gerade an meinen Memoiren und treibe Familienforschung – sehen Sie den PC, den Aktenschrank, die Karteikästen, zur Rechten, zur Linken, rechter Hand, linker Hand, der ganze Dreck über alle und jeden. Was für ein Wind! Heult und klappert die ganze Straße lang, so ein Wind, der alles umbläst, das Unterste zuoberst.

Fünfundsiebzig Jahre heute, und so ein Tag voll Wind und Sonne, der alles auf den Kopf stellt. Wind, der ins Blut geht und einen wild macht. Wild!

Und es überläuft mich plötzlich, weil ich weiß, ich spür's in meinem alten Urin, daß heute etwas geschehen wird. Was Aufregendes. Etwas Hübsches, etwas Gemeines, ist mir doch ganz egal. Solange noch was geschieht, was uns daran erinnert, daß wir noch unter den Lebenden weilen.

Wir haben die einzige Kastratenstanduhr in London.

Das Messingschildchen auf dem Zifferblatt der Standuhr in der Diele gibt an, daß sie 1846 in Inverness hergestellt worden ist, und soweit ich weiß, ist sie ein einzigartiges Beispiel einer echten Standuhr im Hochlandstil und wurde als solche bei der Weltausstellung 1851 gezeigt. Das Hochländische zeigt sich in einem massiven Geweih, den Stangen eines Achtenders, obendrauf. Manchmal nehmen wir das Geweih als Hutständer, wenn wir zufällig mal mit Hut unterwegs waren, was nicht sehr oft vorkommt, nur gelegentlich bei Regen. Mit dieser Uhr verbinden sich viel sentimentale Erinnerungen für Nora und mich. Sie stammt von unserem Vater. Sein einziges Geschenk, und auch das nur per Zufall. Großes, langes strammes Machomahagonidingens – aber die Stunden schlägt der lange Chronometer mit einem komischen kleinen Ping! im Falsett, und immer falsch, immer um eine verkehrt. Wir haben's nie geschafft, das Ding zu reparieren. Offengestanden müssen wir immer lachen drüber, seit eh und je. War alles in Ordnung, bis Omma es dem Gerät besorgt hat. Nur einen Schlag aufs Haupt, und die Gewichte fielen ab. Die Wirkung hat sie immer auf die Herren gehabt.

Aber als ich an diesem stürmischen Geburtstagsmorgen an unserer Großvaterstanduhr vorbeikam – Katzen vornedraus, verrückt vom Speckgeruch –, da schlug der alte lange Lulatsch. Und schlug. Und schlug. Und diesmal hatte er's geschafft, haargenau richtig – acht Uhr!

»Nono! Nono! Es ist was ganz Besonderes los! Großpapa hier in der Diele hat's gepackt und hat richtig geschlagen!«

»Und da wär auch was los«, sagt Nora zufrieden und schmeißt mir einen dicken weißen Briefumschlag mit einem Wappen hintendrauf rüber. »Unsere Einladungen sind endlich da.«

Sie fängt an mit Tee-Eingießen, und die Rollstuhllady zischt und stammelt, während ich die steife weiße Karte herausziehe, von der wir schon dachten, sie käm nicht mehr.

Miss Dora und Miss Leonora Chance
sind eingeladen
zu einer Feier anläßlich des hundertsten Geburtstages
von
Sir Melchior Hazard
»Sein Leben lang spielt einer manche Rollen«

Rollstuhl zischte, spotzte und kochte über; sie kreischte, als wollte sie platzen, aber Nora beruhigte sie:

»Laß doch mal, Schätzchen, wir nehmen dich doch auch mit! Ja, Cinderella, du *darfst* auf den Ball, selbst wenn du nicht namentlich auf der Einladung stehst. Heut kommen alle Leichen aus dem Keller! Grad heute! Weiß Gott, wir haben uns nach all den Jahren das Schlückchen Schampus verdient.«

Ich schaute mir das UAwg an, Adresse: das Nobelhaus in Regent's Park, zu Händen von Lady Hazard, der dritten und gegenwärtigen Gattin. Wogegen unsere arme alte Rollstuhlmadam die erste war, weshalb es sie auch so fuchst, daß sie nicht persönlich auf der Einladung vorkommt. Und Miss Dora und Miss Leonora, gestatten, wir sind natürlich die Töchter von Sir Melchior Hazard, wenn auch nicht, ahem, von irgendeiner seiner Gattinnen. Wir sind die *natürlichen* Töchter, wie man so schön sagt, als trieben's nur die Unverheirateten so, wie's die Natur gewollt hat. Seine niemals von ihm offiziell anerkannten Töchter, mit denen er sich, bizarrer Zufall, den Geburtstag teilt.

»Viel Zeit zur Antwort haben sie uns ja nicht gelassen«, beklagte ich mich. »Ist doch schon heute abend, oder?«

»Hast du so ein Gefühl, die möchten nicht, daß wir anrücken?« Nora fehlen ein paar Backenzähne, es fällt einem auf, wenn sie lacht. Ich habe meine alle noch. Ansonsten gleich wie eh und je, wie ein Ei – na eben – dem andern. Vor Jahren konnte man uns nur auf eine Art auseinanderhalten, übers Parfüm. Sie hat Shalimar genommen, ich Mitsuko.

Trotzdem, eineiige Zwillinge und alles, aber symmetrisch waren wir nie. Denn der Körper selbst ist nie symmetrisch. Ein Fuß ist immer ein wenig größer als der andere, auf einer Seite kommt ein wenig mehr Ohrenschmalz. Nora muß kleckern, ich bin verstopft. Sie war immer großzügig mit dem Geld, hats an ihre Kerle verschwendet, armes Ding, während ich bißchen was auf die Seite legte. Monatlich kam es ihr immer äußerst üppig, bei mir war nie viel los. Sie hat zum Leben »Ja!« gesagt, und ich »Vielleicht ...« Aber jetzt sitzen wir im selben Boot. Müssen miteinander leben. Zwei schräge alte Vetteln, zahl uns nen Drink und wir singen ein Lied! Schmeißen sogar noch bei Gelegenheit die Beine, an Silvester oder wenn bei nem Kneipenwirt die Enkelchen kommen.

Wie herrlich, zu tanzen und zu singen!

Wir hängen natürlich in der Ära fest, wo wir groß rausgekommen sind. Wie alle Frauen. Wir würden uns verstümmelt fühlen, wenn wir die Joan-Crawford-Münder abwischen müßten, und wir richten uns immer noch das Haar, wenn wir ausgehen, in einer großen Victory-Rolle à la vierziger Jahre. Da haben wir Gott sei Dank noch genügend davon, auch wenn's stahlgrau ist und im Augenblick unter Kopftüchern weggepackt, im Turban, damit man die Lockenwickler nicht sieht. Wir strengen uns immer noch an. Wir tragen zolldick die Farbe auf. Wir legen unsere Gesichter an, eh wir zum Frühstück runtergehen, Pan-Stik-Schminke von Max Factor, die falschen Wimpern mit drei Lagen Mascara, alles. Früher, als wir noch Mädchen waren, da haben wir uns die Augenlider mit Vaseline poliert, aber das haben wir im Krieg dann gesteckt, und heute nehmen wir einen einfachen Champignonschatten für tagsüber mit ein klein wenig Tabakbraun, zur Vertiefung, und einen kohlschwarzen Lidstrich. Die Fingernägel passen zu den Zehennägeln, die zum Lippenstift, der zum Rouge. Revlon – Fire and Ice. Die Gewohnheit, Kriegsbemalung anzulegen, überdauert die Schlachten; wir haben schon seit Ewigkeiten keinen Mann mehr gehabt, aber wir klatschen's immer noch druff. Soll niemand sagen, daß die Chance-Mädels ruhig und bescheiden in die Nacht gegangen sind.

Wir hatten unsere schönsten Kimonos an, weil's unser Geburtstag war. Echte Seide, meiner malvenfarben mit einem Pflaumenblütenmuster auf dem Rücken, Noras karmesinrot mit einer Chrysantheme. Unser lieber Onkel Perry, das heißt: der selige und von seinen Nichten bitterlich beklagte Peregrine Hazard, hat uns die Kimonos damals aus Nagasaki geschickt, noch vor Pearl Habour, als er auf einer von seinen Reisen war. Drunter Unterröckchen mit einem Besatz französischer Seide, lila Satin für mich, altrosa Crêpe für sie. Geschmackvoll, was? Natürlich haben wir schon Unterröcke getragen, eh sie wieder angesagt waren.

Unsere Hüftknochen stehen jetzt stärker vor als früher – wir sehen heutzutage etwas hager aus in unserer Wäsche, aber sie ist die einzige, die mich im Evaskostüm sieht, und ich sie, und mit den Kleidern an gehen wir noch gut durch. Die Wangenknochen ragen auch weiter vor, aber das sind, darf ich Ihnen sagen, die besten Wangenknochen, die's gibt – die stammen von Kalziumablagerungen ab, die zu den profitabelsten der Welt gehören. Wie alle, die viel Zeit im Blickfeld der Öffentlichkeit verbringen, mußte sich unser Vater immer auf die Struktur seiner Knochen verlassen. Gott segne den Knochenbau der Hazards, da hatte die Osteoporose nie eine Chance. Lang und schlank sind wir immer gewesen, und lang und schlank sind wir Gott sei Dank auch jetzt noch. Manche ausgedienten Chargen kriegen wahnsinnig Pfunde drauf, kaum daß sie von der Bühne weg sind.

»Was sollen wir heut abend anziehen?« fragte Nora und drückte ihre Zigarette in der Untertasse aus, während sie sich noch eine Tasse Tee einschenkte. Die ist ne richtige Teekanne. Die Rollstuhllady stöhnte ein wenig.

»Nicht doch, Darling«, beruhigte Nora sie. »Du kannst dein Norman Hartnell tragen und die Perlen dazu, hm? Wir richten dich wunderschön her.«

Da wurde sie ruhig, arme alte Puppe. Von uns kurz »Rollstuhl« genannt, einst der Welt als Lady Atalanta Hazard bekannt. Eine Lady von eigenen Gnaden, wohlgemerkt, worauf sie Wert legte, eine richtige Lady, nicht wie die nächsten beiden Frauen unseres Vaters. Sie hat Melchior Hazard geheiratet, als er nur ein Matineeschwarm war, und sich lange vor dem Adelstitel scheiden lassen, den er dann für »Verdienste um das Theater« gekriegt hat. Geborene Lady Atalanta Lynde, »die schönste Frau ihrer Zeit«, in goldener Wiege gebettet usw. usw., jetzt aber eine geschiedene Greisin in beschränkten Verhältnissen, genauer gesagt, der vorderen Souterrainwohnung der Bard Road Nr. 49.

Ich werd's Ihnen schon noch genauer erklären, wie es kam, daß wir in ihrem Greisenalter – und, wenn man's richtig überlegt, in unserem eigenen – die erste Gattin unseres illegitimen Vaters geerbt haben. Sagen wir jetzt einfach, daß niemand sonst sie haben wollte. Zuallerletzt ihre beiden eigenen Töchter. Diese Zimtzicken. »Die wunderbaren Hazard-Mädels«, hieß es immer. Pah. Wunderbar zum Anschauen vielleicht; wenn die aussähen, wie sie sich benehmen, würden kleine Kinder kreischend vor ihnen davonrennen.

Wir haben Rollstuhl jetzt schon fast dreißig Jahre im Souterrain verstaut. Wir hängen jetzt eigentlich richtig an ihr. Früher hat Nora sie mit zum Einkaufen genommen, bißchen frische Luft und so, bis sie dann mal am Gemüsestand beinahe einen Riesenkrach gekriegt hätte, fragt den Mann hinterm Salat: »Haben *Sie* eine schöne stramme Gurke?« Danach haben wir sie lieber zu Hause gelassen, daß sie keine Ungelegenheiten bekommt.

Manchmal legt sie los und redet und redet, redet und *redet* daher, immer im Kreis, wie Melchior ihr die besten Jahre ihres Lebens genommen hat, um sie dann für eine Metze aus Hollywood zu verlassen (Braut Nummer Zwei), und wie die wunderbaren Hazard-Mädels sie um ihr ganzes Geld gebracht haben, und wie sie die Treppe runtergefallen ist und nicht mehr laufen kann, und so weiter, weiter, *weiter*, bis man ihr eine Decke überwerfen möchte, wie man's macht, wenn der Papagei nicht still ist. Aber sie ist ein durch und durch lieber Kerl, und außerdem schulden wir ihr was, aus alten Zeiten.

Ich ging auch noch mal an die Teekanne, aber zu spät: nur noch ne halbe Tasse feuchter Blätter, und ich ging raus in die Spülküche, um den Kessel nochmal aufzusetzen. Da sitzen wir im Negligé im Frühstückszimmer, in den Ledersesseln vor dem Elektroöfchen. Manchmal sitzen wir den ganzen Tag so da, trinken Tee, quasseln. Rollstuhl legt Patiencen, webt Wandbehänge. Die Katzen kommen und gehen.

Um sechs gehen wir zu Gin über.

Manchmal nach dem Abendessen hängen wir Rollstuhl an den Fernseher – sie liebt die Werbung, wartet auf die Spots mit Melchior, um dann den Apparat auszubuhen –, und wir machen uns ein bißchen fein mit ein paar Luxusklamotten von früher, beispielsweise die beiden zueinander passenden Silberfuchstrenchcoats, die uns Howard Hughes geschenkt hat, und dann segeln wir in die Kneipe an der Ecke, wo man uns gelegentlich einlädt, eine von den Nummern zu bringen, die uns einst berühmt gemacht haben. Und manchmal legen wir ohne Einladung los.

»Sonst noch was in der Post?«

Nora schob mir den Stapel rüber. Stromrechnung, wieder einmal; Nachbarschaftliche Fürsorge, wieder einmal; die von nebenan beklagen sich über die Katzen, wieder einmal; ein kleiner Student in New Jersey möchte uns für seine Dissertation interviewen, Filmwissenschaft, der blöde *Sommernachtstraum*, wieder einmal. In unserem Alter meint man, man hat alles schon mal gesehen. Wie mir auffällt, ist die kleine Tiff, unser Liebling, unser Hühnchen, unser kostbares Patenkind, zu sehr mit ihrer großen Liebe beschäftigt, um uns einen Geburtstagsgruß zu schicken. Die Jugend, die Jugend!

Dann klingelte die Türglocke und ließ mich zusammenfahren. Der Gasmann? Niemals der Gasmann, der lehnt sich nie mit seinem ganzen Gewicht so auf die Klingel drauf, läßt nur ein diskretes kleines Klingeling hören, seit er mal Nora ohne alles erwischt hat, von Nagellack abgesehen, war direkt aus dem Bad gehüpft, weil sie meinte, es sei ein Telegramm. Nein. Das war ein wildes langes Klingeln. Und noch eins. Und noch eins! Wir fuhren auf, blieben starr sitzen. Dann fängt der vor der Haustür an, mit den Fäusten dagegenzubollern und schreit:

»Tantchen!«

Der jüngste Sohn unseres Vaters, Tristram Hazard. Warum nennt er uns »Tantchen«, wenn wir doch tatsächlich seine Halbschwestern sind, wenn auch am falschen Ende vom Bett geboren? Das werden Sie schon noch hören. Und ist er gekommen, uns Alles Gute zum Geburtstag zu wünschen? Warum dann so eine Panik? Er schrie derart, daß ich ganz durcheinander war. Ich fummelte konfus mit dem Schloß, den Riegeln, den Sperrketten herum – wie Fort Knox ist das hier. Man kann heutzutage nicht vorsichtig genug sein. Letztes Jahr gab's einen Massenausbruch im Knast von Brixton, da kamen sie in Reih und Glied über die Gartenmauer.

Klein-Tristram fiel mir in die Arme, als hätte man ihm die Füße abgesägt, kaum hatte ich die Tür auf. Unrasiert, mit stierem Blick, und das ganze rote Haar kam aus seinem komischen kleinen Pferdeschwänzchen und wehte in dem Wind, der den ganzen Kehricht durchs Gartentor blies. Er sah halbverrückt aus. Und er hatte ne Menge zugenommen, seit ich ihn das letztemal gesehen hatte. Er klammerte sich an mich und rang nach Atem.

»Tiffany«, (keuch, ächz, keuch), » . . . ist Tiffany hier?«

»Jetzt nimm dich zusammen, Tristram, du hast einen großen nassen Fleck auf meine Seide gemacht«, sagte ich scharf.

»Habt ihr nicht gestern abend die Sendung gesehen?«

»Niemals schau ich mir deine Scheißsendung an.«

Aber Rollstuhl nimmt sie gelegentlich mit und gackert dabei auf ihre aristokratische Manier, selbst in ihrer heraufziehenden Senilität ist sie noch begeistert, wie tief die Familie Hazard in der letzten Generation gesunken ist – oder, wie sie es manchmal mit lauterem Gackern denn je formuliert, wie rasch der Fall des Hauses Hazard dem Aufstieg gefolgt ist. Und wir haben uns mal die ersten fünf Minuten angesehen, hatten das Gefühl, wir müßten das Fernsehdebüt der kleinen Tiff mitanschauen.

Tiffany ist die Hosteß, was immer das heißen soll. Sie lächelt viel, zeigt ihre Titten. Ach, welche Verschwendung. Sie hätte eine herrliche Tänzerin abgegeben, wenn sie nur dabeigeblieben wäre. Die ersten fünf Minuten schauten wir zu. Fünf Minuten, das reichte, kann ich Ihnen sagen, dann zogen wir uns knurrend in die Kneipe zurück. Seine Sendung wird live ausgestrahlt. Das ist die Spezialität dabei.

»Die hätten bessere Einschaltquoten, wenn er tot wär«, sagte Nora. »Der einzige postume Showmaster im Fernsehen. Brillanter Coup.«

Tristram wischte sich die Augen mit dem Handrücken, und ich sah, daß er geweint hatte.

»Tiffany ist weg«, sagte er.

Das wischte mir das Lächeln vom Gesicht, kann ich Ihnen sagen. Nora rief aus der Küche hoch: »Was hat denn der junge Liebestraum?« Er *war* aber auch in einem Zustand, heulte und brabbelte, und von dem Scotch, den er ausatmete, fiel man beinahe um. Als wir ihn in einen Sessel geschoben hatten, drückte er mir eine Videokassette in die Hand.

»Seht's euch an«, sagte er. »Ich kann's nicht erklären. Schaut zu, schaut, was passiert ist.«

Dann erblickte er das Photo der kleinen Tiff mit dem Silberrahmen, das wir auf dem Kaminsims im Frühstückszimmer stehen haben, und die Wasser begannen wieder zu fließen. Der arme Junge tat mir richtiggehend leid. »Junge«, sage ich – der ist schon über fünfunddreißig, wird in kürzester Zeit ein Vierziger sein. Trotzdem ist sein Betriebskapital jungenhafter Charme. Weiß Gott, was er macht, wenn der wegfällt. Aber wir waren alle ganz zittrig vor Aufregung und Ungewißheit: was, Scheiße noch mal, war eigentlich los? Also knallte Nora die Kassette rasch in den Recorder.

Den Videorecorder haben wir gekauft, damit wir mit den Busby-Berkeley-Musicals auf dem laufenden bleiben, die sie immer Samstag nachmittags zeigen. Wir nehmen sie auf, gucken sie immer wieder an, lassen unsere Lieblingsmomente lange stehen. Rollstuhl wird verrückt dabei. Und Fred und Ginger natürlich! Der gute alte Fred. Nostalgie, das Laster der Alten. Wir schauen so viele alte Filme an, daß unsere Erinnerungen uns schwarz-weiß aufsteigen.

Das plötzliche Rauschen und Knistern warf Rollstuhl aus ihrer Trance, in die sie immer versinkt, wenn sie nach dem Frühstück schön mit Speck eingefettet ist. »Was geht hier vor? Was macht *der* hier?« Sie richtete einen mißtrauischen Blick auf Tristram, denn er war kein Verwandter, während das Bild sich stabilisierte: eine neonerleuchtete Treppe, ein Aufbrausen von Applaus vom Band, und er kam die Treppe heruntergehüpft, das rote Haar mit Gel zurückgeklatscht, süß in seinem sahnefarbenen Armanianzug, Tristram Hazard, schwacher Charakter und toller Charme, Showmaster und Fernsehstar, der letzte Seufzer der großen Dynastie Hazard, die anderthalb Jahrhunderte kolossal über die Bretter der britischen Bühnen schritt. Tristram, jüngster Sohn des großen Melchior Hazard, des »Fürsten der Mimen«; Enkel jener tragischen Giganten des viktorianischen Theaters, Ranulph und Estella (»Ein Stern hat getanzt«) Hazard. Welch steiler Absturz!

»Halll-*lo*! Ich bin Tristram!«

Die Kamera holt ihn näher ran, als er nun ruft: »Hallo, Monetenfans! Ich bin Tristram Hazard, und ich bringe euch ...« Jetzt wirft er den Kopf zurück, zeigt seinen Hals, er hat einen richtigen altmodischen vollen Ivor-Novello-

Hals, er wirft den Kopf zurück und ruft, wie von einer ekstatischen Vision überwältigt:

»JEDE MENGE MONETEN! JEDE MENGE MONETEN!«

Die Show beginnt.

Halten wir das Bild an.

Halten wir ein wenig ein bei der sich entfaltenden Geschichte von Tristram und Tiffany, daß ich Ihnen den Hintergrund ein wenig erkläre. Wird auch Zeit, werden Sie sagen. Wer ist denn dieser Melchior Hazard mit seinem Clan, seinen Frauen, seinen Kindern, seinem Troß? Um einige der Antworten auf diese Fragen zu geben, habe ich, Dora Hazard, beim Zusammentragen des Materials für meine eigene Autobiographie mich plötzlich als Chronistin aller Hazards wiedergefunden – obwohl ich denke, meine Karriere wird vom Rest der Dynastie offiziell ebenso ignoriert werden wie meine biologische Existenz, denn nicht nur sind Nora und ich, wie bereits erwähnt, Bastardkinderchen, unser Vater war auch eine Säule des *richtigen* Theaters, und wir zwei waren in jeder Hinsicht was Unanständiges – nicht nur außerehelich, wir sind ja doch zum Varieté! Ach, die Music Hall!

Illegitime Nebenlinien, immer ein romantisches Thema, verkauft sich hervorragend. Sollte den Absatz meiner Memoiren verdoppeln. Obwohl, die Wahrheit zu sagen, bei *unserer* illegitimen Herkunft auf Romantik geschissen war. Bestenfalls war's eine Farce, schlimmstenfalls eine Tragödie, und den Rest der Zeit chronisch unbequem. Aber es treibt mich nun mal, noch eine Antwort zu finden, eh ich umfalle, eine Antwort auf die Frage, die mich immer gejuckt hat, als läge die Antwort irgendwo verborgen hinter einem Vorhang – woher sind wir gekommen? Wohin gehen wir?

Die Antwort auf die zweite Frage kenne ich natürlich. Ins Vergessen, ohne das kleinste Fetzchen zurückzulassen. Haben nie geworfen, keine von uns beiden, obwohl Nora so gerne gewollt hätte, gegen Ende der Zeit, wo's noch ging, hat sie jede Periode mit Tränen begrüßt. Ich nicht. Ich war jedesmal gottfroh, wenn ich's kommen sah, und sogar noch froher, als es endgültig aufhörte und nie wieder ging, wie Großvaters alte Standuhr im Lied, ganz im Gegensatz zu *unserer* alten Standuhr, die noch in großartiger, wenn auch etwas schriller Form ist, vielen Dank.

Was aber die Frage nach dem Ursprung und der Vergangenheit betrifft, lassen Sie mich tief in die archäologischen Schichten meines Schreibtisches graben – das Photo von Ruby Keeler legen wir mal beiseite (»Für Nora und Dora, vier phantastische Füße, von Eurer Ruby«).

Da haben wir's. Ein zerfledderter Umschlag, vollgestopft mit alten Bildpostkarten. Wir haben im Lauf der Jahre eine ganz schöne Sammlung zusammengebracht, gekauft, erbettelt, ausgeliehen, manche sepiabraun, manche koloriert, um ihr rotes, rotes Haar zu zeigen. Unsere Großmutter väterlicherseits, der einzige Fixpunkt in der Genealogie unseres Vaters. Tatsächlich der einzige in unserer ganzen Familiengeschichte – mütterlicherseits geraten wir in eine unbekannte, unerkennbare Wildnis, und unsere andere Großmutter, Omma, Omma Chance, die es der Großvateruhr besorgt hat und deren Namen wir tragen, die war gar nicht blutsverwandt, um die allgemeine Verwirrung noch verworrener zu machen. Omma hat uns aufgezogen – nicht aus Pflichtgefühl, nicht aus einem historischen Zufall heraus, sondern aus reiner Liebe, es war eine echte Familienromanze, sie hat sich im ersten Augenblick in uns verliebt, gleich, als sie uns zu Gesicht bekam.

Aber wir haben unsere *echte* Großmutter nie gesehen und kennen sie nur so, wie Sie sie hier betrachten können, in der ewigen Jugend des Autogrammphotos festgehalten. »Ein Stern hat getanzt, und sie wurde geboren«, sagte man. Sie hieß Estella. Da haben wir sie als Julia, als Portia, als Beatrice. Sehen Sie dieses »Komm-zu-mir«-Lächeln? Als Lady Macbeth gelingt es ihr, streng die Stirne zu runzeln, ganz Domina und Peitschenknall, aber wenn man genau hinsieht, entdeckt man ein kesses halbes Augenzwinkern.

Sie war nicht der unter Edward übliche Brauereistutentyp, sie war klein und mager, mit enorm großen Augen. Sie war ein Irrlicht, ganz aus Luft und Feuer, und sie konnte einem mit einem einzigen Schluchzen das Herz brechen, aber ihr Sohn, unser Onkel Perry, sagte, sie hätte immer mal wieder das große Kichern gekriegt, mitten in einer Haupt- und Staatsszene, der Sargszene, der Schlafwandlerinnenszene, plötzlich brach sie zusammen, alles mußte von ihr ablenken und sie decken. Auch ihre Frisur löste sich immer auf, das Haar stürzte ihr den Rücken hinunter, Haarnadeln spritzten in alle Richtungen, die Strümpfe auf Halbmast, der Unterrock sackte mitten auf der Straße weg, die Unterhose schlich sich runter. Sie war ein Wunder; sie kam daher wie eine Schlampe.

Da haben wir sie in einer Hosenrolle, ihr berühmter Hamlet. Schwarze Strumpfhosen. Was für Beine! Verschwendet an eine klassische Schauspielerin. Wir haben die Beine von ihr. Sie spielt pathetisch mit dem Dolch: »Sein oder nicht Sein ...« Der Nachruf in der *New York Times* – vorsichtig, das Papier krümelt schon weg – sagt, sie »verdankte ihrem New Yorker Horatio viel, einem beeindruckend athletischen jungen Amerikaner mit einer außerordentlichen gravitätischen Würde«.

Passen Sie auf den auf, den treffen wir noch wieder. Cassius Booth. Genau, einer von *diesen* Booths. Dem seine Eltern hatten schon Nerven, ihn Cassius zu nennen.

Der Nachruf deutet die Leidenschaft unserer Großmutter väterlicherseits für, ahem, Gesellschaftsspiele aufs taktvollste an. »Großzügig, liebenswürdig, unbedacht; eine Frau, die sich ganz ans Leben wegschenkte ...« Aber sie hat sich nicht so sehr weggeschenkt als weggeworfen, armes Ding. Hat ein böses Ende genommen, das kann man schon sagen. Da ist sie als Desdemona, im weißen Nachthemdchen mit einem Weidenzweig, kurz vor der Nummer »Das Mägdlein saß singend am Feigenbaum früh . . .« Die hier ist übrigens ein echtes Sammlerstück, weil –

Nein. Warten Sie. Ich erzähl's Ihnen alles *meiner* Reihe nach.

Irgendwann im Jahre oder um das Jahr 1870 (ihr Geburtstag ist wie bei so vielen Schauspielerinnen ein beweglicher Feiertag) wurde unsere Großmutter väterlicherseits in der Theatergarderobe geboren und stand, sobald sie sich aufrecht halten konnte, als Fee, Phantom, Kobold auf der Bühne, worauf sie im Alter von acht Jahren (plus/minus ein, zwei) als Theaterveteranin ihr Debüt in London gab, in der Rolle des Mamilius im *Wintermärchen* im Theatre Royal am Haymarket – einer, heißt's hier, »etwas pedantischen« Inszenierung des jüngeren Kean – und im Kostüm nach einer griechischen Vasenmalerei, einen Reifen vor sich herrollend (ein weiteres Detail, von einer anderen griechischen Vase abgeguckt). Lewis Carroll sah sie, schickte ihr ein Widmungsexemplar seiner *Alice*, lud sie zum Tee ein und überredete sie nach den Crumpets, aus ihrem Kleidchen zu steigen, woraufhin er sie dann nackend photographierte; sie weigerte sich allerdings, die auf anderen griechischen Vasen dargestellten Handlungen nachzuahmen, hat sie jedenfalls immer behauptet. Da haben wir den Beweis für die Begegnung. Sehen Sie? Er hat das Bild *Elfchen* genannt. Ich hab's bei einer Auktion bei Christie's ersteigert. Hat ein sündhaftes Geld gekostet.

Konnte nicht widerstehen. Nicht viele Leute können sich dessen rühmen, daß sie ein Photo von ihrer Großmutter haben, wie sie für Kiddiepornos posiert. Ich hab einen von den Briefen vom armen alten Irish verkauft, um das zu finanzieren.

Irish? Wer das ist?

Das werden Sie rasch genug erfahren. Ich will jetzt nur sagen, wenn der arme Irish nicht gewesen wäre mit seiner philantropischen Leidenschaft für die Erziehung des Revuegirls, dann säß ich jetzt nicht hier und würde dies schreiben. Er hat mir den Unterschied zwischen dem einen und dem anderen Ende der Feder beigebracht. Von ihm hab ich das Zutrauen, Wörter wie »philanthropisch« zu verwenden. Im Gegenzug hab ich ihm 's Herz gebrochen. Gerecht getauscht ist nicht gestohlen.

Während sie den Mamilius spielte, hatte sie gleichzeitig die Rolle der Kolumbine in der Harlekinade. Da ist das Programm. »Die kleine Estella.« Sie konnte alles – lachen machen, weinen machen, für die Leute tanzen, ihnen ein Lied singen, aber närrisch war sie nach der Liebe.

Es war ein hartes Leben. Ich sag's Ihnen, wie ihr Leben war: Schminke, Gaslicht, Pferdeäpfel, Kohlenqualm, Eisenbahnabteile – sonntags in Crewe umsteigen. Sie war ein Kinderstar, aber sie wurde älter. Sie arbeitete auf den Provinztourneen, Julia, Rosalind, Viola, Portia, Manchester, Birmingham, Liverpool, Nottingham, ein großer Fisch im kleinen Teich; Hermia, Bianca, Iras in London, kleiner Fisch im großen Teich, bis sie 1888 wieder ans Haymarket-Theater kam, ihre große Chance, Cordelia, während Ranulph Hazard den Lear spielte.

Ranulph – einer von den überlebensgroßen löwenbrüllenden Schauspielern und gleichzeitig Impresarios, wie's keine mehr gibt. Ich hab gelesen, wie während seinem *Macbeth* Königin Viktoria sich an den Vorhängen der königlichen Loge festgeklammert hat, bis ihre Knöchel weiß waren. Königsmord – kein Spaß für eine regierende Monarchin. Wenn er auftrat, jagte er einem in der Bankettszene Schauer über den Rücken, selbst wenn seine Frau einen Kicheranfall hatte und mit zuckenden Schultern dastand, den Rücken zum Publikum. (Onkel Peregrine erzählte, sie hätte ihm gesagt, ihrer Ansicht nach hätten die Macbeths die Köchin wechseln sollen.) Ranulph Hazards Richard der Dritte war »die Inkarnation menschlicher Bosheit«, schrieb Shaw, kein Kritiker, der sich üblicherweise von einem melodramatischen Mimen hinreißen ließ.

Seien wir nicht ungerecht gegen Ranulph Hazard. Er war *gut*, wenn er seinen Abend hatte, obwohl der Zuschauer beim Gang ins Theater nie genau wußte, ob's dieser Abend war. Weil der Alte vielleicht hervorgestolpert kam und den Text aus einem ganz anderen Stück als dem plakatierten nuschelte – oder er war lustlos, verkatert, neben der Mütze, und man hörte hinter den ersten Parkettreihen kein Wort von dem, was er sagte. Oder er war nur allzunüchtern und in tiefe Depressionen versunken, so daß er einfach routinemäßig durchs Stück marschierte. Es war immer etwas Zufälliges an Ranulphs Auftritten, er war die Flatterhaftigkeit in Person, heutzutage würde man Manisch-Depressiv diagnostizieren und ihn auf Lithium setzen.

Aber an seinen Abenden ein Wunder.

Und Shakespeare war eine Art Gott für ihn. Es war schon eine Form von Götzendienst. Er glaubte, das ganze menschliche Leben sei in seinen Stücken beschlossen.

Also traf er an einem seiner wunderbaren Abende auf eine Sternschnuppe. Welche Ekstase diese beiden im Publikum auslösten! Ströme von Tränen. Stürme des Beifalls. Ein berühmtes Detail steht jetzt in all den Büchern über Theatergeschichte – wenn sich der arme alte Lear endlich mit seiner Tochter aussöhnt, berührte Ranulph immer mit den Fingern seine Wange, betrachtete erstaunt die Fingerspitzen, führte sie an den Mund und sagte dann mit bebender, greisenhaft schwankender Stimme: »Sind deine Tränen naß?« Das zog allen die Taschentücher raus. Es hieß, ihr antwortendes Lächeln, »zitternd, durch Tränen, wie Aprilsonnenschein«, sei beinahe, doch nicht ganz, ebenbürtig gewesen. Also verliebten er und Estella sich ineinander. Wie hätten sie widerstehen können? Ein alter Mann und eine verlorene Tochter, Zeug zu Träumen.

Eigenartig. Genauso hat Tristrams Mutter, Lady Hazard Numero 3, sich Melchior gekascht – indem sie Cordelia gespielt hat, als er den Lear gab.

Der alte Ranulph war Estella gute dreißig Jahre voraus oder mehr, oder viel mehr – *sein* Geburtsdatum ist so variabel wie ihres. Trotzdem haben sie das Eheband *tut swiet* (wie jene andere Großmama, Omma Chance, zu sagen pflegte) in der St.-Paulskirche, Covent Garden, der Schauspielerkirche, geknüpft, und die halbe Theaterwelt war da und hielt ihnen die Daumen, und die andere Hälfte blieb aus Prinzip weg, weil Ranulph ihr Geld schuldete oder ihr Hörner aufgesetzt hatte. Sie trug ihr rotes Haar offen, den Rücken hinunter, mit einem Kranz Maiglöckchen, sie war neunzehn oder was in der Gegend. Lämmchen auf dem Gang zur Schlachtbank, hätte man sagen können in Anbetracht seiner grauen Haare, seiner zitternden Hand, seiner dubiosen Finanzen – ein Säufer, ein Bankrotteur, ein Spieler, der schon drei Ehefrauen ins frühe Grab genörgelt und hintergangen und geprügelt und betrogen hatte. Aber sie war kein Opferlämmchen und kein schüchternes Veilchen. Von ihr hab ich gar nichts in mir. Ich bin die Sentimentale. Aber Nora manchmal.

Es gibt eine Aufnahme, wo Ranulph spricht, ein alter Wachszylinder, ich bin in dieses Institut da bei der Kensington High Street gegangen, die haben mir's vorgespielt. Knistern und Zischen und dann seine Stimme: »Morgen und morgen und dann wieder morgen ...« Ein Schauer überlief mich, nicht aus Sentimentalität, sondern wegen der Stimme selbst. Sie war nicht, wie ich erwartet hatte – sie war fast häßlich: rauh, harsch, die Worte klangen, als wären sie aus ihm herausgerissen worden. Und da saß ich in Tränen wie die ganzen Schniefer im Haymarket vor so vielen Jahren, aber nicht bloß deswegen, was er sagte und was er war, sondern deswegen, wie er es sagte, was mir so fremd klang, so merkwürdig für meine Ohren wegen seinen runden Vokalen und den scharfen Konsonanten, spitz wie Kristallglas. Nur hundert Jahre her ... Mein eigener Großvater. Doch es war eine vorsintflutliche Stimme, eine Stimme aus einem ganz und gar anderen Leben, die sich so archaisch anhört, daß es kaum glaublich scheint, daß seine Enkelinnen nun in Seidenkimonos im Souterrain eines Hauses in Brixton sitzen, Tee trinken und zuschauen, wie im Fernsehen sein Urenkel ein unsichtbares Publikum anschreit, mit jenem zwischenweltlichen Akzent des Showmasters, nicht England und nicht USA: »Und jetzt sagt es alle noch einmal für mich: JEDE MENGE MONETEN!«

Welch tiefer Sturz! Dieses Monetengemache, weiter runter geht's ja kaum.

So heirateten Ranulph und Estella, und zunächst einmal liebte er sie wahnsinnig sowie umgekehrt, und dann machte Barnum, P. T. Barnum von Barnum and Bailey, der große Barnum – beeindruckt von ihren Beinen in *Wie es euch gefällt* – ihr ein Angebot. *Hamlet* in einem Zelt im Central Park. In einem Zelt, weil, wie er prophezeite, kein Theater am Broadway die Menge fassen könnte.

Sie muß ihren Alten von der Seite mal so etwas schräg angeschaut haben, wie ihm das gefiel – er war der melancholischste Dänenprinz seiner Generation gewesen, schließlich und endlich, aber das war eben schon ein, zwei Generationen her, Hamlet ist eine jugendliche Rolle par excellence, da gibt's nichts. Aber Ranulph war ganz hin und weg beim Gedanken, Amerika die Sprache Shakespeares darzubieten. Also überquerten sie den Atlantik, und Ranulph legte einen 1 A-Hamlets Vater hin ... und neben ihr trat der liebenswürdige junge Cassius Booth ins Rampenlicht als Hamlets bester Freund.

Hamlet im Zelt, ein Bombenerfolg. Lief und lief und lief und wäre bis in alle Ewigkeit weitergelaufen, aber die Zwillinge kündigten sich an, und ein weiblicher Hamlet ist eines, ein schwangerer Prinz noch mal was anderes. So wurden Zwillingsknaben, unsere Väter, in den USA geboren. Melchior und Peregrine. Was für Namen, wie? Was für größenwahnsinniger Überschwang steckte wohl in dieser Namenswahl? Wenn man sie zu »Mel« und »Perry« verkürzt, klingen sie schön demokratisch, amerikanisch, klingen nach dem zwanzigsten Jahrhundert, aber der alte Ranulph, dieser klapprige alte Romantiker des neunzehnten, hat das nie getan, Estella allerdings oft, mit einem Augenzwinkern.

Beachten Sie's wohl, ich nenne beide »unsere Väter«, als hätten wir die beiden zum Vater, und in gewisser Weise ist's auch so. Melchior erledigte das biologisch Notwendige, stimmt schon, aber Peregrine ging als unser Vater durch – das heißt, er hat sich öffentlich zu uns bekannt, was Melchior niemals tat. Ich sollte Ihnen auch gleich sagen, daß Melchiors ganze Familie, von Rollstuhl mal abgesehen, immer diese Fiktion aufrechterhalten hat, und deshalb hat Saskia Tristram auch gesagt, wir seien seine Tantchen und nicht seine Schwestern. Aber wir haben Peregrine so lieb gehabt, und er hat sich so väterlich uns gegenüber aufgeführt, ganz davon abgesehen, daß er die meisten

Rechnungen bezahlt hat, daß ich in ihm mehr sehen muß als bloß einen Onkel.

Wo wir jetzt bei illegitimer Nachkommenschaft sind – es gab schon lange vor dem ersten Auftritt von Nora und mir mehr als einen Hauch von romantischer, nein, melodramatischer Unehelichkeit in der Familie Hazard. Denn Ranulph Hazard hatte während seiner ganzen langen ehelichen und außerehelichen Karriere keinen Nachwuchs gezeugt, bis seine Frau in ihren Hamlethosen auf die außerordentliche gravitätische Würde ihres Horatio stieß, von seiner athletischen Erscheinung ganz abgesehen. Man munkelte manches. Horchte Ranulph auf? Wer kann das nach all der Zeit sagen. Jedenfalls liebte er seine Jungen. Sobald sie laufen konnten, setzte er sie als die beiden kleinen Prinzen im Tower ein.

Eins müssen Sie wissen über Ranulph. Er war halb verrückt, und er glaubte, er hätte eine Berufung. Er sah die ganze Welt als Arbeitsfeld seiner missionarischen Tätigkeit, und von uns allen ist am Ende Gareth Hazard SJ der Familientradition des Bekehrungseifers am treuesten geblieben – denn nun war der alte Herr von dem gebieterischen Wunsch erfüllt, in Übersee das Wort zu verkünden. Und Weib und Kinder mußten einfach mit, um Shakespeare dort aufzuführen, wo noch nie zuvor Shakespeare aufgeführt worden war.

In jenen Tagen war so viel Rosa auf der Weltkarte, daß man überall Englisch sprach. Keine Kommunikationsprobleme. Sie zogen in die entferntesten Ecken des Empire, rollten auf den Überfahrten in den Rhythmen der See, befuhren kreuz und quer die Ozeane. Ich seh's vor meinem inneren Auge wie im Film – der Ozeandampfer legt ab, gleitet vom Kai weg, die Sirene heult, die Menge am Ufer schmeißt Blumensträuße, die rothaarige Frau an der Reling lächelt, winkt, lächelt.

Unser Onkel Peregrine hat das Scharlachhaar geerbt. Und unsere Halbschwestern Saskia und Imogen. Tristram auch. Wir nicht, Pech gehabt. Das rote Haar fiel ganz auf die legale Seite der Familie. Was mich und Nora angeht, wir waren zuerst mausbraun. Dann haben wir's gefärbt. Als wir mit dem Färben (schwarz!) wieder aufhörten, sahen wir, daß wir, ohne was zu merken, grau geworden waren.

Unser Onkel Peregrine war der Junge seiner Mutter.

Wir sind da eine Straße hinuntergelaufen, erzählte er, in großer Eile, auf einer Australientournee. Es war in Sydney, drunten am Circular Quay. Wir waren auf dem Weg zu einer Mittagessensvorstellung in einem Damenklub – sie übernahm immer solche Gastauftritte, es half den Finanzen etwas auf, Ranulph war chronisch knapp bei Kasse. Wir waren natürlich zu spät dran, weil sie kein sauberes Kleid finden konnte und schließlich nach viel Gewühle eins entdeckte, das nur ein paar kleine Weinflecke und einen Marmeladenschmierer hatte, also heftete sie ein Sträußchen Frangipani dran, daß das Schlimmste verdeckt war, und machte sich irgendwie das Haar zurecht. Melchior blieb bei Vater, um ihm bei der Probe zu *Julius Caesar* zuzusehen. Wir kamen zu einem Leierkastenmann; wir blieben stehen, um seinem Äffchen zuzusehen. Sie gab dem Leiermann Sixpence, und er spielte »Daisy, Daisy«. Sie nahm mich bei der Hand, und wir tanzten, direkt auf dem Gehsteig. Ihre Haarnadeln verstreuten sich nach allen Seiten. Mein Zelluloidkragen ging entzwei. Der Affe klatschte in die Pfoten. Alles starrte uns an. »Auf geht's!« sagte sie zur Welt ganz allgemein. »Mitgemacht!« Dann fingen alle zu tanzen an, alle ergriffen die Hand des nächsten, vollkommen fremden Passanten. »I'm half crazy, all for the love of you.« Sie besah sich, was sie fertiggebracht hatte, und freute sich daran. Wir verpaßten die Suppe, wir verpaßten den Fischgang, wir kamen zusammen mit dem Geflügel bei Tisch an. Ihr Haar hing ihr hinten herunter, sie hatte ihre Blumen verloren, an einem Schuh war der Absatz weg, ihr kleiner Sohn war ohne Kragen und Krawatte und hatte das Äffchen auf der Schulter – sie hatte es gegen ihre goldene Uhr eingetauscht. Sie legte die Rede der Portia hin, »Die Art der Gnade weiß von keinem Zwang ...« Sie machte sie glücklich. Es gab Mangoeis zum Nachtisch, unser Lieblingseis. Wir aßen je drei Schalen voll. In Melbourne haben sie ein Dessert nach ihr benannt, Eisbecher Estella, Mangoeis mit Passionsfruchtmark drüber. Wenn wir je mal zusammen in Melbourne sind, Floradora, dann lad ich dich zu einem Eisbecher Estella ein.

Immer der, der Glück hatte, unser Peregrine, sogar in seinen Erinnerungen, die voll Lachen und Tanzen waren; er behielt immer die schönen Tage im Gedächtnis.

Peregrine Hazard, Abenteurer, Zauberer, Verführer, Forschungsreisender, Drehbuchautor; reicher Mann, armer Mann – aber, anders als im Kindervers, niemals Bettelmann oder Dieb. In unserem Alter haben Nora und ich mehr Freunde unter den Toten als unter den Lebenden. Wir gehen oft auf Friedhöfe und schneiden das Gras, das über die Freunde unserer Jugend gewachsen ist, aber wir wissen nicht einmal, wo dein Grab wohl sein mag, lieber Perry, daß wir hingehen und eine Blume darauf legen könnten. Du hast deine Kindheit auf Reisen verbracht, heute hier und morgen dort; du bist ein ruheloser Mann geworden. Du hast den Wechsel geliebt. Und die Unzucht, und die nicht ganz ungefährlichen Situationen. Und eigenartigerweise gegen Ende deines Lebens die Schmetterlinge. Peregrine Hazard, verschollen unter Schmetterlingen, verschollen im Dschungel, so plötzlich und vollständig verschwunden wie ein Gegenstand in einem jener Zaubertricks, die du so gerne hattest.

Wenn in Melbourne ein Dessert nach Estella benannt wurde, so gab man einer ganzen ausgedörrten Stadt in New South Wales den Namen Hazard, nachdem sie und Ranulph dort *al fresco* den *Coriolanus* gegeben hatten. Einer Straße in Hobart auf Tasmanien. Und Indien haben sie nicht nur einmal, sondern mehrere Male durchzogen – haben den ganzen Subkontinent hin und her bereist. Die glänzenden Schienen, die unter den mahlenden Rädern davongleiten, der paffende Schornstein, die vom Kalender abfallenden Blätter, die der Wind davontreibt ... Ein Maharadscha schenkte den Jungen ein Elephantenbaby, aber sie konnten es nicht mit in den Zug nehmen. Er verliebte sich in Estella und versprach ihr ihr Gewicht in Rubinen, wenn sie bliebe und ihm jede Nacht Violas »Ich baut' an eurer Tür ein Weidenhüttchen« rezitierte. Was hat sie da gemacht? fragten wir. Sie hat ihn glücklich gemacht, sagte Peregrine. Sie hatte eine Begabung dafür. Sie hat ihn glücklich gemacht, dann hat sie ihn verlassen. Auch dafür war sie begabt.

Die rothaarige Frau, lächelnd, zur langsam verschwindenden Küste hinüberwinkend. Sie verließ den Maharadscha; sie verließ unzählige andere en-passant-Geliebte in großen und in kleinen Städten, Theatern und Bahnhöfen der ganzen Welt. Aber Ranulph verließ sie nicht.

Ein Theater, längst schon abgerissen, in Shanghai hieß das Hazard. Dann nach Hong Kong. Nach Singapur. Alles jetzt ein wenig fadenscheinig, ein wenig schäbig. Wieder der Ozean. Wieder Nordamerika – Montreal. Toronto. Kreuz und quer durch die Prärien. Hazard, Alberta – flach wie ein Teller Schnee. Hazard, North Dakota – kein Städtchen war zu klein, sie zu empfangen oder die Ehre durch eine Umtaufe zu erwidern. Die Tourneen steigerten sich zu einer Art Wahnsinn. In Arkansas erhob sich das geflickte zerzauste Theaterzelt der Hazards auf dem

Grund, den eben reisende Evangelisten freigegeben hatten: Ranulph, hager und bärtig, ähnelte mehr und mehr Johannes dem Täufer – wie Johannes der Täufer ausgesehen hätte, wenn er alt geworden wäre.

Sie kamen schließlich im Südwesten an und schlugen ihr Zelt in der dürren Steppe vor einer Stadt namens Gun Barrel, Texas, auf – in Hazard umbenannt, nachdem die Hazards dort den *Macbeth* gespielt hatten, mit einer angemieteten Truppe von Campesinos als dem schottischen Heer, die stachelige Dornzweige über ihre Köpfe hielten, um den Birnamwald nachzuahmen. Von all den wilden und seltsamen Orten erinnerte sich Perry am besten an Hazard, Texas; er fuhr später noch einmal hin, ein, zwei grauhaarige Veteranen weinten in ihr Bier und erzählten, wie Estella sie glücklich gemacht hatte, man ernannte ihren Sohn zum Sheriff ehrenhalber.

Requisiten und Kostüme gingen verloren, wurden gestohlen, fielen auseinander und wurden dann wieder zusammengebettelt, improvisiert, geflickt und ausgebessert. Ranulph trank und spielte Karten und deklamierte; auch er fiel in Stücke. Er schrie Amerika an, aber Amerika hörte ihm nicht mehr zu. Eines Nachts in einer Bar in Tucson, Arizona, verspielte er seine Krone aus dem *Lear*, und Estella machte ihm aus einem Stück Pappe eine neue. Sie tupfte etwas Goldfarbe drauf. »Da bitte.«

Warum blieb sie bei ihm? Man mag zwar nicht dran denken, aber vielleicht liebte sie ihn wirklich; vielleicht waren all die, die sie glücklich gemacht hatte, nur Beiprogramm. Aber sie hatte die Gabe verloren, Ranulph glücklich zu machen.

Dann, eines Tages, tief im Mittleren Westen, als sie gerade in einem Städtchen die Kulissen aufbauten, wo sie sich einen anständigen Publikumsandrang erhofften, weil's sonst dort abends nichts anderes zu tun gab als zuzuschauen, wie der Weizen wuchs, da bekam Ranulph ein Telegramm aus New York. Während die Hazards sich zum Ruhme William Shakespeares auf ihren Reisen zerrissen und verlumpten, war Cassius Booth, Estellas alter Horatio, an einem Ort geblieben und hatte es zu was gebracht. Jetzt war er selbst Starschauspieler und Theaterdirektor in einem, mit seiner eigenen Bühne am Broadway. Und war er der Mann, alte Freunde zu vergessen? Er doch nicht! Estella schaute kryptisch drein und lächelte, sagte Perry. Sie war immer noch eine junge Frau, bedenken Sie das. Nicht mehr als dreißig. Allenfalls fünfunddreißig. Während der alte Ranulph auf die siebzig ging und alles auf diese eine Karte setzte, auf eine letzte triumphale Gebetsversammlung. Er würde es allen zeigen! Er würde ein letztes Mal am Broadway feurig aufflammen, sich auf einer Art Shakespeareschem Scheiterhaufen verzehren. Aber das Stück, das er sich aussuchte, war leider *Othello.*

Dreißig oder fünfunddreißig, was sie auch war, sie schaut auf dem Postkartenphoto im Nachthemd nicht älter als ein Schulmädel aus, das Haar fällt ihr über das Buch. »Sing Weide, Weide, Weide.« Cassius Booth spielte den Jago. Es gibt kein Taschentuch in dieser Geschichte. Trotzdem tötete der Gatte sie beide, erst sie, dann ihn. Sie waren bei der Premierenparty unauffällig zusammen weggegangen. Alte Bekannte. Vielleicht konnte Ranulph mittlerweile seinen Shakespeare und sein Leben nicht mehr auseinanderhalten. Am nächsten Morgen waren die Kritiken prächtig, aber der Mord selbst mußte auf die Mittagsausgaben warten, weil das Zimmermädchen die Leichen auf dem Bett in Estellas Hotelzimmer erst fand, als sie das späte Frühstück nach oben brachte. Drei Leichen. Er erschoß sie beide und dann sich selbst.

Alle ab. Sie hatte immer eine Begabung für Abgänge.

Aber das Leben geht weiter.

Die beiden kleinen Jungen saßen in New York fest, arme tragische Waisen, und kamen beinahe selber um, so erzählte Perry wenigstens, weil sie derartig mit Süßigkeiten, Hot Dogs und Pastete à la mode von den reizenden Damen vollgestopft wurden, die mit tiefen Dekolletés und Federhüten in der Hotelhalle ihren Geschäften nachgingen. Es war kein Geld mehr da, nur ein Schauspielererbe von unbezahlten Rechnungen, gläsernen Juwelen und unerschütterlichen Attitüden, aber das Plaza gab ihnen Kredit, und so lernten sie, über ihre Verhältnisse zu leben.

Obwohl nun die beiden Zwillinge waren, glichen sie sich *nicht* wie ein Ei dem andern. Melchior war mit zehn düster und sardonisch und entwickelte bereits Ansätze zu jenem Profil, das die Shaftesbury Avenue beherrschen sollte. Dieses Profil war für ihn das, was die Ohren für Clark Gable waren. Dunkle Augen, Wimpern von jener Länge, welche die Leute sagen läßt, die seien »an einen Jungen verschwendet«, und ein Körperbau, der sich als wie geschaffen zum Springen, Fechten, Balkone Erklettern herausstellte, zu all dem, was ein Shakespearedarsteller tun muß. Ich weiß, daß all diese Dinge, nicht zu vergessen seine »außerordentliche gravitätische Würde«, auf Cassius Booth als den Vater hindeuten, aber wir wollen nicht vergessen, daß der arme alte Ranulph zu seiner Zeit ebenfalls ein Matineeschwarm gewesen war, wenn auch in Tagen, da die Damen Krinolinen trugen, und so bleibt über dem Problem der Vaterschaft ein riesiges Fragezeichen stehen – obwohl, wer auch immer den tatsächlichen Saft beigesteuert hat, keins der Kinder hätte sich je eines der Kandidaten schämen müssen, und was mich angeht, die Enkelin, ich denk mir gerne, daß *beide* die Hand im Spiel hatten, wenn Sie verstehen, was ich meine.

Peregrine aber war eine kleine Katastrophe und konnte nie ernst bleiben, genau wie seine Mutter. Als der junge

Macduff trat er mit einem Pisspott auf dem Kopf aus der Kulisse und verhalf einem Publikum von Schafscherern hinter Perth zum besten Augenblick des Abends. Melchior ließ ihn nie wieder auf die Bühne. Schon als kleine Wichte, da war Melchior ganz für die Kunst, und Peregrine wollte seinen Spaß haben. Glauben Sie bloß nicht, weil die Brüder waren, hätten sie sich gut leiden können. Weit gefehlt. Gegensätze stoßen sich ab.

Sie lebten vom Zimmerservice und der Freundlichkeit fremder Leute, bis das Schiff aus Leith einlief und der Racheengel von Bord ging – Miss Euphemia Hazard, höllisch grimmig, bis auf die Knochen presbyterianisch, ihre Tante. Aufseherin eines Arbeitshauses bei Pitlochry und geschworene Feindin des Theaters und aller Schauspieler, die nie auch nur eine einzige Träne für ihren Bruder oder die Schwägerin vergoß, weil sie ihr gewaltsames Ende als die Vergeltung des Herrn sah, eine Art wilder Gerechtigkeit. Sie schnappte Melchior beim Kragen, stopfte ihn kreischend in einen Schrankkoffer mit dem Etikett »Während der Reise nicht benötigt« und griff nach Peregrine, aber der zuckte die Schultern und wand sich und ließ sein altes Tweedjacket in ihren Händen zurück, während er selber weg war, huuui aus dem Fenster, die Feuerleiter runter, ein hemdsärmeliger feuerroter Zehnjähriger, der hastewaskannste die Straße runterstolperte, einem Würstchenmann den Kasten umschmiß, einen Schuhputzer zu Boden streckte und ... verschwand.

Vollkommen in den Weiten Amerikas verschwand – und wenn er auch später wundersame Geschichten von all seinen Fahrten und Vagabundierereien als Junge erzählte: Was *wirklich* geschah mit ihm, davon habe ich keine Ahnung, bloß, daß es kein Zuckerschlecken gewesen sein dürfte und daß er, als er uns dann fand, reich war wie Krösus.

Also Peregrine rannte weg, ging durch, in einer Staubwolke, aber Melchior war gefangen.

Nun hatte Melchior den Vater verehrt, angebetet sogar – und er nahm aus dem großen Zusammenbruch des Lebens seiner Eltern nur ein kleines Andenken mit: die Pappkrone, die Ranulph als Lear trug, die, welche Estella gemacht hatte. Weiß Gott, wie Melchior diese Reliquie an seiner Tante vorbeigeschmuggelt hat.

Es lag ihm im Blut, nicht wahr? Jede Nacht in all den grimmigen Jahren, wo's regnete und Porridge gab, da sagte er sich in seinem eiskalten Bett unter dem alten Plaid, das ihm seine Tante gestattete, Wort um Wort die großen Rollen seines Vaters vor. Macbeth. Hamlet. (Othello allerdings natürlich nie.) Tante Effies Hochlandstanduhr – Sie haben sie ja selbst gesehen, die gehörnte Großvateruhr, die jetzt in Nummer 49 residiert – schlug zwölf, dann eins, dann zwei. Er rührte sich selbst mit diesen einsamen Deklamationen so, daß er sich in den Schlaf weinte. Seine Tante verbot Melchior glatt, ans Theater auch nur zu denken, obwohl sie erkannte, daß er ausreichend Talent in dieser Hinsicht besaß – rhetorische Begabung und so fort – und ihn entsprechend drängte, Pfarrer zu werden, und als sie immer nachdrücklicher auf ihn einredete, nahm er die Sache selbst in die Hand.

Er wickelte die Pappkrone in ein Bündel aus Hemd und Wäsche zum Wechseln, schlug alles in ein Taschentuch ein und sagte Pitlochry auf immer Lebewohl. Ich sehe ihn vor mir, wie er auszieht, sein Glück zu machen, wie Dick Whittington in dem alten Kinderstück. Miss Effies Uhr schlug fünfmal an, als er die Tür des Arbeitshauses hinter sich schloß. Es muß bitterkalt gewesen sein, keine Sterne, noch stockdunkel. Ein Karren fuhr vorbei mit einer Ladung Kohl; er wurde ein, zwei Meilen mitgenommen. Die Sonne müßte dann langsam aufgehen. Keine Freunde, keine Anverwandten außer einem verschollenen Bruder auf der anderen Seite des Planeten, mit dem er sich nie vertragen hatte. Verrückt vor Stolz und Ehrgeiz, und ohne was auf der Welt außer seinen dunklen Augen und der Würde und einer Spielzeugkrone, an der die Goldfarbe abblätterte.

Und so gelangte er schließlich nach London und am Ende, als er völlig auf dem Zahnfleisch, nein, dem Zahnfleisch des Zahnfleisches daherkam, in eben dieses Haus hier – das in jenen Tagen eine Pension für Leute vom Theater war, wenn auch nicht, muß ich sagen, gutverdienende Theaterleute.

Brixton – ehe in Europa die Lichter ausgingen, war hier die Nabe eines glitzernden Rades aus Theatern, Varietés, Music Halls, was nicht alles. Man konnte von Brixton aus überall mit der Tram hinfahren. In allen Straßen hier waren die hohen schmalen Häuser vollgepropft mit Solokomikern; Tänzern; Soubretten; Zauberkünstlern; Geigern; Artisten mit Hundenummern, mit Tauben, mit Ziegen, was man nur wollte; tanzenden Zwergen; Tenören, Sopranen, Baritonen und Bässen, alle einzeln und als Duette und Trios in allen möglichen Variationen. Und auch mit jenen, die ihr Geld damit verdienten, daß sie eine große Leidenschaft wie einen nassen Lappen auswrangen und sich deshalb als was Besseres vorkamen.

In jenen Tagen leerte unsere Mutter die Unratkübel, füllte die Waschkrüge, kratzte die Asche aus dem Kamin, schichtete das Feuerholz auf, trug das heiße Wasser nach oben, schrubbte gelegentlichen Gentlemen den Rücken und ließ gelegentlich selber –

oder vielleicht nur dieses eine Mal.

Chance mit Namen, zufällig von Natur. Geplant waren wir nicht.

Hier hat Melchior geschlafen. In diesem Dachzimmer,

dem billigsten Zimmer des Hauses, noch billiger, weil er nie bezahlte. Ich stelle ihn mir vor einem kleinen Viereck von Spiegel vor, wie er die schäbige Krone aufprobiert, gestikuliert, den Sykomoren zuhört, die am anderen Ende des Gartens im Wind brausen, und so tut, als sei dies Geräusch der Applaus. Verzweifelt, voll gierigem Hunger, ein Opportunist, einen Tag um den anderen um den nächsten bei den Agenturen, wieder heim zum gedämpften Wirsing in der Bard Road und ins harte schmale Bett. Ich frage mich, ob er gelegentlich seinen Mund hier, sein Arschloch da hergeliehen hat, um zu sehen, ob's so vielleicht weiter ging. Ich nehme an, meiner Mutter hat er leid getan. Ich kann mir vorstellen, wie sie sich in dem kalten Zimmer ausgezogen hat, sich dem halbverhungerten Jungen zugewandt hat. Wie hat sie es getan? Scheu? Nervös? Lüstern?

Dann verschwimmt alles zu Schwarz. Ich kann es nicht ertragen, weiter darüber nachzudenken. Es tut zu arg weh. Man denkt sich immer gerne, daß ein wenig Liebe, zumindest ein wenig Vergnügen dabei war, wie man gemacht worden ist, aber ich weiß es nicht, ich errate es nicht, ob der dunkeläugige Fremde, der der mittellosen Waise unter den Rock gelangt hat, zynisch war oder zärtlich oder verzweifelt oder vom Augenblick mitgerissen. Hatte sie es schon einmal gemacht, wußte sie, was sie tat? Hatte sie Angst? Oder war sie voller Begierde? Oder wurde sie zur Hälfte vergewaltigt? Er sah weiß Gott gut genug aus. Frauen waren verrückt nach ihm. Vielleicht war sie die erste Frau, die nach ihm verrückt war. Dachte sie an ihn, wenn sie morgens sein Bett machte? Hatte sie ihre Wange gegen das Kissen gedrückt und sich gewünscht, das Kissen sei seine Wange?

»Ein ganz kleines, ganz junges Ding, aber couragiert wie der Teufel«, sagte Omma immer.

Ich stelle mir gerne vor, daß es folgendermaßen war: Sie zog die Tür hinter sich zu und schloß ab. Da lag er auf dem Bett, schlug nach bei Shakespeare. Er sah auf und legte hastig seinen zerlesenen Band *Shakespeares Gesammelte Werke* beiseite. Sie fing an, sich das Hemd über den Kopf zu ziehen. »Jetzt hab ich dich, wo ich dich haben will!« sagte sie. Was blieb einem Gentleman übrig, als sich zu fügen?

Neun Monate später versagte ihr Herz, als wir geboren wurden. Abgesehen davon weiß ich nichts von ihr. Wir wissen nicht mal, wie sie ausgesehen hat, es gibt kein Bild. Sie hieß Kitty, wie eine kleine zugelaufene Katze. Vaterlos, mutterlos. Vielleicht war Mrs. Chances Haus sogar ein schützendes Nest für sie, trotz all der Treppen – sie muß täglich zwanzigmal rauf und runter gelaufen sein, dreißigmal. Und die Kaminroste bleien, die Haustürstufen schrubben.

Nicht, daß Mrs. Chance das gewesen wäre, was die Franzosen *exigeante* genannt hätten. Sie führte nicht die feinste Pension in Brixton, das Haus klammerte sich gerade noch an der Respektabilität fest, und dasselbe hätte man von ihr sagen können. Farne in grünglasierten Töpfen standen auf Stellagen rum, es gab ein paar Orientteppiche, aber das wirkte nie überzeugend. Es sah aus wie die Bühnendekoration für »eine Schauspielerpension«, als hätte Omma alles so eingerichtet, daß es einer Rolle entsprach, die zu spielen sie entschlossen war. Sie war ein Geheimnis, die Mrs. Chance.

Melchior Hazard hat hier geschlafen, aber nicht lange. Die langen Wachen vor den Theatereingängen, die aufreibenden Prüfungen des Vorsprechens zahlten sich aus. Er und seine Pappkrone waren weg, als bei unserer Mutter zum erstenmal die Periode ausblieb. Sie erbrach sich jeden Morgen leise, damit Mrs. Chance nichts hörte. Der Krieg begann in jenem August, aber ich glaube, unserer Mutter war's egal. Mrs. Chance hörte nie das Erbrechen, aber sie hörte die Tränen.

Wir brachen an einem Montagmorgen ans Licht, an einem Tag voll Sonnenschein und stürmischem Wind, als Zeppeline vom Himmel fielen. Zuerst ein winziges brüllendes Mädchen, dann noch eins, während Mrs. Chance alles tat, was nötig war. Sie hatte den Arzt rufen lassen, aber der kam nicht mehr rechtzeitig. Unsere Mutter warf einen Blick auf uns – zu schwach, uns zu halten, sie war seit vorgestern in den Wehen gelegen, aber Mrs. Chance hat uns immer erzählt, daß sie uns einmal lange angeguckt hat und es fertiggebracht hat, zu lächeln.

Warum hätte sie lächeln sollen? Sie war gerade siebzehn, kein Mann, kein Zuhause. Es war Krieg. Trotzdem erzählte uns Mrs. Chance immer, daß sie lächelte, und Mrs. Chance war manchmal sparsam mit der Wahrheit, aber gelogen hat sie nie. »Warum hätte sie nicht lächeln sollen? Mama oder Papa hatte sie nicht. Ein Baby ist das Nächstbeste.«

Der Himmel war blau an diesem Morgen, sagte Mrs. Chance, und es ging ein Wind, daß die Wäsche an der Leine tanzte. Montag, Waschtag. Welch ein Anblick! In ganz Brixton tanzten lange schwarze Strümpfe mit langen Herrenunterhosen, gestreifte Hemden legten den Lambeth Walk mit Flanellnachthemden hin, Rüschenhöschen den Cancan mit Petticoats, alles in Bewegung, Kissenbezüge, Leintücher, Handtücher, Taschentücher flatterten wie Fahnen und Wimpel. Die Bombardierung hörte auf, und die kleinen Kinder kamen raus und spielten weiter. Die Sonne schien, die Kinder sangen. Wenn Omma Chance ein paar intus hatte, dann sang sie manchmal das Lied, das man sang, als wir geboren wurden:

Der Mond scheint so hell auf Charlie Chaplin,
Und der tritt sich die Füße ganz platt,
Weil er keine Absätze hat.
Und die alten Faltenhosen wern geflickt,
Weil jetzt wird er in den Krieg geschickt
Mit nem neuen Hut aus Stahl.

Der arme alte Charlie, schaut sich jetzt auch die Radieschen von unten an. Der alte Charlie. Ein Gehänge wie ein Hengst.

Also wurde die ganze Bard Road entlang getanzt und gesungen, und Mrs. Chance nahm uns auf den Arm, eine auf jeder Seite, und trug uns zum Fenster, so daß wir als erstes mit unseren tränenden Babyaugen Sonnenschein und Tanz sahen. Dann flog eine Möwe auf, am Fenster vorüber, hinauf und davon. Sie hat uns so oft von dieser Möwe erzählt, daß ich mich zwar nicht wirklich dran erinnern kann, grade erst ausgekrochen, aber trotzdem dran glaube, daß ich gesehen hab, wie diese Möwe in den Himmel fliegt.

Hinter uns erklang ein leiser Seufzer, und sie war dahin.

Der Doktor kam zehn Minuten später an, er stellte den Totenschein aus. Das war's. Und so hat uns Mrs. Chance adoptiert, aber sie hat uns nie »Mutter« sagen lassen, aus Respekt vor den Toten. Wir sagten immer »Omma« zu ihr, und »Chance« wurde unser Familienname.

Aber ich glaube nie im Leben, daß »Chance« ihr eigener richtiger Name war! Das einzige, was ich über sie weiß, ist dies: Sie kam am Neujahrstag 1900 in der Bard Road 49 mit einer Bankanweisung für die erste Jahresmiete an – und mit der Haltung einer Frau, die an einem neuen Ort in einem neuen Jahrhundert neu anfängt – sowie, alles deutet darauf hin, mit einem neuen Namen. Wenn sie sich dazu entschied, sich »Mrs.« zu nennen, war das ein Teil des etwas unbeholfenen Griffs nach Respektabilität, von dem ich sprach, weil ich nie auch nur das geringste von einem Ehegatten hörte und sie, um ehrlich zu sein, nie ganz einen gewissen kessen Zug verlor.

Sie war nicht groß, vielleicht fünf Fuß zwei, zweieinhalb Zoll, aber solide wie ein Panzer gebaut. Sie legte immer soviel Puder auf, daß sich eine feine Wolke von ihr erhob, wenn man sie tätschelte. Sie malte große runde Rougeflekken auf ihre Wangen. Sie nahm soviel Lidschatten, daß die Kinder auf der Electric Avenue immer mal wieder »Two Lovely Black Eyes« sangen, wenn sie vorbeikam. Die ganzen dreißig Jahre, die wir sie kannten, war sie dank Wasserstoffsuperoxyd eine kanariengelbe Blondine. Sie malte sich immer ein großes schwarzes Schönheitsfleckchen unter den linken Mundwinkel.

Außer Hauses trug sie Schwarz, und sie ging nie ohne eine von diesen viereckigen Wachstuchtragetaschen aus, in der sie dann ihre dicke schwarze Geldbörse hatte, ein sauberes Taschentuch in einem Umschlag, auf den sie mit Bleistift »Sauberes Taschentuch« geschrieben hatte, ein paar Sicherheitsnadeln, falls, wie sie sagte, ihr der Schlüpfer unten rausrutschte, und oft auch ein, zwei leere Flaschen, auf dem Rückweg in die Wirtschaft. Sie trug ein kleines schwarzes Hütchen mit einem gepunkteten Schleier. Und immer erinnere ich mich an ihre grauen Wollstrümpfe, die sie unter den Knien mit zwei zusammengeknoteten Gummibändern befestigte.

Drinnen trug sie – vorausgesetzt, die Mieter waren nicht um die Wege – oft überhaupt nix, fasernackt. Sie hatte sich zur Freikörperkultur bekehrt. Sie meinte, es wäre auch für uns Kinder gut, Sonne und Luft an die Haut zu kriegen, so daß wir viel an Kleidung sparten und häufig nackig im Hinterhof rumtollten, zum Erstaunen der Nachbarn, die wohlanständige Leute waren. Brixton hat sich stark verändert. Heutzutage könnte man im Garten eine Orgie in fünf Akten durchziehen, und niemand würde mit der Wimper zucken, bloß der Typ nebenan mit dem Ohrring würde vielleicht über den Zaun rufen: »Habt ihr auch genug Kondome?«

Sie redete weniger als daß sie sehr gewählt aussprach. Es reimte sich »Szene« auf »Bühne«, und sie machte aus »Möck-hen« ganze »Elöphant-hen«, nur manchmal vergaß sie sich, und der Blitz schlug ein. Einmal waren wir auf dem Markt und kauften Kaninchenfutter – sie hatte eine Leidenschaft für Salat, das gehörte zu der ganzen Sonnenanbeterei. In ihren ganz strikten Phasen setzte sie uns Mahlzeiten aus reinem Kohl vor, roh im Sommer, gedünstet im Winter. Da standen wir also und prüften das Gemüse, als irgendeine Zimperliese hinter uns mit dreistem Bezug auf Omma sagte: » . . . möchte nicht wissen, was die früher getrieben hat!«

Omma fuhr mit erhobenen Fäusten herum. »*Wie* war das, Sie alte Wichsdrossel?«

Wir haben nie herausgefunden, wer ihr in der Bard Road das Haus gekauft hat, und sie hat selbst nie die Rede darauf gebracht. Sie hatte sich selbst erfunden, sie war singulär, und sie wahrte ihr Geheimnis bis zum Schluß, aber sie hat uns alles hinterlassen, wir verdanken alles ihr, und je älter wir werden, desto ähnlicher werden wir ihr. Erziehung triumphiert über Anlage, mein Schatz, da sieht man's wieder.

Bis auf den heutigen Tag, ich schwör's, hör ich manchmal spät in der Nacht ein leises Tapp, Tapp – ihre bloßen Füße auf der Treppe, sie kommt runter und kontrolliert, ob das Gas in der Küche ausgedreht ist, die Haustür zugesperrt, die Mädels sicher zu Hause sind. Und ein Geruch nach frischer Pfefferminze hält sich im Frühstückszimmer, manchmal riecht man's, weil ihr Lieblingsschlückchen war

Créme de menthe frappé, mit einem Minzenzweigchen, wenn die Jahreszeit danach war, aber den Rest der Zeit hat sie getrunken, was sie grade in die Hand kriegte. Und ihr gedämpfter Kohl. Das ist ein Aroma unten im Haus, das wir nie los werden, was wir auch anstellen. Zuerst haben wir gedacht, es ist die Kanalisation. Wir rühren nie Kohl an, jetzt wo wir erwachsen sind. Ich könnte keinem Kohlkopf mehr ins Auge schaun, nach dem, was Omma denen angetan hat. Stundenlang gedünstet. Das Schlachthaus ist ja gnädiger zum Rind.

Sie kam mit uns Kindern zurecht wie ein Fisch mit dem Wasser, man fragt sich, weshalb sie keine eigenen hatte. Ich hab sie's einmal gefragt, Jahre später; sie sagte, sie hätte nie gewußt, bis sie uns an jenem ersten Morgen hochnahm und drückte, *wozu* Männer gut sind. »Ich hab mich das oft gefragt«, sagte sie. »Als ich euch zwei gesehen hab, ist der Groschen gefallen.«

Sie müssen bedenken, daß Krieg war, als wir auf die Welt kamen. Wenn wir auch sie glücklich machten, zur Summe des gesamten Glücks in Süd-London hatten wir nicht viel hinzuzufügen. Zuerst marschierten die ganzen Söhne der Nachbarn ab, in den Tod geschickt, Gott steh ihnen bei. Dann die Ehemänner, die Brüder, die Vettern, bis am Ende alle Männer gingen bis auf die, die schon mit einem Fuß im Grab standen, und die in der Wiege – es war eine Stadt der Frauen, mit geröteten Augen, schwarzgekleidet, die vor unserer Haustür lag, und Omma hat damals und dann noch mal im Jahre 39 gesagt: »Alle zwanzig Jahre passiert's. Das ist so was mit den Generationen. Die alten Männer halten schließlich die Konkurrenz nicht mehr aus und bringen alle jungen Männer um, die sie erwischen können. Selbst dürfen sie sich nicht dabei ertappen lassen, dann käme ja alles auf, die Mütter würden dazwischengehen, deshalb tun sich die Alten auf der ganzen Welt zusammen und schließen einen Pakt: Ihr killt unsere Jungs und wir eure. So läuft's. Das geht ganz rasch. Dann können die alten Männer wieder beruhigt schlafen.«

Als die Bombardierung anfing, ging Omma immer raus und schüttelte ihre Faust gen Himmel, nach den alten Männern. Sie wußte, daß sie Frauen und Kinder am meisten haßten. Dann kam sie wieder rein und knuddelte uns. Sie sang uns in den Schlaf, sie nährte uns. Sie war unser Luftschutzbunker, unsere Unterhaltung, unsere Brust.

Die Mieter bröckelten ab. Zu viel Babykacke im Bad. Nackte Kinder krochen übern Flur. Niemand machte die Betten, niemand machte das Porridge – die Dienstmädchen fanden alle gute Jobs in der Rüstungsindustrie, ja? Omma war angewidert. Sie zogen ab, während sie noch auf sie einredete. Wo kamen Ommas Einnahmen her? Gelegentlich nahm sich mal eine komische Sängerin (und ich meine wirklich: komisch) eine Stunde ein Zimmer, um Koloraturen zu üben, oder eine kleine Tänzerin, der's nicht so genau drauf ankam, wollte mal zwanzig Minuten die Füße hochlegen, ahem, ahem. Besucher benutzten die Vordertür, die Stufen hoch; wir gingen das Treppchen zur Souterraintür runter.

Als wir unser erstes »O-ma« brabbeln konnten, tauchte die Uhr da auf. Der Großvater mit dem Geweih. Direkt aus Pitlochry, aus dem Nachlaß von Miss Euphemia Hazard abgesandt, mit einem kurzen Brief, daß Bard Road Nr. 49 die letzte bekannte Adresse ihres Neffen Melchior wäre, also würden sie's dorthin schicken. Ihm testamentarisch hinterlassen. Alles andere ging an die Armen.

Omma fluchte und schimpfte, als sie das las. Sie konnte den Gedanken nicht ertragen, daß wir nichts kriegen sollten außer der Uhr. Sie setzte Himmel und Hölle in Bewegung, um unseren Vater zu finden. Sie zog herum und schaute, wie sie sagte, in jeden Gully, ob er sich da nicht verkrochen hatte. Und plötzlich hieß es: Waffenstillstand! und da hatte sie ihn, spielte doch glatt im Westend den Romeo. Omma setzte ihr Hütchen auf und ging zu einer Matinee. Eine akrobatische Tänzerin, die zwischen ihren Engagements den ersten Stock hinten gemietet hatte, um sich bißchen auszuruhen, paßte auf uns auf, während Omma weg war, brachte uns den Überschlag rückwärts bei, wir amüsierten uns prächtig, als Omma mit einem Gesicht wie der Zorn Gottes zurückkam. »Sie sehn aus, als könnten Sie ne Tasse Tee gebrauchen«, sagte die Tänzerin, und die beiden zogen sich zurück, und wir übten weiter, bis es uns nach nem Brot mit Bratensoße war, und als wir ins Frühstückzimmer getrippelt kamen, hörten wir unsere Omma reden. »Er streitet's glatt ab, und ich hab nicht die kleinste beschissene Handhabe dagegen.« Weder Nora noch ich konnten uns da einen Vers drauf machen, aber die beiden nahmen uns auf den Schoß und umarmten uns. »Arme kleine Dinger!« Und wir bekamen eine doppelte Ration, zwei Scheiben pro Nase, und noch ein wenig Johannisbeermarmelade.

Die akrobatische Tänzerin hat am Ende übrigens tatsächlich noch einen Lord geheiratet. Merkwürdige Welt.

So ging das Leben weiter wie gewohnt, bis eines schönen Tages in demselben Jahr, nur ein paar Wochen später, ein Pochen an der Tür ertönte.

Poch, poch, wer da? Und ich strampelte los, um die Tür aufzumachen.

Poch, poch!

Dem Besucher stand ein kleiner Schock bevor.

Ein nacktes Kind begrüßte den Fremden. Keinen Faden am Leib außer der großen blauen Schleife in meinem braunen Haar und einer schwarzen Augenklappe. Ich hatte einen großen Krummsäbel aus Silberpapier in der Hand, und auf den Treppenstufen kauerte noch ein Kind, das ganz genauso aussah, weniger wie ein Zwilling, mehr eine optische Täuschung, vollkommen gleich, nur daß *ihre* Schleife grün war und sie eine rote Flagge mit Totenkopf und gekreuzten Knochen als Cape um die Schultern geknotet hatte. Wir zwei kleinen Mädchen starrten den Neuankömmling mit kalten runden Augen an: Was haben wir denn da?

Willkommen wurde er nicht geheißen! Es war ein solcher Unwillkommensgruß, daß er laut lachen mußte.

Aaach, war das ein hübscher junger Mann in jenen Tagen! Wenn ich bei seiner Beschreibung in die Sprache des Kitschromans verfalle, das müssen Sie mir verzeihen – Perry hatte immer so was, vor allem in seinen herrlichen Zwanzigern, breitschultrig, mit strammen Schenkeln, mit seinem ungebärdigen kupferrotglänzenden Haarschopf, den reichlich über seine Nase verstreuten Sommersprossen, den lachenden goldengesprenkelten grünen Augen. Er trug eine zerkratzte wettergegerbte Fliegerjacke mit dem Abzeichen des US Flying Corps an der Schulter und hatte den linken Arm in der Schlinge. Es war unser Onkel Peregrine aus Amerika, aber wir hatten keine Ahnung.

Als er sah, daß er uns gekränkt hatte, schluckte er sein Gelächter herunter, aber es zitterte immer noch ein entzücktes Lächeln um seine Lippen, als er sich nun rasch hinkniete, damit wir drei alle mehr oder weniger dieselbe Höhe hatten, während er seine eben entdeckten Nichten genauer inspizierte. Er wühlte in seiner Tasche und holte – nicht Bonbons, nicht Pennies: ein makelloses weißes Taschentuch hervor, das er ausschüttelte und den Mädchen zeigte: Ist da was drin versteckt?

Wir schüttelten die Köpfe. Nein. Wir konnten sehen, daß er – genau wie wir – nichts verbarg.

Er knotete das Taschentuch zusammen und zeigte es uns wieder. Ein einfacher Knoten; nichts als ein Knoten.

Wir kamen vorsichtig näher, fasziniert.

Feierlich knotete er das Taschentuch wieder auf, und siehe da! eine weiße Taube flog heraus, flog zweimal um die Diele, ließ sich auf dem Geweih oben auf der Großvaterstanduhr nieder, machte Ruckediguh! und – zum ungeheuren Ärger unserer Omma, die soeben die Treppe aus dem Souterrain hochkam, um nach dem Rechten zu sehen – kackte auf den Teppich. Omma hatte was an, Gott sei Dank. Dann gingen wir alle in die Küche und tranken Tee, und wir kleinen Piratinnen saßen auf Peregrine Hazards Knie und durchsuchten seine Taschen nach weiteren Tauben, fanden keine, aber statt dessen einen Nußkuchen (Fullers), den Omma mit höflicher Vorsicht entgegennahm. Den gibt's auch nicht mehr, Fullers Walnußkuchen, sehr schade, ich hätte gerade jetzt nix gegen ein Stück Fullers Walnußkuchen einzuwenden. Es stellte sich heraus, daß wir alle diesen Kuchen sehr schätzten, also aßen wir tüchtig davon, und die Stimmung wurde etwas entspannter, obwohl Peregrine ziemlich verwirrt und verlegen war wegen dieses Besuchs, den er aus einem gewissen Pflichtgefühl Melchior gegenüber unternommen hatte, dem Bruder, den er grade eben wiedergefunden hatte.

Und nicht einmal so sehr aus Pflichtgefühl gegenüber Melchior als den Toten, den Großeltern.

Wie war das nun gekommen, daß Peregrine Hazard mit einer Taube in der Tasche an jenem wunderbaren Nachmittag in Brixton auftauchte, uns alle glücklich zu machen? Denken Sie dran, Sie haben ihn zuletzt gesehen, wie er, dem Griff seiner Tante Effie entronnen, den Broadway hinunterwieselte nach –

Ja, wohin? Keine einfache Frage.

Im Lauf der Jahre hat uns Peregrine ein Smörgåsbord von Alternativen vorgesetzt, was ihm danach passiert sein könnte. Er schenkte uns seine ganzen Geschichten, wir konnten uns die auswählen, die wir wollten – aber sie veränderten sich immer wieder, das war das Problem. Hat er wirklich Ambrose Bierce in einer Absteige in El Paso getroffen und ist mit ihm nach Mexiko in den Krieg gezogen? (Eine Bestätigung dieser Version, die einzige allerdings, muß ich sagen, ist die persönliche Widmung in einem Exemplar des *Devil's Dictionary*.) Hatte er sich als B. Traven ausgegeben? Ich wußte jedenfalls, daß er beim Zirkus gearbeitet hatte. Oder im Varieté. Falls er seine Zauber- und Jongleurtricks nicht einstudiert hatte, um die anderen Goldgräber in Alaska an den langen Winterabenden zu unterhalten. Vor allem – wie war er so reich geworden?

»Ganz einfach«, sagte er und grinste breit. »Ich hab in Alaska tatsächlich Gold gefunden.«

Aber er war ein *sehr* guter Jongleur. Das mußte man ihm lassen. Er hat mir mal erzählt, W. C. Fields hätt's ihm beigebracht, aber ich weiß nicht, ob ich das glauben soll.

Omma war's zufrieden, daß so ein hübscher junger Mann den Fängen der Alten bloß leichtverletzt entronnen war, das heißt mit einer Schrapnellwunde im Oberarm; es stärkte ihre Hoffnung in die Fortdauer der Menschheit, sagte sie. Je mehr er und Omma miteinander debattierten, desto mehr erkannten sie, daß sie in vielem einig waren, bis er schließlich höchst verlegen mit dem Grund für seinen Besuch herausrückte ... es stellte sich raus, daß er es übernommen hatte, Omma die gute Nachricht von Melchiors bevorstehender Heirat zu überbringen.

Ja! Melchior war verlobt, und vor der Eheschließung wollte er uns alle auszahlen, damit wir nicht zu irgendeinem späteren Zeitpunkt ankämen und Stunk machten.

»Der singt ja jetzt ganz anders«, bemerkte Omma. »Ich hab den Bastard in seiner Höhle gestellt, nach einer Matinee neulich, wo er Romeo war – da war er im Nachteil, hatte nur seine Strumpfhosen an und bißchen Mascara, und trotzdem hat er die Vaterschaft geleugnet.«

»Ganz unter uns«, sagte Peregrine, »ich glaube, er hat Angst, Sie kreuzen mit den Kindern bei der Hochzeit auf.«

Sie röhrten los. Wir Kleinchen verstanden natürlich kein Wort, aber wir schauten vom einen zur anderen und fingen an zu lachen, weil die beiden lachten. »Arme Unschuldslämmer!« sagte Omma. Der Piratenvater kletterte in die gute Gesellschaft hoch – eine große Hochzeit in St. John's, Smith Square, mit zwölf Brautjungfern, Herzöge unter den Anwesenden, und die Braut in Weiß von Worth, damals haben wir zum erstenmal den Namen Lady Atalanta Lynde gehört.

»Die Braut ist schwerreich, meine Damen«, versicherte uns Perry.

»Na«, sagte Mrs. Chance, »dann soll er mal was von seiner neuerworbenen schweren Last bei uns abladen.« Und als sie Perrys zweifelnden Blick sah: »Wenn man kein Ticket hat, kann man nicht gewinnen, Schätzchen. Denk an das russische Sprichwort: ›Hoff auf das Beste, rechne mit dem Schlimmsten.‹«

Das war ihr Motto. Unsres auch.

Doch nach all dem war es dann Peregrine selbst, der den Gentleman machte. Das heißt, *sein* Name stand auf den Schecks, die nun am Ersten jedes Monats in der Bard Road ankamen. Als Omma ihn ausfragte, wurde er rosarot unter seinen Sommersprossen und sagte, Melchior und er hätten entschieden, daß man so tun würde, als wäre Peregrine der Schwerenöter gewesen, wenn sich je jemand erkundigen sollte, und, bitte vielmals um Verzeihung, könnte sie ihm das je vergeben? aber er hatte ihren Namen verwendet ... Das heißt, Mrs. Chance, unsere Adoptivgroßmutter und Beschützerin, stand nun als Mutter in den Büchern, damit die Buchhalter zufrieden waren. »Die haben uns so gut wie verheiratet!« sagte sie. Sie lachte so, daß sie vom Stuhl fiel.

Aber wir kleinen Mädchen gaben nicht acht, wir hockten über Perrys neuestem Geschenk, einem Grammophon, und mit äußerster Behutsamkeit setzte Nora die Nadel auf den wundersamen schwarzen Bakelitpfannkuchen, der, wie uns unser Onkel Perry gesagt hatte, für uns singen würde, wenn wir die Kurbel drehten. Zischen ... Surren ... Dann drang dünn, schwach, erstaunlich (als sei dies nur wieder einer seiner Tricks) Musik aus dem großen Trichter – eine Trompete, eine Posaune, ein Banjo, Schlagzeug. Ein Lied, ein Lied, ein Lied, das uns ein Versprechen gab, das unser Vater nie gehalten hat, aber andere dafür: »I Can't Give You Anything But Love, Baby.«

Bei den ersten Takten konnten wir nicht anders, es war, als hätte eine Stimme zu uns gesagt, wir sollten's tun: Wir standen auf und tanzten. »Tanzen«, sage ich, aber wir wußten nicht, wie das geht – wir hüpften im Takt umher und klatschten in die Hände. Perry sah uns ein Weilchen lächelnd zu und sagte dann: »Paßt auf, Mädels, ich zeig's euch.« Er zog das Grammophon noch einmal auf.

I can't give you anything but love, baby,
That's the only thing I've plenty of, baby ...

Omma hatte sich wieder einigermaßen beruhigt; er streckte seine Hand aus. Sie hatte noch die Grundlagen, dick, wie sie war; die Art, wie sie tanzte, war der einzige Hinweis auf ihre Vergangenheit, den sie einem je gab. Dann tanzten wir alle, eben hier, im Frühstückszimmer, und was uns betrifft, wir haben noch immer nicht mit Tanzen aufgehört, was, Nora? Wir tanzen weiter, bis wir umfallen.

Dream awhile, scheme awhile ...

Wie herrlich, zu tanzen und zu singen!

Perry hat uns sehr viel mehr als Liebe gegeben, damals in jenen Tagen. Er hat noch eine Ziffer auf seinem Monatsscheck hinzugefügt, um unseren Tanzunterricht zu bezahlen. Er war ein pflichtbewußter Vater. Und trat auch als Sugardaddy auf. Jeden zweiten Sonntag kam er mit Päckchen von Hamleys und Harrods und Selfridges, er zog uns rote Bänder aus den Ohren und Fähnchen aus der Nase, er setzte uns auf sein Knie und fütterte uns mit Fullers Walnußkuchen, und dann zog er immer das Grammophon auf, und wir tanzten dazu. Danach tranken er und Omma ein paar Gläschen und lachten miteinander; sie waren wie Verschwörer.

Aber er hieß halt Peregrinus, der Pilger, das Wandern steckte ihm in Blut, und eines Tages hatte ihn wieder die Wanderlust an der Kehle. Er mußte fort, er mußte weg. Er gab rasch noch eine Kiste Crème de menthe für Omma ab, Stepschuhe für mich und Nora. Dann war er nicht mehr da, keine Adresse, unter der man ihn erreichen konnte, aber die Postkarten kamen jeden Monat oder so, und an Weihnachten bekamen wir immer einen großen Korb verfaultes Obst oder eine Kiste voller Stroh und Scherben – feines Porzellan, als er's irgendwo an Orten, die wir nie auf der Karte finden konnten, abgeschickt hatte. Er lernte nie, was eine Reise unbeschadet überstand und was nicht.

Aber ein letztes kleines Geschenk kam auf den eigenen zwei Beinen an und machte sich selbst bemerkbar – nicht mit einem Klopfen an der Vordertür, sondern einem demütigen leisen Kratzen unten am Souterrain, wo die Familie ein- und ausging. Als Omma aufmachen ging, stand sie da, ein winziges Stückchen Mensch, dünn wie ein Nagel, aufgeplatzte Schuh, keine Strümpfe, nur ein Tuch um die Schultern und eine Männermütze auf dem Kopf. Da muß sie vierzehn gewesen sein. Sie streckte ihr einen

Zettel entgegen, und da stand unsere Adresse, in Perrys Handschrift.

»Er hat gesagt, bei Ihnen krieg ich nen Job«, sagte sie. »Mit nach den Kindern schaun oder was. Er hat gesagt, bei Ihnen krieg ich ein Dach überm Kopf.«

»Ich hatte nicht vor, ein Heim für gefallene Mädchen aufzumachen«, sagte Omma pikiert. Der Regen pißte nur so runter, Unsere Cynthia war klatschnaß.

»Gefallen bin ich noch nich«, sagte Uns Cyn. »Aber das *könnte* schon kommen.«

Als sie mal die Füße bei uns unterm Tisch hatte, hat sie sie nie mehr vorgezogen. Gehörte zum festen Inventar. Sie war ein frischer Luftzug. Wenn Omma zu lange in der Eckkneipe festhing und vergaß, die abendlichen Karotten zu raspeln, machte Cyn uns zwei Lammkoteletts mit bißchen Leber und Speck. Verbotene Früchte! Toll. Ihre Kinder waren auch die ganze Zeit im Haus, rein und raus, nachdem sie den Taxifahrer geheiratet hatte, die zweite Generation, die unsere Omma »Omma« nannte. Es war Cyns Älteste, Mavis, die mit einem GI ging, Resultat: unsere Brenda, um die wir uns kümmerten, als *sie* dann in Schwierigkeiten war und unsere süße kleine Tiffany mit nach Hause brachte, die erste Schwarze in der Familie.

»Familie«, sage ich. Omma hat diese Familie erfunden. Sie hat sie aus dem zusammengesetzt, was grade zur Hand war – ein Paar gestrandete Waisenbabys, ein Lumpenmädel mit ner Mütze. Sie hat sie mit der schieren Kraft ihrer Persönlichkeit geschaffen. Ich wünschte nur, sie hätte unsere kleine Tiffany noch erlebt. Durch die Geschichte unserer Familie zieht sich das Motiv vom abwesenden Vater, obwohl Tiffany am Ende noch einen eigenen Daddy bekam, weil Brenda diesen Exboxer geheiratet hat. Mittelgewicht. Strikt baptistisch. Sie wohnen um die Ecke, Acre Lane. Brenda ist jetzt ein höchst respektables Gemeindeglied, man sollte nicht meinen, daß ihr Erster heute hier und morgen dort gewesen war.

Tiffany. So schön! Hab nie ein schöneres Baby gesehen. »Für die Bühne geboren«, sagte ich zu Nora. Wir haben sie angelernt, Ballett und Steppen, seit sie drei war. Damals hatten wir eine kleine Schule, das Tanzinstitut Brixton. Vorne im Erdgeschoß. Unsere Bren hämmerte aufs Klavier ein; sie spielte auch Harmonium in der Kirche. Wir rollten immer den Teppich weg. Das ist ein schönes Zimmer, Erdgeschoß vorne – groß, mit nem Erker. Wir hatten's mit einer themsegrünen Streifentapete herrichten lassen, Regencystil. Und mit einem großen Spiegel. Die kleinen Mädchen rackerten sich mit Schweißperlenschnurrbärtchen auf der Oberlippe ab. Eins, zwei, drei. Die Katzen blieben in sicherer Entfernung im Garten. Eins, zwei, drei. Nicht gut genug für Tiffany, als sie neun, zehn, elf wurde. Sie wollte Disco und Funk, all so was. Böhmische Dörfer für uns natürlich. Nach unserer Zeit.

Sie zog mit ein paar anderen Mädchen schließlich in eine Wohnung. Danach blühte sie auf. Sie kam immer noch ihre alten Tanten besuchen, wenn sie einen Moment Zeit hatte, in schwarzem Leder, mit rotem Lidschatten und Perücken bis zum Arsch und Gott weiß was. Ihr Papa wollte sie so nicht ins Haus lassen, ist ein Laienprediger, also machte sie bei uns Station, auf dem Heimweg von dem Klub, wo sie arbeitete, wusch sich das Make-up runter, schlüpfte in flache Schuhe und ein nettes Kleidchen, das im Schrank im Gästezimmer hing.

In *einem* der Gästezimmer, sollte ich sagen. Dies ganze Haus besteht heutzutage fast nur aus leeren Zimmern. Rollstuhl wohnt vorn im Souterrain, daß sie ins Frühstückszimmer rollen kann und wieder raus und selber auf das Klo unten gehen. Nono und ich haben jede ein Dachzimmer. Der Rest – alte Kleider, Staub, Stapel alter Zeitungen, mit Bindfaden zusammengeschnürt, Zeitungsausschnitte, alte Photos.

Der Rest ist Schweigen.

Tiffany kam dann eines Tages mal vorbei, und wen sah sie beim Tee mit ihren Tantchen sitzen? Einen gutaussehenden jungen Mann, den sie noch nie gesehn hatte und der auch für mich und Nora erst einmal ein leichter Schock war, weil er das erste Hazardkind war, das uns je besucht hatte.

Und kaum hatte die arme kleine Tiff ihn zu Gesicht bekommen, als sie sich Knall auf Fall verliebte.

Tristram. Sein Zwillingsbruder heißt Gareth. Affenblöde keltische Namen. Der andere, der Gareth, ist Jesuit, ist konvertiert, eh er zwanzig war. Dann ist er missionieren gegangen, hat uns sein altes Kindermädchen jedenfalls erzählt. Seine alte Nanny kommt gelegentlich mal vorbei, Freundin der Familie, es ist eine komplizierte Verbindung – sie war früher die alte Nanny von Rollstuhl, im finsteren Mittelalter, vor der Sintflut. Sie ist, könnte man sagen, die endemische alte Nanny der Familie Hazard. Unzerstörbares altes Mädchen. Wir verlassen uns sehr auf ihr Geklatsche, muß ich sagen. Die alte Nanny hat uns erzählt, wie Gareth in den Dschungel gezogen ist, zehn Jahre muß das her sein. Wahrscheinlich haben sie ihn schon längst gegrillt oder die Jivaros haben irgendwo seinen Schrumpfkopf stehen.

Gareth und Tristram, der Priester und der Showmaster. Kein so großer Unterschied im Grund, schätze ich. Beide im Showgeschäft. Beide, jeder auf seine Weise, haben die große Tradition der Familie Hazard fortgesetzt – die Leute einzuladen, ihre ungläubige Skepsis ein wenig zu vergessen. Beide versprachen ein Gratisgeschenk, wenn man das Spiel mitspielte.

Tristram und Gareth, die Kinder der dritten Frau unseres Vaters. Um kurz mal zu rekapitulieren: Nummer eins, Lady Atalanta Hazard, geborene Lynde, alias »Rollstuhl«. Nummer zwei, Miss Delia Delaney aus Hollywood, alias Daisy Duck. Nummer drei, das Mädchen, das einst Cordelia spielte, als unser Vater den Lear gab – seine Cordelia zu heiraten: offenbar so etwas wie eine Familientradition bei den Hazards. Sie war damals erst einundzwanzig, frisch von der Schauspielakadamie, wo sie – oh! wie leicht die Jugend Verrat begeht! – die beste Freundin von Saskia, Melchiors eigener Tochter, gewesen war. Was Melchior betraf, war er schon alt genug, seine Pension zu beziehen, und soeben geadelt worden, »Verdienste um das Theater«, so daß er sie wenigstens zur Lady machte, aber sie und Saskia sprachen von dem Tag an kein einziges Wort mehr miteinander, wenn auch die alte Nanny, die unermüdliche Klatschtante, uns erzählte, daß Saskia bei der Taufe der beiden Jungen auftauchte, wie die böse Fee bei Schneewittchen, und die dicken kleinen säuberlich eingepackten Zwillinge böse anstarrte, als ob sie sich schon schlimme Pläne für ihre Zukunft zurechtlegte.

Numero Tre hatte jedoch ihre eigenen Zukunftspläne. Sie war eine weit vorausschauende Frau. Sie schaute voraus und sah – das Fernsehen! In jenen Tagen sahen alle anderen bloß ein kleines graues Rechteck von der Größe einer Cornflakesschachtel, von undeutlichen Formen durchzogen wie Trafalgar Square im dicken Nebel. Wer hätt's gedacht, daß die kleine Kiste voller Schatten uns alle arbeitslos machen würde – Sänger, Tänzer, Akrobaten, Shakespearemimen, alle? Aber Melchiors dritte Frau plante fürs späte zwanzigste Jahrhundert. Sie brachte die ganze Familie vor die Kamera. Der Familie ging's prächtig.

Vielleicht war's auch einfach notwendig. Melchior fing an, seinen Text zu schmeißen, stolperte über sein Schwert, verhaute sich mit Gestik und Mienenspiel, daß man seinen Brutus kaum mehr von seinem Antonius unterscheiden konnte – das Alter schlich sich an, und jetzt beutete er seinen eigenen Ruhm aus.

Er grub tief in der neuen Goldmine, die sich vor ihm geöffnet hatte – reizende alte Herren in Werbespots für Pfeifentabak, Portwein und Zigarillos. Man fing an, bei seinem Gesicht – und wenn ich mich auch von Zeit zu Zeit über ihn lustig mache, ich muß ihm doch danken, daß er mir die guten alten Hazardknochen vererbt hat, die im Alter wie guter Wein nur noch schöner werden – an die Musik von Elgar zu denken.

Seine clevere junge Frau gab ihre eigene Karriere auf, um sich ihren beiden süßen Söhnen zu widmen, aber sie fand oft genug noch die Zeit, um mal kurz in der Glotze reinzuschauen – Topfkratzer, Geschirrspülmittel, Toilettenpapier ... »Die königliche Familie des Theaters gibt das Siegel ihrer Zustimmung«. Die Krönung war ein Auftritt in langem gelbem Gewand mit Halskrause, oben auf einer Zinnenmauer, streng auf eine Halbpfundpackung auf einem Teller sehend: »Butter oder keine Butter ...« Lady Margarine. Sie trat auch für eine verhandlungsfähige Summe als Ehrengast bei Shows oder bei Basareröffnungen auf. Schneller als je eine Frau, die ich gekannt hab, war sie mittleren Alters.

Nicht daß ich sie wirklich *gekannt* hätte, aber wir lasen die Zeitungen, wir blieben auf dem laufenden. Schließlich gehörten die Hazards allen. Sie waren ein Schatz der Nation.

Als schließlich die Zeit reif war, kamen die älteren Stiefkinder auch ins Fernsehen. Saskia, meine Halbschwester und *bête noire*, fing mit dieser Küchenserie an – jetzt ist sie die Fernsehköchin par excellence. Imogen, die andere, erarbeitete sich ein einzigartiges Fach als Goldfisch. Kein Witz. Es war eine Kleinkinderserie, spielte in einem Aquarium, über diesen Fisch namens Goldie. Läuft jetzt schon zwanzig Jahre, Karpfen haben ein langes Leben. Manchmal versteh ich die Engländer nicht ganz.

Abgesehen davon, daß wir hie und da mal einen kurzen Blick erhaschten, wenn wir uns am Fernseher mit dem Programm vertaten, sahen wir kein Härchen von irgendwelchen Hazards, außer in den Zeitungen. Seit seiner schwer danebengeratenen Inszenierung des *Sommernachtstraums*, Melchiors erstem und einzigem Versuch, einen Film zu drehen, machte er einen großen Bogen um uns, weil in den Film hatte er uns nur als Maskottchen reingenommen, und was für eine Katastrophe wurde draus! Wir haben seit dem Zweiten Weltkrieg nur einmal mit ihm am selben Tisch gesessen, und diese Begegnung endete auch in Tränen. Lady Margarine hatte ohnehin nie Wert drauf gelegt, sich mit den Fehltritten ihres Mannes gemein zu machen, vor allem, weil diese Fehltritte alt genug waren, um *ihre* Mutter abzugeben. Aber wir lasen's in der Zeitung, daß die Jungen nach Bedales kamen, wo Tristram wegen Besäufnis und Unzucht der Schule verwiesen wurde, Gareth dagegen nicht.

Wie raschelten die Boulevardblätter da! Rollstuhl gakkerte glücklich. Der kleine Tris, 68 wegen Hasch verhaftet, in Satinweste und Samthosen. Tizianrote Löckchen. Er tanzte in *Hair* nackt auf der Bühne. 76 fuhr er seinen ersten Lotus Elan zu Bruch, total breit, die Haare (immer elegant) in langen Spikes und mit schottenkarierten Sadomasohosen. Aaaach, was für ein böser Junge, und wie die Mammi sich Sorgen machte! Jeden Tag in der Klatschspalte, immer in der Zeitung, Sex und Drogen und Rock-'n'-Roll.

Gareth dagegen nicht.

Es muß schon Mylady Margarine gewesen sein, die Tristram den Job beim Fernsehen besorgt hat. Es muß ihr als letzter Ausweg erschienen sein. Falls es nicht Saskia war, die intrigante Ziege. Als er uns das erstemal besuchte, vor ein paar Jahren, das war vor seiner ersten großen Investition in flotte feine Herrengarderobe, er war noch im Jeans-und-Krawatten-Stadium, bloß Produktionsassistent, und da wollte er uns, sagte er wenigstens, für eine Talkshow.

»Jesses«, sagte Nora. Obwohl es nicht die Tageszeit war, wo wir uns für gewöhnlich richtig anzogen, hatte sie sich ein Kleid übergestreift und das Haar ein bißchen in Ordnung gebracht. Sie sah richtig sündhaft aus. »Wir sind alt wie die Nacht, und du willst immer noch, daß wir die Beine zeigen?«

»Ich bin stolz auf meine Tanten«, sagte Tristram. »Als Saskia mir erzählt hat, daß die legendären Chance-Sisters meine allereigensten Tanten sind, war ich total von den Socken.«

»Tanten«, ja? Diese Saskia! Wir zogen die Augenbrauen hoch und sahen uns schnell an, aber wir blieben friedlich. Er hat Charme, ich muß es sagen. Einen etwas glatten Charme. Ich konnte sehen, daß Nora die Idee schon fast halb und halb gefiel, sie klopfte sich mit dem Fingernagel gegen die Schneidezähne, wie sie's gern macht. Wir hätten zu der Zeit auch ein paar Mäuse vertragen können. Aber allein der Gedanke, daß wir zwei alten Damen zum Entzücken der Zuschauer einen Greisinnencharleston hinlegen sollten, widerte mich an, und wenn Saskia irgend etwas mit der Sache zu tun hatte, roch sie mir gleich faul.

Dann kam Tiffany rein. Sie hat ihren eigenen Schlüssel, kann kommen und gehen, wie sie will. Kein Klopfen. Die Tür ging auf. Da war sie.

Was für ein Auftritt! Sie sah aus wie ne echte Dirne, das arme kleine Ding, mit ihren Netzstrümpfen und ihrem Ledermini. Bren und Leroy haben immer viel zu sehr auf sie aufgepaßt. Nichts war zu gut für Tiffany. Erstes Kind in ihrer Schule mit eigener Stereoanlage. »Wartet nur, bis sie über die Stränge schlägt!« haben wir immer gesagt. Nur eine Jungfrau hätte so nen Rock getragen. Hat nie ein lieberes oder unschuldigeres Mädel gegeben als unsere Tiffany, wenn sie auch so blöd war, ihre Titten in allen Zeitungen sehen zu lassen. »Sechs Fuß zwei Zoll geschmeidige kaffeebraune Herrlichkeit«, hieß es auf der Pinup-Seite drei. Sie hat sich nie getraut, es ihrem Vater zu sagen, aber der läßt die *Sun* glücklicherweise prinzipiell nicht ins Haus. Das süßeste Mädel in London, aber naiv!

Tristram warf seinen Stuhl um, als er zur Begrüßung aufstand. Er war ganz konfus, kein Wunder. Rollstuhl wurde zu ihrer Zeit überall als »die schönste Frau Englands« ausgerufen, aber mit Tiffany kam sie nie mit, sagt sie selber.

Die Talkshow, das hat nie geklappt, weil er die Woche drauf den Showmasterjob bei dem Glücksrad im andern Programm angeboten bekam, also nahm er den. Und er nahm auch Tiffany. Er nahm sie mit in seine Wohnung, in einem Lagerhaus in Bermondsey, über einer Wein-Bar, und er kaufte ihr ein perlenbesetztes Abendkleid, und da stand sie nun jede Woche, mit ihrem Lächeln einer Fünfjährigen, ließ das ganze Fernsehpublikum in ihren Ausschnitt gucken, während sie rief: »Jawoll! Jede Menge Moneten!« – mit einer strahlenden Überzeugtheit, die nur aus wahrer Liebe geboren sein konnte.

Denn sie fiel um, sie verliebte sich in ihn, Hals über Kopf. Ihr Papa kochte und fluchte, als sie nach Hause kam, um sich ihre Wäsche zu holen; sie kam bei uns vorbei, sie weinte. Brenda witschte heimlich rüber, umarmte sie. »Ich liebe ihn, Mam.« – »Tante Dora, ich liebe ihn.« – »Ich liebe ihn, Tante Nora.«

Wir drei schauten uns ziemlich traurig an. Wir hatten insgesamt fast zweihundert Jahre Erfahrung mit der Liebe hinter uns, und die Vorzeichen waren nicht gut. Sie saß da und rieb sich mit den Knöcheln die Augen, schmierte überall Mascara hin. Es hatte sie schlimm erwischt, und Tristram war nicht das Papier wert, mit dem sie sich den Hintern putzte. Also bereiteten wir uns auf ein gebrochenes Herz vor, aber das Organ erwies sich als ein wenig robuster, als wir befürchtet hatten. Noch kein Anzeichen einer Katastrophe.

Wohlgemerkt, wir sahen sie kaum in letzter Zeit. An Weihnachten kam sie im Taxi angerauscht mit einer Pulle Gin mit rotem Schleifchen, drückte uns ein Lippenstiftherz auf die Wangen, ließ ein großes Päckchen für ihre Mutter da und scharwenzelte wieder ab zu irgendeiner Soiree. Sie war immer gut zu ihrer Mutter, muß man sagen, wenn Bren auch die ganzen Geschenke bei uns aufbewahren mußte, damit Leroy nicht den Lohn der Sünde zu Gesicht bekam. An Ostern kriegten wir nen Strauß Narzissen.

Aber Nora und ich wußten, durch was für Reifen die ausgehaltene Frau springen muß, um sich die Reise zu verdienen, und unsere kleine Tiff sah ziemlich blaß und spitz aus, als wir sie das letztemal sahen, und entschuldigte sich dauernd, um auf die Toilette zu gehen.

Jetzt drücken wir mal auf PLAY.

»Jede Menge Moneten!« rief Tristram Hazard, live aus London übertragen, eine spezielle Geburtstagshuldigung an seinen berühmten Vater. Wenn, Gott steh Ihnen bei, Sie diese Scheißshow schon einmal gesehen haben, dann werden Sie wissen, daß dies der Moment ist, wo Tristram die schöne Tiffany vorstellt. Sie schwebt in ihrem perlenbesetzten Abendkleid nach vorn, lächelt dazu wie ein braves Kind an seinem Geburtstag, und ihre liebe kleine rauhe Stimme fügt sich zu der seinen: »Jawoll! Jede Menge Moneten!«

Aber wo ist heut abend die schöne Tiffany? Nirgendwo zu sehen, obwohl Tristram erwartungsvoll zu der Neontreppe hinschaut, wo sie gewöhnlich herabsteigt. Keine Tiffany, verdammt, und wir senden live!

Trotzdem, als ausgebuffter Profi kommt er keine Sekunde aus dem Takt.

»Und ich möchte Sie alle bitten, noch einmal ein ganz spezielles Hallo! und Jede Menge Moneten! für einen wahrhaft großen alten Herrn anzustimmen, für – den Mann, der so etwas ist wie das britische Theater selber.« Seine Stimme senkte sich, er setzte ein saftiges Lächeln auf und machte halb eine Verbeugung, halb einen Knicks, eine Art Unisex-Ehrenbezeugung. »Mein Vater ... Sir Melchior Hazard.«

Strahlend schwang er sich herum, mit ausgebreiteten Armen: »Hallo, Dad!«

Röhrender Applaus, als Lady Margarine, das Antlitz, das tausendmal auf den idealen Topfkratzer hinabgelächelt hat, dem alten Mann zum Mikrophon half. Wir sahen es mit schwindelerregend gemischten Gefühlen – zunächst einmal, da wir ihn nach so langer Zeit in Fleisch und Blut vor uns sahen; weil er sich zweitens derart zum Idioten machte und drittens so silberhaarig und zittrig war. Rollstuhl dagegen war nicht so kompliziert. Sie richtete sich auf und sagte:

»Donnerwetter, der sieht ja sehr gut erhalten aus! In Alkohol eingelegt, was?«

Falls Sie Tristrams Doofshow noch nie gesehen haben – die geht so: Dort im Studio, das für den Anlaß mit Neonpalmen durchdekoriert ist, steht ein großes Rad, wie beim Roulette oder beim Blackjack, nur viel größer, ganz voller Glühbirnchen, mit einem Neonpfeil in der Mitte. Und so spielt man: Man sagt eine Zahl, und Tiffany stößt das Rad an. Das dreht und dreht sich, dieses gottverdammte Riesending, o Pardon, Herr Pfarrer, und es hält an, und wenn der Pfeil auf die Zahl zeigt, die man gewählt hat, kriegt man fünfhundert Mäuse. Das ist die erste Runde.

Zweite Runde: Verdoppeln Sie Ihr Geld, verdrei-, vervierfachen Sie's oder verlieren Sie's ganz, je nachdem, wo der Pfeil hinzeigt. Die Einfachheit selbst. Ein Spiel von der Gier.

Die Kamera hält auf die Gesichter im Zuschauerraum, die Augen treten ihnen aus den Höhlen, sie speicheln und sabbern. Geld! Geld umsonst! Ein Gewinn bei Tristram Hazards »Jede Menge Moneten«, beinahe so gut wie eine Pension von der Zivilliste.

Tristram fängt, während das Rad sich dreht, mit einem langsamen Gesang an; alle fangen an, in die Hände zu klatschen.

»JEDE MENGE MONETEN!«

Jedesmal, wenn ich das einen Augenblick lang mitbekomme, glaube ich, ich bin verrückt geworden.

Jetzt sagt Tristram zu seinem Vater: »Bist du bereit, um Jede Menge Geburtstagsmoneten zu spielen, Dad?«

Der alte Herr blinzelt und schaut sich um, als sei er eben aufgewacht, wisse nicht, wo er ist, sei von den ganzen Lampen und Lichtern verwirrt. Vielleicht fängt er an zu weinen. Weiß Gott, weshalb er sich selber so demütigt. Für seinen Jungen, um Tristrams lächerlicher Karriere weiterzuhelfen? Oder um sein altes Gesicht noch einmal zur Schau zu stellen, eh 's ins Grab geht? Oder ... hat ihn jetzt das Glück verlassen, braucht er das Geld?

Komisch. Daran hab ich nie gedacht.

Unser Vater nimmt sich zusammen und schenkt uns, in vollem Maße, das wunderbare alte Lächeln, das bis in die letzte Reihe im dritten Rang reicht, das bis in die Eingeweide hinab wirkt.

Unser Vater lächelt und sagt: »Ich bin bereit.«

Aber wo ist Tiffany, in ihrem purpurroten paillettenbestreuten Tittenfutteral?

Tiffany fehlt.

Bedenken Sie, das geht alles live raus, Tris ist in einer fatalen Lage. Man sieht die Panik in seinen Augen.

Und dann verändert sich etwas bei den unsichtbaren Zuschauern, von deren Existenz wir bisher nur hie und da ein Gehuste oder Gekicher, ein paar Wellen Applaus mitbekommen haben. Jetzt aber durchläuft sie ein hörbares Erschauern. Sie können etwas sehen, was wir nicht sehen, und es verwirrt sie. Es entsteht ein unruhiges Schweigen. Und dann wird es durchbrochen.

Ich wußte nie, daß unsere Tiffany singen kann. Klar und wohllautend. La la la ... Und immer noch konnte man sie nicht sehen, nur ihr Lied hören, ihr wortloses Lied, das kein Ende und keinen Anfang zu haben schien, das die Stille erschuf, in der man es hören konnte, so daß sich ein ehrfürchtiges Schweigen um diesen unirdischen Gesang herum verbreitete wie die Kreise auf dem Wasserspiegel eines Teichs.

Tristram dreht den Kopf zu dem Laut hin; die Kamera steht auf Nahaufnahme, und wir können sehen, daß er entsetzt schaut.

Warum haben sie die Übertragung nicht genau da gleich abgebrochen? Es stellt sich raus, daß einer der Kameraleute in Tiffany verliebt war, dachte, Tristram, der Chefhengst des Kommerzfernsehens, hätte das arme Kind wie ein Stück Scheiße behandelt. Was Tristram auch tat. Aber was soll's, er ist ein Kerl, ich bezweifele, daß der galante Kameramann im Lauf der Zeit sich irgendwie besser verhalten hätte. Jedenfalls ließ der nicht zu, daß man gleich den Stöpsel rauszog, er schwenkte jetzt auf Tiffany selbst, wie sie oben auf der Neontreppe stand.

Ihr Anblick hätte das härteste Herz gerührt, muß ich sagen. Sie hatte kein Make-up, sie hatte keine Frisur, und sie trug ein graues Satinhöschen mit Spitzeneinsätzen, purpurne Stöckelschuhe und eins von diesen amerikanischen Football-T-Shirts mit Nummer drauf – das war auch purpurn mit einer riesigen 69 in Rot. Tristram hatte ihr's letzte Weihnachten als Witz geschenkt. Zeigt, was er wirklich von ihr hält.

Sie hatte ein bißchen Goldlack im Haar, über dem Ohr, und ihre Hände waren voller Blumen – Narzissen, Glokkenblumen, Osterglocken, sie mußte sie aus den Vorgärten und Blumenkästen und Parkbeeten geholt haben, auf dem langen Weg von Bermondsey zum Studio.

Sie schwankte verrückt auf den hohen Absätzen der purpurnen Schuhe, die sie sich auf dem Marsch halb abgetreten hatte, und jetzt schleuderte sie die Schuhe von den Füßen. Eins! Zwei! Mit dem zweiten Stoß traf sie auch genau, obwohl sie es wohl nicht beabsichtigte, er knallte Tristram ans Schienbein. (Der richtige Tristram, der hier neben seinen Tantchen im Fleische saß, stieß einen spitzen kurzen Schrei aus, unisono mit sich selbst auf dem Bildschirm, so daß die Katze auf seinem Schoß hochfuhr und sich trollte.)

Als Tristram aufschrie, erregte das ihre Aufmerksamkeit, und ihre großen braunen Augen richteten sich mit einer Art Wiedererkennen auf ihn, doch nur ganz vage, als erinnere sie sich an einen Traum – keinen Albtraum vielleicht, doch auch keinen angenehmen Traum. Einen traurigen, keinen bösen Traum.

Das Publikum im Studio hatte nicht die geringste Idee, was da vor sich ging, und sie rutschten unruhig auf den Stühlen herum und kicherten ein wenig, versuchten halbherzig, sich einzureden, daß dieses verwirrte Mädchen hier irgendwie zur Action gehörte und in Kürze etwas Komisches tun würde – oder aber ihr Footballhemd ausziehen und ihnen allen was zu schauen geben würde. Aber sie sang bloß weiter. La la la.

Dann, langsam, langsam, die Augen unverwandt auf

Tristram gerichtet – er hielt ganz still, als hätte sie ihn mesmerisiert –, fing sie an, die Treppe hinabzugehen.

Wenn Nora und ich für jede Treppe, die wir in unserem Leben als Showgirls runtergegangen sind, ein Pfund hätten, könnten wir uns im Geld wälzen.

Aber Tiffany kam diese Treppe nicht wie ein Star heruntergegangen, armes Kind! Sie wackelte auf jeder Stufe so stark, daß ich mir sicher war, sie würde fallen, und mich vorbeugte, um meine Arme ausstrecken und sie auffangen zu können, wenn sie stolperte, so war ich gefangen von dem Anblick. Nora weinte sich bereits die Augen aus, und selbst die alte Rollstuhl schniefte und suchte im Ärmel nach ihrem Tatu. Aber obwohl es auch mir vor den Augen verschwamm, sah ich doch den Sitz von Tiffanys Hemd, erinnerte mich, wie sie beim letzten Besuch die halbe Zeit auf der Toilette verbracht hatte, und zählte zwei und zwei zusammen.

»Du hast ihr nen Braten in die Röhre geschoben, Tristram!«

Ich konnte mich nicht zurückhalten, ich platzte gleich damit raus.

Nora drehte den Wasserhahn abrupt ab, sie hörte sofort auf zu weinen und drückte auf STANDBY, so daß das Bild unserer wackelnden süßen Tiffany stehenblieb und gefror.

»Wie war das? Ein Baby?«

»Ich bin noch nicht soweit, daß ich Vater sein könnte«, sagte Tristram. »Ich kann die Verantwortung nicht übernehmen. Ich bin nicht reif genug.«

»Kein Mann ist das je«, verkündete Rollstuhl *en grande dame.*

Wir schauten ihn alle drei böse an. Er kauerte sich beschämt zusammen.

»Tantchen«, sagte er, »verzeiht mir.«

»Nicht wir müssen dir verzeihen«, sagte Nora. »Das

hängt von dem lieben unschuldigen Kind ab und davon, wie du ihr's wieder gutmachst, wenn sie sich je dazu durchringen kann, dir zu verzeihen! Und du bringst besser alles pronto wieder in Ordnung, ehe ihr Vater rausfindet, daß du dich drücken wolltest, sonst kannst du in Zukunft alle Nahaufnahmen vergessen. Wenn du noch unter uns weilst. Jetzt schauen wir mal, was du als nächstes angerichtet hast.«

Und damit drückte sie flink wieder PLAY, daß er gar nicht zu Wort kam.

Ich kann nicht sagen, ob Tiffany wußte, daß das Tristram war am Fuße der Treppe, oder ob sie ihn überhaupt nicht erkannte; ob er ihr aus einer kaum mehr zu erinnernden Zeit bekannt vorkam, ehe ihr das Herz brach, oder ob sein Gesicht ihr ein neues Gesicht schien, das sie irgendwie ganz leicht an das von jemand anderem erinnerte. Aber sie kam die Treppe herunter, auf ihn zu, ohne ein Lächeln, Blumen im Haar, halbnackt auf armen, bloßen, zittrigen Füßen.

So hübsche Füße hat sie immer gehabt, lang, aber vollkommen geformt, und hübsche kleine Zehen, schön abgestuft, nicht wie diese langen wurzelartigen Dinger, die manche haben. Ihre schönen bloßen Füße zogen Blut hinter sich her; sie hatte sich die Fersen an den purpurroten Stöckelschuhen aufgescheuert. Den ganzen Weg von Bermondsey in diesen Schuhen zu gehen!

Tristram sah aus, als stützte er den alten Melchior, falls nicht Melchior seinen Sohn aufrecht hielt; einer klammerte sich an den anderen wie Ertrinkende an eine Planke. Tristrams Karriere in Scherben! Die Geburtstagscour seines alten Vaters ruiniert! Das blumengleiche Kind, dem er Gewalt angetan hatte, trat vor, ihn zu beschämen, total durchgedreht vor Millionen von Zuschauern! Alles auf einmal!

Sie griff sich hinters Ohr, holte ein wenig Goldlack

herunter und reichte Tristram die Blume. Er, der nicht wußte, was er damit sollte, roch daran. Das ließ sie lächeln. Er versuchte, sie ihr zurückzugeben, aber da lief nichts.

»Goldlack«, sagte sie, »Mauerblümchen. Du weißt doch, was man von den Mauerblümchen sagt – viele sind berufen, aber wenige nur sind auserwählt.«

Während alledem hört man das unruhige Geschiebe des Studiopublikums, und immer mal wieder rennt irgendein Medienlakai über die Szene und versucht verzweifelt, irgendwie das Ganze abzubrechen. Aber es ging weiter, weiter, immer weiter.

»Hier«, sagt sie, »halt mal.«

Jetzt schiebt sie ihm den zerzausten kleinen Frühlingsstrauß in die Hände und behält nur eine Osterglocke, die sie vor den Mund hält, als wär's die Sprechmuschel von einem dieser alten Ständertelephone, wie wir sie vor Jahren hatten. Hallo, hallo? Dann hält sie sie ans Ohr. Niemand da. Und bietet auch diese Tristram dar, mit solch traurigem Lächeln – einem Lächeln, das sich verwandelt, als sie wieder hinschaut und bemerkt, daß es gar kein Telephon ist, und zu einem blassen Kichern wird.

»Rosen«, sagte sie, »Rosen und Lilien.« Und wieder fing sie an zu singen, aber diesmal in Worten.

Meine kleine Schwester Lily, ja die hurt am Piccadilly,
Und im Strand geht meine Mutti auf den Strich –

Ich dachte: Jetzt aber! Jetzt blenden sie sie auf jeden Fall aus. Aber immer und immer noch geschah nichts, nicht einmal, als sie nun, ihrer Blumen ledig, plötzlich rief:

»Fort damit! Du hast's mir nur geliehen! Nichts hat mir gehört, niemals!«

Und zog ihr Nummer-69-Hemd aus, warf es auf den Boden und trampelte darauf herum. Es war ein Schock, ihre Brüste unter dem grausamen Licht zu sehen – lange, schwere Brüste, mit großen dunklen Brustwarzen, richtige Brüste, nicht wie die, die sie wie geborgte Staatsgarderobe den Glamourkameras gezeigt hatte. Dies war Fleisch, man konnte sehen, daß es bluten würde, man konnte sehen, wie es Kinder nährte.

Dann tat Melchior etwas Wunderbares. Wer hätte gedacht, daß der alte Mann das noch in sich hatte? Plötzlich fängt die Kamera Melchior ein, der eine blonde Nerzstola ausgestreckt hält, die er soeben seiner Gattin von den Schultern gezogen haben muß. Er legte Tiffany die Hand auf die bloße Schulter und sagte: »Schöne, schöne Dame.«

Vielleicht war es sein Tonfall, der ihre Aufmerksamkeit erregte – der eines Mannes, der für altmodisch süße, schwarze Schokoladentoffees wirbt. Als sie sich zu ihm wandte, legte er ihr die Stola um die Schultern, er bedeckte sie.

Dann trat Lady Margarine ebenfalls vor. Die hatten sie währenddessen im Hintergrund bereitgehalten, damit sie am Ende rasch hinzutreten und den Scheck übernehmen konnte, ehe ihre bessere Hälfte irgendeinen senilen Unsinn damit anstellte. Sie ist gut in Form, ich muß es sagen, viel Gymnastik und hier und dort ein kleiner Abnäher, das hilft doch einiges. Die Wangen plaudern aber auch aus, was los ist – die haben diesen straffen vollen glänzenden Backenhörnchen-Look, der überdeutlich sagt: geliftet! Man weiß immer Bescheid. Trotzdem, gut in Schuß. Sie war bei ihrer Hochzeit brünett, aber jetzt ist sie offensichtlich im Alter erblondet, und sie trägt eine Art blaßgoldenen Chignon. Sie weint auch, vielleicht weil ihr Nerz weg ist, aber, seien wir fair, wahrscheinlich doch als Tribut an diesen Augenblick. Nachdem Mylady Margarine um ihrer Familie willen vor fünfunddreißig Jahren die Bühne aufgegeben hat, muß sie es irgendwo in irgendeinem Winkel ihres Herzens die ganze Zeit bereut haben, denn als das Schicksal ihr aus heiterem Himmel noch einmal eine Gelegenheit gab, griff sie mit beiden Händen danach.

»Ach, mein Liebes!« sagte sie zu Tiffany. »Wir wollten so sehr, daß er dich heiratet. Ich habe ihn gebeten, ich habe gefleht.«

Tristram fuhr zusammen und erwachte aus seiner Trance – es schien so, als ob das das erste war, was *er* davon gehört hatte. Aber Tiffany zeigte keine Reaktion, schien nichts gehört zu haben. Sie schauderte noch immer trotz des Pelzes, aber als sie mit ihrer Wange gegen das Fell strich, da mußte sie lächeln, so lieblich, so rührend, sie lächelte dieses Brave-Kind-Geburtstagslächeln, und es war, als gäbe ihr die Berührung mit dem Pelz ein wenig von der Kraft des Tieres, sie wurde wieder stark. Sie schien vor unseren Augen an Stärke zuzunehmen – sie wurde nicht wieder sie selbst, nicht genau, aber sie wurde zu jemand, der sich unter vollkommener Kontrolle hat. Sie rief zu einer unsichtbaren Person außerhalb der Szene mit volltönender Stimme hinüber: »Hey! Ruf mir mal einer ein Taxi, ja? Ein Taxi! Gleich!«

Dann wandte sie sich zur Kamera, wie jede Woche. Der Kameramann, der in sie verliebt war, holte sie näher heran, als sie nun ein Ende der Nerzstola mit einer Was-kostet-die-Welt-Geste über die Schulter warf, als könne nun alles geschehen, und sie schenkte den Zuschauern ihr hundertprozentiges, breites Lächeln, das professionelle, das ihre Tausend-Karat-Zähne bis hinten zu den Weisheits-Spitzchen sehen ließ. Sie hob die Hand. Sie winkte.

»Gute Nacht zusammen!« Der traditionelle Abschiedsgruß: »Schlaft schön fein, groß und klein! Gute Nacht!«

Dann, mitten im Schwenk der winkenden Hand, fuhr sich diese neue, starke, alle herausfordernde Person, die

Tiffanys Gesicht trug, mit der Hand an den Mund, als müsse sie sich übergeben, ihr Gesicht verzerrte sich, sie rannte in Nerzstola und Seidenschlüpfer von der Szene, und da standen die Hazards, alle drei, und gafften wie Dorfdeppen hinterher.

Tristram kam als erster zu sich, obwohl er die Hände noch voller Blumen hatte. Aber er erinnerte sich daran, daß die Kamera ihn beobachtete, und es gelang ihm sogar, ein Lächeln zusammenzubasteln.

»Und eine schöne gute Nacht auch von mir, Tristram Hazard, und meinem ganz speziellen Geburtstagsgast, der heute hundert Jahre wird, Sir Melchior Hazard –«

Die bewährte alte Abschiedsformel. Sie beruhigte das Studiopublikum. Ein, zwei fingen an zu klatschen, als könnten sie dadurch das, was sie gesehen hatten, zu dem machen, was sie eigentlich hätten sehen sollen.

»– und seiner Lady –«

Verstärkter Beifall.

»– meinen ganz speziellen, meinen lieben Eltern –«

Verdoppelter, verdreifachter Applaus.

»– und seien Sie nächste Woche wieder dabei und schauen Sie zu, wie die glücklichen Gewinner Jede Menge Moneten machen!«

Gebrülle. Beifall. Der Abspann wurde drübergeblendet, die drei standen tapfer da und winkten den unsichtbaren Gästen Lebwohl. Nora erhob sich umständlich und stoppte das Band. Der Fernseher knisterte. Dann herrschte Schweigen.

»Ich dachte, Tiff ist vielleicht hier«, sagte Tristram nach einer Weile, schniefend und sich mit dem Handrükken die Augen wischend. »Wir haben schon überall sonst gesucht.«

»Warum seid ihr denn nicht als erstes hierher gekommen?«

»Gott, was für eine entsetzliche Nacht .. . Die Polizei. Die Unfallabteilungen. Wir haben die Obdachlosenheime abgeklappert.«

»Wer ist das – ›wir‹?« fragte Nora scharf.

»Am Ende, also, da bin ich einfach weggetreten«, sagte Tristram. »Ich konnt's nicht mehr aushalten. Sie hat mich mit nach Hause genommen.«

»Wer«, fragte ich mit noch schärferem Ton, »ist diese ›sie‹?«

Als ob wir's nicht wüßten. Er hatte zuviel Angst, um's laut zu sagen, oder er wollte nicht, daß Rollstuhl es erfuhr. Aber wiederum hatte er früher nie irgendwelche Rücksicht auf ihre Empfindungen gezeigt, warum sollte er jetzt anfangen? Nora aber beugte sich vor und hob mit ihren langen schlanken Fingerspitzen geschickt ein einzelnes Haar von seinem Revers, rot wie sein eigenes rotes Haar, aber sehr, sehr viel länger. Sie hielt es in die Höhe, sie ließ es baumeln, den eindeutigen Beweis, daß er die letzte Nacht, ausgerechnet diese, verbracht hatte mit –

Und das ist nun das wirklich unaussprechliche Geheimnis im Gespensterkeller der Familie, daß Tristram, seit er klein war, mit Saskia, obwohl sie seine Halbschwester ist und alt genug, seine Mutter zu sein, tatsächlich ja einmal vor langer Zeit deren beste Freundin war .. . Ich hatte gedacht, unsere Tiff hätte ihn endlich entwöhnt, aber da war der Gegenbeweis.

»Steht ja schon in der Bibel«, sagte Nora, höhnisch das Haar betrachtend, »daß der Hund zu seiner eigenen Kotze zurückkehrt.«

»O Gott!« sagte Tristram. »Seid doch nicht so verständnislos. Tiffany war einfach weg und verschwunden, ich war halb verrückt vor Angst – «

Die Souterraintür knallte ins Schloß, daß die Fensterscheiben zitterten. Schwere Schritte im Korridor. Wir horchten. Brenda kam immer mit dem eigenen Schlüssel rein.

»Ich nehme an«, sagte Nora schwer ironisch, da sie wußte, daß die Vergeltung nahte, »du bist nie auf die Idee gekommen, bei ihrer Mutter nachzufragen, was?«

Die Küchentür prallte auf. Man sah's an ihrem Gesicht, daß sie seinen Porsche draußen hatte stehen sehen. Sie war als Mädchen nur so'n Händchenvoll, aber nach den Kindern hatte sie mächtig zugelegt, hatte jetzt Leroy noch ein, zwei Pfunde voraus, und stark wie ein Pferd dabei. Sie hatte noch die Lockenwickler drin, die Pantoffeln an, aber sie war über jeglichen Kummer hinaus, weiß vor Zorn.

Wenigstens blieb es Tristram erspart, Brenda alles zu erzählen, das hatte die Polizei schon getan. Leroy hatte in seiner Abwesenheit über Tristram zu Gericht gesessen und ein Urteil ergehen lassen, das Totschlag als gerechtfertigt erscheinen ließ. Als Brenda zu ihm sagte: »Wenn ihr Dad dich in die Finger kriegt . . .«, holte sie mit mächtigem Schwung nach ihm aus, und ich dachte mir, ich geh mal raus und setz Teewasser auf, laß die mal alleine weitermachen.

Plötzlich spürte ich mein Alter. Wenn die Jüngste vor dir abtritt . . .

Ein Photo von Evelyn Laye hängt an der Wand über der Teedose. »Für zwanzig zauberflinke Zehen, ganz herzlich: –« Ich dachte an Tiffany. Kleinen Kindern zählt man die Zehchen ab, »*das* kleine Schweinchen ist auf den Markt gegangen . . .« Und ihre Füße, wie sie Blutspuren hinter sich ließen, als sie die Treppe herunterkam. Sie hätte eine Wahnsinnstänzerin abgegeben, wenn sie sich drauf konzentriert hätte.

Dann fühlte sich mein Herz an, als hätte eine Hand es umfaßt und zugedrückt, weil ich an unsere liebe Tiffany in der Vergangenheitsform gedacht hatte, oder?

Kleine Tiff.

Nora kam in die Spülküche und schob ihren Arm unter meinen. Wir sahen zu, wie der Kessel auf dem Gas wakkelte und zischte, und lauschten dem Krach im Frühstückszimmer. Klirr! Ein Teller weniger. Die Katzen traten aufeinander, wie sie hektisch durch die Katzentür ins Freie rannten. »War nicht gut genug für dich, ja?« Unterdrückter Schmerzensschrei Tristrams. »Hast sie wie Dreck behandelt, wie? Paß mal auf, was du davon hast!« Dann klingelte des Telephon. Ich schaute Nora an. Sie schloß die Augen. Wir wußten, dieses Klingeln bedeutete schlechte Nachrichten.

Wir trugen den Tee rüber. Rollstuhl kümmerte sich ums Telephon, weil die beiden anderen in der Hitze des Gefechts gar nichts gehört hatten – Tristram mit blauem Auge, blutiger Nase, zerfetztem Jackett, zerrissenem Hemd, und es sah so aus, als hätte sie versucht, ihn mit seiner Krawatte zu erwürgen, aber das war's im wesentlichen, er war noch bei Bewußtsein. Das Frühstücksgeschirr war während der Streitigkeiten weitgehend draufgegangen, überall das Fett vom Speck, aber Brenda konnte nicht mehr, ihre Hände gingen schlaff herunter, sie wimmerte vor sich hin. »In der Unterhose im Fernsehen, vor all den Leuten, singt unanständige Sachen. Ihr Dad hat alles angesehen. Ich kann's dir nie verzeihen. Nie.« Rollstuhl legte den Hörer auf. Ein Blick in ihr Gesicht, und wir wußten das Schlimmste.

»Das war die Polizei, Liebes«, sagte sie zu Brenda. Man muß es dem alten Mädel lassen, sie weiß, wie man's macht, kühl, aber nicht kalt, Sympathie ohne Geschniefe. »Setz dich. Ich fürchte, es sind schlechte Nachrichten.«

Brenda setzte sich nicht – als ob sie dächte, sie würde dann nie mehr die Kraft haben, wieder aufzustehen; sie klammerte sich aber wie verzweifelt an den Stuhl und stieß kleine Laute hinten aus dem Hals hervor.

»Man hat heute morgen die Leiche eines jungen Mädchens im Fluß gefunden.«

Pfeifendes Geräusch von Gummireifen: Rollstuhl fegte mitleidig zu Brenda hinüber und umfaßte soviel von ihrem Torso, wie sie erreichen konnte. Ganz die Dame als Sozialarbeiterin.

»Mein armer Liebling, mach dich auf einen Schock gefaßt. Es ist etwas Schreckliches.«

Im Krieg, am Morgen nach einem Luftangriff, sah man Leute, die schauten aus wie Brenda in diesem Moment.

»Sie hat kein Gesicht mehr, Brenda. Ein Polizeiboot, offensichtlich – die Schraube –«

Den hohen, dünnen Schrei, den kenn ich auch noch aus dem Krieg.

Dann riß sie sich zusammen und trank eine Tasse heißen, süßen Tee, wie man sie immer gegen den Schock kriegt, obwohl sie nicht zu bemerken schien, daß sie trank, und dann fuhren Tristram und sie in seinem Porsche zum Leichenschauhaus davon. Hatte keinen Sinn mehr, mit ihm zu zanken, was? Alles, was er sagen konnte, war: »Es tut mir wirklich furchtbar leid.« Er sagte es wieder und wieder. Ich hätte ihm schon allein deswegen eins übergebraten, wenn ich Brenda gewesen wäre, aber ich glaube, die Arme konnte ihn nicht einmal sehen, konnte ihn nicht hören, konnte an nichts anderes denken als an unsere Tiff in der Tiefkühlkabine, tot und ertrunken, mit dem Kind im Leib, auch tot und auch ertrunken.

Rollstuhl entschuldigte sich und rollte ins vordere Souterrainzimmer, und nach einer Weile fing ihr Plattenspieler an, sie hat ihren eigenen dort drin, gäbe Mord und Totschlag, wenn wir uns einen teilen müßten. Sie legte so was Begräbnismäßiges auf, klassisches Zeug, düster, eine volle, braune, düstere Stimme: »Was heißt Leben ohne dich noch?«

Sie übertreibt's ein bißchen, dachte ich. *So* gut hat sie Tiff auch wieder nicht gekannt. Und ich wünschte, sie hätte sich ein Lied ausgesucht, das nicht so zu Herzen geht.

Was heißt Leben ohne dich noch?
Was bleibt mir, da du nicht bist?

Nora hob den Deckel von der Teekanne und goß einen Schuß Rum rein.

»So, das bringt's jetzt.«

»Glaubst du, wir sollten Saskia anrufen und ihr sagen, wo ihr kleiner Freund hin ist?«

»Wir haben vierzig Jahre lang nicht mit Saskia geredet, ich seh nicht ein, weshalb wir jetzt anfangen sollten. Soll im eigenen Saft schmoren. Ist doch alles ihre Schuld! Wenn sie nicht ihre Krallen immer noch in Tristram hätte ...«

Der Sänger auf Rollstuhls Plattenspieler wiederholte seine Frage, was dann noch bliebe, dann sang er: »Eurydike ...« Traurigster Klang. »Eurydike!«

Nora machte eine wegwerfende Handbewegung und verstummte. Wir ließen das Aufräumen bis nach dem Mittagessen, wir legten erstmal die Füße hoch. Grauer Himmel. Immer noch fuhr draußen der rasche Wind durch die Gegend. Und heute morgen hatte ich noch gedacht, dieser Wind bläst uns ein Abenteuer her, egal, was für eins! Jetzt hatten wir's. Der Regen fegte über den Garten und schlug auf die Forsythien ein. Forsythien, genau die Farbe von Wasserstoffblond. Wenn ich einen Forsythienzweig sehe, muß ich an Omma denken.

»Er hat seine Kassette hiergelassen«, sagte Nora. »Einiges wert, möchte man meinen.«

Aber sie hörte sich nicht sehr begeistert an. Unsere Erpresserzeit ist schon lange vorbei.

»Glaubst du, sie sagen das Fest ab?«

»Aber nein«, sagte Nora. »Ich meine, sie gehörte ja eigentlich nicht zur Familie, was? War bloß von ihr schwanger.«

Wir gossen noch mehr Rum in den Tee. Schließlich und endlich war's unser Geburtstag.

»Und wir? Gehen wir immer noch hin?«

»Das Leben muß weitergehen«, sagte Nora, ganz plötzlich voller Leben. »Das würd ich nicht für hundert Millionen Pfund versäumen.«

2

Eins, zwei, drei, hoppla! *So* geht die Polka! Es war einmal eine alte Frau in aufgeplatztem schwarzem Satinkleid, die saß in einem Zimmer über einem Kurzwarengeschäft in der Clapham High Street am Klavier und haute in die Tasten, und ihre Tochter im rosa Tutu und mit runzligen Strumpfhosen an hat dir mit dem Stöckchen eines auf die Knöchel gegeben, wenn du die Beine nicht hoch genug geschmissen hast. Einmal die Woche, samstags morgens, hat uns Omma Chance geschrubbt und gekämmt und uns Korkenzieherlocken gedreht. Wir hatten lange braune Strümpfe an, mit Strapsen an unsere Miederchen geschnallt. Omma Chance nahm uns fest bei der Hand, rechts eine, links eine, und auf ging's zur Tanzstunde, los trabten wir zur Straßenbahn.

Wir haben immer die Tram von Brixton in die Clapham High Street genommen. Ja, die segelte würdevoll daher, nahm mit ihrem majestätischen Umfang als gutes Recht die Mitte der Straße in Anspruch, wich niemals zur Seite, nur manchmal schwankte sie plötzlich abrupt, daß einem ganz schwindlig werden konnte, wie Omma, wenn sie aus dem Pub nach Haus kam.

Eins, zwei, drei, und – !

An den Wänden große Spiegel, bedeckt vom Staub, wie Flor auf glänzenden Pflaumen. Ich seh uns noch vor mir, in unseren Hemdchen und Schlüpfern und den kleinen rosa Tanzschühchen, wie wir vor unseren Spiegelbildern einen Knicks machen. Omma saß an der Tür, die Handtasche auf dem Schoß, und beäugte uns hinter den Tupfen auf ihrem Schleier wachsam. Sie sah kummervoll aus, als hätte sie Angst, wir könnten uns was verrenken, aber das war nur, weil sie ein Fox-Gletscher-Pfefferminz lutschte. Alles roch nach Schweiß und Gasheizung. Die alte Frau hämmerte auf das Klavier ein, und Miss Worthington in ihrem schlaffen Tutu zeigte uns, wie's *fouetté* ging, armes Weib, war sechzig Jahre alt, wenn's langte.

Und *eins*, zwei, drei! *So* kommt man voran!

Wir machten unsere Übungen an der *barre*. Noras Popo in der marineblauen Hose hüpfte vor mir rum wie zwei ins Taschentuch geknotete harte Eier. Dann drehten wir uns um, und sie konnte meinen bewundern. Draußen fuhr eine Tram vorbei, es schrillte und knackte, und die Funken stoben aus der Oberleitung.

Offen gesagt, wir lebten nur für diese Tanzstunde. Wir dachten, deshalb sei die ganze Woche da, damit der Samstagmorgen kam.

Dann wurden wir sieben.

Im Küchenschrank stand ein Kuchen mit sieben Kerzen, total mit Zuckerguß ertränkt, und nur ein winziger Fingerabdruck störte die rosa-weiße Herrlichkeit: Nora, die konnte nicht widerstehen. Der Kuchen wartete stattlich darauf, daß wir von unserem schönsten Geburtstagsgeschenk zurückkamen: unserer ersten Matinee. Uns Cyn winkte hinterher. Wir hatten unsere besten Mäntel an, grüner Tweed, recht haarig, mit Samtkragen, daß uns der Tweed nicht am Hals kratzte, und passenden kleinen Hütchen. Omma zog uns wie Prinzessinnen an. Wir hatten immer Glacéhandschuhe für die feierlichen Anlässe.

Omma schlug voll zu, sie nahm Sperrsitz. Es war beinah zuviel für mich und Nora. Wir waren stumm vor lauter Ekstase. Die Gipsengelchen, die vergoldete Konsolen und Kristallüster an den Wänden hochstemmten, der rote Plüsch, die Nachmittagskleider der Damen um uns, blumige und pastellfarbene Seidenstoffe und ihr Duftgemisch aus Puder und Parfüm und Toilettenseife, und der wunderbare Vorhang, der zwischen uns und dem Entzükken hing, der Vorhang, der, das wußten wir in der herrlichen Qual der Vorfreude, bald hochgehen würde, und dann, und dann ... Was für wunderbare Szenen würden sich uns dann enthüllen?

»Da wartet nur mal ab«, sagte Omma.

Die Lichter gingen beinahe aus, der untere Rand des Vorhangs glühte. Das liebte ich besonders, ich habe diesen Moment immer am meisten geliebt, wenn die Lichter sich dämpfen, der Vorhang leuchtet, da weiß man, daß etwas Wunderbares geschehen wird. Es macht nichts, wenn das, was gleich als nächstes kommt, alles verdirbt; die Erwartung selbst ist immer reines Glück.

Besser, hoffnungsvoll unterwegs zu sein, als anzukommen, wie Onkel Perry immer gesagt hat. Das Vorspiel hat mir auch immer am besten gefallen.

Na ja. Also nicht *immer.*

Als es zum erstenmal dunkel wurde und der Vorhang glühte, da schauten Nora und ich uns an. Unsere kleinen Herzen gingen wie wild, pochpochpoch.

Der Vorhang ging hoch – da standen Fred und Adèle, auf die Straße gesetzt mit Sack und Pack. Sie stellte die Stühle ordentlich auf, sie rückte das Sofa zurecht, sie hängte eine Tafel an den Laternenpfahl: »Trautes Heim«. Wir glaubten vor Vergnügen zu sterben. Wir hielten uns wie auf Leben und Tod an den Händen, wir dachten, wir könnten gleich aufwachen und hätten alles nur geträumt. Nora mochte Adèle am liebsten; ihr gefiel es, wenn sie kostümiert wie eine mexikanische Witwe ihren spanischen Tanz hinlegte, aber für mich war der gute Fred derjenige welcher, damals und immer, mit seinem komischen kleinen Nußknackergesichtchen und dem Etonschnitt, der aussah wie aufgemalt, so glänzte es, und kein Haar bewegte sich je. Wer hätte gedacht, daß wir uns später, als wir groß waren, mit »Hallo, Fred!« und »Hallo, Mädels!« begrüßen würden?

Weiß Gott, mit welchem sechsten Sinn Omma für unseren siebten Geburtstag *Lady Be Good* ausgesucht hat. »Ich wollte ein *nettes* Musical«, sagte sie, »aber nix mit dieser Jessie Matthews.« Sie hielt Jessie Matthews für gewöhnlich, obwohl *ich* sie immer als vollkommene Dame erlebt habe. Aber uns zeigte *Lady Be Good* den Weg.

Es war unser Damaskus. Später, zu Hause, im Vorderzimmer im Erdgeschoß, haben wir stundenlang die Nummern geübt, mit zurückgerolltem Teppich. Dieses Finale, sie als Tirolerin, er wie eine Matrosenpuppe. Wir wechselten uns als Lady ab.

»Ihr habt ja Sterne in den Augen, Mädchen«, sagte Omma in der Pause.

Dann kam unser Tee auf einem Tablett, Geld spielte keine Rolle. Silbergeschirr vom Hotel, Gurkensandwiches. Omma rollte sich den Schleier über die Nase hoch und schob sich einmal Petits fours zwischen die magentaroten Lippen. Selbst in jenen Tagen waren wir dem Publikum ringsum gegenüber ein wenig trotzig aufgelegt, wenn wir mit Omma ausgingen, wir wußten, sie schaute etwas bizarr aus. Grade als wir uns die Krümel abklopften, entstand eine leichte Unruhe im ersten Rang. Omma reichte der Kellnerin das Tablett zurück – und wurde mitten in der Bewegung starr, wie ein Hund, der ein Kaninchen sieht. Die Bedienung fing das Teetablett grade noch rechtzeitig auf; Omma erhob sich und deutete mit ausgestreckter Hand hinauf.

Hätte man von ihrer Fingerspitze eine Linie in den ersten Rang hoch gezogen, wär sie auf der Nase eines Mannes gelandet, eines sehr hübschen jungen Mannes, eines hochgewachsenen dunkelhaarigen jungen Mannes mit großen dunklen Augen, gut gekleidet, rote Rose im Knopfloch, das schwarze Haar ein klein wenig länger als üblich: ein Künstler. Er geleitete eine blonde Dame mit

Schafsprofil in einem schicken lavendelfarbenen Wollkostüm, und sie waren offenbar grade erst angekommen, wollten sicher vor der Cocktailzeit noch eine Stunde bei der pfiffigsten Revue der Stadt rumbringen; sie zogen einen kleinen Kometenschweif von Blicken und ein paar Oohs und Aahs hinter sich her, als sie sich, Entschuldigen Sie, Entschuldigen Sie, die Reihe entlangkämpften. Sie waren jung und voll Glamour. Alle wußten, wer sie waren, nur wir nicht. Das Licht ging wieder runter, das Orchester fing an zu stimmen. Omma stand immer noch bebend da.

»Dieser Mann ist ... euer Vater!«

Ihre Enthüllung hatte nicht ganz den vielleicht zu erwartenden Effekt auf uns, weil wir in diesem Alter noch kaum richtig wußten, was Väter eigentlich machten. Wir wußten nicht so richtig, wie eins und eins zwei gibt, und deshalb war uns auch nicht klar, daß wir anders waren. Man hätte eigentlich meinen sollen, daß die Nachbarn ein bißchen grinsen und blinzeln, aber Omma sagte keinen Ton, und die anständige Fassade war völlig intakt, jedenfalls bis die Kneipen aufmachten, wenn allerdings der Milchmann oder der Postbote je mitten am Morgen durch die Gardine gepeilt hätte, wär sie vielleicht gerade im Evaskostüm beim Abstauben gewesen, und *das* hätte Gerede gegeben.

Als Omma also so großartig verkündete: der ist euer Vater!, warfen wir pflichtbewußt einen Blick auf ihn, weil sie's sagte, aber dann leuchtete der Vorhang, die Ouvertüre fing an.

»Seien Sie so gut, Madame, setzen Sie sich doch hin«, sagte so ein Typ in der Reihe hinter uns, also tat sie's widerstrebend. Aber die zweite Hälfte war ihr damit verdorben. Sie reckte ständig den Hals, sie murmelte die obszönsten Sachen vor sich hin, aber wir waren in einer anderen Welt, wir hatten alles vergessen. Für uns waren Fred und Adèle nun einfach alles.

Am Schluß herrschte so ein Gedränge, und wir brauchten so lange, bis wir unsere Mäntel hatten, und wir beide schwebten in einem solchen Traum wegen dem Singen und Tanzen, daß wir sie verpaßten. Wir kamen gerade raus auf den Gehsteig, als unser Vater und seine Alte im Taxi davonsegelten, und Omma blieb zurück und schwenkte vergeblich ihren Regenschirm hinter ihnen her.

»Verdammt«, sagte Omma. »Verdammt, verdammt, verdammt!«

Und in ihrem Gesicht konnte man lesen, daß es ihr ernst war damit.

Jetzt war der Zauber der Vorstellung gebrochen, und wir hatten Zeit, über ihre Worte nachzudenken.

»Omma«, sagte Nora, »erzähl uns mal was über Väter.«

Auf dem Oberdeck der Tram, auf dem Heimweg, erzählte sie uns die ganze Chose. Sie war Anhängerin der Freikörperkultur, Vegetarierin, Pazifistin – was können Sie da groß erwarten, wenn's um Sexualaufklärung geht? Aber wir konnten es kaum glauben, nicht nur, was sie über den Stengel erzählte, wie er seine Form ändern konnte und so weiter, sondern was sie darüber sagte, wozu er unter anderem gut war. Wir dachten, sie erfindet das, um uns auf den Arm zu nehmen – der Gedanke, daß wir zwei Mädchen auf der Welt waren, weil ein Mann, den wir nie gesehen hatten, *das* mit einem Mädchen gemacht hatte, an das wir uns nicht erinnerten, vor langer Zeit mal! Was wir jedenfalls sicher wußten, war, daß unsere Omma uns liebte und daß wir den besten Onkel der Welt hatten. Wenn auch Uns Cyn, dieses weltkluge Ding, immer glaubte, Perry sei unser Vater.

Aber es setzte sich etwas fest in uns an jenem Nachmittag, so eine Neugier. Erst war es nur so beiläufig. Wir fanden immer mal wieder sein Bild in der Zeitung und riefen Aha! Wenn wir ins Westend gingen, um bei Freeds neue Tanzschuhe zu kaufen, machten wir einen kleinen Umweg über die Shaftesbury Avenue, die Photographien anzusehen, wo er grade spielte. Im Lauf der Jahre wurde aus der Neugier ein Wünschen, ein Sehnen. Ich klemmte eine Postkarte von ihm in Hermelin als Richard III. in ein Geheimversteck hinten in meiner Schublade mit der Unterwäsche, und – das einzige, was mir Nora je verheimlicht hat, erst heut nachmittag hat sie mir's gesagt – sie hat verstohlen dasselbe mit einer gemacht, da war er als junger Prinz Heinz drauf. Man könnte wohl sagen, daß wir wie viele Mädchen auf Melchior Hazard *flogen.* Unser Schwarm. Unsere erste kleine Liebesgeschichte, und ganz klassisch bittersüß, am Ende.

Das war jedenfalls das erstemal, daß wir unseren Vater sahen. Und das erstemal, daß wir Fred Astaire sahen. Und zum erstenmal gingen wir mal für kleine Mädchen – benutzten eine öffentliche Toilette, heißt das. Die am Piccadilly Circus, mit den weißen Kacheln und einer kleinen alten Dame im weißen Schürzchen, die einem den Penny abnahm und ihn ins Türschloß steckte, daß man sich nicht die Hände schmutzig machte. Ein Kind erinnert sich an all so was. Es war in jeder Hinsicht ein bemerkenswerter Tag, und seine Wunder waren keineswegs schon alle vorbei. Als wir nach Haus kamen, war der Kuchen aus dem Speiseschrank auf den Küchentisch gewandert, die Kerzen strahlten, und während unserer Abwesenheit war eine Kiste angekommen, die die halbe Küche blockierte. Uns Cyn deutete auf die Adresse: »Für meine beiden entzükkenden Mädels.«

»Er hat's nicht vergessen«, sagte sie, zufrieden unseretwegen und auch zufrieden wegen des väterlichen Pflichtbewußtseins – daß Perry vielleicht ein Windhund war, aber am Ende doch seine Pflicht tat. Da fehlten ihr einige Informationen.

In dieser Kiste war ein Spielzeugtheater. Es war wunderschön, ein Traum, eine Antiquität – er hatte es in Venedig aufgetrieben. In der Mitte des großen Bogens, der sich vorn über die Bühne wölbte, hingen nebeneinander die komische und die tragische Maske, ein Mund an den Enden hochgezogen, der andere runter, die Genien, die über alles wachten – wie im Leben. Die *commedia*, das ist ja das Leben, nicht wahr?

Kulissen mit Bäumen und Blumen und Springbrunnen, eine Mondnacht, blaue Wolken, ein Karneval, ein Schlafzimmer, ein Bankett, und kleine Männer und Frauen an metallenen Stäbchen, Harlekin, Columbine, Pantalone, all die alten Veteranen. Es war ein Spielzeug für Fürstenkinder, und wir packten es mit einer Art feierlicher Fröhlichkeit aus den Sägespänen: Wir hatten bis zu diesem Augenblick nicht gewußt, daß es genau das war, was wir haben wollten.

Wir hüteten das Spielzeugtheater wie einen Schatz. Wir spielten damit, wie wenn wir zur Kirche gingen, immer nur Sonntag nachmittags, nie zu einer anderen Zeit. Wir wuschen uns die Hände, zogen nach dem Mittagessen unsere schönsten Kleider an. Ich hab mir die Augen ausgeweint, als wir's weggeben mußten. Kam zur Auktion zu Sotheby's, als Brenda in Schwierigkeiten war. Sie würden's nicht glauben, wenn ich Ihnen sage, was es gebracht hat. Hat die Windeln für Tiffany alle bezahlt, bis sie gelernt hat, in den Topf zu pinkeln.

Omma zündete die Kerzen auf unserem Kuchen an.

»Wünscht euch was, und dann blasen!« sagte sie. Sie können sich denken, was sich die Kinder da gewünscht haben, verzaubert vom Theater.

Wir machten die Augen zu – und da standen wir, unter dem gemalten Mond auf der anderen Seite des Vorhangs, wo die gemalten Wolken sich nie regen und wo alles zweidimensional ist. Nora schaute mich an und ich Nora – Rüschen, Pailletten, Netztrikot, hohe Absätze und Federn im Haar. Wir lächelten. Wir hoben das rechte Bein, so ... fertig für den Einsatz des Orchesters.

Wir sind bereit. Spielt, was ihr wollt.

Natürlich wußten wir da nicht, wie uns die Hazards immer voraus sein würden. Tragödie – immer und ewig was Nobleres als Komödie. Wie könnten sich zwei tanzende und singende Girls dazu versteigen? Wir waren von Geburt an dazu bestimmt, die hübschen Eintagsfliegen der Theaterwelt zu sein, wir strahlten kurz wie Geburtstagskerzen, dann wird wieder ausgepustet. Aber an diesem Nachmittagstee zum Geburtstag vor achtundsechzig Jahren, da bliesen wir alle unsere Geburtstagskerzen auf einmal aus, und – ja! Das Leben hat uns den Geburtstagswunsch erfüllt, schließlich und endlich, weil die Lucky Chances dann bereitstanden, als das Orchester loslegte, und fast ein halbes Jahrhundert getanzt haben, wenn wir auch immer linker Hand stehen würden, Singvögelchen, kleine Hupfdohlen, die leichte Unterhaltung ... Tanzbärchen auf die Bühne!

Bärchen? Na, beinahe. Unsere Karriere stürzte mit unserem ganzen Beruf ab ins Klo. Am Schluß zeigten wir die Beine beim letzten Röcheln des Vaudeville, auf Tour mit all solchen Revuen wie *Nackedeis olé!, Nackte Girls aus aller Welt* oder *Heute abend gehn wir nackt* und so weiter und so fort, als Hintergrund für Archie Rice und andere Komiker aus dieser Liga. Die Showgirls standen dann da, oben ohne, lebende Statuen, und wir tanzten unsere Nummer mit Quasten am Büstenhalter, rechts und links um all die Titten rum. In diesen letzten fünf Jahren auf Tournee nach dem Zweiten Weltkrieg hab ich mehr Brustwarzen gesehen als im ganzen Leben, und ich bin in einer Familie mit Nacktkultur aufgewachsen, wohlgemerkt.

Bei uns ging's später im Leben ganz schön zu, aber ich schwör's Ihnen, wir waren hochanständig, als wir jung waren. Nirgendwo lebte man so spießig wie in den kleinen Theatern dieser Zeit, Südlondon war ein Ghetto der Chorusgirls und Revueboys und was nicht alles. In den Reihenhäusern hinter den staubigen Vorgartenhecken warteten sie alle zwischen ihren Engagements, auf der Kunstledergarnitur im Wohnzimmer, wo im dunklen Eichensideboard eine einzige Flasche süßer Sherry stand und es auf einem angelaufenen Silbertablett mit einem halben Dutzend staubigen Gläsern hieß: »Für den Stolz des Ensembles: Zum Andenken von den Merry Martins, Frinton-on-Sea, 1919« oder dergleichen, und an der Wand gerahmte Photographien von Mädels mit dicken Schenkeln im Trikot und Männern mit Kreppfrisuren, Unterschrift dazu und XXXXX für jede Menge Küßchen. Und Farbdrucke von Bildern, wo rotnäsige Mönche bei Hirsch- und Eberkeulen kräftig reinhauen.

Wir baten und bettelten, bis Omma uns Extrastunden bezahlte, und dann waren wir die kleinen Lieblinge von Miss Worthington, die öfters mal mit Omma und ihrer alten Mutter, die sonst am Klavier saß, ein, zwei Portwein mit Zitrone unter dem Bild von »Simon dem Kellermeister« im Wohnzimmer hinter dem Tanzstudio, wie Miss Worthington das nannte, zu sich nahm. Omma mit hochgerecktem kleinem Finger, feinstes Benehmen, immer nur lächeln, spuckte ihre berühmten Vokale wie Kirschkerne durch die Gegend. Nachher auf der Straße rülpste sie laut, schaute sich streng um, sagte: »Wer war das?«

So ging es fort, jahrein, jahraus. Der Spiegel in Miss Worthingtons vorderem Zimmer zeigte zweimal zwei Chancemädels, uns und unsere Spiegelbilder, beim Beinewerfen, wie Trickphotos in Fleisch und Blut. Klirr, zack, rumms donnerte Miss W.s alte Mutter ins Klavier und klaps! klaps! klaps! klatschte Miss W.s Stöckchen auf unsere Beine, aber sie kannte sich aus, ich muß es ihr lassen. Omma machte Bleistiftstriche am Türrahmen vom Frühstückszimmer zu Hause. Drei Fuß, dreieinhalb, vier, vier Fuß sechs Zoll, fünf, fünf zwei. Miss Worthington sagte:

»Jetzt wird wieder besetzt.«

»Was?«

»Diese Mädels könnten Ihnen bißchen was einbringen, Mrs. Chance«, sagte Miss Worthington in ihrem uralten rosa Röckchen, auf ihren Stock gestützt, und besah uns in unseren Hemdchen und Schlüpfern, fünf Fuß zwei Zoll, glänzendbraune Löckchen, die Omma jeden Abend wikkelte, gleich wie zwei Wassertropfen. Miss Worthington, die selber vom Bau war, bis die Senkfüße kamen.

»Bloß«, sagte sie noch, weil sie auf dem laufenden war, »mit den Locken, da müssen Sie noch was machen.«

So kriegten wir den Ponyschnitt, wir saßen beim Friseur, bis zum Hals hoch in weiße Handtücher gewickelt, wir ertrugen das fürchterliche Knirschen der Schere und sahen um uns her die mausbraunen Locken zu Boden fallen; wir wußten, daß wir mit diesen Löckchen unserer Kindheit Lebwohl sagten, und wir waren 's hochzufrieden. Als wir Ommas Sachen durchgesehen haben, nachdem sie den Löffel abgegeben hat, da war ein Briefumschlag in der untersten Schublade, zwei Locken: »Dora«, mit einer blauen Schleife, »Nora« grün.

Es war eine Zauberoperette, ja? Die klassische englische »Pantomime«. Um's kurz zu machen, wir traten erstmals als Vögel auf die Bühne – kleine braune Vögel, Spatzen wahrscheinlich, *eins*, zwei, drei, in der Waldszene in *Babes in the Wood* im Shepherd's Bush Empire, Omma begleitete uns hin und zurück, ne halbe Flasche Gin in der Handtasche, nur für alle Fälle.

Was für Fälle denn? Falls die Kneipen mal leergetrunken sind, Schätzchen, sagte sie.

Zwei Vögelchen, die genau gleich aussahen. Wir bekamen unseren eigenen Spezialauftritt, als Zwillinge. Wir waren außerdem die, wo die »Kinderchen« mit Blättern zudeckten. Jede für sich waren wir nix Besonderes, aber beide zusammen, da kriegten die Leute große Augen. Wer ist Dora? Wer ist Nora? Damals haben wir sogar gleich gerochen. *Phul Nana.* Wußten's nicht besser. Haben wir immer im Bon Marché gemopst.

Diese Premiere! Von all den Premieren all unserer Jahre im Showgeschäft – dieser Abend, die Garderobe gesteckt voll kleiner Chorkinderchen, weiche Knie, unsere Schminke ging immer ab, nichts klappte. Ich hatte eine Laufmasche im Strumpf, ihr Schnabel fiel runter. Aber wir legten unseren Tanz hin, streuten unsere Blätter, flatterten von der Bühne, alles tobte vor Begeisterung. Gebrüll, Applaus. Beim Finale schmissen wir Knallbonbons in die erste Reihe. Die drehten durch. Wir hatten das gemacht, wofür wir geboren waren, und vor allem würden wir's morgen wieder machen.

Omma hatte natürlich Uns Cyn mitgebracht, aber da – wer kam da, um an unserem kleinen Triumph teilzuhaben, mit einer Hutschachtel voll Fortnum-Pralinen und unter den Sommersprossen von heißeren Sonnen als hierzulande gebräunt ...? Unser verlorener Onkel bahnte sich mit weitgebreiteten Armen einen Weg durch das Rüschenmeer des Chors: »Meine talentierten Süßen!«

Nichts fehlte uns mehr zu unserem Glück; er war noch rechtzeitig nach Hause gekommen, um bei unserem Debüt dabeizusein.

Wir liebten das alles, das Herumstolzieren, die Kostüme, Leichners No. 7. Wir atmeten die schale Luft in großen Zügen ein, sobald wir abends das Theater betraten, um für den Auftritt gerüstet zu sein. Ach, dieser unvergleichliche alte Mief aus Orangen, Jeyes-Desinfektionsmittel, Menschenleibern, Gas ... ich würd mir sogar lieber als Mitsuko *das* hinters Ohr tun. Dieser Augenblick, wenn das Orchester im Graben zu stimmen anfängt ... Wir waren *feucht* danach, sag ich Ihnen! Wie uns das Blut in die Mitte des Körpers schoß, wenn wir zu tanzen anfingen!

Wir liebten es so, daß wir's kaum glauben konnten, als man uns die Lohntüten gab, aber Omma tat das Geld auf die Bank, sagte, je früher wir anfingen, was zu verdienen, desto besser, obwohl Perrys Scheck pünktlich wie ein Uhrwerk ankam und jetzt, wo er wieder da war, seine Geschenke auf uns herabregneten. Aber Omma sagte: *Man weiß nie.* Hoff auf das Beste, rechne mit dem Schlimmsten, sagte sie.

So unmöglich das damals seinen hingerissenen Nichten scheinen mußte, unser Onkel Perry *hatte* einen Fehler. Einen einzigen. Dem Mann wurde alles allzurasch langweilig. Unsere kleine Tiff konnte mit drei besser bei einer Sache bleiben als Perry. Für ihn mußte das Leben eine ununterbrochene Folge kleiner Festivitäten sein, oder er sah nicht mehr ein, was das Ganze sollte.

An einem Bankfeiertag im August, da waren wir wohl gerade dreizehn, kam er in einem Taxi angedröhnt. Große Umarmung. Er kniff uns die Wangen. »Ihr schaut mir so blaß aus, Mädels! So geht's nicht!« Er drängte uns alle auf den Rücksitz des Wagens, Nora, mich, Omma, Uns Cyn nicht zu vergessen (»Oh, Mr. Hazard!«), und dazu einen riesigen Freßkorb von Jacksons, Piccadilly. »Und jetzt – eine Dosis von Dr. Brighton, mein Lieber!« Erst starrte ihn der Fahrer staunend an, dann grinste er breit. »Gemacht, Chef.« Und los ging's.

Es war ein linnenes Tischtuch dabei, das am Strand von

Brighton über die Steinchen gebreitet wurde, während Perry und der Fahrer, alte Freunde mittlerweile, Arm in Arm abzogen, um was Schampus zu holen, und wir stellten den Schinken und das Hähnchen auf und schnitten Brot und öffneten die Dose Foie Gras, es gab nur vom Feinsten, wenn Onkel Perry einlud. Die Leute starrten uns nicht schlecht an, ich sag's Ihnen – drei magere Mädels und eine dicke Dame im getüpfelten Schleier, Perry mit seinem leuchtendroten Haarbusch und der Taxifahrer in der Lederjacke. Omma füllte die Gläser und brachte ihren Trinkspruch aus: »Champagner für alle hier beisammen, den anderen Schweinen soll's *echt* schlecht gehn.« Perry zog uns harte Eier aus der Nase und schenkte kochendheißen Kaffee aus der Mütze des Taxifahrers ein.

Als wir alle fertig waren mit Essen, ergriff Perry die zwei Enden von der einen Seite des Tischtuchs und – schwupp! Das feine Porzellan, die Messer und Gabeln (gutes, schweres Silber, nix Billiges), die Knochen, die Rinden, die leeren Flaschen, alles verschwand mit einem Ruck. Er sagte, er hätt's zurück in den Laden geschickt. Wie hat er das gemacht? Ich hab keine Ahnung. Unser Onkel Perry kannte schon den einen oder anderen Trick. Ein Wahnsinnszauberkünstler. Hätte wirklich auftreten sollen. Der halbe Strand brach in spontanen Beifall aus, und Perry, dadurch stark ermuntert, sagte: Ob jemand eine Säge dabei hätte? Falls ja, würde er Omma in zwei Teile sägen. Wohl kaum, sagte die, wer weiß, was da rauskommt. Sie hatte sich die Röcke hochgesteckt, ihre weiten roten Schlüpfer sehen lassen, war ein bißchen durchs Wasser gelatscht. Sie nahm jetzt einmal Crème de menthe frappé, für die Verdauung, sie rülpste, sie nickte ein. Uns Cyn und der Chauffeur waren in eine lange Unterhaltung vertieft, also zogen wir anderen zu einem Spaziergang los, den Pier entlang.

Perry war groß und breit wie ein Eisbär, ach Gott, in seinem vanillefarbenen Seidenanzug mit dem Strohhut (rot-schwarzes Band drum) und dem weißen Hemd mit roten Streifen, steifer Kragen, rote Krawatte. Riesig, aber fesch. Der frische, zitrusscharfe Geruch seines Toilettenwassers. Später im Krieg, als ich mich bei Verdunkelung mal mühsam aus dem Schlaf aufrappelte, hatte ich's plötzlich voll in der Nase, Trumpers Limonenessenz, ich dachte: Jetzt hab ich's mit Peregrine gebracht!!! Angst und Entzükken fuhren mir durchs Blut; ich dachte: Was hab ich getan ... Aber als ich das Licht anmachte, war's gar nicht Perry, sondern dieser Freie Pole.

Peregrine in seinem Vanilleeisanzug, an jedem Arm ein Mädchen, keine von uns für sich genommen was Besonderes – magere Dinger mit mausbraunen Ponys –, aber beide zusammen, da kriegten die Leute große Augen. Am Eselreiten vorbei und am Eismann und all den Minaretten, Türmchen und Zinnen des großen Pavillons von Brighton, der mich immer irgendwie an Omma erinnert, wenn sie sich auch eher dunkel trug, sie war wie der Pavillon von Brighton bei Verdunkelung. Ganz unwahrscheinlich sah der Pavillon an jenem Nachmittag aus. So ein wunderbarer Tag. Die glänzenden Wellen mit ihren Rüschenkämmen, das gellende Lachen der Möwen, das Gelächter der kleinen Kinder, das Wassergeplansche. Und er hatte uns auch beiden je ein Glas Schampus zum Essen erlaubt. Alles tat sich zusammen, uns glücklich zu machen.

Ich war schon vorher glücklich gewesen und später auch wieder, aber da, den Strand von Brighton entlang mit Nora und unserem Onkel Perry, keine einzige Sorge auf der Welt, das war das erstemal, daß ich alt genug war und klug genug und meine eigenen Gefühle gut genug kannte, um es in Worte zu fassen: »Mensch! Ich bin glücklich!« Wenn ich ans Glück denke, denke ich immer an Brighton und an den Feiertag im August, als ich dreizehn war, denn an diesem Tag waren wir hochdroben und ganz drunten. Wie zerbrechlich das Glück von einem sein kann! Wir gerieten vom Lächerlichen ins Erhabene, und das Herz hat's uns obendrein gebrochen.

»Warum heißen die Pierrots?« fragte Nora vor dem Pavillon am Pier.

»Weil sie immer auf dem Pier auftreten.«

Ich liebe das künstliche Dunkel einer Matinee, dasselbe aufregende Dunkel wie das, wenn man nach dem Mittagessen die Vorhänge zuzieht und ins Bett geht. Die See schwappte unter dem Pierpavillon hin und her, und drinnen war es feucht und warm und voll von Urlaubstagsgerüchen, *Evening in Paris* und *Ashes of Violets* vermengt mit Fisch, Bratfisch von draußen, heißt das, und totem Fisch von unten, und heißem Blech vom Dach und Achselhöhlen. Niemand kontrollierte die Tickets, die erste Hälfte war schon rum, also schlichen wir uns hinten rein.

Die Pierrots standen in ihren weißen Rüschenkostümen rum und schauten erschöpft aus, und auf der Bühne war ein Komiker, mitten in seiner Nummer. Er trug ein Paar Knickerbocker, Riesendinger, groß wie zwei Fesselballons, die waren so erdbeerrosa, der Farbton, den Omma immer »fraizy crazy« nannte, überlegen Sie sich's selbst mal, wieso – glänzende rosa Satinknickerbocker über Golfsocken (mauve mit rosa Muster) und ein paar rosa Wildlederschuhe mit großen Schlappzungen (mauve), die weit heraushingen. Er hatte einen Golfschläger in der Hand, passend zum Kostüm, und gestikulierte obszön damit rum, die Mütter hielten ihren Kindern die Augen zu.

Ich hatte damals noch nie von ihm gehört, obwohl er später dann groß rauskam, aber damals, als er anfing, war die Nummer kaum jugendfrei. Er nannte sich ... er nannte sich ... gleich fällt's mir wieder ein. Er holte sich seine

Lacher mit dem immer wiederkehrenden Satz »Und dabei wird's mir ganz schön warm«. War dann später in Hollywood, im *Sommernachtstraum*, mit uns zusammen, welche Überraschung; hat den Zettel gespielt, typisch!

Gorgeous George! Als Gorgeous George ist er immer aufgetreten.

»... und nach und nach macht sich der junge Mann so seine verträumten Gedanken« (der Golfschläger geht ssst vorne hoch) »und sagt zu seinem Papa: ›Papa, ich möchte das Mädchen von nebenan heiraten.‹

›Soso, tjatja‹, sagt der Herr Papa. ›Da muß ich dir allerdings was erzählen, mein Sohn. Als ich so alt war wie du, hab ich nebenan öfters mal einen steifen –‹«

Gebrülle, Gekreische, Gejuchze, aber alles ins Leere, weil, ich sag's Ihnen, er schaute das Publikum nur schokkiert an, preßte die Lippen zusammen, schüttelte vorwurfsvoll den Golfschläger.

»Was *habt* ihr bloß für ne unanständige Phantasie«, sagte er traurig vor sich hin. Wieder Juchzen und Kreischen.

»Was ich also sagen wollte, als man mich so rücksichtslos unterbrochen hat ...«

Das war auch eine stehende Wendung in seiner Nummer.

»›... war, daß ich da öfters einen steifen –‹«

Mütter hielten ihren Kindern die Ohren zu.

»›– öfters mal einen steifen Grog getrunken habe –‹«

Er stach wild mit seinem Golfschläger in die Luft und schaute in die Runde, die Augenbrauen heftig hochgezogen, als solle es nur jemand wagen und ihn mißverstehen.

»›... und, um's kurz zu machen, Sohnemann, das Mädchen nebenan kannst du nicht heiraten, weil die deine Schwester ist.‹«

Jetzt wird's zu bunt. Mütter drängten widerwillige Kinder nach draußen, bestachen sie mit Eis-Versprechungen.

»Da kauft sich der Junge ein Fahrrad« – er hockte sich auf seinen Golfschläger, mimte das In-die-Pedale-Treten, erneutes Gebrülle – »und fährt nachdenklich vor sich hin nickend davon. *Nickend*, hab ich gesagt, meine Dame, was glauben Sie denn? Fährt davon nach Hove.«

Wundervolle Aussprache. Omma selbst hätte dieses lange »O« nicht besser gebracht.

»Er kommt zurück, er geht zu seinem Vater: ›Ich hab in Hove dieses nette Mädel Miss Soundso kennengelernt, Papa.‹ – ›Hove?‹ sagt Papa. ›Tut mir echt leid, mein Junge, aber in Hove hab ich in deinem Alter öfters mal reingesehen und –‹«

Er hielt inne, wackelte mit den Augenbrauen, hantierte mit seinem Golfschläger. Kein Wort weiter. Alles lachte Tränen.

»Der arme Junge kauft sich eine Fahrkarte, einmal London hin und zurück, kommt in Victoria an, großes Menschgewimmel – Ge*wimmel*, gnädige Frau! – und er trifft ein Mädchen. Aber der Vater sagt: ›In meinen jungen Jahren gab's auch schon die Eisenbahn, mein Sohn . . .‹«

Entzücktes Gegurgel.

»Der Junge geht in die Küche und will sich eine Tasse Tee machen. Tiefer Seufzer. Die Mama sagt: ›Dein Gesicht ist ja so lang wie . . .‹«

Augenbrauen! Golfschläger! Gebrülle.

»Was ich sagen wollte, als man mich so rücksichtlos unterbrochen hat: ›Dein Gesicht ist ja so lang wie . . .‹ Ach, ihr glaubt's mir ja doch nicht.«

Sie trampelten auf die Planken des Fußbodens.

»›Sieht so aus, als käm ich nie zum Heiraten, Mama.‹ ›Wieso das denn, Sohn?‹ Er erzählt ihr das Ganze, sie sagt: ›Geh du nur und heirate, wen du willst, Sohn –‹«

Hervorragendes Timing. Winzige Pause. Perfekt.

»›– *der* ist nicht dein Vater!‹«

Sie trampelten und stampften derartig, daß man hätte meinen sollen, der Boden gibt nach. Perry schaute erstaunt zu. »Na, Gott mit den gottverdammten Engländern«, sagte er. »Hätt's nie gedacht, daß die's so in sich haben.«

Als das Publikum wieder ruhiger wurde, strahlten sie George mit einem rosa Filter an, und er errötete über und über. Er setzte ein wehmütiges Gesicht auf und sog die Wangen ein. Es war jetzt Zeit für seine Tenornummer. Die Pianistin, Marke Mrs. Worthington, knallte kräftig aufs Klavier, George umklammerte mit den Händen seinen Schläger, nahm einen ehrfürchtigen Gesichtsausdruck an und, ob man's glaubt oder nicht, da, im rosa Anzug im rosa Scheinwerferlicht, am Ende des Piers von Brighton, am Bankfeiertag im August, verdammt noch mal, legt er mit »Rose of England« los.

Rose of England, breathing England's air,
Flower of majesty beyond compare ...

Die Pierrots, auch alle rosa angelaufen, bildeten Grüppchen, die an Blumensträuße und Kränze erinnerten, und sanken zum pathetischen Finale in die Knie. Heute käme man mit sowas nicht mehr durch, wenn man nicht auf camp macht, wie sie's nennen. Dann hob George die Hand, um den Applaus zu stillen, trat vor und rief mit gefühlsschwangerer Stimme:

»Meine Damen und Herren, Jungs und Mädels ... es lebe der König!«

Die Dame am Klavier legte trotz einigen miesen Tasten in den Bässen mit »Land of Hope and Glory« los, und George schulterte seinen Golfschläger wie ein Gewehr, um dann militärisch immer um die Bühne herumzumarschieren, wobei die malvenfarbenen Schlappzungen seiner Wildledertreter ihm einen halben Takt hinterher klatschten.

Links, rechts, halt!

Er salutiert vor dem Publikum unter dem Spotlight, das nun wieder ganz weiß und hell ist, das Scheinwerferlicht rieselt wie Schuppen über seine Schultern. Die Pianistin imitiert einen Trommelwirbel, so gut sie's vermag. Runter mit der Satinmütze.

Trommelwirbel.

Runter mit dem rosafarbenen Jackett!

Seltsam und immer seltsamerer.

Und es stellte sich heraus, daß George selbst als er selbst, in nichts als seiner Haut steckend, die Hauptattraktion dieses Nachmittags ist.

Denn George war gar kein Komiker, sondern ein patriotisches Programm.

Hätt ich's nicht mit meinen eigenen Augen gesehen, ich hätt's nicht geglaubt. Um seinen Körper herum lief – wenn man die Wölbung seines Kopfs als Nordpol nahm und die Fußsohlen als Antarktis – eine vollständige Karte der ganzen Welt.

Er spannte die Muskeln, und die komische kleine Insel mit ihren drei Ecken und Anhängseln sprang auf dem rechten Bizeps hervor, der irische Freistaat zitterte ein wenig. Die Pianistin ließ die ersten Töne von »God Save the King« erklingen, und der halbe Zuschauerraum fing an, aus reiner Gewohnheit sich hochzukämpfen, und verstreute Handschuhe und Bonbonpapierchen, aber bald sanken sie wieder auf die Plätze zurück und ließen ihn weitermachen: Als nächstes zog er seine Knickerbocker aus.

Nora und ich waren noch kleine Mädchen, hatten nie einen Mann ohne Hosen gesehen, obwohl uns Omma alles aufgezeichnet hatte, und, ich muß sagen, wir waren höchst neugierig und reckten uns also eifrig vor, aber er zog sich nur aus, um einen G-String von höchst achtbarem Umfang zu enthüllen, wär ein Pferd damit anständig geblieben, und geschneidert war er aus dem Union Jack. So sorgfältig das Kleidungsstück auch seine Geschlechtsteile verbarg, konnte man jetzt immerhin das Kap der Guten Hoffnung in seinem Nabel erkennen und sehen, wie die Falklandinseln in der Spalte seines Hinterns verschwanden, als er seine große patriotische Neunzig-Grad-Drehung machte, zum erneut erwachten Beifall, der während der ganzen Darbietung nie völlig erstarb, aber gelegentlich besonders laut aufstieg.

Wir starrten gebannt auf die zuckenden Pektoralmuskeln. »Rule, Britannia« begleitete seine letzten Drehungen, bei denen man sehen konnte, wie weite Strecken seiner globalen Tätowierung mit britischem Rosa koloriert waren, das im Scheinwerferlicht allerdings eine morbide Himbeerfärbung annahm, was sehr ungesund wirkte.

Dann schwenkte George seinen Golfschläger ein paarmal hin und her und simulierte damit in seiner heimattreuen Badehose einige Bajonettgriffe, begleitet von weiteren simulierten Trommelwirbeln und strengen Hurrarufen aus der Menge. Und manche hatten Tränen in den Augen, das ist kein Witz, und schrien: »Der gute alte George! Hurra für George!« Wir Mädels aber waren verwirrt: Was für eine Art Show war das denn hier? Hatte Omma uns nicht erzählt, daß die Kriege dazu da waren, die jungen Männer verschwinden zu lassen, damit all die Frauen für die häßlichen alten Säcke übrigblieben, die sonst keine abgekriegt hätten? So wußten wir doch, weshalb es Kriege gab, und wenn man's recht bedachte, dann meinte George mit seinem Witz doch auch, daß die Väter ständig dahinterher waren.

Und was die rosa Partien auf seinem Hintern und Bauch betraf – irgendwie spürten wir schon, daß wir, die Linie linker Hand, da keine Ansprüche hatten – wir waren die Bastardkinder, und wenn's ans Erben kam, würde man uns was husten, also zum Teufel mit den ganzen Immobilien.

Nach den Bajonettübungen legte Gorgeous George sein Golfjackett wieder an, machte eine beruhigend obszöne Geste mit dem Golfschläger und zog sich rückwärtsgehend zurück, wobei er Handküßchen in die schreiende Menge warf und murmelte: »Gott behüt euch!« Wir schwitzten alle drei wie die Schweine, also verschwanden wir flott, ehe es jemandem auffallen konnte, daß wir nicht bezahlt hatten. Die Angler waren zahlreich auf dem Pier angetreten – einer zog eine Makrele raus, die glänzte wie eine nagelneue Blechbüchse. Oder vielleicht war's eine. Ich weiß nicht mehr. Ist über sechzig Jahre her, müssen Sie bedenken. Damals standen alle auf diese patriotischen lebenden Bilder. Wir wußten wirklich nicht, was wir davon halten sollten. Wir waren kleine Mädchen, hatten noch nie den nackten Hintern von einem Mann gesehen, den von der anderen zwar schon oft.

Perry fuhr sich mit dem Finger zwischen Hals und Kragen entlang, um den Schweiß abzuwischen. Er sah ganz betäubt aus.

»Die Briten werd ich nie begreifen«, meinte er, und das, Schätzchen, sagen wir ja alle.

»Jetzt«, sagte er zu uns Mädels, nachdem wir ein paar Lungenvoll frischer Luft intus hatten, »zeigt *ihr* mal, was ihr könnt, meine kleinen Chorgirls.«

Sonnenschein und glitzerndes Meer und ein wenig Brise und um uns Lachen. Glückliche Leute. So, wie ich's in Erinnerung habe, fing plötzlich wie von nirgendwoher eine Band an zu spielen. Wunderschönes kleines Orchester. Nichts Dolles, nur drei, vier Instrumente, mit einem Schlagzeuger. Weiß Gott, wie die dahingekommen sind, falls sie nicht mit einer billigen Tagesrückfahrkarte aus London da waren, um als Strandmusikanten bißchen was abzukassieren. Oder vielleicht hatten sie ein Engagement im Grand Hotel oder sonstwo, als Barnummer. Aber es ist mir doch, als würde ich mich an vier schwarze Herren erinnern, in Anzug und Strohhut – Trompete, Posaune, Klarinette, und der Drummer. Oder vielleicht war es auch die ganze Zeit Perry mit seiner Harmonika, der die Musik lieferte, damit wir tanzen konnten. Wir tanzten den Black Bottom für ihn, wir liebten den Black Bottom, er hatte uns eine Platte geschenkt, die mit »Ma Rainey's Big Black Bottom«. Wir tanzten, aber wir sangen nicht den Text dazu, das wäre ein wenig aus der Reihe gewesen.

Statt dessen dachten wir nach, wir berieten uns, wir suchten uns einen Song zu Ehren von Gorgeous Georges Witz aus, wir sangen »Is You Is Or Is You Ain't My Baby?«, und Perry lief purpurrot an, weil er so lachen wollte und dabei seine Harmonika blasen mußte. Dann steckte er sein Instrument weg, zog die Kreissäge, ging damit durch die Menge. Ich weiß nicht mehr, was mit dem Orchester wurde. Weg, nicht mehr da. Würden Sie's glauben – ein Pfund? Damals *war* ein Pfund noch ein Pfund. Ein Pfund, fehlten nur zehn Pence, alles in kleiner Münze. Er zählte es her und gab's uns.

»Jetzt ladet mich mal zu einer Tasse Tee ein, ihr könnt's euch leisten«, sagte er. Wir gingen in die Stadt hinein, um uns nach einem Fullers Tea Room umzusehen, er schätzte nämlich auch den Walnußkuchen, und so kam es, daß wir plötzlich vor dem Theatre Royal standen.

»Scheiße«, sagte Perry, aber mit gedehntem amerikanischem Akzent, »sheee-it.«

Melchior Hazard mit seinem Ensemble
in
Macbeth
Seine berühmte Inszenierung
»Schlicht genial«
The Times

Wir drängten uns vor dem Plakat aneinander, stierten es an, es überwältigte uns, wir suchten Schutz an seinem großen Körper, wir verbargen unsere Gesichter, als fürchteten wir uns vor den Photographien.

»Ihr wißt ja«, sagte Perry zu uns, »daß ihr nicht meine Babys seid – mein Pech. Ich bin nicht euer Vater, ich war's nie. Nein. Und ihr wißt auch, nicht wahr, daß *er* –«

(Geste zu den Photographien hin)

»– es ist.«

Wir nickten. Wir wußten, daß Melchior Hazard unser Vater war, und jetzt wußten wir auch genau, was ein Vater eigentlich machte, und wie, und wo, und wem er das gemacht hatte, und was dann geschah. Wir wußten alles. Und da war er nun, auf den Brettern, die die Welt bedeuten, vivat Shakespeare, und kamen wir nicht soeben vom Straßenbetteln? Noch nie im Leben hatten wir uns ganz so außerehelich, so außer der Ordnung gefühlt wie an diesem Tag mit dreizehn vor den glänzenden Photos von Vater. Mit nem Kilt war er ausstaffiert.

Und einer von meinen Strapsen war aufgegangen, mein linker Strumpf auf Halbmast.

Perry zog seine Uhr hervor und las prüfend die Zeit ab.

»Der Birnamwald«, sagte er, »schleicht sich jetzt gerade nach Dunsinane.«

Ich ahnte ein wenig, was er vorhaben mochte, und ich hatte Angst.

»Gehn wir zu Omma Chance zurück«, sagte ich mit halberstickter Stimme.

Aber mehr als alles in der Welt sehnte ich mich danach, durch die gläsernen Flügeltüren zu gehen und den Anblick meines Vaters endlich zu genießen, meines herrlich hübschen Vaters, und ich wußte ohne ein Wort, ohne auch nur einen Blick, daß auch Nora dies mehr als alles wollte. Ich ergriff Noras Hand. Sie war heiß und klebrig, eine Kinderhand, obwohl wir wohl schon wie junge Damen aussahen, groß für unser Alter, und wir hatten die gelben Kleider an, die Perry für uns in Paris ausgesucht hatte, Chanel, und die Schleifen im Haar sahen offengestanden mehr nach Coquette als nach höheren Töchtern aus. Nymphchen würde man heut wohl sagen zu uns. Gefährlich attraktiv, landet man leicht im Gefängnis, wenn man den Nymphchen nachsteigt.

Nora und ich umklammerten unsere Hände.

»Omma wird sich fragen, wo wir wohl sind«, sagte Nora. »Sie wird sich Sorgen machen.«

Aber sie rührte sich nicht vom Fleck dabei, und bei »Sorgen« brach ihre Stimme, und sie weinte schrill. Perry schaute von einer zur anderen, wir zwei verlornen kleinen Wesen, Tränen in den Augen, die ausgesperrte Liebe.

»Verdammt noch mal«, sagte er. »Kommt mit.«

Und schnappte uns an den Armen und zog uns mit fort zum Bühneneingang, wo ein Geldschein den Besitzer wechselte. Fegte eine zugige Hintertreppe rauf, noch ein Schein für den Ankleider, der uns in Vaters leere Garderobe ließ, einen Finger an die Lippen legte, daß wir ganz still sein sollten, und verschwand. Perry setzte uns aufs Sofa, und wir betrachteten voll törichter Verehrung das Handtuch, genau das Handtuch, an dem unser Vater sich die Hände abgetrocknet hatte, das Messer, mit dem er sich rasiert hatte, die Schminke, die er auf sein geliebtes Gesicht tat – all diese Dinge hatten eine viel intimere Beziehung zu ihm als wir selbst und schienen in unseren Augen beinahe heilig. Sein Spiegel, der die Freude, die Ehre hatte, sein Bild zurückzuwerfen!

Ich wünschte mir arg, den Mut zu haben, ein bißchen von seinem Nummer Sieben aus dem Schminkset zu stibitzen, als Erinnerung, aber ich traute mich nicht.

Ein Photo stand da, Brustbild eines Schafs mit Tiara, wir

betrachteten es mißtrauisch. Wir wußten gut, wer *die* war – hatten wir sie nicht bei unserer ersten Matinee an seinem Arm hängen sehen, damals, als wir uns in ihn verliebten? (Da hätten wir's uns nicht träumen lassen, daß wir mal den Lebensabend mit ihr zusammen verbringen würden, armes altes Ding.)

Glauben Sie nicht, wir hätten das Zimmer durchstöbert. Nur dazusitzen und die Luft zu atmen, in der auch er geatmet hatte, war mehr, viel mehr, als wir je gehofft hatten. Jetzt wußten wir ganz gewiß, daß Perry noch besser war als ein Zauberkünstler, er war ein wahrer Magier, der unseren zutiefst verborgenen Wunsch erraten konnte, den, den wir nicht einmal einander anvertraut hatten, weil das nicht nötig war, weil ich wußte, daß sie's wußte, und sie wußte, ich wußte es.

Mein Gott, waren wir klein und demütig. Dann und wann hatten wir uns aus dem Haus geschlichen – nun, da wir wußten, was los war –, hatten unseren Sixpence hingelegt, saßen oben im Olymp und sahen ihn sein Stündchen auf der Bühn' spreizen und knirschen, glücklich bei seinem bloßen Anblick. Aber sobald wir uns in seiner Garderobe fanden, wohin vorzudringen wir nie zu hoffen gewagt hatten, wurden wir doch ehrgeizig. Vielleicht würde er bei unserem so überraschenden Anblick nun seinen schönen kleinen Töchtern, vor der Geburt verloren und jetzt am Frühlingsrand der Blüte wiederentdeckt (wie Irish es formuliert hätte), vielleicht würde er ihnen gestatten, seine Hand zu berühren, vielleicht dürften wir ihm gar die Wange küssen … und wir dürften vielleicht sogar, nur dieses eine Mal, das Wort sagen, das wir unser ganzes Leben nie gebraucht hatten: »Vater.«

Vater!

Bei dem bloßen Gedanken bekamen wir eine leichte Gänsehaut.

Perry schaute derweil abwesend aus dem offenen Fenster aufs Dach und die Kamine und leeren Backsteinwände; eine Möwe landete auf einem Schornstein und maunzte. Der Wind trug einen Schwall Militärmusik vom Orchesterpodium am Stand herüber: »Colonel Bogey«. Er trommelte mit den Fingern auf das Fenstersims. Wenn ich von der Aussicht, ihn endlich zu sehen, nicht so betäubt und überwältigt gewesen wäre, hätte ich vielleicht bemerkt, daß unser Perry dieses eine Mal sich seiner Sache nicht so recht sicher war, und dann hätte ich mir größere Sorgen gemacht, wie wir wohl empfangen werden würden. Aber in dem Augenblick war ich zu hingerissen, um es richtig wahrzunehmen. Es war warm und stickig in der Garderobe, unsere Achselhöhlen wurden feucht. Plötzlich mußte ich pinkeln.

Ein Riesenbeifallslärm toste durch das alte Gebäude, und als er verklang, dann, schneller als wir es für möglich hielten, so daß wir überhaupt keine Zeit hatten, uns darauf vorzubereiten, als ob er an Drähten von der Bühne in die Garderobe geflogen wäre, stand er da.

Er war groß, dunkel, er sah gut aus. Mein Gott, was sah er gut aus in jenen Tagen! Und Wahnsinnsbeine, braucht ein Mann auch für Shakespeare, vor allem für das Schottenstück, da braucht's ne gute Wade, daß man mit einem Kilt durchkommt. Ich glaube schon, daß wir die Beine von ihm haben, nicht nur die Wangenknochen.

Ich *hab* mich ein bißchen bepinkelt, als ich ihn sah, aber nur ganz wenig, kaum soviel, daß es einen Fleck auf dem Sofa gegeben hat.

Was für Augen! Melchiors Augen, warm und dunkel und sexy wie das Innere eines Londoner Taxis im Krieg. Seine Augen.

Aber eben diese Augen, diese Ich-zieh-dir-dein-Höschen-ein-bißchen-herunter-, diese Ich-mach-dir-noch-ganz-hinten-in-der-zweiten- Galerie- den-Büstenhalter-auf-Augen, die waren die bitterste Enttäuschung meines Lebens bis zu diesem Tag. Nein. Meines ganzen Lebens, vorher und seitdem. Keine andere Enttäuschung konnte sich damit messen. Weil diese Augen uns anschauten, aber uns nicht *sahen*, wie wir da saßen, strahlend, weil wir nicht anders konnten; unsere hilflosen Münder begannen zu lächeln.

Zu sehen, wie er uns nicht sah, ließ mein Lächeln abrupt einknicken, das kann ich Ihnen sagen, und das von Nora ebenfalls. Die Augen unseres Vaters glitten über uns hinweg, ohne uns wirklich zu berühren, nahmen keinen Kontakt auf. Sie blieben auf Perry ruhen.

»Peregrine!« rief er. Seine Stimme macht bis heute, daß es mich überläuft. Plötzlich ist er im Werbefernsehen, stopft sich den Tabak in die Pfeife: »Würzig, dunkel, ausgiebig ...« Man kann's wohl sagen.

Er streckte Perry seine Hände zur Begrüßung entgegen, Perry allein.

»Peregrine ... wie nett, daß du kommst und mich besuchst.« Und dann und erst dann bekamen wir ein kleines Krümelchen seiner Aufmerksamkeit, und mit dem schoß er uns nieder wie mit einer einzigen Kugel durch beide Herzen.

»Und deine reizenden Töchter hast du auch mitgebracht!«

Ich habe die Erinnerung, obwohl ich weiß, daß es nicht so gewesen sein kann – daß Perry uns mit einer schnellen Bewegung in seine Arme schloß. Daß damals, als unser Vater uns verleugnete, Perry die Arme weit wie Flügel breitete und die Waisenmädchen an sich zog, uns so fest drückte, daß wir gegen seine Weste gepreßt wurden und uns mit den Wangen an seinen Hosenträgerknöpfen blaue Male holten. Oder vielleicht schob er uns rechts und links in die Taschen seiner Jacke. Oder drückte uns tief in sein Hemd hinein, gegen seinen weichen warmen Bauch, wo uns die pochende Behaglichkeit seines Herzens tröstete. Und dann, hopp! Purzelbaum rückwärts aus dem Fenster mit uns, so hat er uns gerettet. Aber ich weiß, den Purzelbaum und das Wegfliegen bilde ich mir nur ein.

Aber was er wahrhaftig tat – er streckte die Arme nach uns aus, und wir rannten in seinen Schutz, wimmernd und weinend.

»Wie man so schön sagt: Es braucht ein kluges Kind, daß es den eigenen Vater kennt«, zischte Peregrine, wie ein Zigeuner, der einen Fluch oder eine Warnung ausspricht. »Aber noch klüger wäre wohl der Vater, der sein eigenes Kind kennt.«

Er knallte die Tür hinter uns zu. Uns. Ungeküßt, nicht willkommen, schlimmer als unbekannt. Bei uns regnete es gewaltig, das kann ich Ihnen sagen. Was haben wir geheult. So sehr geweint, daß wir gar nicht gesehen haben, wo wir hingingen, aber plötzlich waren wir zurück, wieder am Strand, von Perry in Mama Chances breite Arme übergeben, und sie trocknete unsere Tränen, schickte Uns Cyn um eine Kanne heißen Tee aus einem Café, da tranken wir was davon, um wieder Kraft zu kriegen, und ein, zwei Sahnetörtchen, die Perry mit einer kleinen Puderwolke aus Ommas Dekolleté zauberte, damit wir wieder lächeln konnten, was wir mühsam zustandebrachten, um ihn nicht zu enttäuschen, und wir hatten was zum Knabbern, zum Ablenken, aber großen Appetit hatten wir weiß Gott nicht.

Es stellte sich heraus, daß Uns Cyn und der Taxifahrer sich auf diesem Ausflug so gut verstanden hatten, daß sie beschlossen hatten, es richtig miteinander zu versuchen, und so gab's nach allen Seiten Küßchen und Händeschütteln, und Cyn saß vorne bei ihm, während Nora und ich an Perrys Schultern lehnten, auf der Rückfahrt nach London durch das gelbliche, grünliche Licht eines Abends in Sussex, der duftende Sommer kam durch die Fenster, und die

Stimmen von Perry und Omma murmelten leise, um uns nicht zu stören, denn wir waren schon halb eingeschlafen, es war wahrhaftig ein anstrengender Tag gewesen, aber richtig eingenickt sind wir erst in Norbury, und dann mußten sie uns in die kleinen Betten hinten unterm Dach tragen, in das Zimmer, das wir damals als fast noch kleine Mädchen teilten.

Cyn und der Chauffeur wollten ins Westend zum Feiern, und Perry ließen sie am Eaton Square raus. Eaton Square? Das erzählte Cyn. Was wollte er denn nur am Eaton Square, so ganz spontan, der böse Junge? Sie ließen ihn auf den Stufen zu einem höchst eleganten Haus zurück, er rückte sich die Krawatte zurecht und staubte sein Jackett ab. Als sie wegfuhren, hob er kurz die Kreissäge und ließ sein breites freches Lächeln aufblitzen.

Ich hab ihn lieb gehabt, aber ich gesteh's, er hatte auch was leicht Verbotenes.

Obwohl unsere Halbschwestern, die Mädels von der alten Rollstuhllady, später dann Schafen mit leuchtendrotem Fell glichen, waren sie bei der Geburt kahl wie alle anderen Babys auch, sahen sich vollkommen gleich, nicht weit von der Bard Road entfernt, wenn man die Luftlinie nimmt, aber wenn man zu Fuß gehen muß, stellt sich doch bald heraus, daß diese Mädchen eigentlich in einem anderen Land geboren waren, mit Sheratonmöbeln, Perserteppichen, ständig heißem Wasser und Personal, und getauft wurden sie auf die Namen Saskia und Imogen, in langen Spitzenkleidchen in St. John's, Smith Square, kurz darauf dann mit Mutti zusammen (der »reizendsten Frau in London«) von Cecil Beaton photographiert, und das Bild erschien im *Sketch*, Untertitel: »Liebe Maienknospen«. Denn im Mai wurden sie geboren, am selben Tag wie das erste von den Fünfen von Uns Cyn.

Wir fingen übrigens am selben Tag an, als diese beiden

auf die Welt kamen. Komischer Zufall. Ich wollte mal Pipi machen gehen, und da war die Bescherung, in meiner ganzen Wäsche. Ich rannte zu Nora, und sie schaute bei sich auch mal nach. Genau dasselbe. Omma gab uns Watte. Obwohl wir in verschiedener Hinsicht asymmetrisch sind, hatten wir von diesem ersten Mal an jedesmal denselben Rhythmus, von kleinen Zwischenfällen mal abgesehen – völlig im Takt, bis wir wieder gemeinsam aufhörten, gerade vor fünfundzwanzig Jahren hat sich's wieder abgestellt.

Ich denke mir immer, daß es da eine gemeine geheime Verbindung gibt zwischen ihrer Geburt und unserer Pubertät. Eine typische Niederträchtigkeit von Saskia, daß wir genau in dem Moment zur Frau werden, wo die Babys wurden. Immer eine andere Generation. Das ist der springende Punkt. Wir waren nie gleichauf. Die hatten immer diesen Vorsprung letzten Endes. So reich. Mit so guter Verwandtschaft. So ehelich.

Auf all das ist doch geschissen.

So jung.

»Liebe Maienknospen«. Omma Chance rechnete an ihren Fingern und setzte eine undurchdringliche Miene auf, aber die stolzen Eltern sahen höchst zufrieden aus mit den Neuankömmlingen, wenn auch Perry in diesen Tagen seltsam traurig wirkte, als Saskia und Imogen in einem Kinderwagen mit hohen Rädern promenierten, den eine Nanny mit weißflatternden Bändern schob, während Dora und Nora auf spreißligen Brettern herumhüpften, die Kreuz die Quer. Glasgow Empire. Prince's in Edinburgh. Das Royalty in Perth. Friert sich ein Mädchen den Hintern ab in den Wintern da droben. Einmal schmiß einer ein Birkhuhn auf die Bühne, als Zeichen der Anerkennung. Nicht mal ein Paar. Das war in Aberdeen. Klemmen vor Geiz den Arsch zusammen in Aberdeen.

Wir hüpften wie besessen über all die Bühnenbretter, denn inzwischen hatte Perry seine ganzen Moneten im großen Wall-Street-Krach verloren, bis auf den letzten roten Penny, und konnte seinen Beitrag nicht mehr leisten, insofern war's gut, daß wir Mädels uns jetzt selbst den Lebensunterhalt verdienen konnten, wir mußten's nämlich.

Als er kam, um sich zu verabschieden, kam er mit der Straßenbahn. Tief gesunken! Kein Taxi, das mit klickendem Zähler am Straßenrand wartete. Keine Pralinen von Charbonnel & Walker. Und er hatte uns das *Phul Nana* (»Puuh!«) abgewöhnt, aber uns das französische Zeug mitzubringen, das konnte er sich jetzt nicht mehr leisten. Nicht, daß uns das was ausgemacht hätte. Wir dachten nur daran, wie arg wir ihn vermissen würden. Wir saßen auf den Armlehnen seines Sessels, eine auf jeder Seite, und schauten zu, wie er seine Buttercrumpets aß, selber zu bedrückt, um was zu essen.

Er würde seine Schiffspassage nach Hause abarbeiten, sagte er. Nach Hause – zu jenem Teil von Gorgeous Georges Oberkörper, der *nicht* rosa war. Er würde sich die Dampferfahrt über den Atlantik verdienen, indem er nach dem Abendessen Zauberkunststücke im großen Salon des Schiffes zeigte.

»Was machst du, wenn du mal drüben bist?« fragte Omma Chance und schob noch eine Pfanne Crumpets in den Herd, denn er aß, als gäb's vielleicht erst wieder in Los Angeles was.

»Ich geh zum Film«, sagte Peregrine.

Dora und Nora. Zwei Mädchen, die über die Bühne hüpfen. An Weihnachten machten wir immer in einer Panto mit. Einmal gab's *Jack und die Bohnenranke* in Kennington. Können Sie sich das vorstellen, ein echtes Theater in Kennington? Es war einmal. Damals war's springlebendig. Wir waren Bohnen, in grünem Trikot; Spezialität: mexikanische Springbohnen in rotem Trikot. Zwei Pfund die Woche pro Nase. Das reichte damals ne ganze Strecke. Das waren noch die Zeiten von Pfund, Shilling und Pence. Zwei Pfund waren vierzig Silbershillings, vierzig Shilling waren vierhundertundachtzig von diesen großen, braunen Pennyrädern, nach denen die Finger rochen, und für jeden einzelnen dieser Pennies gab's schon eine Stelle im löchrigen Etat von Bard Road 49, wo er als Flicken draufpaßte. Der Auftritt in Kennington, da konnten wir uns schon die Pension sparen. Wir wohnten daheim, wir kamen nachts mit der letzten Tram nach Hause, jeder Knochen im Leib schmerzte uns einträchtig, und die Füße brannten, wir schliefen schon halb, halb waren wir noch wach, wir lehnten uns aneinander, der Regen klatschte gegen die Scheibe, durchnäßte uns die Mäntel, wenn wir von der Haltestelle nach Hause rannten. Wenn wir uns eine Erkältung holten, war's die Katastrophe. Sogar zwillingsgleiche mexikanische Springbohnen lassen sich ersetzen, also hopsten wir mit erhöhter Temperatur und Halsentzündung und Grippe und mit unserem Monatlichen trotzdem weiter, hüpfen, hüpfen, hüpfen, immer nur lächeln, Zähne zeigen, Beine schmeißen, keinen Auftritt versäumen.

Wir konnten sogar nach der Matinee zum Tee nach Haus, mittwochs und samstags, da sparten wir das Geld für unser Ei im Glas bei Lyons und konnten diese vier Pennies für Seidenstrümpfe beiseitelegen. Strümpfe waren immer ein Problem. Stunden um Stunden beim Stopfen von den blöden Dingern verbracht.

Und dann, eines Nachmittags, solch ein Gewisper und Geflatter in der Kulisse, was ist denn los? Was für ein Schock das war. Ein Schaf in einem Haute-Couture-Kleidchen in der Loge, mit einer bebänderten Nanny und zwei rötlichen kleinen Lämmchen. Unser bescheidenes kleines Ensemble hatte Besuch vom Hochadel des Theaters.

»Ich tret nicht auf«, sagte Nora, hitzköpfig wie immer. Sie knallte ihren Sombrero auf den Fußboden und sprang drauf rum. »So eine Demütigung!«

Aber die erste Lady Hazard war eine wirkliche Lady, nicht wie die jetzige Amtsinhaberin, und ich hab nicht einmal damals geglaubt, sie würde bloß mit der geschmacklosen Absicht nach Kennington ziehen, ihre kleinen Töchterchen den Anblick genießen zu lassen, wie die Fehltritte ihres Gatten die Beine warfen. Ich hab sie seitdem natürlich gefragt, und sie hat gesagt, daß *er* wieder auf Tournee war und sie ganz allein in diesem großen leeren Haus herumgeistern mußte und sich verzweifelt fragte, wie sie einen regnerischen Samstagnachmittag rumkriegen sollte. Und ihre alte Nanny, dieselbe, die nach *ihr* geschaut hatte, als sie ein Baby war, und die sich jetzt um ihre Babys kümmerte, die alte Nanny wollte die kleinen Mädchen zur Panto in Kennington mitnehmen, weil ihre – Nannys meine ich – alte Schwester da um die Ecke wohnte. (Und wie sich herausstellte, war das eine angeheiratete Tante des neuen Ehemanns von Uns Cyn, so daß da eine freundschaftliche Verbindung entstand, und nach dem Umzug der Schwester nach Worthing kam die alte Nanny immer mal wieder vorbei und besuchte Omma.) Die alte Nanny meinte, sie könnte mal nach der Vorstellung auf einen Sprung zu ihrer Schwester, und Lady Atalanta sagte, ohne lang zu überlegen: »Wart noch einen Augenblick, ich hol meinen Hut und komm auch mit.«

Die Show ging natürlich ganz normal weiter, und wir traten ganz normal auf. Was? Einen Tagesverdienst abschreiben? Und den ganzen Job dazu wahrscheinlich, und wieder die trübselige Runde bei den Agenturen machen, ewig in den Wartezimmern. Alles, nur das nicht.

Sie sagt, sobald sie uns gesehen hat, hat sie's *gewußt*, und dann hat sie ins Programm geschaut und war sich sicher, weil Perry ihr alles von uns erzählt hat, nachdem sie zusammengekommen waren. Sie hat uns anschließend Blumen geschickt, anonym, aber leicht zu erraten – Vergißmeinnicht. Ich fand das eigentlich ganz rührend, aber Nora meinte: Geschmacklos. Und einmal hat sie uns zum Tee eingeladen, aber Nora sagte: »Kommt nicht in die Tüte.«

Unsere Halbschwestern reagierten in einer Art und Weise auf die Show, die schon typisch für ihre spätere Persönlichkeit war. Saskia heulte wie ein Schloßgespenst auf, sobald sie die Bohnen auf die Bühne kommen sah, als hätte sie uns gleich erkannt und wollte uns mit aller Macht die Schau stehlen, während Imogen einschlief und die ganze Vorstellung über den Mund offenstehen hatte, als Vorbereitung für ihre Laufbahn als Fisch. Aber Lady A. sah uns zu – so hat sie's jedenfalls Jahre später erzählt –, mit Tränen in den Augen und Schuldbewußtsein im Busen. Sie mag einmal gewackelt haben, aber trotzdem liebte sie unseren Vater. Sie muß ihn geliebt haben, mit dem Titel und dem Bankkonto und einem Vater im Oberhaus einen Mann zu heiraten, der nichts zu bieten hatte außer den besten Beinen der Britischen Inseln.

Von Perry hatte sie auch nichts gehört.

Dann war die Pantosaison vorüber, und wir gingen wieder auf Tour. Fünfzehn Jahre alt mittlerweile. Fünf Fuß sechs Zoll. Kleine braune Ponyfrisuren, obwohl Nora oft sehnsüchtig davon sprach, blond zu werden. Sie glaubte, die Zukunft gehört den Blondinen. Sollten wir? Oder nicht? Eins war klar, einseitige Schritte waren da nicht drin. Jede für sich schaute keiner zweimal an. Aber zusammen ...

Wir waren jetzt schon abgebrühte Theaterveteranen. Wir hatten unsere gedruckten Karten: »Dora und Leonora, Bard Road 49, London S. W. 2«. Reisen mußte man immer sonntags, wenn die Züge ganz langsam fuhren aus Achtung vor dem Sabbat und manchmal mitten in irgendeinem Feld einfach stehenblieben, als müßten sie mal. Wir fürchteten nicht Kakerlake noch Wanze, Flöhe konnten uns nicht erschüttern. Wir lernten, die Familie Holz zu verachten – die leeren Sitze, heißt das. Wir lebten von den schottischen Eiern, die uns die Zimmerwirtinnen als spätes Abendessen nach der Show hinstellten. Omma drehte durch, als sie von den schottischen Eiern hörte. »Das ist nur Wurstfleisch«, sagte ich. »Die wickeln ein bißchen Wurstfleisch um das harte Ei. Du weißt doch, was in der Wurst drin ist, bloß Sägespäne und altes Gummiband.« Omma ließ sich auf nichts ein. »Kannibalen!« sagte sie.

Aber mittlerweile wußten wir, daß die Welt nicht unterging, wenn Omma was mißbilligte. Sehr wagemutig – wir wußten, was sie sagen würde –, von den anderen Girls ermuntert, kauften wir uns schließlich ein paar Fetzchen Kaninchenfell, in das man sich ein wenig reinkuscheln konnte, wenn der kalte Wind pfiff. »Tote Hasen«, sagte Omma, als sie's sah. Wie wir älter wurden, gab's Risse zwischen uns. Sie liebte uns, aber sie mißbilligte oft, was wir machten.

Wir waren nur kleine Händchenvoll, aber wir kannten uns bald gut aus. Wir hatten unsere Handtäschchen mit den kleinen vergoldeten Puderdöschen und der Puderquaste; wenn wir nicht mehr richtig weiterwußten, puderten wir uns rasch die Nase und hatten Zeit, uns eine Antwort zu überlegen. Eine Ratte hat mal meine Puderquaste in der Garderobe vom Theatre Royal in Nottingham gefressen. Wir hatten unser Make-up in der üblichen Zweilagendose: Rouge, Leichner, dieses feste Mascara, das man in ein winziges Blechnäpfchen schnippelt und über der Kerze schmelzen läßt. Dann mit nem Streichholz aufgetragen, schnell, schnell, schnell, ehe es hart wird.

Omma hob die Programme auf – jede Show, wo wir jemals mitgemacht haben, von den allerersten *Babes in the Wood* bis zu denen bei der Truppenbetreuung. Sie klebte große Alben voll. Als sie uns verließ, lag das alles in einem Koffer auf dem Speicher da – unser ganzes Leben. Wir fühlten uns mies, als wir die Alben sahen, wir dachten daran, wie wir sie geneckt hatten, Hot Dogs und Krokodillederhandtaschen mit nach Hause gebracht hatten – aber sie hatte die Ausschnitte immerfort eingeklebt. Stapel von Alben, die Zeitungsausschnitte und Programme mit der Zeit zur Farbe der Flecken auf einer alten Frauenhand vergilbt. Ihrer Hand. Meiner Hand, so wie sie jetzt ist. Wenn man das alte Zeitungspapier anrührt, wird es zu braunem Staub, wie Staub von Knochen.

Das letzte Album hört im Jahre 1944 auf, läßt uns für immer da hängen, wo wir gerade dreißig werden, an der Wendemarke, erfaßt in einer letzten Pose als – würde man's glauben? – Bullenbeißer. Wir Engländer, *Bulldog Breed*, so hieß die Show. Für irgendeine doofe Wohltätigkeitsmatinee, wo Geld gesammelt wurde zum Ersatz für verlorene Liebhaber, verlorene Söhne, Jungs, gestorben in der Schlacht um die Burma Road, für das Unersetzliche. Warum haben wir da mitgemacht, Nora? »Irgendwas mußten wir machen«, sagte sie. »Jedenfalls haben wir die Truppe unterhalten.«

Das haben wir in der Tat.

Ich seh Omma noch vor mir, sie sitzt am Küchentisch und klebt das Bild ins Album, die Zungenspitze zwischen den Zähnen, schweratmend, ganz Konzentration. Sie nimmt die Feder, taucht sie in die Tinte und schreibt in ihrer runden sorgfältigen Handschrift drunter: »Duke of York's Theatre, 20. Mai 1944«.

Dann griff sie nach der Bierflasche und stellte fest, daß sie leer war. Ach, Omma! Was hat die Heilsarmee oder wer immer gesungen, »Ein Glas Bier zuviel«? Wenn du an diesem Abend deinen Durst hättest zähmen können, hättest du noch die Siegesfeiern erlebt. Sie zog sich an der Stuhllehne hoch, summte eine Melodie dabei, summte vielleicht »There'll be bluebirds over / The white cliffs of Dover ...« oder »I'll get lit up when the lights go up in London«. Sie rückte sich ihr Hütchen mit dem schwarzgepunkteten Schleier dran vor dem fleckigen Viereck Spiegelglas über der Spüle zurecht. Sie tupfte ihren Schönheitspunkt mit etwas Wimperntusche nach, verstaute die leeren Flaschen in der ewigen Wachstuchtasche. Die Sirene heulte, aber schließlich würde sie wegen dem Hitler nicht ihre Trinkgewohnheiten ändern, was?

Eine Fliegerbombe hat sie auf dem Weg zum Pub erwischt.

Als wir nach der Entwarnung nach Hause kamen, fanden wir das Album da, wo sie's liegenlassen hatte, neben der Schere und dem kleinen Topf voll Klebstoff. Und das leere Glas, in dem das Spitzenmuster des Bierschaums innen hart geworden war.

Und so verloren wir die Omma.

Es waren Omma und das Guinness, die uns schwarzhaarig werden ließen. Eines Abends, als wir zwischen unseren Engagements mal Ruhe hatten, saßen wir alle um eben diesen Küchentisch hier, unseren einmaligen, einzigen Küchentisch und tranken bißchen was.

»Wenn nicht auf Blondine«, sagte Nora, »warum nehmen wir dann kein Henna? Kupferköppe, Ingwerplätzchen. Seien wir ehrlich, Dora, wir müssen was unternehmen, daß wir nicht in der Menge untergehen.«

»Kein Rot«, sagte ich, »wegen Saskia und Imogen.«

Omma schaute uns genau an, unsere großen grauen Augen und unsere guten, starken Hazardknochen, die uns später sehr nützlich sein würden, aber mit fünfzehn gar nichts brachten, weil uns immer der naive Mädelchen-Touch fehlte. Knallhart, hieß es immer. So sind sie die Chancemädels.

Omma labte sich an dem Flaschenbier, das – was ihr unbekannt war – später ihr Ruin sein sollte.

»Kein Rot«, sagte Omma mit einem prüfenden Blick auf ihr Bierglas. »Schwarz.«

Die Farbe war in einer Flasche mit dem Etikett »Spanisch-Ebenholz«. Das Badezimmer war teuflisch kalt. Wir standen da und schlotterten in unseren Unterröckchen, beäugten die Tinktur, als sei ein Dschinn in der Flasche und wir hätten Angst, ihn rauszulassen. Das war ein großer Schritt für uns, bedenken Sie. Wir waren dabei, unsere gesamte Persönlichkeit zu wechseln.

»Auf geht's, hilft ja doch nichts«, sagte Nora endlich und steckte den Kopf ins Waschbecken. Ich salbte sie, goß die Farbe drauf, massierte sie ein, dickes schwarzes Zeug, ich hatte wochenlang Fingernägel mit Trauerrändern. Als sie sich aufrichtete, rannen große Tropfen über ihre Stirn, stachen sie in die Augen, sie weinte. Die Spritzer waren überall, die Handtücher sahen aus wie beim Badefest einer Vaudeville-Truppe, die sich auf Neger schminkt, und wir mußten uns, als die Haare trockneten, alles ins Gesicht frisieren, weil der Schatten auf der Stirne einfach nicht weggehen wollte. Also war sie schon weinend von der ganzen Idee wieder abgekommen, ehe ich noch angefangen hatte, aber wenn die eine von uns gefärbt wurde, mußte auch die andere ran, es gab keine Wahl, so war das nun mal. Dann schlüpften wir in unsere Kimonos, machten das Bad sauber, so gut es ging – die Flecken auf den Handtüchern haben wir nie rausgekriegt –, steckten einander die Haare hoch und gingen runter, um noch eine Tasse mit Omma zu trinken, wobei wir so niedergeschlagen dreinschauten, daß sie uns zuredete, einen Schuß Brandy in den Tee zu kippen aus der Flasche, die sie grade wegen der plötzlichen Kühle aufgemacht hatte.

»Sehr merkwürdiges Wetter für Juli, muß ich schon sagen«, sagte sie und füllte die Tassen auf.

Aber als es trocken war und wir's gründlich gebürstet hatten, kannten wir uns nicht mehr wieder. Ein halber Yard schwarzer Satin, der sich wie Kommas zu unseren Wangen hinbog. Das war der Wendepunkt. Danach nannten wir uns »The Lucky Chances«. Danach waren wir eine auf dem Programm extra angekündigte Nummer. Danach waren wir sechzehn und nicht mehr illegal.

Nora ging immer sehr großzügig mit sich um und schmiß ihr Herz fort wie einen alten Busfahrschein. Entweder war sie bis über beide Ohren verliebt, oder ihr war das Herz gebrochen. Zuerst brachte sie's mit der Pantomimengans, als wir in jenem Jahr in Newcastle upon Tyne die Gänschen in *Mother Goose* waren. Die Gans war alt genug, um ihr Vater zu sein, und Omma hätte den Kerl gerupft, ihm einen Apfel in den Hintern geschoben und ihn gebraten, wenn sie was mitgekriegt hätte, und die Ehefrau von Herrn Gans ebenso, die zufällig in unserem Ensemble das Fach des Ersten Jungen belegte. Es war aber ein wenig problematisch für die beiden, ans letzte Ziel ihrer gemeinsamen Leidenschaft – wie Irish wohl gesagt hätte – zu gelangen, weil das war noch vor der Zeit, wo wir uns einer eigenen Garderobe rühmen durften, und seine Frau war ein derart haariges Geschöpf, ständig neuer Haarwuchs zwischen den Augenbrauen, unter den Armen, an den Beinen, daß sie sich zupfen oder rasieren mußte, und so hockte sie in einem fort in der Garderobe, die sie mit dem Gänserich teilte, und enthaarte sich.

Die Gans besorgte es Nora in einer nebligen Nacht stehend, gegen die Mauer in der Gasse vor dem Bühneneingang, man konnte die Hand nicht vor den Augen sehen, da hatten sie Glück. So einen Nebel gibt's heutzutage gar nicht mehr. Es war nach der Weihnachtsfeier des Ensembles. Ich schaute mich nach Nora um, aber die beiden waren weg.

Trauern Sie nicht um sie! Kommen Sie bloß nicht auf die Idee, daß das eine schmutzige heimliche elende Angelegenheit war, die Liebe zum erstenmal in einer kalten Nacht in einer Seitengasse mit einem verheirateten Mann kennenzulernen, dessen Atem gefährlich nach Alkohol roch. Er war der, den sie haben wollte, mit allen Macken, sie *mußte* ihn haben, mit allen Mitteln. Sie hatte die Leidenschaft, das Leben kennenzulernen, all seine dreckigen Ecken, und so hat sie angefangen, sprang gleich ins Tiefe, komme was will, und ich stand am Rand des Schwimmbeckens und zitterte und zögerte, der armen Katz im Sprichwort gleich.

Als sie sah, daß ihr Mann weg war, schlug sich die Gänsegattin mit dem Federhut klatschend auf den Schenkel. Es war etwas eifersüchtig Verrücktes an dieser Frau. Ich packte den Stier bei den Hörnern und fing mit der Maskerade an – ich hörte auf den Namen Nora und wurde als ich selber unsichtbar, bis Nora wieder auf der Party erschien, die Strümpfe zerrissen, nach totem Fisch riechend, feixend wie die Katze, die an der Sahne war, und schwanger.

Aber wir entdeckten erst, daß sie schwanger war, als sie's in Nottingham verlor, im Royalty, sie fing während einem *fouetté* zu bluten an, wir waren zwei Kreisel. Geht nichts über echtes Blut mitten in einer Song-and-Dance-Nummer. Die Pantosaison war längst vorbei, die Gans war nach Glasgow gegangen, um dort in *Chu Chin Chow* zu spielen, schrieb nie. Nora weinte sich die Augen aus, aber nicht, weil sie die Gans verloren hatte. Sie stand in Flammen, und dann kühlte sie ab – sie würde immer in Flammen stehen, immer abkühlen. Nein. Sie weinte über den Verlust des Kindes.

Ach, meine arme Nora! Eine Märtyrerin der Fruchtbarkeit. Nach dieser Fehlgeburt nahm ich die Sache in die Hand, bestand darauf, daß sie sich die komplette Ausrüstung zulegte, aber Nora kümmerte sich nie um das Pessar, nicht, wenn sie's hinriß. Eine Art grandioser Achtlosigkeit überkam sie jedesmal, wenn sie sich verliebte. Sie öffnete sich, sie schmolz bei der ersten Berührung, dem ersten Kuß dahin; jedesmal, wenn sie sich verliebte, verliebte sie sich zum erstenmal, egal, wie oft sie sich verliebte – und wenn das geschah, war ein Diaphragma das letzte, woran sie dachte. Ich war für das Scheckheft verantwortlich, das traute sie sich auch nicht zu.

Nach der Fehlgeburt lief sie ganze drei Wochen mit langem traurigem Gesicht herum, dann, zack! Hals über Kopf neuverliebt, diesmal in den Typ, der im Orchester Schlagzeug spielte, und *der* hätte ihr Großvater sein können. Ältere Männer zogen sie zu dieser Zeit besonders an. Obwohl ihr Pessar immer in seiner kleinen Schachtel blieb, war der Drummer doch sehr vorsichtig, zog sich immer rechtzeitig zurück, und so ging's ein halbes Jahr, immer mal wieder, wie die Tourneen grade liefen, obwohl ich manchmal sah, wenn sie sich auszog, daß sie grün und blau war. »Liebesklapse«, meinte sie. Ich dachte bei mir: beschütz mich Gott vor der Leidenschaft eines Schlagzeugers.

Je mehr ich von der Liebe zu Gesicht bekam, desto weniger gefiel sie mir. Ich mochte jetzt zwar das Mündigkeitsalter erreicht haben, aber das hieß noch lange nicht, daß ich von meiner Mündigkeit einschlägigen Gebrauch machen mußte, ob ich nun wollte oder nicht. Bis zu dem schicksalhaften Engagement in Croydon, wo ich schwach wurde. Unsere neuen Frisuren und unsere neuen übersprudelnden schwarzhaarigen Persönlichkeiten machten solchen Eindruck, daß wir mittlerweile an zweiter Stelle auf den Plakaten standen und eine Riesennummer hatten, wo wir in weißen Satinpyjamas nebeneinander auf einer Mondsichel saßen. Und – paradiesisch! – eine eigene Garderobe. Langsam bissen die Londoner Theater an. Und Croydon gefiel uns immer gut, wenn's auch ein dumpfes Loch war, bloß eine Schlafstadt kurz vor London, aber wir konnten die letzte Tram nach Hause nehmen und die Unterkunft sparen. Wie gesagt, früher war Brixton mit dem öffentlichen Nahverkehr hervorragend bedient.

Mir war's, als hätte ich ihn schon irgendwo einmal gesehen, was aber nicht der Fall war. Ich dachte nicht an Liebe oder Leidenschaft, wenn ich an ihn dachte; ich dachte nur an den Flaum auf seiner herrlichen Wange.

Als ob's gestern gewesen wäre. Die Show hieß *Over to You*. Nora war für einen Wechsel reif. Sie ließ den alten Schlagzeuger fallen und fing sich was mit einem kleinen Jungen an, blaß wie eine Lilie, blond wie ein Küken. Er wußte nicht, wie ihm geschah. Nora gab sich wie immer ganz hin. Weil wir dieselbe Garderobe hatten, mußte ich immer draußen auf der Treppe sitzen und durch die Wand hören, wie sie's heiß und heftig auf dem Roßhaarsofa brachten, auf dem wir eigentlich zwischen den Auftritten mal die Füße hochlegen sollten. Er stieß abgerissene Wörter hervor, manchmal schluchzte er. Etwas an ihm rührte mein Herz. Nora sagte, daß er noch jung genug war, um dankbar zu sein, aber das war's nicht.

Ich saß draußen auf der Treppe und hörte ihnen zu, und langsam wandelten sich meine Gedanken, bis ich zu einem Entschluß gekommen war: Mit allen Mitteln, sagte ich mir, egal was kommt, an dem Tag, wo ich siebzehn werde, da mach ich's auf diesem Roßhaarsofa.

Mach *was* auf dem Roßhaarsofa?

Na, was glaubt man wohl?

Es war später April, aber immer noch kühl. Kleine kalte Luftzüge fegten durch die Kulissen und um die kahlen Ecken hinter der Bühne. Wir drehten die Gasheizung höher und zupften uns die Augenbrauen. Es stand ein Blumenstrauß zu unserem Geburtstag da und ein Kuchen mit Kerzen, für die Party nach der Vorstellung.

»Nora ...«

»Ja?«

»Schenk mir deinen Freund zum Geburtstag.«

Sie legte die Pinzette hin und schaute mich an.

»Such dir selber nen Freund«, sagte sie.

Man hatte uns frühen Flieder geschickt. Der Geruch von weißem Flieder holt's mir immer zurück. Siebzehn tut weh.

»Er ist der einzige, den ich möchte, Nora.«

Ich tu's nur ein einziges Mal, sagte ich. Er hängt an dir, Nora, er ist verrückt nach dir, mich hat er nie zum zweitenmal angeschaut. Aber wird er den Unterschied nicht merken? Ich weiß nicht, wir wissen's erst, wenn wir's ausprobieren – aber warum sollte er irgendeinen Unterschied merken? Dieselben Augen, derselbe Mund, dasselbe Haar. Wenn es nur das eine Mal war und wenn ich den Mund hielt dabei ... der ist so unschuldig wie junger Spargel, sein Herz so rein wie Epps' Kakao, das arme Lämmchen. Warum sollte er draufkommen?

»Nora, ich will ihn so arg.«

»Ach, *Dora*«, sagte sie, denn jetzt wußte sie, daß nur er in Frage kam oder keiner.

Sie nahm mein Mitsuko, und ich tat ihr Shalimar an mich. Sie hatte ein neues Kleid, geblümter Chiffon, Päonien, Rhododendron, staubiges Rosa und verwischtes Blau und Mauve, lange Röcke waren wieder in Mode, ich sah romantisch aus. Wir holten tief Luft und bliesen die Kerzen auf dem Kuchen aus – unser Wunsch mit sieben war in Erfüllung gegangen, und seitdem glaubte ich fest an den Geburtstagskerzenzauber, Sie können sich vorstellen, was ich mir zum Siebzehnten wünschte. Ich roch das fremde Parfüm an meiner Haut und fühlte mich voll Lust und Leidenschaft. Sobald sie anfingen, »Nora« zu mir zu sagen, konnte ich – wie ich entdeckte – die Jungs alle küssen und die Stars mit fröhlicher Unbekümmertheit in den Arm nehmen, weil für Nora das alles ganz natürlich war. Für mich nicht. Ich war immer die in sich Gekehrte.

Was Nora/Dora anging, so hielt sie sich zurück, bis sie ein paar intus hatte, dann vergaß sie ihren Benimm und legte in der üblichen Art und Weise los, aber als sie anfing, auf dem Tisch zu tanzen, waren die meisten auf der Party schon knülle, und es fiel niemandem auf, daß sie sich ungewöhnlich benahm; so zog Dora mit dem Klavierspieler los, was in den folgenden Monaten für mich dann recht peinlich wurde.

Ein kratziges Grammophon spielte, Volldampf voraus. Ich nahm mein Geburtstagsgeschenk sofort an mich, als er schüchtern durch die Tür kam. Sein Gesicht glänzte noch von der Abschminkcreme. Ich nahm seine Hand. »Komm, tanzen wir«, sagte ich.

»Nothing for me but to love you, just the way you look tonight ...«, sang die Grammophonstimme.

Ich wußte, ich wollte ihn mehr als alles andere, sein sanftes Gesicht und das seidige flachsblonde Haar rührten mich wie nie etwas an der ganzen Männerwelt zuvor, und doch wußte ich kaum, was ich schließlich und endlich wollte, trotz Ommas umfassender Sexualerziehung und trotz allem, was ich während meiner Zeit beim Chor gesehen hatte – und ich hatte darüber hinaus noch meine Schwester aus Liebe weinen sehen und sich beinahe zu

Tode verbluten aus Liebe, und ich hatte gelauscht, während der, den sie liebte, sie laut aufschreien ließ, und ich dabei voll Neid und Begehren. Ich dachte, ich kenne mich ziemlich gut aus.

Und doch wußte ich überhaupt nichts.

Flieder; und ein Wind kam durch das offene Fenster, das jemand aufgerissen hatte, daß der Mief abzog; und der Rauch von den Kerzen, die ich gerade ausgeblasen hatte, hing noch im Zimmer und machte einen fast husten; und der erste Kuß. Ich wurde fast ohnmächtig, als wir uns küßten, ich war zu Tode erschrocken, ich dachte, er würde unseren Trick sofort durchschauen, und plötzlich wollte ich gar nicht mehr. Ich wollte nach Hause zu Omma, zurück zu all dem Gestrigen, das wir schon verloren hatten – Mrs. Worthingtons Klavier, unsere abgeschnittenen Korkenzieherlöckchen, ich wollte die abgelegten Kleinmädchenmieder wieder vom Boden aufheben und uns darin einschließen. Aber er war gerade mein Alter, gerade siebzehn, auch noch ein Kind; niemand, den man fürchten müßte. Und im Sinne dieses Abends war ich nicht mehr Dora, oder? Jetzt war ich Nora, die vor nichts Angst hatte, vorausgesetzt, es war ein Mann.

Ich küßte ihn auch, und wir schlüpften aus dem Zimmer.

Er wusch sich zuerst an der Schüssel, während ich mich auszog und aufs Sofa legte; von dort aus sah ich ihm zu, sein Nacken war demütig gebeugt, während er sich um seinen Körper kümmerte. Das Wasser rann. Nur die Lichter um den Spiegel brannten. Ein Taxi hielt draußen und jappte wie ein Hund; Münzen klirrten: »Dankschön, Chef.« Diese Laute hätten aus einer anderen Welt kommen können.

Er war noch zu jung für Körperhaar. Sein zartes Fleisch war ganz rosig im Licht hinter ihm. Er lächelte, als er auf mich zu kam. Es ragte vor wie ein Garderobenhaken. Was ragte vor? Was glaubt man wohl? Ich konnte den Blick nicht davon abwenden. Ich hatte noch nie einen nackten

Mann gesehen, obwohl uns Omma alles aufgezeichnet hatte. Ein kleiner klarer Tropfen Flüssigkeit zitterte an der Spitze, es fiel mir ein, ihn abzulecken. Er stöhnte auf. Seine Brustwarzen waren auch ganz steif. Er zitterte ein wenig, nicht daß es kalt war, wir hatten die Gasheizung angelassen.

Er sagte nicht: »Nora, du bist heute abend anders, du bist noch bezaubernder als sonst.« Ich wollte das auch nicht. Ich hätte mich geschämt. Ich werde nie wissen, ob er den Unterschied bemerkte. Falls er es tat, war er Gentleman genug, es nicht zu erwähnen. Haut wie Wildleder. Augen so blau wie die Tüten, in denen man früher den Zucker verkauft hat, lang her ist das. Ich blutete nicht, es tat mir nicht weh – anderthalb Jahrzehnte *fouettés, jetés* und Hochwerfen der Beine hatten die Membran geschafft, sie war spurlos verschwunden. Er benutzte ein Präservativ, glauben Sie's bloß nicht, wenn Ihnen jemand erzählt, das sei nicht romantisch. Er seufzte, er verdrehte die Augen, daß man das Weiße sah. Fußlange Wimpern.

Es gibt Dinge, die kann man nicht beschreiben.

Anschließend tat ich, als schliefe ich, ich wagte es nicht, zu sprechen. Er breitete meinen Morgenrock über mich, gegen den Zug, und küßte mich auf die Wange. Nach einem Weilchen stand er auf und zog sich an, er sang dabei leise kleine Stückchen aus dem Song vor sich hin, zu dem wir vorher getanzt hatten. »That laugh that wrinkles your nose / Touches my foolish heart …« Ich beobachtete ihn insgeheim zwischen den Wimpern hervor. Er gab mir noch einen Kuß und schenkte mir ein breites Lächeln, von dem er glaubte, ich könne es nicht sehen, und dann ging er auf den letzten Bus, heim zu Mama und Papa in Camberwell. Da ging er hin mit dem Geruch von Shalimar und Sex, und ich lag auf dem Sofa und atmete die Gerüche von ihm und von mir, die in Wahrheit die von ihm und von

Nora waren, und ich hatte ein kleines sentimentales Rendezvous mit der Stille und der Nacht und dem Vollmond über Croydon, und er hätt's nie getan, wenn er gewußt hätte, daß ich nicht Nora war. Er war der treue Typ.

Verrieten wir die Unschuld dieses Jungen mit unserer List? Natürlich. Spielt es eine Rolle? Wer unter euch ohne Sünde ist, der werfe den ersten Stein. Er dachte wirklich, ich sei die, die er liebte, und so wurde er auch nicht überlistet. Und ich bekam das Geburtstagsgeschenk, das ich wollte, und dann gab ich ihn wieder an Nora zurück, und wenn Noras Herz nicht so leicht entflammbar gewesen wäre, dann wären sie immer weiter zusammengeblieben und durchs Leben gegangen ... bis sie angehalten hätten.

So, wie's nun war, gingen sie ein Stück zusammen, und dann hielten sie eben an. Also.

Der Flieder fing am nächsten Morgen an zu faulen, wurde braun an den Rändern, stank nach üblem Atem. Irish, von dem ich über Metaphern Bescheid wußte, der hätte sich auf diesen Flieder gestürzt, wenn Sie verstehen, was ich meine.

Nach einer Anstandspause stand ich auch auf, zog mich an, nahm noch ein wenig Parfüm und ging wieder zurück auf die Party. Inzwischen hatten sich die meisten Gäste verdrückt, Dora eingeschlossen – sie war im kleinen roten Sportwagen des Klavierspielers in seine Wohnung in Chelsea abgedröhnt. Aber dieselbe Platte drehte sich noch immer auf dem Grammophon, und Choristen, die zu müde waren, um nach Hause zu gehen, drehten sich schwankend in ihren Umarmungen; es lag so ein Gefühl in der Luft, als ob etwas Aufregendes passiert wäre, solange ich fort gewesen war. Dann sah ich, was dieses aufregende Etwas war: Er mixte sich einen Scotch mit Soda an der für den Abend aufgestellten Bar – der Mann, den wir zuletzt in einem Kilt gesehen hatten, wie er uns zurückwies. Jetzt aber trug er romantische Abendkleidung, ein schwarzes Cape mit scharlachrotem Futter. Und, o Wunder! er lächelte! Zu mir her!

Es stellte sich heraus, daß aus dem Taxi, das ich gehört hatte – unser Vater für mich ausgestiegen war.

Gott weiß, weshalb Melchior sich gedacht hatte, daß es nun an der Zeit wäre, bei uns Mädels mal vorbeizuschauen, aber ich glaube, Lady A., die bald in einem weißen Molyneuxkleid aus dem Schatten trat, hatte einiges damit zu tun, das gehört zu den Gründen, weshalb wir bereit sind, es jetzt mit der alten Wachtel auszuhalten, wo sie senil ist.

Das muß ich dem alten Herrn lassen, Stil hatte er immer. Er nahm meine Hand.

»Seltsam, welche Macht billige Musik besitzt«, sagte er.

Lady A. lächelte uns freundlich an und ließ sich sogar herbei, das Grammophon aufzuziehen. Mein Herz schlug, pochpochpoch. »I will feel a glow ...« Man hätte meinen sollen, die hätten nur eine einzige Schallplatte gehabt, den Song, der extra für diese Nacht hätte geschrieben sein können ... »just thinking of you, and the way you look tonight«. Ich hatte vor dieser Nacht der Nächte nicht einmal seine Hand geschüttelt. Er tanzte nicht schlecht, für einen Shakespeareianer. Es war alles zuviel für mich, ganz plötzlich. Ich brach in Tränen aus.

»Nicht weinen, kleines Mädchen«, sagte mein Vater. »Alles Gute zum Geburtstag. Und ich habe auch ein ganz spezielles Geburtstagsgeschenk für euch.«

Unser Vater hatte jede Menge Verbindungen. Und so kam es, daß wir, neben ihm höchstpersönlich, als Stars für die bald zu Berühmtheit gelangte Westend-Revue *What You Will* engagiert werden sollten.

Die Musik hielt inne, die Lichter erloschen, die Boys zogen ab. Die Party war vorbei. Er gab mir einen leisen

Kuß auf das Haar, einen leichten, kleinen Kuß, ein Schmetterlingsküßchen, aber doch einen Kuß. Ich dachte: Ich wasch mir nie mehr die Haare. Dann waren sie weg.

Ich gönnte mir den Luxus und nahm ein Taxi für die Heimfahrt, aber ich war in einem solchen Zustand, daß ich den Fahrer in der Leigham Court Road halten ließ und den Rest zu Fuß ging. Es wurde langsam hell, als ich nach Brixton kam, der Himmel hatte die Farbe einer Gasflamme. Ich hatte ein neues Paar Schuhe an, an dem ich sehr hing – ich dachte, diese Schuhe wären der unüberbietbare Chic – rotes Maroquinleder. Hohe Absätze, Knöchelriemchen. Hatten ein Vermögen gekostet. Meine Stöckelabsätze machten Klack, Klack, Klack auf dem Pflaster, und nie mehr im ganzen Leben bin ich mir so erwachsen vorgekommen wie an diesem frühen Morgen, als ich meinen Schatten vor mir her schlingern sah, in diesen Schuhen, die so sexy waren. Denn in der Nacht, die nun zu Ende war, hatte ich zum erstenmal einen Mann geliebt, und mein Vater hatte mich zum erstenmal geküßt; ich hatte erfahren, daß mein Name in Leuchtschrift über der Shaftesbury Avenue stehen würde, zum erstenmal, und es würgte mich im Inneren, wie schön und fürchterlich die Welt war.

Omma war noch auf, als ich nach Hause kam, und nuckelte im Kimono an einem letzten Gläschen Crème de menthe frappé. Als sie mein Gesicht mit all dem Jubel sah, stellte sie den Teekessel auf den Herd und umarmte mich.

»Wer's auch ist«, sagte sie, »verdient hat er's nicht.«

Warum war Omma noch auf?

Warum gab sie einer frischgeöffneten Flasche Likör soeben den Gnadenstoß?

Die Antwort auf diese Fragen lag riesenhaft unbekümmert in Ommas bestem Sessel hingesackt, fest eingeschlafen und schnarchend. Meine Güte, der Mann hatte zugenommen! Platzte fast aus seiner Weste und seinem Buchmacheranzug aus ingwerrotem Plaid, und die Finger glitzerten von großen dicken Diamantringen und die Schuhe schwarz und weiß wie Dalmatinerhündchen – Schuhe für nen berufsmäßigen Scheidungsgrund.

Mein Onkel war wieder nach Haus gekommen.

Wir zogen uns um, wir schminkten uns, und die letzte Stunde, eh der Vorhang zur Westendpremiere von *What? You Will?* hochging, verbrachten wir damit, immer mal wieder aufs Klo zu rennen und uns zu übergeben. Zuerst dachte ich, bei mir wär's soweit, bittersüßes Gefühl – ich *war* aber auch so was von durcheinander, mein Freund, der Mann am Klavier, stellte mir dann aber die richtige Diagnose: alles Nervensache, also zogen wir einen Brandy und fühlten uns besser. Ganz London mit Verwandtschaft saß da draußen im Zuschauerraum. Wir hatten in Manchester schon eine Wahnsinnsprobevorstellung hingelegt, wir waren groß rausgekommen, aber trotzdem gestand der Mann am Klavier, daß auch ihm etwas blümerant zumute war – er hing tiefer drin, als man hätte denken sollen, na ja, man hätte andererseits was ahnen können, bei seinem flotten Lebensstil, seinem Auto, seiner Wohnung und so. Er hatte die ganze Musik für's Stück geschrieben, jawohl, jede einzelne Note. An diesem Abend ging's um alles bei ihm, aber nach nem zweiten Brandy war er wieder obenauf.

Als Klavierspieler ins Theater, auf dem Heimweg ein Star – *What! You Will?* war sein erster großer Hit. Danach hat er noch eine ganze Latte Musicals geschrieben, jedes ein Hit, alle heut vergessen. Keine Seele erinnert sich mehr dran. Er sah in mir immer »Dora«, und – das war das Verwirrende – ich *war* auch Dora, aber nicht die Dora, in die er sich verknallt hatte, obwohl ihm kein Unterschied auffiel und ich immer Flieder von ihm bekam, jede Menge Flieder, der sentimentale Hund. Ich hatte überhaupt nichts gegen ihn, er lud mich zu den schönsten Essen ein, wir hatten Spaß, aber als er mir an jenem Abend einen Kuß gab, der Glück bringen sollte, da hielt ich ihm die andere Wange hin, mir gefiel's nicht, wie sein Atem roch, und Nora, immer weltklug, sagte: »Das heißt, du bist ihn über.« Ich hatte immer Angst, er macht mir einen Antrag.

»Hals- und Beinbruch«, sagte er.

Hat sich dann sofort freiwillig gemeldet. Im Einsatz vermißt, 1942. Früher hab ich manchmal seine Mutter in Golders Green besucht. Da stand sein Photo auf dem Klavier, und da lagen die Noten für den Song, den ich gesungen hab, da hat er Wirbel gemacht, da hat er seinen Willen durchgesetzt – Doras eigener Auftritt. »O Mistress Mine«, da kann man nichts sagen. Das Klavier war immer offen, die Noten lagen da, niemand spielte. Ich hab der Mutter schon mal ein, zwei Schwarzmarkteier mitgebracht.

Melchior kam im letzten Augenblick rein und wünschte uns alles Gute, sein Gesicht sagte: Er wußte, daß wir's wußten, aber er würde uns nicht um Verzeihung bitten – gab er uns nicht grade eben unsere große Chance? Mit der Glatzenperücke sah er fast unheimlich ähnlich aus – er gab, was sonst, den »Will« in *What! You Will!* in Person. Shakespeare.

Ich muß Ihnen erzählen, daß unser Vater mittlerweile ein wahrhaft großer Bühnenschauspieler geworden war. Jetzt war er in den Vierzigern – obwohl man's ihm nicht ansah, mit all diesem samtigen Glamour – und hatte seinen Höhepunkt erreicht. Auf dem Gipfel seiner Karriere. »Unser größter lebender Shakespearedarsteller.« Es war viel Glück dabei, und nicht zu vergessen das Privatvermögen von Lady A., das seinen Shylock und seinen Richard und seinen Macbeth in Brighton finanzierte, der für uns Mädels so kummervoll war. (Um Hamlet war er allerdings immer rumgesegelt, und jetzt war er zu alt – vielleicht hatte ihn der Gedanke nervös gemacht, die Kritiker könnten schreiben, er sei nicht halb der Mann, der seine Mutter war.)

Aber er sehnte sich immer noch nach neuem Terrain, das er erobern könnte. Rollstuhl schwört, daß er seit damals, als sie ihm von seinen beineschmeißenden Töchtern zur linken Hand erzählt hatte, so eine Sehnsucht mit sich herumgetragen hatte, mal die Welt des Song and Dance auszuprobieren. Früher hab ich immer gedacht, daß er und Perry grundverschieden sind – man hätte nie denken sollen, daß sie Brüder sind, schon gar nicht Zwillinge. Jetzt bin ich mir nicht mehr so sicher. Ehrgeiz! Der Fluch und der Stolz der Hazards, die alles, was sie haben, und noch ein bißchen mehr auf einen einzigen Wurf im Spiel riskieren.

Denn Melchior war der Star als Will Shakespeare, aber wer hatte das Stück geschrieben, erdacht, geplant, alles zusammengesetzt?

Na, Peregrine Hazard.

So waren sie endlich doch ein Team.

What You Will! Die überwältigende, sprühende neue Revue! Sie waren endlich ein Team, und sie triumphierten.

Wir waren achtzehn, Haar wie Kunstleder, Beine bis zu den Ohren hoch. Wir trugen Hotelpagenkostüme für unsere Hamlet-Nummer: gehörte das soeben abgelieferte Päckchen, so überlegten wir gemeinsam in unserem Song, kein Witz, auf 2 B oder nicht 2 B? To be or not 2 B ... Wir hopsten in einem synkopierten Hochland-Jig in Kilts über die Bühne, nachdem wir als Hexen in einer Parodie auf die Bankettszene aus einem riesigen Haggisbrei herausgesprungen waren; in kurzer Toga führten wir die Chorusline zu »Cäsar hat nen neuen Schnitt« an, und ich sang mein Solo »O Mistress Mine« in einem Fünfzehnte-Jahrhundert-Hosenkostüm zu einer stumm kochenden Nora auf den Balkon hinauf – sie lachte zuletzt, als sie mir einen Eimer Wasser übergoß, und eine besondere Stimme hatte ich eh nicht, aber der Mann am Klavier war eben weg und futsch. Wir legten einen alten englischen Volkstanz mit Glöckchen an den Knöcheln hin, sangen »It Was A Lover And His Lass« mehrstimmig und mit Variationen (»Tra la la la la Menschenskind!«), und brachten eine flotte Version eines ägyptischen Sandtanzes an Deck einer großen vergoldeten Kleopatrabarke, die langsam von einem Ende der Bühne zum anderen glitt, als spektakuläres Finale des ersten Teils der Show.

Unsere Kleider waren üppig. Keine halben Sachen, kein Als-ob – echte Seide, echter Satin, echte Federn, Wagenladungen Pailletten. Im Showgeschäft muß es einfach demonstrativ teuer zugehen. Sogar die Kulissen waren überwältigend aufwendig. Für die Kleopatranummer hatten wir die Kopie eines Freskos aus dem Britischen Museum, hinter unserem Macbeth eine düstere Katastrophenlandschaft nach John Martin. Das endgültige Finale brachte die Lady A. als Königin Elisabeth auf die Bühne. Sie hatte nicht viel mehr zu tun, als einfach rumzustehen, war auch besser so, weil mit Song and Dance bei ihr nicht viel gelaufen wäre, aber das Rumstehen brachte sie prächtig, mit roter Perücke und einem Kleid, das nach einer Miniatur aus dem Victoria and Albert Museum entworfen war, mit einer Krinoline wie ein Kriegerdenkmal und einer halben Tonne falsche Perlen um den Hals. Hübsches Detail: Ihre beiden kleinen Mädelchen hatten ihr Debüt in Pumphöschen als Pagen.

Da waren Saskia und Imogen, aaach, sechs oder sieben,

und, mein Gott, wir haßten einander recht herzlich, vor allem ich und Saskia. Sie war nur ein winziges Ding mit großen Augen und Karottenlöckchen, aber sie streckte den Fuß vor und ließ mich stolpern, sie sorgte dafür, daß mein Trikot an einem Nagel hängenblieb, sie war ein kleiner Gottseibeiuns, und wenn er sie in Alexandria eingesetzt hätte, dann hätt ich sie über Bord der Barke geworfen und ertrinken lassen.

Entweder hatte der Markt wieder angezogen oder es lief eine Menge Steuerhinterziehung während der Krise, aber verschiedene Herren, die darüber nicht mit ihren Gattinnen sprachen, eröffneten Konten bei Harrods für uns. Den ganzen Tag lang lieferten Zustellautos die Ergebnisse unserer Einkaufstouren in der Bard Road ab – seidene Unterwäsche, Kaschmirpullover, jede Menge Seidenstrümpfe, von Seidenstrümpfen konnten wir nie genug kriegen. Jetzt dachten wir nicht mehr daran, unsere Strümpfe zu stopfen, wenn mal ein Loch drin war, wir gaben sie an die Girls vom Chor weiter und gönnten uns neue.

Omma aß den Inhalt der schleifchengeschmückten Körbe mit exotischem Obst, die täglich ankamen, aber wegen der Blumen gab's Krach.

Omma hatte das in einem Buch gelesen. Ich möchte heute noch schwören, daß sie das nur gemacht hat, um uns zu ärgern, aber aus diesem Buch setzte sie sich die Idee in den Kopf, daß Blumen Schmerz empfinden. Wenn man eine Blume abschneidet, stößt sie einen fürchterlichen Schmerzensschrei aus – glücklicherweise nur für andere Blumen hörbar, aber Omma behauptete, ihre Ohren seien empfindlich genug, eine Art Nachhall zu hören –, dann verfällt sie in einen schrecklichen Krampf, eine Krise, dann setzt die Totenstarre ein. Von da an ist sie auf die andere Straßenseite gegangen, wenn ein Blumenladen kam, um ihre Gefühle nicht zu verletzen und ihre Trommelfelle nicht zu strapazieren. Da auch Metzgerläden und Pelzhandlungen umgangen werden mußten, war ein Spaziergang mit Omma ein ewiges Hakenschlagen, wie ein kleiner Gang durchs Niemandsland.

Aber stündlich wurden Blumen von Fahrradboten abgegeben. Rosen, Nelken, Tuberosen, Lilien, Orchideen, bunte Sträuße, Blumen, von deren Existenz ich nie etwas geahnt hatte, Blumen, die aussahen, als wären sie schon halb verfault, Blumen, die sehr unanständig wirkten. Omma empfing die Laufburschen mit langem Gesicht und stöhnte und jammerte über unsere Blumengrüße.

»Drähte durchs Herz, die armen Dinger ... kriminell!«

Sie trug sie in den Hinterhof und steckte sie in den Komposthaufen, unter düsteren Klagen. Und dann der Schmuck. Den versteckten wir vor ihr, damit es ihr nicht in den unberechenbaren Kopf kam, uns zu einer Rückgabe zu zwingen. Manchmal dachten wir in unserer unbekümmerten jugendlichen Eitelkeit, daß die alte Schachtel eifersüchtig war.

Sterne an der Garderobentüre, Sterne in unseren Augen, Sterne explodierten in unseren Köpfen, da, wo eigentlich ein bißchen Verstand hingehört hätte.

Unser Onkel Peregrine war wieder reich und lachte immer. Es entstand dabei ein Geräusch in seinem Bauch, wie wenn Fässer in einem Kellergewölbe hin und her rollen. Melchior ging so weit, ihm einen Auftritt als Falstaff anzubieten, aber Perry lehnte ab. In der Kulisse fühlte er sich wohler. Er zog gern an den Strippen und sah zu, wie sich die Puppen bewegten, sagte er; wenn man ihn so hörte, hätte man meinen sollen, er sei ein kaltherziger alter Sack, aber kaltherzig? Niemals! Er war das Herz, das warme Herz allen Vergnügens.

Er und Omma saßen stundenlang in die Sessel im Frühstückszimmer geklemmt und tratschten, Gekicher und Gegluckse, die Flasche Crème de menthe, der Eiskübel neben ihnen – jetzt gab's nur noch das Beste für Omma Chance. Wenn es draußen hell wurde, hörten sie unseren Schlüssel im Türschloß, dann waren sie still, so gut's ging, einen letzten Schluckauf der Fröhlichkeit, dann stand die alte Dame auf und stellte den Teekessel auf den Herd. »Habt ihr euch endlich dazu herbeigelassen, heimzukommen, ihr Himmelskörperchen.« Wenn eine von uns alleine ankam, rollte sie die Augen und sprach mit hohler Stimme: »Oh-Scheiße!-là-là!« Sie kontrollierte die Handtaschen, um sicherzugehen, daß wir auch unsere Mündungsschoner dabeihatten. »Laß doch die Mädels«, sagte Perry. »Sind doch nur einmal jung. Ich wette, Sie haben auch ganz schön auf die Pauke gehauen, als Sie in dem Alter waren.« Aber Anspielungen auf dieses verbotene Reich, ihre Vergangenheit, waren Tabu.

Dann zog der Tenor, Noras Freund, irgendwohin in den Norden, man verlor sich aus den Augen, und Nora verguckte sich anderswo – glühte, kühlte ab, entflammte, wurde kühl, immer wieder, ich bin mit dem Zählen nicht mehr nachgekommen, wie oft sie sich in diesem Jahr verliebt hat. Inzwischen bot mir mein Freund einen Pelz an. Er mochte mich sehr.

»Keinen Pelz, Mister Piano Man, vielen Dank«, sagte ich. »Was würde da meine Omma sagen?« Aber er ließ sich nicht abwimmeln, und am nächsten Morgen brachte ein Lieferwagen eine große Schachtel. Und darin lag im Seidenpapier eine graue Eichhornjacke, Fingerspitzenlänge, zart und wunderschön, »wie ihre eigene tugendsame Jugend«, wie der arme alte Irish es ein, zwei Jahre später in einem andern Land formuliert hätte, aber Irish konnte sich's nie leisten, mir Pelze zu schenken, er hat mir stattdessen beigebracht, daß man keine doppelte Verneinung verwendet.

Als die Pelzjacke mal im Haus war, hatte ich nicht das Herz, sie zurückzugeben, obwohl Omma massiv loslegte. Ich hab sie immer noch, sie hängt im großen Kleiderschrank in Ommas Zimmer, das wir nicht mehr in Gebrauch haben, in einem weißen Tuch, das Gespenst von altem Mitsuko hängt noch in den Härchen, Mottenkugeln in der einen Tasche, in der anderen das verdorrte Skelett einer Gardenie, die ich da reingeschoben hab, nachdem eine gewisse berühmte Persönlichkeit sie sich aus dem Knopfloch gezogen und mir in den Ausschnitt gesteckt hatte, nicht daß Nora und ich busenmäßig je besonders viel zu bieten gehabt hätten, aber wenn ich stramme Möpse gehabt hätte, dann hätte seine Nase grade hingereicht, war nur ein kurzer Bursche.

Omma empfing mich rot angelaufen, als ich nach Haus kam. Die Kombination von Flora und Fauna auf meinem Körper war zuviel für sie. »Würdest du vielleicht auch einem Baby den Kopf abschneiden und ihn als Dekoration auf den gegerbten Leichnam deines besten Freundes draufpinnen?« – »Ich war noch nie mit einem Eichhörnchen näher bekannt«, sagte ich. Unerschütterlich frech, ich hielt ihr stand. Perry lachte brüllend, aber Omma schnaubte nur empört, und als sie hörte, von wem die Gardenie stammte, kannte ihre Wut keine Grenzen. Die Königliche Familie war immer ein rotes Tuch für sie.

Sie kennen den Schlager von der Frau, »die hatte mal mit einem Mann getanzt, der hatte mal mit einer Frau getanzt, die tanzte einst mal mit dem Prince of Wales?« Letztere war ich. Nora auch. Konnte ebensowenig den Unterschied feststellen wie sonst einer.

Leidenschaftlicher Tangotänzer. Er hätte die ganze Nacht Tango getanzt, wenn er gekonnt hätte. Immerhin hat er erbarmungslos eine halbe Stunde am Stück gebracht, ein echter Test für dein Durchhaltevermögen. Das Orchester mußte spielen, solange er's drauf hatte, hier tanzte immerhin das Königshaus, aber ein Tango dauert normalerweise grade vier Minuten, es war eher ein Albtraum, vor allem, wenn man schon zwei Shows plus Matinee hinter sich hatte. Wir zogen den Nachmittag vor, im Ritz, Tangotanztees, nachdem sie mit der Tanzerei im Restaurant begonnen hatten. Ich hab mir mal im Ritz einen Floh geholt, in der Marie-Antoinette-Suite, aber das war später, während des Kriegs, als ich die Freien Franzosen bißchen unterhalten habe.

Jetzt gingen wir in die modischen Nachtclubs, die feinen Restaurants und die aufwendigen Hotels. Perry nahm uns in diesem Jahr an unserem Geburtstag alle mit in den Savoy Grill, Omma nicht zu vergessen, obwohl sie mittlerweile höchst ungern in die Stadt ging, wir mußten sie in ihr Korsett schieben und zwängen und sie mit Gin ins Taxi locken. Sie hatte 's mit dem Rouge übertrieben, vielleicht, weil's auch mit dem Gin etwas viel geworden war, und sie sah äußerst verrucht aus und blickte höhnisch auf die Kellner runter, die's bei ihr doppelt schwer hatten – sie verachtete sie als servil, war aber die erste, die einen Aufstand machte, wenn sie ihr unhöflich kamen. Und da saßen wir, wir Mädels, aufs Tollste aufgetakelt, kleine marineblaue Kostümchen, passende Handschuhe, rote Hüte mit der Krempe übers eine Auge, hübsche Schuhe, hübsche Handtaschen, und wir versuchten, so dreinzuschauen, als gehörte sie nicht zu uns, und Peregrine, völlig gelassen, genoß jeden Augenblick, der Hund.

Der Kellner schwebte aufmerksam um den Tisch: »Als ersten Gang darf ich Austern empfehlen, Kaviar, Räucherlachs ...« – »Das hört sich söhr nött an, danke«, sagte sie und bekam alle drei, spülte alles festlich mit Crème de menthe runter und stellte ihren kleinen Finger aus, wie ein Hund das Bein hebt, wenn sie das Glas erhob. »Runter damit, Schätzchen!« sagte sie zu Peregrine. »Was immer ihr wollt, meine Süßen!« antwortete er und stieß mit ihr an, klingling. Er ermunterte sie immer. Wir hätten im Erdboden versinken mögen.

Sie behielt mehr und mehr immer ihre Kleider an. Das fiel mir auf. Einmal kam sie ins Badezimmer, sie wär nie auf den Gedanken gekommen, anzuklopfen, sie war splitternackt. Ich auch, ich trocknete mich grade ab nach meinem Bad. Da standen wir beide, vom Spiegel festgehalten, ich jung und schlank und straff und zart, sie breit, schlaff, runzlig, wackelnd. Ich mußte kichern. Ich hätt's nicht sollen. Ich hätte mich nachher selber ohrfeigen können. Aber dieses Kichern konnte ich nicht zurücknehmen.

»Alles gut und schön, Dora«, sagte sie, »aber eines schönen Tages wachst du auf, und dann entdeckst du, daß du genau wie ich alt und häßlich bist.«

Dann lachte sie laut. Ich hatte nie auch nur dran gedacht, daß sie vor vielen Jahren schön gewesen sein könnte. Sie lachte, gackerte, hörte gar nicht wieder auf. Trotzdem holte sie sich dann einen Morgenrock, ehe sie wiederkam, um zu pinkeln, und es herrschte danach eine gewisse Kühle zwischen uns, monatelang.

Ich seh's heute als eine Niederlage, die wir, ihre geliebten Enkelkinder, ihr aus Achtlosigkeit und Eitelkeit und einfach aus unserer Jugend heraus beibrachten. Eine Nudistin könnte vielleicht unter anderen älter werdenden Nudisten würdevoll altern, aber sie lebte unglücklicherweise mit zwei sexy kleinen Teenagern zusammen, nicht wahr, die nicht bereit waren, die Nacktkultur ihrer Omma zu respektieren, wenn sie ihnen ästhetisch gegen den Strich ging und, schlimmer noch, auf irgendeinen von den jungen Männern, die uns abholten oder heimbrachten und vielleicht plötzlich sowas zu Gesicht bekommen würden, einen schlechten Eindruck machen könnte. Trotzdem, wir hätten auf ihre Gefühle mehr Rücksicht nehmen sollen.

Den ganzen Frühling, den ganzen Sommer lang klingelte das Telephon für die Lucky Chances, und Omma nahm die Nachrichten für uns keuchend und mürrisch und unfreundlich entgegen und meldete sich gelegentlich mit »Hundeasyl Battersea?«

Sie war unsere Omma, und wir liebten sie, aber gelegentlich, in unserem herrlichen Jahr, nicht sehr.

Jetzt kann ich verstehen, daß wir in diesem Jahr à la mode waren, weil wir etwas Pikantes, etwas Neues waren – es gibt ein bestimmtes Flair, das kann man sich nur auf der falschen Seite vom Bahndamm holen, und unsere Eleganz war eine magere Gassenkätzcheneleganz, auch wenn wir glaubten, wir wären die Größten. Wir sahen nie, was andere Leute sahen. Ich schaute Nora an, treu wie mein Spiegel, und erblickte eine urbane, gewandte Schönheit mit geranienroten Lippen und jenem *faux-naif* Puppenhaarschnitt, der unser Markenzeichen geworden war. Aber wenn ich in Ommas Ausschnittalben zurückblättere, dann sehe ich Bilder von zwei Straßengören, rausgeputzt wie die Pfingstöchschen in allen möglichen riskant genannten, leichtsinnigen, komischen Fetzen, die ihnen gar nicht so gut stehen und die sie tragen, als wär's ein großer Witz.

Wir sahen aus, als hätten wir uns mal als Erwachsene verkleidet und wollten so die Stadt unsicher machen, und als ob – so groß war die Kraft unserer Unschuld – der Champagner, den man uns ständig einschenkte, sogleich zu Ginger Ale werden würde, wenn er unsere hübschen kleinen, unsere dummen kleinen Lippen berührte.

Das Schicksal meinte es weiterhin gnädig mit Melchior. Unser größter lebender Shakespearedarsteller hatte nicht nur in seiner Revue Triumphe gefeiert, er schwamm auch im Geld. Die Show war wie eine Genehmigung zum Banknotendrucken. Er lebte auf bedeutendem Fuß. Neben dem großen Haus am Eaton Square (in das wir, wie mir dann doch auffallen mußte, nur ein einziges Mal eingeladen worden waren, und da nur von der Lady A. zum Kinderzimmertee, scheiß drauf, wir waren nicht hingegangen) gab's einen großen Landsitz in Sussex, der in Lady A.s Familie gewesen war, seit Guillaume Brede de Lynde im Jahr nach der Schlacht bei Hastings irgendeinem sächsischen Hinterwäldler eins auf die Birne gegeben hatte, mit ausgedehnter Landwirtschaft, jeder Menge Katen und Hütten für die Plebs und ein Dorf oder zwei dazu. Er steckte viel von seinem neuen Reichtum in Lynde Court, ließ das Haus herrichten, wie es sich für die Provinzresidenz der königlichen Familie des englischen Theaters gehörte – luxuriös.

Doch sein Erbteil war zu stark für seine Pläne. Er konnte machen, was er wollte, sein Herrenhaus sah immer ein wenig nach heute hier, morgen dort aus – er war ein Schauspieler bis auf die Knochen, also wohnte er auch in einer ständigen Kulissenwelt. Er wollte ein Haus, das aussehen sollte, als ob jeder Ledersessel in der Bibliothek schon mindestens ein halbes Jahrhundert an seinem Platz stand, wo eine sanfte Alterspatina die Spiegelbilder in Dunst hüllte und freundlich die Krähenfüße verbarg, die sich leise um seine Augen niederließen, armer Alter, aber die Mayfairaristokratin, die er für die Innenausstattung geholt hatte, legte das ganze Dekor eine Spur überdeutlich an, wie als Tribut für seinen Beruf. Also war das ehrwürdige Leder ein klein wenig mehr aufgesprungen und rissig, als absolut notwendig war; die Spiegel waren so getrübt, daß sie richtig marmoriert aussahen, und die Wände hatten schließlich die Farbe von äußerst kurz gebratenem Roastbeef mit Soße, in höchstem Maße à la Garrick-Klub.

»Er hat sich«, sagte Peregrine, der die Illustriertenphotos musterte, »vielleicht eine Spur zu erhaben rahmen lassen.« Omma kreischte vor Begeisterung.

Jetzt, wo ich alt bin, glaube ich zu wissen, weshalb Omma uns mit achtzehn nicht mochte – wir hatten keinen Sinn für Ironie; wie leicht waren wir zu beeindrucken!

In diesem »vielleicht eine Spur zu erhabenen Rahmen« spielte Melchior die größte Rolle seines Lebens als Grundherr auf altem Besitz, wenn auch Lady A. – obwohl sie immer an seiner Seite blieb – stets eine leichte Verlegenheit erkennen ließ, und Klein-Saskia (plus, wenn sie nicht grade pennte, Klein-Imogen) begeistert kleine Teufelchen spielten, denn zwischen den Ritterrüstungen, den toten Fischen in Vitrinen, den gekreuzt an der Holztäfelung hängenden alten Waffen gab es immer ein Plätzchen, wo man sich verstecken und dann mit ohrenbetäubendem Gekreisch hervorspringen konnte, immer irgendeine Kostbarkeit, die man mit klebrigen Fingern streicheln konnte, einen ausgestopften Fuchs, den man zur Essenszeit nach Maden untersuchen, und so viele, viele Gäste, die man in Ruhe während der langen Freiheitsstrafen quälen konnte, die das englische Landhausweekend mit sich führt. Stechpalmenzweige im Bett, Frösche in der Wanne. Bei einer denkwürdigen Gelegenheit, wie man hört, Froschlaich im Porridge.

Nicht daß *wir* je zum Weekend dort eingeladen gewesen wären.

So daß ich, wenn auch mit zusammengebissenen Zähnen, gestehen muß, daß wir ganz aus dem Häuschen waren – wenn auch immer noch mißtrauisch –, als an jenem ersten, triumphalen Weihnachten während der Laufzeit von *What You Will* eine Einladung an uns erging (beinahe eher ein königlicher Befehl), daß wir uns zum Maskenball am Dreikönigsabend in Lynde Court einfinden sollen. In der Zwölften Nacht, *Twelfth Night or What You Will.* Jaja.

Wir würden nach der Show hinfahren und uns unter die Gästemenge mischen, als stünde uns das ganz einfach zu, und es stellte sich heraus, daß wir uns nicht einmal groß Gedanken machen mußten, was wir anziehen sollten, denn man sagte uns, wir sollten unsere Hexen-Kilts anbehalten und uns darauf vorbereiten, auf ein Zeichen hin aus einem verdammt großen Festhaggisbrei herauszuhüpfen und einen strammen Jig hinzulegen. Melchiors Sekretärin versicherte uns, wir würden die Steinfliesen der großen Halle zu diesem Zweck ideal finden.

»Wenn die wollen, daß wir unsere Einladung abarbeiten«, sagte Nora, »können sie sich das Ganze sonstwohin stecken.«

»Weißt du nicht, wer da kommt?« sagte mein Freund, der bekannte Komponist, mit großen runden Augen. »Halb Hollywood wird da anwesend sein!«

Mißverstehen Sie mich nicht, er hatte keinen Mundgeruch – und doch war mir der Geruch seines Atems mittlerweile so zuwider, daß ich jedesmal, wenn ich eine Rate von meinem Eichhörnchenjäckchen abzahlte, ihm den Rücken zukehren mußte, was ihm, der schließlich auf einer Public School gewesen war, grade recht kam.

Perry lachte und klatschte sich auf den Bauch.

»Hurra für Hollywood! Ja, was glaubt ihr denn, wer diese Figuren eingeladen hat? Das könnte eure große Chance sein, Mädels!«

Wir begriffen endlich, daß Melchiors Party das Alibi für eine gigantische Talentprobe sein würde und daß es uns zukam, unsere Stepschühchen schön blank zu putzen, bis wir schließlich in warme Decken gehüllt nach der Show in den Sportwagen meines Soi-disant-Geliebten (eigentlich nun wirklich schon Ex-Geliebten) kletterten, ein fettiges

Päckchen Schinkensandwiches vom Kaffeestand der Droschkenkutscher drüben an der Battersea Bridge als Proviant dabei, schließlich war es zwei Stunden Fahrt durch den Schneesturm, und ich war schon wieder verzweifelt hungrig, als wir ankamen.

Der Schneefall hatte aufgehört, alle Geräusche klangen leise und gedämpft. Alles glänzte unter dem eisigen Mond hoch droben, und nicht einmal später in Hollywood bei MGM, deren Slogan immerhin lautete: »More Stars Than There Are in Heaven«, hab ich so viele Sterne gesehen. Die alten Rasenflächen trugen ein dickes Schneefell, die Rosenbüsche eine hohe Last. Eine Terrasse, mit Statuen in Schneemänteln und mit Schneehüten; ein schneeverstopfter Brunnen. Lynde Court hatte eine eklektische Architektur, das heißt, ein bißchen von dem und ein bißchen von jenem, aber alles alt – Türmchen und Giebel voller Schnee, mit Steingirlanden geschmückte Gesimse und Märchenschloßspaliere voll Frost und Eis. Ich habe nie ein Haus so schön gesehen. Ich mußte den Atem anhalten.

Steht jetzt natürlich alles nur noch in meiner Erinnerung, mit seinem beweglichen und unbeweglichen Inventar.

Zur Begrüßung auf den Treppenstufen eine Gruppe von Lautenspielern, zupften irgendeine alte Melodei. Ja, schon, sehr geschmackvoll, sehr hübsch. Ihr Atem rauchte, ihre Nasen glühten; das einzig unpassende Detail waren die Hornbrillen. Wir waren schon auf einigen exklusiven Partys gewesen, seit wir unseren Stern an der Garderobentür hatten, aber niemals *so* exklusiv. Wir hielten uns an den Händen, wir waren eingeschüchtert, wir blieben im Hintergrund.

Aber dann sahen wir unseren Onkel Perry, der schon früher mit den Gastgebern hergefahren war, wie er fröhlich aus seinem Schwalbenschwanz mit weißer Krawatte hervorzubersten drohte, mitten im Schnee Wärme ausstrahlend wie ein heißer Ofen, gerade dabei, ein Kaninchen aus einer Gambe zu ziehen. Und obwohl sich das Kaninchen sofort in unsere kleine Kusine Saskia verwandelte, die er enthusiastisch küßte und knuddelte, daß uns wütende Eifersucht befiel, gab uns sein Anblick die Courage, endlich aus dem Auto zu springen und auf ihn zuzulaufen.

Sobald sie uns kommen sah, entwand sich Saskia seinen Armen, schmollend und sich schüttelnd wie ein nasser Hund, und rannte weg. Perry war niedergeschlagen; er konnte sie nach Belieben in ein Kaninchen verwandeln, aber er brachte es nie dahin, daß sie ihn liebhatte. Er wurde wieder vergnügt, als er uns sah, hob uns eine nach der anderen hoch in die Luft, wie er's immer getan hatte, als wir in Saskias Alter waren – aber sie ließ das offensichtlich nie mit sich geschehen. Ich konnte sie in der Ferne sehen, wie sie uns böse anstarrte.

Wir kamen mit großem Auftritt in die Halle, rechts und links am Arm von Onkel Perry. Um uns her ein Geraschel und Gewisper: »Da kommen die Lucky Chances. Natürlich sind das, wissen Sie, eigentlich Peregrines Töchter.« Alle glaubten's. Nur die unmittelbar Betroffenen wußten, daß es anders war.

Die Lady A., voll ausgerüstet mit Glorianaperücke und passendem Kostüm, und Melchior als – erraten! – hießen ihre buntscheckigen Gäste willkommen, alle in irgendein Shakespearekostüm gewandet. Jedem ein Kuß, beziehungsweise ein Händedruck. Wir waren nicht ausgeschlossen, wir kriegten unseren Kuß und Händedruck wie alle anderen auch, dann noch ein Glas Schampus, und wir wanderten in die große Halle, wo mein Beau mit Narrenschellenkappe schon an einem weißen Flügel saß und ein Potpourri aus der Show klimperte, während lackiert glänzende Damen ihre Dekolletés auf den Bechsteindeckel hängten.

In einem Kamin, der eine halbe Wand einnahm, brannte ein Feuer aus großen Holzscheiten, und hinter den Butzenscheibenfenstern glitzerte ein Himmel wie Kristallglas. Und auf dem kalten Büffet gefüllter Schwan, Sie können's ruhig glauben. Der Kellner schnitt mir was ab, mich würgte es. Nora war, wie ich sah, schon tief in lebhaftem Gespräch mit einem kleinen dicken glatzköpfigen Herrn, der in Stiefeln und Reithosen gekommen war, als was war mir unklar, und beim Sprechen ausholend Kreise mit seiner Zigarre in die Luft malte.

»Schwan liegt mir jetzt gar nicht«, sagte ich zu dem Kellner. »Viel zu viel Federn. Haben Sie nicht was anderes für mich zum Knabbern?«

Er blickte von seinem Tranchiermesser auf. Diese Augen! Mein Herz pochte. Pochpochpoch.

»Das gibt es doch nicht«, stammelte ich, so voller Freude, daß ich hätte weinen können.

»Die Zeiten sind schlecht«, sagte er. »Zu viele Tenöre, nicht genügend Songs.«

Also arbeitete er nebenher als Kellner. Wir konnten den Blick nicht voneinander wenden. Hinter meinem Rücken hob sich die Stimme meiner Schwester, sie sang, und mein Gott, sie hatte sich meinen Song geliehen: »Was ist Lieb? Sie ist nicht künftig ...«

»Nora«, sagte er zu mir.

»Gleich gelacht ist gleich vernünftig.«

Wir lehnten uns über den Kadaver des geschändeten Schwans hinweg zueinander. Eine Menge Leute umdrängten uns. Wir verbargen uns hinter den Federn, wir küßten, küßten, küßten uns, bis wir ohne ein Wort uns einig waren, uns unter das Tischtuch duckten und auf allen vieren unter dem Tisch das ganze Büffet entlang liefen. Das breite weiße Tischtuch hing auf beiden Seiten herab, es war, als renne man einen Krankenhausflur entlang. Das Mitternachtsrendezvous mit dem Haggisbrei schlug ich mir aus dem Kopf; ich hatte Besseres zu tun. Als wir am anderen Ende hervorkamen, tanzte Nora mit dem kahlköpfigen Dicken; er mußte irgendwo seine Zigarre abgelegt haben, damit er nun den Mund frei hatte, um an ihrem Hals herumzuschmatzen, während jene Hand, die nicht ihren bloßen Rücken streichelte, einen Trommelwirbel auf ihrem Po schlug.

Mein Junge und ich hielten Händchen. Wir rannten die Eichenholztreppe hinauf, alles Schwarz-Weiß, Mondlicht, Schatten, Schnee, vorüber an geschnitzten Lorbeerkränzen und Obstpyramiden und großbrüstigen Frauen mit Blütenkronen, bis wir fanden, was wir suchten, das hausherrliche Schlafzimmer, sofort zu erkennen am Fetisch meines Vaters, der Pappkrone, die einst der alte Ranulph als Lear getragen hatte. Sie lag nun unter einem Glassturz auf dem Kaminsims.

Auch hier glühte ein Holzfeuer im Kamin, die Bettdekken waren zurückgeschlagen, und ein leichter Luftzug blies durch den Schornstein und regte sachte die Vorhänge um das alte Himmelbett, daß Samson und Delilah, Judith und Holofernes, all die gestickten Männer und Frauen sich ein wenig rührten, als wir uns hinlegten, als begrüßten diese alten Liebenden jene, die sich nun beeilten, ihre alte Bekanntschaft miteinander zu erneuern.

Ich zog mir die falschen Wimpern weg und mauste mir eine Handvoll von Lady A.'s Watte, um das Make-up wegzuwischen. Heute nacht, in dieser Nacht aller Nächte, wollte ich aussehen wie ich selbst, wer immer das sein mochte.

»Ich färbe mein Haar«, sagte ich.

»Ich weiß«, sagte er.

Um Liebe zu sterben, liegt in unserer Familie. Meine Großmutter hat's getan, meine Mutter ebenso. Und diese Nacht war das eine Mal in meinem ganzen Leben, daß ich dachte, sowas könnte es doch wert sein. Er ließ sich Zeit, seine Zeit, ich mir die meine. Während wir getrennt gewesen waren, war ihm ein kleiner Kranz goldener Haare um die Brustwarzen gewachsen, aber man sah sie kaum, nur wenn man genau hinschaute.

»Nora«, sagte er, als wir naß und keuchend dalagen. »Nora ... du hast dein Parfüm gewechselt.«

Ich mußte nur reden, nur sagen: »Nicht Nora, mein Liebster, sondern Dora, die dich allein liebhat.« Und es hätte eine glückliche Hausfrau mehr hinter irgendeinem Gartenzaun in Slough oder Cheam gegeben, und einen Bauchvoll Kinder. Diese Worte, die alles verändert hätten, lagen mir auf der Zunge, können Sie sich das vorstellen? Aber da blieben sie auch, weil genau in diesem Moment mein Geliebter das Gesicht verzog und schnupperte.

»Riecht da nicht etwas verbrannt?«

Ich deutete auf die gemütlichen Kaminscheite.

»Nicht das ...«

Und ein lauter roter kreischender Schrei kam von unten:

»FEUER!«

Dann Pandämonium. Rufe, Geschrei, schrilles Gekreisch. Das Klirren zerbrechender Teller von umgeworfenen Tischen; rennende Schritte; und all die Lauten verstimmten sich unisono, als man sie eilig fallen ließ. Und, ja, jetzt konnte ich das Röhren der Flammen hören.

Wir waren mehr wie fix aufgesprungen und zur Tür gerannt, das kann ich Ihnen sagen, aber das alte Eichenholz fühlte sich warm an, und als wir sie öffneten, warf uns ein gewaltiger heißer Wind zurück, wir sahen, daß das Treppenhaus schon in hellen Flammen stand. Die grotesken Schnitzereien an den Balkenenden glühten funkenspruhend und verkohlten dann schwarz; von unten kam ein lautes Krachen, wie eine Decke einstürzte, und inmitten all des anderen Lärms bemerkte ich, daß sie auf den Flügel gefallen war, denn der gab einen letzten schrägen Akkord von sich, ehe er mit einem Geräusch dahinging, wie wenn ein Engel von seiner Harfe fällt.

Eine lange Flammenzunge leckte die Treppe hinauf, durch die Schlafzimmertür herein; schon loderten die Bettvorhänge hinter uns – so rasch, nachdem wir von der Matratze runter waren, daß man hätte denken mögen, das Bett hätte von unserer Aktion Feuer gefangen. Ich stand wie angewurzelt da und schaute zu, wie mein kleiner Kilt in den wilden Luftzügen, die mit dem Feuer eindrangen, hin und her geweht und gewirbelt wurde, bis das Feuer ihn sich schnappte wie ein Frosch ein Mückchen. Er gab mir einen kräftigen Stoß.

»Schnell!«

Ich faßte mich jetzt aber rasch, und wir schafften's zum Fenster, ehe die Wandbehänge in Flammen standen – das Feuer barst aus ihnen hervor, während wir Hand über Hand den Efeu hinabkletterten, eine Schneelawine im Gefolge. Erst als wir wieder auf dem Rasen standen, kalt bis ins Mark, an den Rändern leicht angesengt, halb erfroren, halb gegrillt, ging es mir auf, daß das Feuer nicht nur mein Hexenkostüm, sondern auch seinen Kellnerfrack erwischt hatte und wir beide dementsprechend »Nackt wie die Natur sie schuf« waren, um noch so ein dubioses Szenario aus der letzten Karrierephase der Chance-Sisters zu zitieren. Ich verbarg mein Erröten an seinem Busen. Er streichelte mir das Haar. »Nora«, sagte er zärtlich. »Nora . . .«

Ebenso zärtlich lag mir die Wahrheit wieder auf der Zunge, doch dann, während Lynde Court brannte und die Überlebenden des Festes auf der Terrasse umherkonfusionierten, die Hände rangen und Lärm schlugen, und das

Geklingel der Feuerwehr hörbar wurde, während all diesem Chaos bemerkte ich eine Regung seiner, ahem, Männlichkeit und konnte nicht widerstehen. Also schlugen wir uns ins Gebüsch und machten's nochmal auf einem unbequemen Teppich aus Zweigen und trockener Erde im Schutz der Rhododendronbüsche, die unsere Leidenschaft so stürmisch schüttelte, daß sie immer mehr und mehr Schnee auf uns herabregnen ließen, während um uns, hin und her, eine Parade rascher, rennender Füße den Schneefall zu Matsch zertrampelte. Soweit es unsere Umgebung betraf, war's ein großer Schritt vom Erhabenen zum Lächerlichen, aber es mußte sein, es war dringend.

Überraschenderweise – oder? – ging's diesmal ganz schnell.

Und zu meiner ewigen Beschämung kam ich erst, als er von mir heruntergerollt war und ich mich aufsetzte, dazu, zu denken: »O mein Gott – *meine Schwester*!«

Glauben Sie mir, selbst da, als ich so verliebt war, dachte ich niemals, nicht einen einzigen Augenblick lang: Wenn ... sie jetzt zu einem Häufchen Asche verbrannt ist ... dann ... gehört er für immer mir.

Nicht eine einzige Sekunde lang.

Um die Wahrheit zu sagen, ich liebe sie am meisten, und so war's schon immer.

Vorne auf dem großen Rasen hatte sich eine richtige Freakshow versammelt. All die Festgäste waren rußgeschwärzt, und die Lady A. in versengter Perücke und einem Reifrockskelett aus schwarzem Draht und Qualm preßte ein Bündelchen fest genug an die Brust, um es zu ersticken, obwohl es dem Bündel, da es sich um Imogen handelte, egal war und es ruhig weiterschlief, während Lady A. weinte und heulte und nach dem anderen schrie, das nicht greifbar war, obwohl ich persönlich es dieser Saskia durchaus zugetraut hätte, daß sie den Familienbesitz als Rache dafür niedergebrannt hatte, weil sie nicht genug Sahne zu ihren Erdbeeren gekriegt hatte oder ins Bett geschickt worden war, ehe die Vorführung anfing.

Aber von Nora war keine Spur zu sehen, und mir sank das Herz.

Von Onkel Perry auch nicht, aber bis dann sein Flugzeug im Amazonasgebiet abstürzte und wir nach Wochen, Monaten und schließlich Jahren gezwungen waren, uns einzugestehen, daß auch er mit dem Tod eine Rechnung abzumachen hatte, dachten Nora und ich insgeheim, er sei unzerstörbar.

Dann entdeckte ich Saskia. Sie hatte sich, ohne sich um ihre verzweifelte Mama zu kümmern, unter einen Rosenstrauch gehockt und fraß sich voll. Sie hatte den kompletten Schwanenkadaver aus der Halle geschleift. Die Federn waren so rußig, daß das Ganze mehr wie eine hochstaplerische Krähe aussah, aber das störte den kleinen Freßsack nicht, sie saß im Schneidersitz da, zerlegte den Vogel systematisch und kaute das Fleisch mit allen Anzeichen von Genüßlichkeit von den Knochen. Später hat sie ja dann eine Karriere aus der Fresserei gebastelt. Eine Schüssel Salat hatte sie sich auch noch gemopst, aber den Haggis hatte sie unerklärlicherweise drinnengelassen, wahrscheinlich hatte sie entdeckt, daß er hohl war.

Da hatten wir also Saskia. Aber Nora war weg.

Man sagt, wenn einem das Bein abgenommen wird, merkt man's zuerst nicht, bis man dann sein Gewicht drauf verlagern will. Dann fällt man um. So war es mit mir und Nora. Der junge Mann lag noch auf dem Rücken unterm Rhododendron, schwer atmend und selbstvergessen, und wenn er wieder zu sich kam, dann konnte er passenderweise: »O Mistress Mine, Where Are You Roving?« singen, denn ich machte mich jetzt auf fieberhafter Suche davon.

Der Brand hatte eine Art Verrücktheit entfesselt. Ein Schwarm aufgeregter Chorgirls in Rüschenhöschen und Trikot hatte auf dem Weg aus dem Haus eine Kiste Schampus mitgenommen, und jetzt, Peng! machten sie mit einer Salve kleiner Explosionen die Flaschen auf und schleuderten den Inhalt ins Feuer, wobei sie vor lauter ohnmächtiger Anstrengung schrille wiehernde Schreie ausstießen. Eine Reihe von Jungs aus dem Chor im Narrenkostüm knöpften sich die Hosen auf und fügten ihren eigenen Beitrag den hohen Wasserbögen hinzu, welche die tapfere Feuerwehr von Sussex ins Herz der Glut lenkte, wo sich riesige Regenbogen in der Luft über den Wasserstrahlen formten.

Der Tenor und ich waren im übrigen nicht die einzigen, die der Natur erlegen waren. Nichts schärft den Appetit wie eine Katastrophe. Aus dem Augenwinkel sah ich, wie Coriolanus unter der Pergola im verschneiten Rosengarten stramm den Geist Banquos in den Hintern fickte, während neben der schneeverwehten Sonnenuhr ein Herr, der als Kleopatra gekommen war, einem anderen, der als Junker Tobias Rülp kostümiert war, oral zu Gefallen war. Nicht nur das. Ich entdeckte eine ovale Vertiefung in einer Schneewehe, über der die erste Soubrette hockte und ums liebe Leben in der Frau-oben-Stellung zuckte und stieß, und es stellte sich heraus, daß der stöhnende Partner dabei niemand anderer als mein nun ganz bestimmt Ex-Geliebter war, seine Narrenkappe fehlte, aber die Glöckchen klingelten, was das Zeug hielt, und er machte sie in seiner nächsten Produktion zum Star. Warum auch nicht. Sie hat dann erzählt, daß sie ihn daherkommen sah und ihn stolpern ließ. Irisches Mädel, aus Derry. Damals voll für die Republik. Jetzt ist's ne Dame of the British Empire.

So hatte diese Nacht des Untergangs eine orgiastische Seite, und überall um das lodernde Haus her rannten, beleuchtet vom roten Flackern der Flammen, die lamentierenden Festgäste in Togen, Kilts, Trikots, Pumphosen, Krinolinen, Leichentüchern, Reifröckchen – wie Besucher eines Maskenballs, die plötzlich alle zur Hölle gefahren sind. Es war eine scharfe, eisige Nacht, und die Sterne waren spitz wie Nadeln.

Ich lief wie eine Besessene von einer Gruppe frustierter Partygäste zur anderen und suchte nach meinem verlorenen Bein, meinem besten Stück, das ich so gedankenlos in der Hitze meiner Leidenschaft vergessen – vergessen! – hatte. Und da dachte ich mir denn auch, obwohl meine Nippel noch von den Küssen schmerzten: also gut, soviel zur Leidenschaft und Liebe, denn ohne Nora war das Leben nichts mehr wert.

Schwesterlich empfunden, was?

Ich weinte so sehr, daß ich kaum mehr etwas sah, und ich rannte direkt gegen Melchior, immer noch in Shakespearekleidung, aber von oben bis unten rußschwarz, und holte mir einen dicken blauen Fleck an der Hüfte, weil er an einem großen geschnitzten Lehnstuhl mit Löwenköpfen an den Enden der Armlehnen zog und zerrte, schnaufend und mühsam das Teil weiterwuchtend. Er hatte es irgendwie aus den Flammen gerettet und zerrte es nun zu einer Stelle inmitten der Rasenfläche, welche die ganze Szenerie beherrschte, zu einem Punkt, der einen Logenplatz für das feurige Finale des Hauses bot, in welchem er so berühmt hatte sein wollen. »Faß mal mit an«, sagte er.

Als wir den Stuhl dort hatten, wo er ihn haben wollte, ließ er sich drauf hinsacken.

»Champagner!« rief er, und wunderbarerweise stand wie bei einem Zaubertrick augenblicklich ein Kellner mit einem silbernen Eiskübel auf silbernem Tablett neben ihm. Ich wischte mir mit dem Handrücken übers Gesicht.

»Dora?« sagte er. »Oder bist du Nora? Komm und trink ein Glas Wein mit dem König im Exil, mein liebes Kind.«

Ich trat näher zu ihm. Er schenkte mir ein zauberhaftes Lächeln. Nicht die Spur einer Träne. Ich starrte ihn offenen Mundes an. Noch nie eine solche Kaltblütigkeit wie die von Melchior gesehen.

»Ich muß sagen, Sie nehmen das sehr gelassen, Sir«, sagte ich. (Wir nannten ihn immer ›Sir‹, wenn wir ihn direkt anredeten.)

»Warum sollte ein Mann nicht ein Glas Wein an seinem eigenen Feuer genießen?«

Der Kellner goß mir auch eins ein, also nahm ich das Glas. Wir stießen miteinander an.

»Du hast deine Augenbrauen verloren«, bemerkte er.

»Schlimmer noch«, sagte ich schluchzend, »ich habe meine Schwester verloren.«

»Ich«, sagte er, »habe meine Krone verloren.«

Daran, wie er es sagte, erkannte ich, daß der Verlust einer natürlichen Tochter ihm weniger zu Herzen ging als der des alten Hazard-Erbstücks, das ich vorher noch in seinem Schlafzimmer gesehen hatte. Einen schwachen Moment lang wünschte sich da mein unerzogenes Tochterherz, ich hätte es für ihn retten können, aber obwohl meine Vorderseite dank der Flammen von Lynde Court wohlig warm war, war mein Hinterteil bitterkalt und meine Laune ebenso.

»Meine Krone, meine törichte Krone, meine papierne Königskrone aus Fetzen und Flicken«, klagte er. »Die Krone, die mein Vater als Lear getragen hat – so viele Tode hat sie überlebt, so viel Herzzerbrechen, so lange Reisen ... und jetzt in Rauch aufgegangen! Ach, mein liebes Kind, wir Schauspieler sind so schlichte Gemüter ... abergläubisch wie kleine Kinder. Das Feuer hätte sich gerne alles nehmen dürfen, den Pomp und den Putz, das ganze Spielzeug, die Ölgemälde, das Porzellan, die elisabethanischen Eichenmöbel ... aber meine Krone, ach, meine Krone!

Diese Pappkrone mit der abblätternden Goldfarbe. Weißt du, meine Liebe, kannst du erraten, wieviel sie mir wert war? Mehr als Reichtum oder Ruhm oder Frauen oder Kinder ...«

Das sollte ich wohl besser glauben, was er da über die Kinder sagte. Es erstaunte mich, ihn so bewegt zu sehen, und weswegen? Wegen eines kleinen Stückchens Tunwirso und Flitter. Eines Nichts.

»Was soll ich ohne meine Krone? Othellos Tagwerk ist getan!«

Er begann zu weinen. Die Tränen rannen seine rußigen Wangen hinab wie Kreidespuren auf einer Tafel, und das Eigenartige war, daß es mich zwar in den eigenen Augen nicht kitzelte, ich aber meine Handflächen jucken und brennen spürte und wußte, die einzige Art und Weise, mir Erleichterung zu schaffen, war: zu applaudieren. Grade, als ich dem alten Scharlatan kräftig Beifall klatschen wollte, ich konnte einfach nicht anders, da faßte mich plötzlich der Kellner – der in der Nähe stehengeblieben war, genauso fasziniert wie ich von dieser Nummer – fest am Arm und verschüttete meinen Champagner.

»Schauen Sie!«

Ein Wunder.

Aus dem Herzen der Flammen hervor, durch die Feuersäulen, die nun das trugen, was vom Türsturz des altehrwürdigen Lynde Court noch übrig war, schritt – unklar erkennbar erst und doch mit jedem Augenblick schärfer umrissen – eine ungeheure Gestalt.

Die Hitzeströme verzerrten seine Form und ließen ihn größer erscheinen; er schien so hoch wie das brennende Haus oder noch höher, und Flammen leckten und zuckten um ihn her, bis es aussah, als trüge er lauter Feuer. Etwas leuchtete auf – einen schrecklichen Augenblick lang dachte ich, er sei tot und es nähere sich sein lichtumglänzter Geist, aber als er das Feuer hinter sich ließ, sah ich, was er da auf dem Kopf hatte.

In seinen Armen ein Mädchen.

»Oh!« rief ich, und »Ah!« rief Melchior.

Wer konnte das Mädchen sein außer Nora? Und was konnte jenes glänzende Etwas anderes sein als eine zerstoßene alte Krone aus vergoldeter Pappe, in flott-schrägem Winkel aufgesetzt, unversengt, vom Feuer unberührt, ohne eine Spur von Ruß, genau wie Peregrine selbst und wie die Last, die Peregrine trug.

Wir wollten ihm entgegenlaufen, doch wir merkten, daß wir es nicht konnten – zurückgeworfen von einer unsichtbaren Barriere von so heißer Luft, daß die Haare an meinen Unterarmen zischten. Peregrine kam festen Schrittes auf uns zu und lächelte Melchior an, bot Melchior sein sicher schlafendes Kind dar.

Der Tenor hatte nun etwas gefunden, um seine Blöße zu bedecken, einen Kaschmirmantel, Eigentum, wie sich herausstellte, jenes Hollywoodproduzenten, dessen Zigarre, auf der Eßtischkante abgelegt, während er mit Nora tanzte, zu Boden gefallen war, wo sie auf den Steinplatten unbemerkt weitergloste, bis der Saum des weißen Tischtuchs ebenfalls zu glimmen begann.

Und nachdem der Saum des weißen Tischtuchs eine Weile geglommen hatte, leckte eine unternehmenslustige kleine Flamme an der Seite des weißleinenen Tischtuchs empor, um einmal zu schauen, was denn oben auf dem Tisch sein mochte, und wenn auch diese erste kleine Flamme, zufrieden mit dem, was sie dort sah, wieder zurücksank, ohne daß es jemand merkte, so kroch die zweite kleine Flamme – ohne daß es jemand merkte – ein Stückchen weiter hinauf.

Warum sah es kein Kellner und trat den Brand in seinem frühesten Stadium einfach aus?

Weil der Kellner, an dessen Platz das Feuer zu beginnen beschlossen hatte, nicht ein *ernsthafter* Kellner war, kein Profi, nur ein Aushilfsgesicht für den großen Abend, und weil er zufällig seinen Platz verlassen hatte, um sich mit einem weiblichen Gast nach oben zu schleichen, gehorchend den dringlichen Signalen seines –

Aber all das wußten wir erst viel später.

Da waren sie nun alle, auf dem Rasen hinter uns versammelt, all die Gäste, jeder einzelne, in ihren geschwärzten Fetzen schöner Kostüme, wie plötzlich in Trauer gestürzt, und Lady A. und unsere kleinen Kusinen, die sogar ich nun bedauern konnte, arme heimatlose Geschöpfe, Saskia immer noch mit einem versengten Schwanenflügel zwischen den Zähnen, der brandstifterische Produzent, mein Ex-Geliebter, der sich die Hose zuknöpfte, der ganze Chor, alle Hauptdarsteller, die Musiker, die Kellner, die Köche, die Küchenmädchen. Sogar die Feuerwehrleute ließen ihre Pumpen im Stich und kamen und schauten.

Alle sahen zu, wie Perry meine Schwester heil heraustrug.

Alle hielten den Atem an.

Sie bewegte sich. Ihre Lider zitterten.

Ehe ich noch irgendwie reagieren konnte, drängte sich mein Freund, *ihr* Freund, an mir vorbei und hob sie aus Perrys Armen; er lachte und weinte zu gleicher Zeit, umarmte sie und bedeckte ihr Gesicht mit Küssen.

Jetzt schlug sie die Augen wirklich auf, doch lächelte sie nicht, als sie ihn sah, und erwiderte auch seinen Kuß nicht.

»Wo ist Dora?« fragte sie. Ihre ersten Worte.

»Ach mein tapferes kleines Mädel!« sagte dieser unschuldige junge Mann. »Du bist also zurück, um nach Dora zu suchen! Du hast dein Leben aufs Spiel gesetzt!«

Nora sah sich mit einem etwas wilden Blick um, dachte ich. Dann – der bessere Teil ist Vorsicht – wurde sie ohnmächtig. Melchior hatte keinen Blick für sie. Er tanzte förmlich vor Nervosität.

»Gib mir die Krone!« schrie er rauh; plötzlich hatte er sich in Richard den Dritten verwandelt. »Gib mir die Krone, Bastard!«

Peregrine warf seinem Bruder einen Blick staunender Verwunderung zu, dann lachte er laut.

»Nun, Götter, schirmt Bastarde!« krähte er vor Lachen. Er schien zu wachsen, sich in alle Richtungen auszudehnen – größer, höher, breiter. Als er jene Krone sich vom Kopf riß und sie spöttisch wie ein Tamburin schwenkte und schüttelte, die berühmte Hazardkrone, schäbig wie ein Requisit in einer Kinderzimmerscharade, da war sie so weit außer Melchiors Reichweite, als wäre Perry ein Erwachsener gewesen und er ein kleines Kind, und doch war Melchior normalerweise ein hochgewachsener Mann.

»Wenn du sie willst«, sagte Peregrine und zitterte vor Lachen über seinen Scherz, »dann spring danach!«

Doch nun verlagerte sich der Mittelpunkt der Aufmerksamkeit abrupt zu dem Hollywoodproduzenten, einzigem Erzeuger dieses Infernos, der sich eine andere Zigarre besorgt hatte – obwohl es höchst geschmacklos von ihm war, dachte ich, sich gleich wieder eine anzustecken, nachdem er soeben das stattliche Anwesen seines Gastgebers niedergebrannt hatte. Nichtsdestotrotz hatten sich seine Kiefer schon wieder um eine neue dicke Zigarre geschlossen, wie ein Babymund um ein Fläschchen, als er nun mit zusammengebissenen Zähnen verkündete:

»Meine Damen und Herren, aus dieser Asche ...«

Das Weiße der Augen wirkte groß und bleich in den schwarzen Gesichtern im Mondlicht, als sich nun alle zu ihm drehten.

»... wird sich ein geniales Werk erheben!

Es hat alles zwei Seiten, meine Damen und Herren. Ich

werde Sie alle, Sie alle mit Ihrem fabelhaften Talent, jawohl, alle! mit nach Hollywood, USA, mitnehmen! Jawoll! Unter der Leitung dieses großen Genies der englischen Bühne –«

Doch Melchior war ausschließlich mit seinem Erbstück beschäftigt.

»Meine Krone!«

»Spring!« zischte Peregrine, und Melchior versuchte einen trostlosen kleinen Sprung, der ihn aber seinem Ziel kaum näher brachte.

»... Ihres großen Genies, Melchior Hazard. Drehbuch von dem anderen großen Genie der Familie, meinem Freund ... Peregrine Hazard –«

»– meine Krone!«

»Spring!«

»Mit Zusatzdialogen von William Shakespeare!«

Er ließ eine triumphierende Rauchfahne aufflattern, und der wie betäubt dastehende Menschenhaufen rang sich zu einem verblüfften kleinen Beifallsgeklatsche durch. Peregrine, offenbar überrascht von diesem Plan, krümmte sich mit brüllendem Gelächter zusammen, als er die letzten Worte des Produzenten erhaschte; er taumelte vor erstauntem Vergnügen.

»Mein Gott!« sagte er. »Ein Traum wird wahr!«

Und eben in diesem Moment verlor er das Interesse an der Krone, er wollte den alten Melchior nicht mehr nekken. Als Melchior wieder: »Meine Krone!« heulte, warf Perry sie ihm achtlos zu. Es lag ihm nichts an der Krone, so oder so. Sie war ein Spielzeug, er spielte ein Spielchen, Melchior war ein Narr, daß er das Spiel derart ernst nahm, ein Narr, das Ding an sich zu drücken, als lebte es, und es zu küssen. Ein Narr. Als ich erkannte, wie sich die beiden von früher Kindheit an gehaßt und verabscheut hatten, hatte ich ein seltsam unheimliches Gefühl.

Oder vielleicht war es die Kälte, die endlich zu mir durchrang. Ich wurde langsam blau. Perry schob sich aus seinem Tuxedo und bedeckte mich, diese ruß- und tränenverschmierte Nudität, seine Nichte, als nun der Schnee wieder herabzurieseln begann und die Abendgesellschaft sich zerstreute, um die lange Heimfahrt anzutreten.

»Zeit, zu gehen, Dora«, sagte er und knuddelte mich. »Zeit, die arme Nora nach Haus zu bringen.«

Nora, anscheinend bewußtlos in den Armen unseres Freundes, schlug ein Auge auf, um mir zuzublinzeln. Perry sagte zu ihm: »Ich kann Sie mitnehmen bis Clapham Common, da können Sie in die Nachttram steigen.« Also kam er noch ein Stückchen mit, aber mit nach Haus ließ Perry ihn nicht, und ich hab ihn nie wieder gesehen.

3

Erst neulich haben wir das Ding wieder gesehen, war schon Jahre her seit dem letztenmal. Jahre, daß wir überhaupt im Kino waren, wie's so geht, nicht zuletzt auch wegen dieser Flimmerbude hier im Viertel, die zeigen ja ausschließlich Zeug auf original Serbokroatisch mit Untertiteln, bißchen hart für die alten Augen. Es trübt sich mir das Augenlicht / Ich trage meine Brille nicht, na, und da könnt ihr auch lange warten, Schätzchen. Mich hält bloß noch meine Eitelkeit aufrecht. Um drei am Sonntagnachmittag haben sie ihn gezeigt, meilenweit weg, in Notting Hill. Wir mußten zwei verschiedene Busse nehmen, am Scotch Shop umsteigen.

Mein Gott! Die Zeiten haben sich geändert. Mehr Leute auf der Leinwand als im Kinosaal, und das war buchstäblich eine Flohfalle, einer hat mich oben innen am Schenkel gebissen, eine besonders delikate Stelle, die man sich in der Öffentlichkeit kaum kratzen kann, ohne festgenommen zu werden. Während wir drin saßen, fing's an zu regnen und tropfte plötzlich auf Nora runter, daß wir entweder den Schirm aufspannen oder die Plätze wechseln mußten. Als wir aufstanden, sahen wir in der nächsten Reihe einen Typ auf den Knien, der sich grade am Hosenladen seines kleinen Freundes delektierte. Das war das einzige an dem ganzen Ausflug, was mich dann doch aufheiterte, der Gedanke, daß wenigstens *jemand* Spaß hatte in all der feuchten zugigen Leere, wo's nach Mäusen, schalem Tabakrauch, Desinfektion und feuchtem Plüsch stank, weil Spaß so ziemlich das letzte war, was *ich* hatte beim Anblick des Films, der immer noch neu war, wo ich in meinem verbrauchten Körper dahockte.

Nora stieß mich einmal kurz an. »Jesses!« sagte sie. »Wir waren schon ein hübsches Mädel!«

Möchte man gleich in Tränen ausbrechen.

So dünn gesät das Publikum war, ein wenig Beifall prasselte auf, als alles vorbei war, wenn ich auch zuerst nervös dachte, die meinen's ironisch, und ein junger Mann kam uns anschließend auf der Straße hinterher gelaufen: »Ist es wirklich möglich, sind Sie die Chance Sisters?« Da war der Tag gerettet. Wir gaben ihm ein Autogramm auf seine Stadtzeitschrift, und er lehnte sich vor und fragte uns ganz im Vertrauen, ob es stimmte, daß *ihr* richtiger Name Daisy Duck war. Als er so nahe kam, konnte ich die kleinen Perltröpfchen Sperma auf seinem Schnurrbart sehen. Ich war wie gebannt. Ja, sagte ich, das stimmte, und dann – konnte irgendwie nicht anders, nachher hätte ich mir gerne die Zunge abgebissen – dann sagte ich, ob ihm aufgefallen wäre, was für eine komische Form ihr Mund hatte? Daß das so war, weil sie jedem Produzenten in Hollywood einen geblasen hätte, und als er dann abgezogen war, warf Nora mir vor, ich hätte seine Gefühle verletzt und *sein* Mund hätte für ihre Augen völlig normal ausgesehen, aber im Grund schien er mir gar nicht so schockiert.

Nora versuchte mit zusammengekniffenen Augen einen Handzettel zu entziffern, den sie beim Rausgehen aus dem Kino aufgelesen hatte. *Ein Sommernachtstraum*, Regie Melchior Hazard, Hollywood, USA. »Dora«, sagte sie, »warum wird das hier ›ein Meisterwerk des Kitsches‹ genannt?«

Wir suchten nach einem Plätzchen für eine Tasse Tee, aber die alten Lyons gab's nicht mehr, vom Winde verweht. Können Sie sich noch an die Teestuben von Lyons erinnern? Dicke Gipskringel an der Ladenfassade, als ginge man in eine Hochzeitstorte rein, und der Name in Gold: J. Lyons. Eier auf Toast schön schnuckelig in kleinen Blechbetten gewärmt, wenn man die Theke entlangtrottete. Die feuchten, üppigen Bath Buns, auf denen die Zuckerkristalle glitzerten, und daneben ein kleiner Klacks Butter. Das Mädchen ließ heißes Wasser in einer dampfenden

Säule, wusch! in die dicke weiße Kanne strömen, und da hattest du nen schönen heißen Tee, anschließend konnte man aus den Blättern unten in der Tasse die Zukunft lesen.

Ich hab schon seit Jahren keine Tasse mit Teeblättern drin gehabt. Seit Jahrzehnten. Frage mich, was die Wahrsagerinnen dieser Tage treiben. Alles aus der Hand lesen?

Jetzt hab ich schon sehnsüchtige Erinnerungen an einen Lyons. Wir sind immer nur rein, wenn die Zeiten hart waren und wir was Kleines zu Mittag brauchten, auf der langen Latschrunde, von Agentur zu Agentur, die Bühneneingänge lang und so weiter. Dann machten wir einen Sixpence pro Nase locker für irgendwas mit Fritten, 'n Würstchen, paar Bohnen.

Man vermißt eine Institution wie den Joe Lyons erst, wenn sie weg ist.

Aber wir konnten nirgendwo was für ne Tasse Tee finden, nicht in ganz Notting Hill, also tranken wir zur Stärkung einen Gin, in dieser großen zugigen Scheune da, die Portobello Road runter. Draußen hat's immer noch geregnet, und es wurde dunkel. Manchmal frag ich mich, weshalb wir eigentlich noch weiterleben.

In jenen Tagen machten vier Farthings noch einen Penny, und England war, wie es im Lesebuch hieß, vollkommen von Wasser umgeben. Heutzutage gibt es so was wie nen Penny überhaupt nicht mehr, und es fühlt sich an, als ob diese neblige alte dreieckige Insel aus einer Wolke baumelt – jetzt hängen wir in der Luft. Es ist, als könnte man den Mund spitzen und all die Meilen zwischen der Bard Road 49 und jenem Apartment in New York einfach wegblasen, wo ich morgen früh schon sein könnte, wenn's noch existieren würde, wenn es Peregrine noch gäbe, wenn die Vergangenheit nicht tiefer wäre als das Meer und schwieriger zu überqueren.

Das einzige Mal, als ich je geflogen bin, das war in einem Geschirr am Ende einer Stahltrosse bei den Aufnahmen zum *Sommernachtstraum* in Hollywood. Hollywood, USA, war ganz schön weit weg von London zu jener Zeit, das brauchte Wochen – transatlantische Reise, transkontinentaler Zug. Zuerst fuhren wir übers Wasser, Nor' und ich, und kamen so nach Manhattan, dem Portal der Träume unseres Vaters, früh am Morgen standen wir an der Reling und machten große Augen.

Nie hatten wir sowas vorher gesehen. Die Kinobilder waren nur ein blasser Abklatsch. All die hohen Türme in langen Reihen, die sich vor uns verschoben und trennten, als wir in den Hafen einliefen. Alles schien vor uns aus dem Meer aufzutauchen, wie eine versunkene Stadt, die mal Luft schnappen will. Unsere Herzen begannen laut zu klopfen. Wir dachten, nun könne alles passieren.

Wir lehnten an der Reling und machten große Augen wie die gewöhnlichsten Touristen, wo wir doch flott wie sonstwas ausschauten, was ich übrigens beweisen kann, gleich hier hab ich den Zeitungsausschnitt. Das sind wir, sehen Sie? Auf der ersten Seite der *New York Post*, in unseren besten Kostümen – Schiaparelli, ungelogen – anthrazitfarbene Wolle, hoher Fuchskragen, Manschetten entsprechend, große Knöppe – typischer Schiappi-Touch – in Form von Noten und Notenschlüsseln, weiche kleine hohe Hütchen übers linke Auge gezogen. Heiß ausschauen, kühl bleiben, gaben wir uns gegenseitig die Parole; wir hatten die Haltung zum Kostüm schön raus, man streckt die Hüfte raus, läßt die Schultern fallen, das ganze Gewicht kommt auf's eine Bein.

Sehen Sie da die Überschrift: »New York empfängt Shakespeare-Schatz!« Untertitel: »Zwillinge mit kostbarem Kleinod«. Sehen Sie das Ding da im Arm von Nora, das aussieht wie eine geköpfte Puppe? Sie würden's nicht glauben. Es war ein Pott, eine Art Krug, etwa so groß wie die Töpfe für die Asche in den Krematorien, und innen war's hohl, und das Ganze hatte die Form einer Büste von, na klar, William Shakespeare; unser Vater hatte das Ding speziell in Stoke-on-Trent herstellen lassen, ein Stück Glatzköpfchen ließ sich abheben, das war der Deckel.

Und was enthielt dieses bizarre Gefäß?

Erde.

Wir reisten mit einer Ladung Erde wie Dracula, und wir ließen sie nie aus den Augen. Erde aus Stratford-upon-Avon, aus dem Boden um dieses große Theater von einem ehrfürchtigen Statisten rausgegraben und dann Nora und mir anvertraut, eine heilige Mission, wir sollten den kostbaren Staub in die Neue Welt transportieren, damit Melchior ihn am ersten Drehtag vom *Traum* im Studio verstreuen konnte.

Er und Lady A. und die Zwillinge waren schon längst vorausgereist, um die »Vorproduktion« zu regeln. Es brauchte ewig, bis alles klar war. Der Glatzkopf – wir lernten rasch, ihn wie alle Welt sonst Dschingis-Khan zu nennen – hatte seine Parole in der Brandnacht in momentaner Aufwallung ausgegeben, und es dauerte noch geraume Zeit, bis »Ein Wald bei Athen« in den Studios bei Culver City langsam aufgebaut wurde. Aber jetzt, ach, ein erregender Gedanke! war Hollywood nur noch drei Tage Zugfahrt entfernt, und wir standen auf der Schwelle zum Starruhm, man hätte es wenigstens an diesem Morgen in New York denken können. Nie so viele Kameras gesehen. Klick, klick, blitz! Wir legten an. Klick, blitz, klick. Wir kamen sogar in die Pathé-Wochenschau. Das war da, wo wir mit der Erde durch den Zoll gingen. Aber wir hatten von Babybeinchen an Ommas Motto eingetrichtert bekommen: Hoff auf das Beste, rechne mit dem Schlimmsten. Wir waren gut vorbereitet.

Dann: »Mädels!«

Perry, das Empfangskomitee, preßte uns an die Brust, seine alte Bärenumarmung, er errötete und lachte wie ein kleiner Junge.

»Gefällt's euch?« fragte er und wies mit großer Geste auf den weiten Horizont, als hätte er das Ganze als Geschenk mitgebracht. »Gefällt's euch?« fragte er und wies mit großer Geste auf das Handschuhlederinnere des langen weißen Automobils, das uns nach Haus fuhr. »Gefällt's euch?« fragte er und wies mit großer Geste auf sein Domizil.

Es war *unverschämt*. Eingerichtet wie eine spanische Kapelle mit vergoldeten Ledertapeten; ein echter El Greco unter einer Neonröhre ließ sich zurückklappen und legte eine Hausbar frei. Perry ließ Champagnerkorken knallen. Große schmiedeeiserne Stühle standen verstreut umher, kriegte man schon vom Hinsehen Hämorrhoiden. Das war das Wohnzimmer. Dann ging man eine Wendeltreppe hoch, und in einem Zimmer, wo eine halbe Wand nur Fenster war mit Blick auf den ganzen Central Park und das stählerne Spitzenmuster der Wolkenkratzer auf der anderen Seite, stand ein rundes Bett, gut sechs Fuß breit, mit einem Haufen Eisbärfellen drauf und einem runden Spiegel drüber an der Decke.

»Wer ist die Glückliche?« fragte ich, als wir einen spekulativen Blick in den üppig ausgestatteten Kleiderschrank warfen. Er legte den Finger an die Lippen: »Staatsgeheimnis!« Dann unterbrach uns das weiße Telephon, es klingelte. Perry nahm den Hörer ans Ohr, sprach aber nicht; er hörte zu, sah bekümmert drein, legte mit einem Seufzer wieder auf.

»Armes Ding«, sagte er, aber er sagte uns nicht, wen er meinte.

Eine große Perserkatze, weiß, passend zum Telephon, sprang vom Bett und kam her, um sich ein wenig Beachtung zu holen, sie rieb ihren Kopf an unseren Anthrazitröcken und bedeckte sie mit Haaren. Wo machte denn Pussilein ihr Pipi? Wir waren im fünfzehnten Stock. Das war schon ein Problem. Für die menschlichen Bewohner gab's einen *embarras de richesse* an Toiletteneinrichtungen – ein Bad für die Dame, wer sie auch war, mit rosa Marmor und Chrom, eins für ihn, strenger eingerichtet, mit schwarzen Kacheln und – hübscher Touch – schwarzen Handtüchern.

Nora stellte ihr Glas hin, zog sich aus, nahm ne Dusche. Mir war's danach, mich ein wenig auszustrecken, ich legte mich aufs Eisbärfell. Perry legte auch ein wenig die Füße hoch.

»Los doch, mein Alter. Erzähl schon.«

Man hätte nie gedacht, daß Perry über vierzig war. Ich weiß auch nicht, welchen Satanspakt die Brüder Hazard mit der Zeit geschlossen hatten, aber man sah ihm nicht an, daß er irgendwie gealtert wäre. Onkel Rotschopf. Sein Haar hatte immer noch dieses leuchtende, aggressive Böse-Buben-Rot und stand ihm in Büscheln vom Kopfe. Der Löffel Sommersprossen auf seiner Nase verblaßte nie, und er war größer denn je, ein Lagerhaus von einem Mann. Sein Anzug war schokoladenfarben mit breiten weißen Streifen; die Schuhe waren schokobraun und weiß gescheckt. Er schaute haargenau aus wie ein Zuhälter, aber wie einer, der's bis an die Spitze seines Berufs geschafft hat.

»All dies gehört«, sagte er »mich eingeschlossen, einer Dame namens ...«

Da kam sie, wie aufs Stichwort hereingefegt; warum sollte sie auch nicht einen großen Auftritt hinlegen? Es war ihr Haus, ihr allereigenstes New Yorker Stadthäuschen, schließlich und endlich! Sie zuckte nicht mit der Wimper, ein nacktes Chorgirl unter der Dusche anzutreffen, dazu ein bekleidetes auf ihrem Bett, das allem Anschein nach mit ihrem Liebhaber tändelte, sie aber zeigte uns allen ihr berühmtes Grinsen und kickte sich die Schuhe von den Füßen.

»Wann fängt die Orgie an?« fragte sie.

Delia Delaney. Schon der Name erinnert an diese Zeit, heute heißen die Stars Finkelbaum oder Hackenbush oder Brown. Sie war ein richtiges Rauhbein, geborene Daisy Duck, aus der Hester Street, jüngste von sieben, Vater Fischhändler mit nem Karren, schliefen alle in der Kohlenkiste. Sie war erst fünfundzwanzig Jahre alt an jenem Morgen in New York, vor langer Zeit, grade das Alter der großen Schwester, die wir nie hatten, und sie kam grade vom Friseur, der ihr die Wurzeln der Schamhaare nachgefärbt hatte, sie ließ sie bleichen und trug sie zu einem Herzen frisiert. Ließ nichts aus, die Daisy.

Von früher Kindheit an sang sie auf Hochzeiten, bei Amateurshows, Daisy Duck alias Little Dolly Daydream, auch ein Name, in dem eine ganze Epoche drinsteckt. Im Film in New York seit 1918, von Hunden aus brennenden Häusern gerettet, die Herzen verbitterter alter Menschenfeinde erweichend usw. usf. In Hollywood (seit 1921) ließ sie die »Little Dolly« fallen. Sie wurde eine von Mack Sennets Strandschönheiten, dann tanzte sie auf Tischen, schoß im offenen Auto durch die Gegend, »Flaming Youth« in Person. Sie war wie nach Maß fürs Kino gearbeitet – winzig, fünf Fuß minus ein Zoll, und mit einem ungeheuren Kopf. Ihr Gesicht reichte von einer Seite der Leinwand auf die andere. Gloria Swanson war so eine. Joan Crawford auch. Man braucht das große Gesicht in den Nahaufnahmen.

Nachdem sie ihren nasalen Normalton weggedrückt hatte (kam ja aus der Bronx), triumphierte sie mit der Ankunft des Tonfilms, die klassische Dreißiger-Blondine, zäh, süß, verrucht, komisch, rasch, zärtlich. Ich mag Daisy Duck. Hat uns immer ihre ganzen Couturekostüme geliehen.

Sie hat den alten Perry immer geboxt und gezaust wie einen großen Teddybären, sie stand auf alte Männer, ihren Vater hat's schon früh erwischt, kam ins Kreuzfeuer bei einer Ballerei auf dem Fulton-Fischmarkt, in den frühen Tagen der Prohibition, konnte gar nichts dazu; diese Neigung hat ihr in Hollywood wahrhaftig nicht geschadet, das kann ich Ihnen sagen, wo sie, bestimmt kein Witz, ihre Lippenstiftspuren an jeder Unterhose vom Regieassistenten aufwärts zurückgelassen hat, auf ihrem Weg ganz nach oben.

So kam sie rein in ihrem Baratheakostüm, weiß, passend zur Katze, die zum Telephon paßte. Sie hielt große Stücke auf diese Katze, die begleitete sie überallhin. Nachdem sie aus ihrem Nerz geschlüpft war, tranken wir alle noch einen Schluck Champagner. Dann, rrr! rrrr! klingelte das Telephon wieder.

»Für dich«, sagte Peregrine. »Ich bin vorher hin.«

Sie hob ab, tat den Hörer ans Ohr – und dann brüllte sie »VERPISS DICH!« ins Telephon, man hätte sie bis nach Yonkers hören können. Sie riß mit aller Kraft am Kabel und zerrte es aus der Wand, und dann schmiß sie das ganze Gerät – zerbrochenes Glas klingelte leise – durchs Schlafzimmerfenster, Hörer und Ständer flogen in zwei verschiedenen Bögen hoch in den Himmel, um wer weiß wo zu landen, weich im Gras des Central Park, hoff ich.

»So geht man mit blöden Anrufen um«, sagte sie zu Perry.

Sie hatte echt Stil, sie konnte ne Show hinlegen. Wenn sie Appetit bekam, schrie sie »Fischi!« und schon stand wie aus dem Nichts ein Dienstbolzen da, mit einer auf den Zahnstocher gespießten geschälten Garnele. Sie buchstabierte Duck mit einem Umlaut: Dück! Nicht verwandt mit

»Donald Duck und Henry Huhn / Tun, was Herren sonst nicht tun«, sagte Perry.

Transvestitengeflügel?

»Glaub's nur«, sagte Daisy. »So ist Hollywood.«

Er liebte uns beide, aber ich war die, mit der er immer sprach. Einfach eine von diesen Sachen, die halt so sind. Ich war die, mit der er an dem letzten Morgen in New York in dem weißen Automobil ausfuhr. Er hielt plötzlich am Straßenrand an, neben einem großen Loch im Boden, einer Baustelle.

»So ist New York«, sagte er. »Kannst zusehen, wie's in die Höhe steigt, wie's wieder abgebrochen wird.«

»Was war da früher, Onkel Perry?«

»Das war der Ort ... der Ort ...« Er konnte nicht weiter. Die Tränen rannen ihm über die Wangen, und ich wußte, er hatte mich auf eine Pilgerfahrt mitgenommen, an die Stelle, wo das alte Plaza gestanden hatte, wo Desdemona einst, Desdemona ihren Tod gefunden hatte.

Wir brachen mit dem Twentieth Century nach Kalifornien auf. Jetzt, wo wir zu Daisys Troß gehörten, gab's ständig nur noch langstielige rote Rosen. Als ihr weißes Auto uns alle am Grand Central auslud, drängten Polizisten mit Mützen wie die gezackten Dreipennystücke die Massen zurück, die schrien und kreischten und ihr Blumen entgegenstreckten, Blätter Papier, Bleistifte: »Delia! Delia!«, und sie kämpften und kratzten, um in ihre Nähe zu kommen. Sie war nur ein kleines Ding, aber sie segelte durch die Menge, als hätte sie ihr Leben lang nichts anderes getan, lächelnd, winkend, Kußhändchen werfend, sie konnte nicht genug kriegen davon, wir jedoch hatten richtig Angst, kuschelten uns unter Perrys weiten Mantel, verbargen uns vor all den hungrigen Augen und Mäulern, die uns fressen wollten wie der Wolf das Rotkäppchen. Daisy war das Tagesgericht, aber wir wären auch verschlungen worden, kleine Beilagen, wenn wir nicht fix über den roten Teppich zu dem privaten Eisenbahnwagen gerannt wären, Daisys Katze vornedraus, die Ohren von der eigenen Geschwindigkeit rückwärts geweht.

Sogar als der Zug schon aus dem Bahnhof dampfte, rannten die Fans immer noch am Schienenstrang entlang, »Delia! Delia!«, bis sie endlich zurückbleiben mußten, als der Zug in den Tunnel eindrang, verlassen zurückbleiben, einsam, hungrig nach ihr.

Damit hatte ich meinen ersten direkten Eindruck vom Ruhm bekommen. Ich fürchtete mich davor.

Wollen Sie Ihren Namen an der Abteiltür stehen haben? Wenn ja, dann wollen Sie auch einen drauf machen. Daisy wollte immer. Ihr Abteil – na, weniger ein Abteil, mehr eine Suite. Ganz in Weiß, war ja ihre Farbe, von ihrem Nerz abgesehen, der war blau. Mit großer Bar natürlich. Nebenan ein Anderthalb-Bett. Anzüglich meinte sie, sie müsse wohl *auf* Perry schlafen, und tatsächlich nahm er schon allein die ganze Breite des Bettes ein – er schien vor unseren Augen zu wachsen, anzuschwellen, sich auszudehen in diesem Zug, der uns alle mit Höchstgeschwindigkeit unserem Glück entgegen trug, im Zustand großer alkoholischer Euphorie und erotischer Unruhe, anders gesagt: Schnaps und vergnüglicher Sex.

Ich brauche ja wohl kaum erwähnen, daß Nora bald wieder verliebt war. Ein junger Mann war auch auf dem Weg nach Hollywood, sein Glück zu machen, aber nicht vor der Kamera, sondern über einem heißen Herd – wollte ins Restaurantgeschäft seines Onkels einsteigen, sagte er wenigstens. Sehr musikalischer Junge, trennte sich nie von seinem Geigenkasten, kam damit bei Daisys Party an, wollte aber nichts spielen für uns, eine Saite sei gesprungen. Er war aus Little Italy, südlich von der Houston Street, aber sein Vater kam ursprünglich aus Palermo. Augen wie mit Holzkohle umrissen, Haar wie Pech. Das muß ich Nora lassen, sie schätzte die Abwechslung.

Da kommt der Spaghetti-Tony,
Zeig mal deinen Makkaroni!

O Verzeihung.

Tony war ein netter Junge, aber mich hat er nie besonders berührt. Wir stiegen in Chicago um. Weiter geht's! Zur Dearborn Station! Der Super-Chief fährt ab!

Noras Tony war nicht ganz unsere Klasse, sozusagen, er reiste in der Dritten, also ging Nora auf Zehenspitzen durch den Zug und kletterte in seine Schlafwagenkoje, hinter die grünen Flanellvorhänge, und da trieben sie's, sagte sie, stundenlang, wie Schlangen. War er mal in ihr drin, bewegten sie sich gar nicht mehr, sie ließen den Zug die ganze Arbeit machen. *Tschuff*-tschuff-tschuff-tschuff, *tschuff*-tschuff-tschuff-tschuff, die Lokomotive heizte sich stärker auf, die Pleuelstangen liefen schneller, schneller, schneller, bis der schrille Pfiff der Dampfpfeife ertönte: IIIIIiiiiih ... So kam Nora nicht mehr häufig in Daisys Suite, nachdem sie Tony kennenlernte, aber mir war's gleich. Die weiße Katze saß auf dem Kissen und schnurrte. Wenn ich einen Augenblick Zeit hatte, beschäftigte ich mich mit dem Problem: Wo machte Pussilein denn im Super-Chief Pipi?

Daisy ließ den Gin verschwinden, als ob's nichts wäre, die halbe Zeit abgefüllt wie ne Wärmflasche, und nie trug sie Höschen. Sagte, das sei sehr ungesund. Perry hatte seinen magischen Touch noch nicht verloren und sägte sie immer entzwei, wenn ein paar Gäste versammelt waren. Und unter diesen Gästen war einer, der mir ins Auge stach, wenn er auch nicht mehr der Jüngste war, mit Brille, Haar wie Pfeffer und Salz. Sein Anzug war zerknittert, manchmal auch fleckig. Seine Krawatte saß lose, manchmal gab sie's auch gar nicht. Wenn er auch irgendwie distinguiert wirkte, alles an ihm zeigte klar, daß er schon lang kein Glück mehr gehabt hatte. Er roch immer nach Alkohol. Doch von der ganzen bunten Gesellschaft, die zu Daisy Ducks beziehungsweise Delia Delaneys Partys kam, während der Super-Chief durch New Mexico und Arizona rollte, war er derjenige, mit dem sich Perry am häufigsten unterhielt, und ich beobachtete die beiden immer aus dem Augenwinkel, selbst wenn mir gerade irgendein Produktionsassistent oder Stuntman oder Charakterkomiker sein Bein zwischen die Schenkel geklemmt hatte, Tanz ist nichts als Geschlechtsverkehr in aufrechter Stellung, man kann's wohl sagen. Ich könnte Ihnen einiges erzählen. Aber der schäbige ältere Hornbrillentyp war kein Tänzer – er stürzte seinen Fusel runter, machte große Gesten, schlief ein, aber irgendwie zog er mich an.

»Dora, meine Liebe«, sagte Perry, dem mein schweifender Blick nicht entgangen war, »ich möchte dir meinen lieben Freund, *mon semblable, mon frère*, vorstellen, meinen Mitautor – nur er und ich und William Shakespeare arbeiten am Drehbuch. Irish, das ist Floradora.«

Ich hatte alles in der Handtasche, man weiß nie, wann man's braucht. Nora war mit ihrem Tony fort, also hatte ich unser Abteil für mich. Er wollte auf den Gang gehen, während ich mich vorbereitete, aber ich sagte: »Geh nicht – du kannst die Augen abwenden oder hinschauen, ich bin nicht schüchtern.« Aber *er* war schüchtern, Irish hieß er, irisch war er von Natur, er schaute durchs Fenster aufs Mondlicht über den Bergen, während ich mich fertig machte.

Nacht, Schweigen, Wüste, Felsen, Mondschein.

»Gott, bist du entzückend«, sagte er, als er sich umdrehte. Ich wußte, daß er's sagen würde. Das sagen sie alle. Ich hatte auch schon im voraus gewußt, daß ich dieses Kompliment leider nicht erwidern könnte.

Mein erster alter Mann. Nein, da tu ich ihm Unrecht. Er war nicht wirklich alt, nicht alt, wie ich's jetzt bin – er war grade über vierzig, Kopf an Kopf mit meinem schlimmen Onkel, der eben in diesem Augenblick Daisy das verschaffte, was, wie sie immer sagte, das größte Vergnügen in ihrem ganzen Leben war. Aber Irish hatte eine alte Seele, könnte man vielleicht sagen. Er war ein Mann, der bereits eine große Zukunft hinter sich hatte. Er war ausgebrannt. Ich wußte, ich mußte ganz vorsichtig sein.

Sehen Sie, die Reihe Bücher. Da drüben. Schauen Sie sich mal die Widmungen an: »Licht meines Lebens«, »Du Morgenerwachen«, »Meiner letzten Chance«. Mein Halbbruder/Neffe, der kleine Tris, war von diesen Widmungen sehr beeindruckt, er wollte mal eine Sendung machen mit mir, ich hab nein gesagt. Was soll ich an alten Knochen kauen. Manchmal schreibt ein Student mit einem Dissertationsprojekt, ich verbrenn die Briefe. Der arme alte Irish. Ich hab ihm alles gegeben, was ein Mädel zu geben hat – ein wenig Lust, ein wenig Schmerz, ein Glockenspiel Gelächter, ein Taschentuch voll Tränen. Und was ihn betrifft, na, er hat mir die Fähigkeit geschenkt, einen solchen Satz wie den eben zu bilden. Rümpfen sie mir nicht die Nase. Lyrische Prosa.

Sie finden mich in seinen berühmten Hollywood-Stories. Die letzte Flamme eines ausgebrannten Lebens, aber was für ein Leuchten! Ich krieg immer nur eine Fußnote in den Biographien ab, sie schreiben mir ein falsches Geburtsdatum hin, sie verwechseln mich mit Nora, in der Art. Und ich muß sagen, mein bester Freund würde mich in dem keineswegs freundlichen Porträt nicht wiedererkennen, das er nach der Trennung von mir gezeichnet hat. Ich bin das tückische lüsterne Girl vom Chor mit dem hellroten Lippenstift, der immer über alles weg*blutet*, und den hellroten Fingernägeln und dem scharlachnen Herzen, sexy, gierig, trügerisch. Und wahnsinnig vulgär. Der kratzende Cockney-Akzent. Der Opportunismus. Die chronische Gefühllosigkeit dem Dichterherzen gegenüber. Und man mußte noch gut auf sie aufpassen, wenn sie allein hinter verschlossener Tür saß. So war die Ewigkeit, die mir der Dichter versprochen hatte, der Bastard.

Aber die ganze Desillusionierung lag noch vor ihm und in der Tat auch noch vor mir, in jener Nacht im Super-Chief, als das Mondlicht draußen auf den kahlen Bergen lag, die der Eisenbahnzug jetzt zu erklettern begann. Ich richtete mich auf und sah ihn an. Er war so schüchtern, daß er nicht einmal sein Jackett ausgezogen hatte, obwohl es drinnen ganz dunkel war und die einzigen Geräusche das Schnaufen und Klacken und Rattern des Zuges waren und dazu, vom Wind herangetragen, das Lachen von Daisys nichtendenwollender Party. Ich fing an, seine Krawatte zu lösen. »Irish« für seine Freunde, irisch der Abstammung nach, wenn auch durch und durch amerikanisch. Ross »Irish« O'Flaherty, genannt der Tschechow von Südkalifornien.

Natürlich erinnere ich mich an seinen Namen. Wie auch nicht? Die schwierigen Kunden vergißt man nie.

Willkommen im Land des Als-ob! Wo der Mond in jeder Mondnacht so hell auf Charlie Chaplin schien. Willkommen im Traumland.

Palmen hatten wir bis jetzt nur in Bournemouth in Kübeln gesehen, es war ein echter Schock. So groß, so haarig. Und der Sonnenschein. »Wie eine Bekräftigung, wie ein Segen«, sagte Irish. Er freute sich so, daß ich ihm geholfen hatte, einen hochzukriegen, daß ihm sogar das

Wetter bedeutsam erschien. Aber einziehen bei ihm wollte ich nicht, kam nicht in die Tüte, dazu hatte ich einfach zuviel nüchternen Verstand noch übrig, obwohl ich schon ziemlich weg war von ihm, ich muß es sagen - weg von seinem verblaßten, aber immer noch kräftigen Charme, dem weichen, leisen Bariton mit der eleganten Ostküstenmelodik, seinem verschwendeten Talent, dessen schwache Spuren noch in den blödesten, morbidesten Drehbüchern aufglänzten, die er jetzt für soundsoviel Dollar pro Yard auswarf. Und für meine Grammatik hat er Wunder getan, mein Verständnis für Metaphern gar nicht zu erwähnen, siehe diese Erinnerungen. Aber Zusammenleben - nein. Nora und ich zogen ins Forest of Arden.

Das legendäre Forest of Arden, Wohnmotel der Stars, mit seinem altenglischen Dekor. Was hätte unter unseren Umständen angemessener sein können? All die kleinen Bungalows mit Fachwerk und Strohdach - Anne Hathaways Häuschen nachgebaut -, mit Klematis überrankt, von kleinen Blumengärtchen umgeben, liebevoll von japanischen Gärtnern gepflegt, und mit Apfelbäumen aus Warwickshire, importierten Eichen, kein Problem. Perry saß da auch in seinem Bungalow, wenn er nicht mit Irish im Studio seinen Arbeitstag durchzog, von neun bis siebzehn Uhr, gemeinsames Büro. Daisy aber kam und ging, sie hatte ja schließlich ihre eigene Wohnung, was? In der Tat, sie hatte ihr herrschaftliches Haus mit dreißig Schlafzimmern und außerdem jede Menge häusliche Verpflichtungen. War ja auch eine verheiratete Frau.

Aber das Forest of Arden, das war ein schöner Ort, phantastisch, unwirklich, zerbrechlich, wo man auf großem Fuß schön zweidimensional zwischen den zischenden Rasenflächen leben konnte (diese ewigen Sprinkler!), und es gab einen Swimmingpool, geformt wie ein Ahornblatt aus hellem Türkis, mit grellrosa Flamingos bepflanzt, durch und durch *Wie es euch gefällt*, wenn auch nicht ganz im Stil der Zeit. Wir lagen stundenlang auf Leinwandliegen und überließen unsere blassen, mit dem Licht nicht vertrauten Körper dem, was Irish in einer Hollywoodstory die »leidenschaftliche, aber irgendwie unaufrichtige Sonne« nennt.

Man beachte, daß sie jetzt schon keinen Segen mehr erteilt.

Und wie kann die Sonne unaufrichtig sein, Irish?

Er warf mir einen mitleidigen Blick zu und las weiter in *Das Haus der Freuden*. Gott verzeih mir, jetzt war ich wieder vulgär gewesen. Er hatte schon traurig festgestellt, wie vulgär ich von Zeit zu Zeit sein konnte. Trotzdem, bei der Unaufrichtigkeit der Sonne war ich ratlos. Meinte er, daß die Sonne nicht wirklich meinte, was sie – schien? Und wenn dem so war, was sollte *das* heißen? Wenn die Sonne jemand Besseren als mich erblickte, würde sie sich dann abschalten und dorthin scheinen anstatt auf mich? Und sie schien doch auf alle, ob sie seinen Filmvertrag hatten oder nicht. Das Demokratischste, was ich je gesehen hab, die kalifornische Sonne.

Und sie hat mich im übrigen auch verändert. Auf Dauer verändert. Alle möglichen Dinge taten sich zusammen, um in diesen kalifornischen Monaten bei mir eine Änderung zu bewirken, obwohl ich kaum weiß, wovon und wozu, höchstens, wenn man mir heute die Gelegenheit bieten würde, mit dem Prince of Wales zu tanzen, würde ich denen sagen, wo sie sich die hinstecken können.

Irish hatte im Forest of Arden Hausverbot, weil er bei der Begrüßungsparty vor Jahren, als er, die neue Begabung, gerade aus New York hierhergekommen war, ein Strohdach angezündet hatte – damals, ehe das Haar auf seiner Brust grau geworden war und er angefangen hatte, sich jeden Tag einen Shaker Martinis in die Aktentasche zu stecken, bevor er ins Studio ging. Aber wir schmuggelten ihn an der Rezeption vorbei, wenn's nur ging, in Perrys Kaschmirmantel und mit einem Fedora auf dem Kopf, als berühmter Regisseur verkleidet, und dann klopfte er eine Runde Boogie-Woogie in Perrys weißes Klavier, im Flüsterkneipenstil, Irish war vielseitig begabt, wenn auch in mancher Hinsicht etwas eingerostet. Dann sangen sie ein bißchen, »When Irish Eyes Are Smiling«, klar. »Down by the Sally Garden.« Und das alte Lied von dem Mann, der von den Toten aufersteht. Den Song liebten sie, sie brüllten den Refrain:

Whack fol-de-dah, dance to your partner,
Welt the floor, your trotters shake,
Wasn't it the truth I told you,
Lots of fun at Finnegan's Wake.

Irish ließ sich bei der letzten Zeile flach auf den Rücken fallen, und Perry besprengte ihn mit ein paar Tropfen Schnaps.

Bedad, he revives, see how he rises,
And Timothy rising from the bed –

(Irish führte die entsprechende Pantomime aus)

Says, »Whirl your liquor round like the blazes,
Thunder and lightning, do you think I'm dead?«

Jede Menge Stimmung.

Abgesehen davon nahm ich mir dann ein Taxi zu seiner Bude, ganz weit draußen. Man stieg viele Stufen zu einer Art Hütte hoch. Es gab ein kleines schmales Bett, einen Stuhl, einen Tisch. Alles sauber und ordentlich, wie alleinlebende Männer ihre Sachen eben in Ordnung halten. Sauber, ordentlich, etwas trist – keine Blume in einer Tasse, keine Postkarte auf dem Kaminsims, nichts dergleichen. Nur seine Bleistifte in einem Marmeladenglas, ein Stapel gelbe Notizblöcke und ein Pappkarton, wo er die leeren Flaschen sammelte. Ich streckte ihn auf das schmale Bett und schenkte ihm etwas Vergnügen, dem armen Kerl, und er war dankbar dafür, damals.

Von ein paar Lebensnotwendigkeiten abgesehen, war seine mönchisch strenge Hütte mit Büchern eingerichtet. Nach seinem Arbeitstag im Studio fuhr er heim, entspannte sich bei ein paar Drinks und blätterte dann in seinen eigenen einstigen Werken – einem Jahre alten Bestseller, den er mit zweiundzwanzig geschrieben hatte, dem zweiten Roman, der mit fünfundzwanzig das Versprechen des ersten nicht so recht einlöste, dann kam ein totaler Flop mit achtundzwanzig und dann der Roman mit zweiunddreißig, der sich überhaupt nicht verkauft hat und an den man sich heute vor allem erinnert. Der und die *Hollywoodelegien*, die noch kommen sollten, inspiriert von meiner kleinen Wenigkeit – dieser angemalten Metze hier drüben, am fünfundsiebzigsten Geburtstag immer noch unanständig gesund und munter, wenn auch von der Welt vergessen, während er tot und dahin ist und unsterblich.

Nachdem er sich durch Betrachtung seines verschwendeten Genies in einen Zustand gründlicher Depression versetzt hatte, wandte er sich Höherem zu und fingerte an einem Band, sagen wir: Shelley herum, bis Buch und Glas ihm aus den Fingern glitten und er einschlief.

Wann kam ihm zuerst der Gedanke, mich zu erziehen? Weil er nicht genug Geld hatte, mir einen Nerz zu kaufen. Deshalb schenkte er mir Kultur.

Bei Proust hab ich mich geweigert.

Sein lieber, verwirrter Kopf; das verblaßte goldene Haar;

die großen hellen Augen mit den langen Wimpern; die kurze gerade Nase, wie die von Daisys Perserkatze; der weiche, schwache Mund, dem man die schuldbewußte Sinnlichkeit ablesen konnte, die, wie ich feststellen sollte, so charakteristisch ist für das nordamerikanische Temperament – das heißt, sie tun's schon sehr gern, aber irgendwie glauben sie dann eben doch, sie kriegen haarige Handflächen davon.

So sehr ihn meine unverhohlen schlechte Erziehung auch anzog, Irish dachte doch, es würde am Ende nur dann in Ordnung gehen, daß er mit mir schlief, wenn wir anschließend zusammen Henry James lesen – und ich war's gern zufrieden, weil ich in meinem kurzen Leben herzlich wenig Zeit für Bildung gehabt hatte, da ich von zwölf Jahren an mir meinen Lebensunterhalt verdient hatte, und manchmal, wenn ihm das gerade einfiel, verzieh mir Irish alles.

Mißverstehen Sie mich nicht. Er war in vieler Hinsicht ein wunderbarer Mann. Aber er bestand immer wieder darauf, mir zu verzeihen, wenn's gar nichts zu verzeihen gab.

Inzwischen aß Nora Pasta und liebte ihren Tony – mit jener großartigen Einfachheit, um die ich sie immer beneidet habe. Sie lernte auch, wie man Cannoli macht und Cannelloni – und sie glühte immer noch vor Liebe, kein Zeichen des Abkühlens, sie half in jeder freien Minute im Geschäft von Tonys Onkel mit, abgesehen von dem, was sie sonst gemeinsam unternahmen. Manchmal trug sie sogar noch nach der Rückkehr ins Forest of Arden Zeichen der Häuslichkeit an sich, ein Fleck Mehlstaub am Kleid, ein Wischer Tomatenmark an der Wange. Sie konzentrierte sich ganz auf ihre Liebe, ich ebenso, ich arbeitete mit meinem Liebhaber zusammen an seinen Erektionen, die schwierig herbeizuführen und schwer aufrechtzuerhalten waren – nicht daß ich mich je beklagt hätte, ich wollte seine Gefühle nicht verletzen, und wenn all das vorbei war, ließen wir uns Hamburger kommen und machten uns über seine stark benutzte Bibliothek her. Wir gingen alphabetisch vor, wir fingen bei A an.

Er war so überwältigt von meiner Jugend und meiner Schönheit, daß er sich trockenlegte, armer lieber Alter, also schluckte er Soda, Soda, Soda kistenweise und rülpste ganze Arien, Gasopern. Wenn wir ein paar Stunden am Autor des Abends gearbeitet hatten, machten wir es uns mit einem Soda bequem. Er las mir ein Sonett vor: »Shall I compare thee to a summer's day ...«

Dann begann wieder der Donner zu grollen.

Der Wald bei Athen bedeckte eine ganze Studiobühne und war von so künstlerischer Dichte, daß man auf den Probeaufnahmen nichts als Schwarz erkennen konnte, man sah überhaupt nix, also wurde er teilweise mit Silberspray aufgehellt. Der Wald war für eine Elfengeschichte konzipiert, also war alles zweimal so groß wie normal und noch größer. Gänseblümchen groß wie Menschenköpfe und weiß wie Schloßgespenster, Fingerhutstauden hoch wie der Turm von Pisa, die wie Glöckchen klingelten, wenn man sie schüttelte. Knorrige, rissige Baumstämme; Zweige mit enormen Blätterbuketts – Eiche, Esche, Weißdorn, groß wie Schirme, Segelflugzeuge, Markisen. Waldreben und Kastanien, die in Abständen in kleinen Haufen auf dem Boden lagen in ihren stachligen Schalen. Und auf dem Boden, wo sie ziellos umherrollten, an Blütenknospen oder irgendwo baumelnd, als wären sie gerade aus einer wilden Rose oder von einer Primel gekullert – künstliche Tautropfen, das heißt, Riesendinger von falschen Perlen an Fäden. Und aufziehbare Vögel dazu – Drosseln, Finken, Sperlinge, Lerchen –, die ihre Flügel hoben und ihre Köpfe senkten und Sopran, Mezzo und Alt singend in die Elfenlieder einfielen.

Da in diesem Wald kein Wind von selbst blies, war eine Windmaschine aufgestellt. Ich persönlich hätte meinen alten Irish nach einem Seven-Up hingestellt, hätte prächtig funktioniert, aber mich fragt ja keiner. Wenn der künstliche Wind die Blätter und Blüten bewegte, waren sie so starr, daß sie aneinanderklirrten.

Was mir am meisten fehlte, war die Illusion. Dieser Wald bei Athen war zu real, allzu fest. Peregrine, dessen Spezialität Zaubertricks waren, liebte ihn eben deshalb, weil er so konkret war. »Man zieht immer ein *lebendes* Kaninchen aus dem Zylinder«, sagte er. Aber es gab nicht die Spur von jenem Zauber, der stattfindet, wenn es im Theater dunkel wird, der Vorhang unten glüht, die Besucher sich auf den Sitzen zurechtrücken, wenn man tief Atem holt ... nichts von der Mensch-zu-Mensch-Magie, die wir mit Geduld und Spucke, Leim und Willenskraft zusammenbastelten. Dieser Wald, dieser ganze Traum überhaupt, war vorgefertigt und handgedrechselt, er ließ der Phantasie nichts mehr zu tun übrig.

Bunte Schlangen, zweigezüngt,
Igel, Molche, fort von hier! –

Und doch waren sie da, sie warteten in Käfigen, Schlangen und Igel und Molche, Spinnen und schwarze Käfer nicht zu erwähnen, mit Schlangenbetreuern und Igelbetreuern auf dem Posten, alles wartete auf das Stichwort, um kreuz und quer durch die Szene zu rascheln, sobald der Elfenchor begann.

Es war für meinen Geschmack alles zu buchstäblich.

Es hat eine Ewigkeit gebraucht, bis ich dahinter kam, aber schließlich bin ich dahintergekommen, allerdings erst neulich, als wir den *Traum* wieder in Notting Hill angeschaut haben, zwei schräge alte Schachteln, die ihren eigenen Gespenstern zusehn. *Da* begriff ich, was ich in jenen Tagen nie erfaßt habe, als ich jung war, eh ich in der Geschichte lebte. Als ich jung war, wollte ich flüchtig und ohne Dauer sein, ich wollte den Augenblick, wollte in eben diesem herrlichen Augenblick leben, dem aufschießenden Blut, dem Applaus. Ergreif den Tag. Iß den Pfirsich. Morgen kommt nie. Aber doch, aber ja, das Morgen kommt durchaus, und wenn es mal da ist, dann dauert es verdammt lange Zeit, das kann ich Ihnen sagen. Wenn man aber die Vergangenheit auf Zelluloid hat, hält sie sich. Man hat sie wie Marmelade für den Winter weggeschlossen. Dieser Junge kam her und hat uns um unser Autogramm gebeten. Der Tag war gerettet. Wünschte manchmal, wir hätten mehr Filme gemacht.

Dschingis-Khan scheute keine Kosten. Selbst die kleinen Elfen waren real – das Studio suchte das ganze Land nach Liliputanern ab. Bald begannen, wahr oder erfunden, wilde Geschichten herumzugehen – wie ein armer Kleiner ins Klo gefallen war und dort eine halbe Stunde herumpaddelte, bis jemand mal dringend pinkeln mußte und auf die Toilette gerannt kam und ihn sah und herausfischte. Einem anderen bot man im Brown Derby, wo er mal einen Hamburger ziehen wollte, das Kinderstühlchen an; und eins von den Garderobengirls erzählte mir beim Anprobieren meines Bohnenblüte-Kostüms (rosa BH und Höschen, Struppiperücke, *sehr* künstlerisch) kichernd und zwinkernd, daß der eine, dem sie Maß nahm, aussah wie neun oder zehn, also brachte sie ihre Mickymaus-Nummer, damit er keine Angst haben mußte, schenkte ihm einen Kaugummi, zog ihm die Jacke aus. Meine Güte! War er schüchtern. Dann das Hemd. »Nein! Nein!« rief er mit seinem Piepsstimmchen, aber sie bestand darauf, und – runter mit den Hosen.

»Und was meint man, das ist ein ausgewachsener, dreißigjähriger *Mann*, den ich da vor mir habe!«

Sie amüsierte sich so bei der Erinnerung, daß sie mir eine Stecknadel links in den Po piekte. Auf meiner Führung durchs literarische Alphabet waren wir gerade beim Buchstaben B wie Burns angekommen.

»Ein Mann bleibt Mann trotz alledem«, zitierte ich, und das Garderobengirl errötete und sagte, manche Männer seien in gewisser Hinsicht besonders bemerkenswert und das hätte mit der Körpergröße eigentlich gar nichts zu tun, alles in allem lagen die Damen den kleinen Elfenjungs so ziemlich zu Füßen, abgesehen von Droll, vor dem sie entsetzt flohen.

Droll sah aus wie ein kleiner Mann, doch das war er nicht, er war ein greises Kind. Droll schien nur aus Fingern zu bestehen, griff einem im Vorbeigehen sofort überallhin, unwahrscheinliche Angewohnheiten. Man konnte ihn plötzlich, wenn man nichts Böses dachte, im Wäschekorb finden, wo er an der schmutzigen Unterwäsche schnüffelte. War man irgendwo im Restaurant, es spielte keine Rolle, wie schick der Laden war, tauchte vielleicht unter dem Tischtuch plötzlich eine tastende Hand auf, und dann wußte man, daß Droll auch unterwegs war und sich auf Kniehöhe durch den Raum fummelte, um zu sehen, was er erwischte. Er hatte vor Jahren als Hollywoodbaby angefangen und war immer noch schwer im Geschäft als neckisches Kind, obwohl er schon fast senil war, und wir mußten einfach mit Droll leben, weil er ein kleiner Kassenmagnet war, wenn er auch Löcher in die Wände der Damentoiletten bohrte und gerne mal einen Blick riskierte und was weiß ich noch. Er war auch der Studiospion und berichtete Dschingis-Khan von den leeren Flaschen im Papierkorb des armen Irish und den gebrauchten Kondomen hinterm Haus. Er hatte ein gemeines Temperament, einmal biß er einen Polizisten ins Bein, als es um einen angeblichen Verstoß gegen die Verkehrsvorschriften ging.

Alte Damen waren ganz hin von ihm. Er bekam von uns allen die meiste Fanpost, unzählige Bitten um Photos auf Karten voller Herzchen und Blümchen, dazu Geschenke – Matrosenanzüge und Teddybären und Tretautos und Adoptionsofferten, denn er hatte den hohen Tenor eines Engels. Ich kann ihn jetzt noch hören:

»Nachtigall, mit Melodei …«

Das Herz wollte einem schmelzen.

Also, wenn jetzt unser Vater den Oberon übernahm, dann dürfen Sie dreimal raten, wer die Titania geben wird.

Geben Sie's auf?

Na, Daisy Duck natürlich.

War sie denn nicht die Frau von Dschingis-Khan?

Und es stellt sich heraus, daß das ganze »herrliche, törichte, heldenhaft vulgäre Unternehmen« – wie Irish es nannte – einfach dazu diente, ihren Glamour auszustellen, ihr Talent, ihre Starqualitäten und – Sie verzeihen, wenn ich kichere – ihre *Klasse*.

Die liebe Daisy. Theaterblut, durch und durch, tolle Kollegin, sie hatte Chuzpe, Beine, ein paar lederne Lungen, Titten bis hier, sie hatte Courage, Paprika, Starqualitäten, jawohl. Aber Klasse – nie im Leben.

So lief die Sache weiter. Vorproduktion nannten sie's. Dann klingelte das Telephon. Das weiße Telephon in Anne Hathaways Häuschen. Nora und ich standen gerade auf dem Kopf – die ganze Pasta machte Noras Po das Leben schwer, während das Sodagesöff bei Irish mich geradezu schockierend aufblähte, also machten wir etwas Gymnastik. Ich hob den Hörer mit dem Fuß ab und kippte um, als ich diese Stimme hörte. Sie verwirrt mich immer. Ich hab mich nie daran gewöhnt, ich werd's nie tun. Wenn ich die Glotze anwerfe, und ich höre bloß kurz diesen majestätischen Bariton, voll Ekstase über was weiß ich, Minzschokolädchen bis Klopapier, dann sitz ich ganz gespannt und sehnsüchtig da wie der Hund auf dem Schallplattenlabel: His Master's Voice.

So schlimm, Dora?

Man hat bloß den einen Vater.

Melchior hatte seine Füße sehr komfortabel unter den Tisch Hollywoods gestreckt. Er hatte ein wunderschönes Haus in den Hügeln gemietet, Haziendastil, dort die Lady A. eingesetzt, die in einem permanenten amüsierten Erstaunen über die grotesken Vorgänge um sie her erstarrt schien, und ehe man sich noch die Augen reiben konnte, war er schon der Herr und Meister der sogenannten »englischen Kolonie«.

Die englische Kolonie war ein sehr eigenartiger Verein. Die Männer trugen alle Monokel, die Frauen erschienen alle mit Tiara, und sie spielten in Kostümfilmen als Gladstone und Disraeli, Königin Viktoria und Florence Nightingale, in dieser Art. Sie hielten sich als Gruppe sehr von den anderen zurück, dem Pöbel, am Samstagnachmittag gaben sie Teeeinladungen, wenn alle anderen mit Gruppensex beschäftigt waren, sie spielten sonntags Cricket, tranken bei Sonnenuntergang Gin mit Angostura und sprachen, als wenn sie die Oberlippe in Gips hätten. Die alte Nanny, genau, die, deren Schwester in Kennington wohnte, kleine Welt, war gelegentlich in Tracht und Schleier im großen Garten der Hazards zu sehen, wo sie ein Paar rötlichbezopfte Mädelchen in Kattunkleidern beaufsichtigte, unsere gottverdammten Kusinen, die, wie sich herausstellte, als zusätzliche Elfenstatisterie durch den *Traum* purzeln würden. Ein richtiger Film für die ganze Familie.

Aber hatte unser Vater angerufen, um uns in Hollywood willkommen zu heißen? Uns zu sagen, daß keiner seiner Träume ohne uns vollkommen wäre? Am Arsch. Alles, was er wollte, war sein bißchen Erde.

Dieser Shakespearepott war so ziemlich das Letzte, woran wir in den turbulenten Wochen seit unserer Ankunft im Forest of Arden gedacht hatten. Ich konnte mich nicht erinnern, wer das Ding zuletzt gehabt hatte. Ich fragte mich, ob wir's im Zug vergessen hatten. Wir stellten unser Häuschen auf den Kopf, durchsuchten alle Koffer ... Wir waren schon in Panik, als wir per Zufall schließlich drauf stießen, in einem kleinen Zimmerchen neben dem Schlafzimmer, ursprünglich vielleicht ein Ankleideraum oder die Ecke, wo die Dame des Hauses den Herrn desselben abstellen konnte, wenn er breit nach Hause kam. Wir hatten uns vorher nie mit diesem Winkel befaßt, es war dort ganz dunkel, die Vorhänge waren wegen der Sonne zugezogen, aber *da* stand das Kistchen mit der Shakespearebüste, sicher und gesund, stand auf der kleinen Kommode wie auf einem Altar, denn es hatte jemand rechts und links Kerzen aufgestellt und angezündet. Ein Räucherstäbchen brannte auch. Welch ein Sinn für Ritual und Schicklichkeit zeigte sich in diesem kleinen Raum! Wir waren verblüfft.

Wer hatte sich all die Mühe gemacht? Wir fanden später heraus: es war die mexikanische Putzfrau, Katholikin. Äußerst katholisch. Sie dachte, in dem Kästchen müsse sich eine heilige Reliquie befinden, weil es so sorgfältig verpackt war, und sie behandelte es entsprechend. Wir machten uns eigentlich nur ungern daran zu schaffen, aber wir dachten, wir sollten vielleicht mal nachsehen, ob die Erde noch in Ordnung war, also öffneten wir die kleine Kiste. Puuh! Kein Wunder hatte sie mit dem Weihrauch losgelegt. Sie muß gedacht haben, die Reliquie finge an zu faulen. Als wir den Deckel abnahmen, stieg ein gemeines Aroma auf und füllte die kleine improvisierte Kapelle mit einem unmißverständlichen Geruch.

Und so entdeckten wir, wo Daisys Perserkatze auf der Reise im Super-Chief ihr Pipi gemacht hatte.

Wir kippten Pussys Fäkalien aus dem Fenster, aber was wollten wir denn nun tun, nachdem diese heilige Erde – gründlich entweiht – dahin war? Ganz einfach. Wir füllten das Gefäß wieder mit Erde aus dem Garten des Forest of Arden, direkt aus dem kleinen, exakt nachgeahmten elisabethanischen Heckenlabyrinth. Wir dachten, damit wär's doch wieder einigermaßen authentisch. Da hatten wir also die heilige Erde wieder, so gut wie neu, und Melchiors Plan war es, sie am ersten Drehtag über den ganzen Wald bei Athen zu verstreuen, als eine Weihe des Geländes, eine Würdigung des ganzen Unternehmens und als Pressetermin erster Güte.

Ich erinnere mich an diesen Tag, den Tag, an dem der *Traum* anfing, als wär's gestern gewesen. Wir kamen alle schon im Kostüm – eine buntscheckige Truppe, das muß man sagen. Nichts von den bekannten Elfenkitschkostümen mit Schmetterlingsflügelchen und Blumenkränzen. O nein. Als Bohnenblüte und Senfsamen trugen wir an den Säumen und Nähten unserer BHs und Höschen Blätter, in unseren zottigen Perücken saßen kleine Lichter, und als wir sahen, wie es dem Rest mit der Garderobe ergangen war, dachten wir uns, daß wir noch glimpflich davongekommen waren, das muß ich sagen, weil manchen kamen Geweihe aus der Stirn, und Fellfetzen bedeckten ihnen die bedenklichen Stellen, andere waren als fliegende Käfer aufgeputzt, in starren, glänzenden Miederkostümen, die sich am Rücken teilten, und ein oder zwei hatten Äste statt Arme, wobei ganz insgesamt mit Leder und Gefieder nicht gespart wurde.

Außerdem erinnere man sich, daß nicht nur Elfen in jenem Wald bei Athen wohnten. Eine riesige Maus, gesattelt und geschirrt, trottete vorüber. Libellenmasken. Mehrere enorme Frösche. Zwerge, Riesen, Kinder, alle durcheinander. Plötzlich hatte ich ein ungutes Gefühl, ich spürte es in den Knochen: Mit diesem Film wird ein Vermögen in den Sand gesetzt.

Dschingis-Khan hatte für dieses Eröffnungsspektakel ganz schön was locker gemacht. Ein hundertköpfiges Orchester mit alten Instrumenten wartete an Ort und Stelle, die hatte er von Berkeley hergeholt und in Trikots und Halskrausen gekleidet. Einer hatte ein Yarmulke auf. Lauten sind beschissen schwer zu stimmen, mit ein Grund, weshalb sie außer Mode sind, und der Wald bei Athen klirrte und schnarrte von Mißtönen, als die Musiker versuchten, sie alle richtig hinzukriegen.

Droll lief purzelbaumschlagend vorbei und griff mir rasch an den Hintern. Irish warf mir eine Kußhand zu. Besoffen wie ein Bürstenbinder, die Aktentasche an die Brust gepreßt, bald würde er noch betrunkener sein. Er war wieder versumpft, weil ich eine Verabredung nicht eingehalten hatte. Er hatte keinen Kaufvertrag, nicht wahr? Ganz schön Nerven, der Mann. Ich hatte ja schließlich bloß angefangen, ein wenig Deutschunterricht zu nehmen, oder? Einmal zur Mittagessenszeit, als Nora *chez* Tony rasch etwas Linguine und Cunnilingus genoß, hatte ich das Buch des Tages auf ein Hot Dog mit in die Kantine genommen. Dieser kleiner deutsche Bursche, kurzes Haar und strengriechende Füße, ausgebeulter blauer Anzug, keine Krawatte, irgendein Drehbuchüberarbeiter irgendwo, der warf einen Blick auf den Titel von meinem Buch. »Schopenhauer!« rief er höhnisch. Seine Redeweise war knapp und überraschend. Er sah bei allem das Negative. In Hollywood echt erfrischend. Half mir, mit den Füßen auf dem Boden zu bleiben.

Irish warf mir eine Kußhand zu, sehr ironisch. Peregrine hatte ihm den Arm auf die Schultern gelegt, nicht nur, um sein Mitgefühl auszudrücken, sondern um ihn aufrecht zu halten. Die Lady A. war da, in einem Lanvinkostüm mit

Perlenkette, ihre Rolle in *dieser* Produktion war bloß die der Gattin des Regisseurs, aber ihre Töchter waren in Maske. Melchior hatte seiner kleinen Saskia einen kleinen Spezialauftritt zugeschanzt. Das indische Fürstenkind.

Weil Oberon vor wildem Grimme schnaubt,
Daß sie ein indisch Fürstenkind geraubt,
Als Edelknabe künftig ihr zu dienen;
Kein schöners Bübchen hat der Tag beschienen …

Dieses Fürstenkind, in einem Pyjama aus Goldlamé mit passendem Turban, darin eine purpurne Feder, mit einer Amethystbrosche befestigt. Gemeingefährlich attraktiv und minderjährig. Imogen war einfach eine Elfe mit dem einzigen Satz »Auch ich«. Aber der Regieassistent, der überschwengliche Peregrine, erpreßte die Garderobe, bis Eulenmaske und Federkleidchen des ursprünglichen Kostüms fielen und ein kleiner rosa Tutu an ihre Stelle trat, so daß Imogen förmlich rausknallte aus der ganzen Inszenierung.

Ein Wochenschauteam war da, stimulierte Daisy Duck zu einer kessen Lippe – in ihrem Elfenköniginnenkostüm, Tüll und Flitter: na, da zeichnet sich doch nichts drunter ab! Während Dschingis-Khan in den Standardreithosen mit Reitpeitsche dazu auf seinem Segeltuchstühlchen thronte und zufrieden über das Elfenreich hinsah, das er errichtet hatte. Journalisten, Photographen, Sekretärinnen, Parasiten, Scriptgirls, Continuity Girls und Maskenbildner wimmelten um ihn her, ein Bild, das Irishs säuretriefender Feder zufolge unwiderstehlich an die Bewegungen von Maden auf verfaulendem Fleisch erinnerte.

Doch gab es eine Gestalt in dem ganzen Chaos, die nicht recht dazupaßte, die allein deshalb ihre Aufmerksamkeit auf sich lenkte, weil sie so unauffällig war, so fiel sie mir auf – eine Frau, im Regenmantel zusammengekauert, Sonnenbrille, Kopftuch, als hätte die Garderobe sie mit einem »Getarnt«-Kostüm aus einem billigen Kriminalfilm ausgerüstet. Wohin Daisy auch ging, dieser traurige kleine Schatten folgte ihr, schlich ihr nach, verschwand in der Menge, wenn Daisy je in ihre Richtung schaute. Seltsam. Was ging da vor?

Dann sammelten sich die Musiker mit ihren alten Instrumenten endlich auf eine Anweisung des Dirigenten hin: Welcher Macht auf Erden war es gelungen, *Stokowski* in ein Trikot zu stecken? Unter reichlichem Saitengezupfe fingen sie alle an, eine – möglicherweise – Gagliarde zu spielen, obwohl sich's so anhörte, als würden die Lauten sich vielleicht an einer Pavane versuchen. Als es an ein Ende gekommen war, trat Melchior von Blitzlichtern umzuckt zwischen den Bäumen hervor, um eine Ansprache an uns zu richten. Auf einem hocherhobenen karmesinroten Samtkissen mit Goldbesatz (aus der Requisite für *Elisabeth und Essex*, das Garderobengirl hat's mir gesagt) trug er den Shakespearetopf, in welchem sich – und Sie wissen, daß ich Ihnen da nichts Falsches erzähle – echte Erde aus dem Ardennerwald, na ja, dem Forest of Arden befand, reich an Erinnerungen.

Melchior lächelte uns an, ich mußte die Hand ausstrekken und mich an Noras Arm ein wenig festhalten, eben in dem Augenblick, als sie *meinen* Arm ergriff. Er lächelte und sagte: »Freunde«, mit seiner Stimme wie Hershey-Sirup, und obwohl mich der alte Zauber überkam, zitterte ich vor Besorgnis, daß er jetzt irgendwie, hingerissen von der Spannung des Augenblicks, fortfahren könnte mit »Mitbürger – Römer –« ... Aber er hatte keine Chance, etwas falschzumachen.

»Freunde!«

Dschingis-Khan löste mühsam die Augen von Daisy,

warf einen Blick auf Melchior und sprang wie angestochen auf.

»Aus!«

Melchior klammerte sich an seinem Shakespearegefäß fest und starrte ihn offenen Mundes an.

»Fünf Minuten Pause, alle Mann«, sagte Dschingis.

Die Lautenisten hörten mit dem verbissenen Nachstimmen ihrer Instrumente auf, die Photographen hörten auf zu photographieren. Ein überraschtes Stimmengewirr erhob sich. Peregrine und Irish schwankten zusammen hin und her, von Gelächter überwältigt. Die Lady A. schaute erstaunt und indigniert drein, doch nicht halb so sehr wie ihr Gatte, der seine Würde augenblicklich fallen ließ und Dschingis mit scharfer Stimme anfuhr: »Darf ich fragen, was das zu bedeuten –«

»Runter damit!« röhrte Dschingis-Khan. Daisy stopfte sich ihr Taschentuch in den Mund, wie ich sah, sonst wäre sie auch vor Lachen herausgeplatzt.

»Was?«

Mir schien sein Kostüm ein Meisterwerk. Es war im Grunde fast ein Ballettdesign – er trug eine hohe, stachlige Krone, wie aus Fischgräten. Und eine lange schwarze Perücke, deren Haar ihm den Rücken hinabfiel. Ein Bolerojäckchen aus Fell auf der blanken Brust. Und eine Halskette aus – wie es aussah – Säuglingsschädeln. Und Schlangenhautstrumpfhosen.

Wie prächtig er die Strumpfhosen ausfüllte!

»Runter damit!«

Denn die Art und Weise, wie Melchior diese Trikothosen ausfüllte, die war das Problem. Dschingis hatte sich nicht in diese ganzen Unkosten gestürzt, damit das Gemächt ihres Gegenübers seiner Daisy die Schau stahl, und er erklärte mit lauter und kratzig-rauher Stimme, daß Melchior, ehe die Show weiterlief, in seine Garderobe gehen und einen extrakräftigen Athletenschutz anlegen sollte, am besten gleich zwei.

»Verstanden?«

Anderenfalls – so hatte man das Gefühl – würde Dschingis ihm die fraglichen Teile persönlich mit den blanken Zähnen abreißen. Jetzt waren alle Anwesenden zu erschrocken, um noch zu lachen. Selbst Irish wurde langsam nüchtern, obwohl Daisy nicht die einzige war, die rot im Gesicht war und an einem Taschentuch kaute, das können Sie mir glauben. Es brauchte ein paar Sekunden, bis Lady A.'s Wohlanständigkeit klar wurde, was genau das Problem ihres Gatten war, und dann nahm sie an jede Hand eine Tochter und fegte würdevoll schweigend davon. Ich bewunderte sie dafür. Es war plötzlich still im Studio, daß man die Stimme der kleinen Saskia bei ihrem Abgang hören konnte: »Mammi, was hat Daddy gemacht? Mammi? Warum gehen wir jetzt weg? Mammi, warum sind sie alle böse auf Daddy?«

Zuerst wurde Melchior leuchtendrot. Dann wurde er kreideweiß. Seine dunklen Augen glühten wie Kohlen. Er krampfte die Hände um sein Gefäß mit heiliger Erde und starrte Dschingis an, stumm vor Wut. Wenn er Klasse gehabt hätte, ich meine, *echte* Klasse, dann hätte er sich auf dem Absatz umgedreht und wäre ein für allemal davongegangen. Aber das ist nicht fair. Bedenken Sie, was auf dem Spiel stand. Die ganze Produktion stand auf dem Spiel. Seine Zukunft in Hollywood – das heißt, Nordamerika für England zurückzuerobern, für Shakespeare und Sankt Georg! Das heißt, den alten Traum seines Vaters zum Traum von jedermann zu machen. Und seine Chance, eine ganze Menge Geld zu machen, auch. Vergessen wir das Geld nicht dabei.

Aber für den Augenblick war es ein Patt. Dschingis starrte Melchior wütend an, Melchior wütend diesen. Sie fuhren mit diesem Duell fort, während die Elfen und Narren und Drehbuchautoren fasziniert zusahen, bis Peregrine schließlich die Spannung löste, und zwar mit einem Trick. Wenn sein Bauch auch noch immer leise hüpfte vor unterdrücktem Vergnügen, behielt er doch klaren Kopf, bahnte sich einen Weg durch das Kabelgewirr, kniete vor seinen Bruder hin, und Dschingis und wir alle schauten ihm zu.

»Ich weiß schon, wo das Problem liegt«, sagte Peregrine.

Mit einem raschen Griff entfernte er aus der prekären Körperzone meines Vaters einen scharlachroten Ara.

Er erhob sich, verbeugte sich in alle vier Himmelsrichtungen, vor allen Quadranten des Publikums, hielt uns den Ara auf seinem Finger hin, der die Flügel streckte und seinen Kopf mit forschendem Blick von einer Seite auf die andere drehte. Etwas an den scharfen kleinen Knopfaugen erinnerte mich an Omma.

»Ich glaube, Sir, jetzt werden Sie alles ganz in der Ordnung finden«, sagte Peregrine zu Dschingis, der nicht wußte, was er sagen sollte.

Aber dem Ara fehlten die Worte nicht. Er legte den Kopf zur Seite und verkündete mit Stentorstimme: »Ist doch keine Sünde!«

Er hüpfte von Peregrines Finger, flog los und landete auf Daisys Schulter, so daß das arme Mädel doch mal die Chance hatte zu lachen, sonst wär sie sicher gleich erstickt.

»Ist doch keine Sünde!« sagte der Ara wieder, tanzte von einem Fuß auf den anderen und zwinkerte uns an. »Ist doch keine Sünde!«

Und dann, Gott sei Dank, war der Waffenstillstand geschlossen. Zuerst lachte Dschingis-Khan zögernd, widerwillig ein wenig, dann brüllte er mit einem lauten Lacher los. Die Kameras klickten, die Kameras surrten, die Kameras blitzten, und die Show war wieder auf der Rampe. Gott sei Dank kam dieser Ara an. Der hat die Lage gerettet. Er war für eine Mae-West-Werbung abgerichtet worden, wie's schien. Er zeigte den Ausweg.

Mitten in dem ganzen Zirkus sah ich, daß einer der Gorillas vom Sicherheitsdienst des Studios sich Daisys Regenmantelschatten geschnappt hatte, er schob sie, eine seiner großen haarigen Pfoten vor ihren Mund gepreßt, um sie am Geschrei zu hindern, höchst rücksichtslos hinaus, wobei er mit der anderen Hand ihre Arme festhielt – er sah dabei aber auch höchst gelangweilt aus, als sei dies eine vertraute Übung für ihn. Was ging denn da bloß vor sich? Doch nun war es plötzlich ganz still geworden – aller Augen hatten sich auf Melchior gerichtet, der seinen Shakespearetopf wie den Gral in die Höhe hielt.

»Freunde, wir sind hier versammelt, um eines heiligen Namens zu gedenken – William Shakespeare.«

Irish hob, wie ich sah, eine Flasche in einer braunen Papiertüte an die Lippen, um Peregrine spontan zuzutrinken. Der Ara hatte sich wieder davongemacht und flatterte irgendwo unter dem Dach umher. Peregrine schnappte sich die braune Tüte und trank auf den Ara.

»Ich habe hier, in diesem eigens geformten Gefäß – das Abbild des für mich größten aller Helden Englands – nur ein klein wenig Erde. Weiter nichts. Erde. Und doch ist diese mir besonders kostbar, weil es englische Erde ist, vielleicht ein Stück der englischsten Erde überhaupt, kostbarer denn Rubine, denn die Liebe von Frauen. Es ist nämlich Erde aus William Shakespeares Heimatstadt, aus weiter Ferne, o ja! Aus dem schläfrigen alten Städtchen Stratford-upon-Avon, Erde, die dort gesammelt wurde und so fürsorglich hierhergebracht, als handele es sich um ein Kindelein, hierhergebracht von zwei wunderschönen jungen Engländerinnen, Nymphen, Rosen, mir beinahe so teuer wie meine eigenen Töchter ... meine Nichten. Bohnenblüte! Senfsamen!«

Er rief uns, und wir wußten, was wir tun mußten, obwohl er uns wieder verraten hatte, und diesmal in aller Öffentlichkeit. Selbst unter diesen Umständen huschten wir zu ihm hin und knieten auf beiden Seiten nieder, an seine Knie geschmiegt, Nora in Gelb, ich in Rosa, beide den Tränen nahe. Beinahe so teuer wie seine eigenen Töchter, was?

»Dora ... Leonora ...«

Er brachte uns natürlich durcheinander. Er kannte uns nicht einmal gut genug, um den Unterschied zu riechen, aber er war jetzt in voller Fahrt, Familientag. Er winkte zu Peregrine hinüber, der exiliert zwischen den Scriptautoren stand.

»Und mein Bruder, mein eigener Bruder ... willkommen! Willkommen bei unserer großen Unternehmung, bei welcher du schon eine so große Rolle gespielt hast! Und willkommen, willkommen, ihr alle hier beisammen, so viele, viele Menschen, die sich mit uns der großen Aufgabe stellen, welche vor uns liegt, alle Schatzkammern eurer herrlichen Industrie zu plündern, um ein erhabenes, ein immerwährendes Denkmal für das Genie jenes Dichters zu schaffen, dessen Namen man verehren wird, solange die englische Sprache gesprochen wird werden, des Mannes, der über uns alle die Wahrheit wußte und seine universalen Wahrheiten in jedem seiner Sätze ausdrückte ... der unser Englisch ein klein wenig herrlicher zurückließ, als er es vorgefunden hatte, und der ein wenig von dieser Herrlichkeit auch uns alten Engländern läßt, die nun um den Erdball segeln und auf ihrer Mission die Zunge Shakespeares mit sich bringen!«

Als er das mit rollender Stimme sagte, konnte man fast die Zunge vor sich sehen, auf einem roten Satinkissen, unter Glas.

Melchior drehte sich jetzt auf dem Absatz um und

machte eine Art Verneigung; seine Stimme schaltete zu einem leiseren, samtigen Ton um.

»Lassen Sie uns die Vision dieses großen Mannes grüßen und ehren . . .«

Dschingis-Khan ließ seine Reitpeitsche gegen den Schenkel klatschen, stand auf und machte eine Verbeugung, wobei er heimlich in Melchiors Schritt spähte, ob auch alles noch in Ordnung war.

»Dieses großen Mannes, der zuerst in London zu mir kam und sagte: ›Lassen Sie uns der Welt Ihre herrliche Kunst schenken, und mehr noch, lassen Sie uns diese herrliche Kunst – Shakespeare widmen!‹«

Alles klatschte, man hatte keine Wahl, bloß Irish nicht, der seine Papiertüte wiederhatte und sich anscheinend auf Dauer dranhängte.

»Und grüßen wir die Königin des Elfenlandes selbst – Titania!«

Daisy Duck plazierte ihren Popo auf ihre Sessellehne, schenkte den Kameras ein freundliches Winken plus etwas Einblick ins Dekolleté und kletterte dann aufs Podium neben Melchior. Droll hatte es geschafft, seine Hände ganze zehn Minuten lang bei sich zu behalten, aber jetzt begrabschte er eine vorbeigehende Haselmaus, die schrill aufschrie. Der Ara, hoch droben auf einer Strebe, gab abrupt eine grünliche, halbflüssige Substanz von sich, die im Sturz genügend Geschwindigkeit aufnahm, um ihre Ankunft auf der Erdoberfläche mit einem prasselnden KLATSCH! zu verkünden.

»Und nun wollen wir armen Komödianten uns alle bei den Händen fassen.«

Er ergriff Daisy Ducks Hände mit sehr festem Griff und ließ sie die ganze Kraft seines wunderbaren Lächelns spüren, heiß und brünett wie ein Bovrilbrühwürfel, und sie errötete ein wenig. Knallhart und zäh wie ein alter Stiefel, aber sie errötete sichtlich. Es gab ein allgemeines zufriedenes Geraune und Geraschel im Studio. Es war, als hätte er einen Bann über sie alle geworfen, solch eine Stimme, solcher Glamour. Alle streckten die Hände nach einander aus, als wär's Silvester und Zeit, »Auld Lang Syne« zu singen. Elfe klammerte sich an Amazone, Amazone an Athener, grober Handwerksmeister an Geliebten, Nora und ich klammerten uns aneinander, aber schon hatte Droll meine freie Hand erwischt.

> Nun gute Nacht! Das Spiel zu enden,
> Begrüßt uns mit gewognen Händen!

Melchior hob sein Gesicht in die hellen Scheinwerferlichter, als er diesen das Stück beschließenden kleinen Nonsens gesprochen hatte, die Lippen ein klein wenig geöffnet und in jenem Lächeln, bei dem alle Höschen fielen, das auch meiner Mutter zum Verhängnis geworden sein mußte. Daisy sah ihn an, als hätte sich der Himmel aufgetan und sie ein wenig hineinschauen dürfen. Überwältigt. Der Blitz hatte eingeschlagen. Kameras surrten, klickten, blitzten. Aber Droll hatte wütend aufgeschrien, meine Hand wie eine heiße Kartoffel fallenlassen und angefangen, mit seinen Fäustchen auf die umstrittene Region von Melchiors Athletenschutz einzuprügeln, wobei er schrie: »Das ist mein Text, du Pfeife!«

Mit halbem Auge sah ich, wie Irish sich zur Seite lehnte und sich übergab.

Dschingis-Khan klapste Droll mit seiner Reitpeitsche auf die Hände und zischte: »Paß auf, daß du in deinem letzten Film nicht im Papierkorb vom Cutter landest!« Da hielt er's Maul. Er verzog sich in die Menge. Dann hob Melchior das Gefäß mit Erde hoch, in der Hand, die sich nicht an Daisy Duck festhielt.

Elfen, sprengt durchs ganze Haus
Tropfen heiligen Wiesentaus!
Jedes Zimmer, jeden Saal
Weiht und segnet allzumal!
Friede sei in diesem Schloß ...
In dem heil'gen Namen ... Shakespeares!

Er sah Daisy tief in die Augen, und sie sah tief zurück. Dann ließ er sie los, tauchte die Hand in den Topf, verstreute die Erde des Hotelgartens mit einer schönen, würdevollen Geste auf dem Boden um sich her und hob zwei segnende Finger. Was hätte er für einen tollen Bischof abgegeben, wenn er auch nur die schmalste Chance gehabt hätte. Dann fing das Antiquitätenorchester wieder an, und ich sah, wie sich Daisy verstohlen eine Träne abwischte, weil es alles so schön gewesen war, und darüber hinaus durfte – während Peregrine Irish von der Szene half und der Best Boy einen Eimer Sand über Irishs jüngste Produktion kippte – die kleine Miss Adlerauge hier beobachten, wie sich in Melchior Hazards vielleicht nicht ganz ideal konstruiertem Athletenapparat eine deutliche Regung zeigte, die für das allgemeine Eheglück nichts Gutes verhieß.

Dschingis-Khans Büro war voller Orchideen, er züchtete sie selber. Er mochte die fleischfressenden am liebsten und fütterte sie oft mit Fliegen, während eine kleine Schauspielerin auf der Couch vor seinem Schreibtisch zitterte und bebte; auf dem Schreibtisch hatte er gut sichtbar ein Photo von Daisy in silbernem Rahmen aufgestellt, um den armen Dingern zu zeigen, zu welchen schwindelerregenden Höhen Dschingis ein Mädchen emporheben konnte, wenn sie ein bißchen nett zu ihm war. Der bloße Anblick Daisys ließ sie sich ausziehen. Es war für Dschingis-Khan ein wahrgewordener Traum. Reine, krasse Macht. Er war der Herr, die Madam eines sehr eigenartigen Bordells, wo all die käuflichen Mädchen Schatten waren; er kaufte und verkaufte sie, aber das Geld dabei war ebenso wirklich wie jenes, das er vor langer Zeit in Brooklyn in die Tasche schob, als er noch seine Haare hatte und die Ehefrau, die er wegen Daisy verließ, und sein Leben als Trolleybusfahrer anfing. In der Garage, wenn er nachts den Wagen zurückbrachte, da bedankten sie sich immer bei ihm. Ich meine, er hätte ihn ja auch als Altmetall verkaufen können, wie? Wie konnte ein junger Mann von so visionärer Kraft Hollywood widerstehen? Also kam er rüber und ließ seine Träume wahr werden. Buchstäblich. So verdiente er seinen Lebensunterhalt, indem er Träume wahr werden ließ.

Er führte sich in diesem Studio wie ein gottverdammter Diktator auf. Das Studio nahm die Fläche von, sagen wir, Monaco ein und beschäftigte etwa dieselbe Bevölkerungszahl, es hatte einen eigenen Frisiersalon, einen Zahnarzt, ein Krankenhaus, eine Kantine, eine Polizeiwache, und dazu all die Schauspieler und Regisseure, Regieassistenten, Assistenten der Regieassistenten, Second-Unit-Regisseure, Art Directors, Kostümdesigner, Schneiderinnen, Kameraleute, Kameraassistenten, Key Grips, Best Boys, Gaffers, Zimmerleute, Kulissenmaler, Make-up-Girls, Friseure, Zuhälter, Astrologen, Huren, Wahrsager, Abtreibungsärzte, Autoren, Hilfsautoren, Ergänzungsautoren und gewöhnliche Sterbliche, und den ganzen lieben langen Tag liefen die alle durch die staubigen Straßen des Studios, das dann bei Nacht zur Geisterstadt wurde, nur der Nachtwächter war dann da, ein paar Hunde, eine weggeworfene Zeitung, die eine Straße aus Pappmaché hinunterwehte.

Es gab einen Rasen, wo man seine Sandwiches essen konnte, und einen großen Seerosenteich mit Karpfen drin. Daisys Perserkatze kam mit ihr ins Studio und saß oft stundenlang da und starrte in den Seerosenteich. Manchmal hielt sie die Pfote bis zum Ellbogen ins Wasser, aber die Fische schwammen mit einem Flossenzucken davon, sie fing nie etwas. Vielleicht warnte ihr Schatten auf dem Beckengrund die Fische.

Daisy liebte diese Katze. Eines Nachmittags ging sie mit dem Netz hin, nachdem sie mit Perry ein paar auf die alten Zeiten getrunken hatte, fing einen Karpfen aus dem Teich, warf ihn lebendig der Pussy vor. »Da!«

Sie hat mir erzählt: In der Hochzeitsnacht, zwischen den Satinlaken, da sagte er – was immer du willst, Daisy. Alles. Und sie sagte: Eine Million. Bar. Er wurde weiß, zerkaute eine Zigarre, aber er war vor Liebe verrückt, er führte ein paar Telephongespräche, trat verschiedene Leute in den Arsch. Sie saß in ihrem Negligé im Bett. Zuerst kam der Hoteldirektor und geleitete den Vorstandsvorsitzenden der Bank herein, in Frack und weißen Handschuhn, als wär's nicht drei Uhr morgens, und diesem folgte ein Bulle mit Halfter. Dann trat ein kleiner Botenjunge mit kurzem Jöppchen und Pagenmütze auf, der trug eine Reisetasche; ein zweiter, ebenso; ein dritter, dazu passend. Als Beschluß der Prozession ein weiterer Polizist.

Auf ein Zeichen des Bankiers hin stellten die Boys ihre Taschen auf den Teppichboden und verbeugten sich. Die machten Stielaugen beim Anblick von Daisy Duck in ihrem Nachthemd, kann ich Ihnen sagen, sie peilten immer wieder aus dem Augenwinkel zu ihr rüber, bis der Bankier mit den Fingern schnippte und sie hinauseilten. Einer von den Bullen wollte ein Autogramm. Dschingis-Khan, dem in Gegenwart von so viel Geld feierlich zu Mute wurde, schüttelte dem Vorstandsvorsitzenden die Hand.

Sobald sie wieder alleine waren, machte Daisy die Taschen auf, und da war sie. Ihre Million. In Hundertern,

Fünfzigern, Zwanzigern. Nichts, zu ihrem Bedauern, kleiner als ein Zehner, so daß das bloße Papiervolumen, das sie aufs Bett leerte, sie ein wenig enttäuschte, aber es war alles neu und frisch und knackig wie Salat. Wenn's in dem Zimmer einen Herd gegeben hätte, dann hätte sie's vielleicht gekocht und aufgegessen, aber kein Herd, kein Öl und keine Zitrone für einen anständigen Salat, also wälzte sie sich darin wie ein Hund in der Scheiße. Riß sich ihr Satinnachthemdchen vom Leib, um die grünen Lappen auf der Haut zu spüren, ergriff sie mit vollen Händen und schüttete sie über sich, kreischend vor Vernügen, und stieß mit den Fersen nach der Decke, bis Dschingis sich nicht mehr zurückhalten konnte, aus seinen Breeches hüpfte und die am Morgen geschlossene Ehe *tut swiet* vollzog, wobei die grünen Scheinchen ein paar Flecke bekamen.

Flecke oder nicht, am nächsten Tag gingen sie zurück auf die Bank. Das verzieh Daisy ihm nie. Sie hatte sich damit eine Matratze stopfen lassen wollen. Sie hatte ihm nie verziehen, und nun nahm sie Rache.

Sie war die Torheit eines alten Mannes, so weit es ihn anging. Er hatte die alte, grauhaarige, loyale Ehefrau aus Brooklyn wegen Daisy von sich gestoßen, die, welche mit ihm seit den Trolleybuszeiten durch Dick und Dünn alles durchgestanden hatte und jetzt vor Liebe verrückt war, die Ärmste. Sie war der geheimnisvolle Anrufer bei Daisy, wie sich herausstellte. Ja – die verschmähte Gattin rief Daisy ständig an, sie sagte nie etwas, man hörte schweres Atmen und tränennasses Schweigen. Sie hatte damals in New York angerufen – kein Wunder sagte Perry: »Armes Ding.« Und, so sagte Daisy, sie rief die ganze Zeit in Hollywood an, trotz unflätigster Beschimpfungen. »Und«, sagte Daisy, »sie folgt mir überall.« Das war also die Lösung des Rätsels von Daisys Regenmantelschatten, dessen Rausschmiß aus dem Studio ich damals gesehen hatte! Sie tat mir richtig leid, aber Daisy schenkte ihr keinen Gedanken. Sie war jetzt die Ehefrau, und sie würde Dschingis bezahlen lassen.

Trotz alledem war Daisy nicht mehr und nicht weniger hübsch, nicht mehr und nicht weniger schlau als irgendeines der hundert, nein, tausend Mädchen, die sich auf die Couch legten und daran dachten, wie's sein würde, ein Star zu sein, während er ihn reinschob. Aber sie war die, welche den Ehering abkriegte, weil's ihr egal war.

Und jetzt war's ihr egal, wer erfahren mochte, daß es ihr egal war. Ehe unser Vater auch nur sagen konnte: »Schlimm treffen wir bei Mondlicht –« hatte sie ihn schon gegen einen Pappbaum gedrängt, in jenem Wald bei Athen, unter einem riesigen Gänseblümchen, während der Mittagspause, und alle Lichter gingen aus, es gab einen Kurzschluß. Sie dachte, der Ara hätte ganz recht – »Ist doch keine Sünde!« Sie war verliebt, sie war wie eine Naturgewalt, aber Dschingis-Khan war blind und taub. Blind, taub und stumm. Er dachte: Wer zahlt, der hat das Sagen. Noch nie hatte ihn eine Orchidee gebissen.

Und nun begann eine ziemlich trostlose Zeit. Früh zu Bett, vor Morgengrauen raus und durch die schäbigen Straßen, wo die verloren wirkenden Lichter nach und nach ausgingen, um uns mit unseren Arbeitskollegen in den Produktionsprozeß zu begeben. Nur waren wir weniger Teile des Prozesses als Teil des Produkts. Man setzte uns in Chromliegestühle und sprühte uns mit Farbe ein, als wären wir Karosserien. Wir sahen in den Spiegel, als wären die Gesichter dort die zweier anderer Frauen. Grünlich; Flitterplättchen auf den Wangenknochen. Arme und Hände: Grünlich. Das Grün sah in Schwarz-Weiß bizarr aus. Wir hatten künstliche Fingernägel an, die wie Baumrinde aussahen. Dschingis-Khan setzte alles auf die eine Karte KUNST.

Wir waren abgeschnitten von dem, was wir kannten, von dem, was wir zu tun wußten. Wir fühlten uns ganz in der Fremde. Oder so, als hätten auch wir uns dem Traum hingegeben, doch ohne richtig zu wissen, wer uns denn träumte.

Wir mußten viel tanzen. Eine Frau kam speziell von der Ostküste angereist. Schwarzes, straff zurückgekämmtes Haar, faltige Kehle, Leotards. Da lief nichts mit *Eins*, zwei, drei mehr. Eckige Bewegungen! sagte sie. Sie streckte den Po raus und machte eigenartige Sachen mit ihren Fingern. Keine Stepschuhe, keine Ballettschuhe, keine Kostümschuhe – wir tanzten barfuß. Sehr kunstreich. Sie sagte, wenn wir lächelten, brächte sie uns um.

Das muß ich Daisy lassen, ich hab sie in den Zeitungen kaum wiedererkannt. Ich würde nicht sagen, daß sie jeden Zoll die Elfenkönigin war – sie sah aus, als würde sie bei der nächstbesten Gelegenheit das Kostüm fallen und ihre Nippelquasten rotieren lassen, aber Irish strich ihren Text zusammen, bis sie kaum mehr ein Wort sagte, nur noch im Wald stand und schimmerte, und dieser große Kopf, das gab schon tolle Photos, muß ich sagen, wenn sie auch die ganze Zeit Oberon Kuhaugen machte. Die Lady A. kam nicht zu den Aufnahmen, sie wußte, woher der Wind wehnte. Gelegentlich kam sie zu einem Termin mit den Pressephotographen – holte photogen die Töchterchen vom Studio ab, am nächsten Tag stand's in allen Zeitungen. Nichts liebt eine Republik inniger als einen Lord, es sei denn eine Lady.

Peregrine war immer um diese Mädels zugange. Törichte Zuneigung. Saskia hockte sich auf sein Knie, und er holte eine Überraschung aus ihrem Ohr, aus ihrer Nase. Eine Perle. Eine Blume. Ihre Mundwinkel zogen sich nach unten, als sie die Rose sah, war schon damals ein raffgieriges Stück. Haut wie Milch und Bernsteinaugen. Peregrine sah ihr sehnsüchtig nach, wenn sie auf Melchior zutanzte, sobald sie ihn kommen sah, und sein eigenes kleines Geschenk oft ohne einen weiteren Gedanken vergessen hatte.

Als Dschingis-Khan die Probeaufnahmen des Elfentanzes sah, gab's für die KUNST erstmal eine Pause. Die Dame in Leotards verschwand, es tauchte ein kleiner hennagefärbter Mann auf, der diskret Wimperntusche verwendete. *Eins*, zwei, drei, *hoch* das Bein! Wir verschränkten die Arme, wir gingen in die Hocke und warfen wie Kosaken die Beine raus, lehnten uns rückwärts, bis wir mit den Zähnen Gänseblümchen pflücken konnten, sprangen im Salto übereinander weg, machten Spagat. Das war unser Metier, das ging im Schlaf. Hüpfen, Schwenken, Stolzieren, Marsch, Shuffle, Kaffeemühle. Wenn Melchior nicht so verknallt in Dschingis' Gattin gewesen wäre, hätte er ihm die Shownummern nicht durchgehen lassen, aber Dschingis-Khan dachte, er würde sich jetzt mal absichern. Kaleidoskopeffekte: fünfzig Zwillinge, je fünfundzwanzig. Eins, zwei, drei, zack! Dann standen wir auf einem Bein. Er wollte eine Kaskade, ein Wasserballett, er durchnäßte uns. Wasser, Wasser ringsumher! Glaubte er vielleicht, er drehte hier den gottverdammten *Sturm*?

Der Fingerhut zitterte, Elfenkönig und Elfenkönigin trieben's wie gewöhnlich. Und damit es meinen Freuden an nichts fehlte, wartete auch noch Irish in meiner Garderobe, voller Eifer, mich zur Rede zu stellen. Er stellte mich zur Rede, dann weinte er. Ich hatte ein Kilo Dreck im Gesicht, meine Perücke leuchtete immer mal wieder auf, ich wollte mich bloß gründlich waschen, mal in Ruhe hinsitzen, ne Tasse Tee trinken. Er umklammerte meine Knie, er weinte so sehr, daß mein Trikot ganz naß war, aber ich hatte ihm nie etwas versprochen.

Ich war sein fatal falsches Chorgirl. Wie ein Glas, von

dem er nicht wußte, daß es einen Sprung hatte, bis es auseinanderfiel, als er seine Leidenschaft hinein ergoß. Aber was soll ein Mädel machen? Es war wunderbar, als er mir *Daisy Miller* vorlas. Aber wir waren jetzt an einem Punkt in unserer Beziehung, wo ich vor der Wahl zwischen ihm und Henry James auf jeden Fall alle Tage Henry James genommen hätte, mochte der auch tot sein und auch zu Lebzeiten kein so großer Frauenfreund. Je öfter ich sagte: »Es war so schön, Irish, aber jetzt ist es vorbei«, desto eifriger wurde er. Ich sagte: »Ich bin sehr mit meinem Deutschunterricht beschäftigt, Irish«, und er nannte mich seine geliebte Dirne.

Ich ging jetzt nicht mehr zu ihm in die Wohnung. Sonntags schlief ich lange im Forest of Arden, stand spät auf und legte mich in die blaue unnatürliche Luft neben dem blauen unnatürlichen Pool. Nora war am Wochenende nie mehr da; die machte Ravioli. Ich hatte das Gefühl, daß wir uns etwas auseinanderlebten.

Ich war nicht die einzige Einsame. Daisys Katze schlief auf dem Leinwandstuhl, auf dem »Delia Delaney« stand, sie rührte keinen Muskel, sie lag ganz platt da, und manchmal, wenn Dschingis-Khan vorbeikam, hob er die Katze hoch und knuddelte sie so, daß mir klar war, daß Daisy wohl zum Knuddeln nicht mehr zur Verfügung stand. Er schaute zu, wie sie den Elfenkönig angurrte, und er massierte der weißen Katze den Rücken, bis man dachte, jetzt bricht er ihr gleich das Rückgrat. Glauben Sie nur nicht, Daisy hätte nicht gewußt, was los war – sie wußte, daß er Höllenqualen litt. So hielt sie Disziplin bei ihren Kerlen.

Wenn wir schließlich unser Make-up runter hatten, war es draußen schon dunkel, und manchmal ging ein Wind, der nach der Wüste roch, und das Tal war voller Lichter, wie ein schwarzes Kästchen, mit lauter Diamanten ausgeschlagen, und ein weicher, voller Tau fiel. Wenn wir zu unserem strohgedeckten Häuschen heimchauffiert wurden, zu Steak und Kartoffeln, dem sorglich aufgeschlagenen Bett und der frühen Nachtruhe, hatte ich das Gefühl, wir wären im Wunderland gestrandet, Opfer einer Verschwörung.

Ich wußte genau, wer die angezettelt hatte. Nicht Melchior. Nicht Peregrine. Nicht einmal Dschingis-Khan. Mein Deutschlehrer war eifrig bemüht, alles auf den Tauschwert zurückzuführen, aber ich brauchte ihn nicht dazu, damit ich merkte, was los war.

Die Gier nach Mammon steckte hinter dem allem.

Wir schufteten wie die Sklavinnen. Aufnahme, Aufnahme, Aufnahme. Dieselbe Nummer, derselbe Song, derselbe Satz – wieder und wieder und wieder. Wir waren Produkt und Prozeß gleichzeitig, und wir gingen fast zugrunde dran. Und worauf lief unsere ganze harte Arbeit hinaus? Ein Samstagabend im Kino unter hundert anderen! Wieder mal ein Shilling neun. Eine Portion Dunkelheit. Was für eine Gleichung! Unsere ausgepreßte Arbeitskraft = Ihr bißchen Vernügen.

»Wie Nutten«, sagte Nora mit indigniertem Widerwillen.

Ich dachte: Wenn das alles hier vorbei ist, gehn wir sofort nach Brixton zurück. Wir machen uns leise sogleich auf die Strümpfe, obwohl wir ja genügend Angebote hatten, das können Sie mir glauben. Wir hätten da drüben bleiben können, eine nette kleine Karriere aufbauen, eins drauf machen. Aber ich sehnte mich jetzt nach Zuhaus – nach dem Sausen und Klappern der Straßenbahnen, den Lichtern auf der Electric Avenue, wenn sie wie faule Fische durch einen guten alten Londoner Erbsensuppennebel leuchten; ich hatte Sehnsucht nach Regenwetter und Schinkensandwiches, nach der gesunden Kälte im Hause Bard Road 49 an einem frostigen Morgen, nach dem

Geruch daheim, der Feuchtigkeit, dem Kohl, dem Tee, dem Gin.

»Cockney bis auf die Knochen«, sagte Perry liebevoll. Ich fühlte mich wie im Exil. Ich wußte genau, wie's meinem Deutschlehrer zumute war. Ich dachte, Nora ginge es genauso. Ich dachte, sie sehnt sich ebenso nach Hause. Aber als ich zu ihr sagte: »Ich zähl die Tage, bis alles im Kasten ist, du nicht auch?«, da sagte sie: »Es kommt ganz auf Tony an.«

Ich sah schon, wie die Sache lief: Sie nährte Hoffnungen auf den Reis und die alten Schuhe, die weißen Spitzen und die Orangenblüten. Ganz plötzlich – und ich war ganz schön wütend auf sie gewesen, als sie uns in London immer so halb die Tour vermasselt hat – fing ich an, Omma zu vermissen, und zwar gar nicht so, wie man den Zahnschmerz vermißt, wenn der Zahn ausfällt.

Dann machte sich Perry dünne. Er hatte seinen Langeweilepegel erreicht; auf und davon. Seinen Gehaltsscheck hatte er nicht vergessen; wir fanden einen Zettel auf dem weißen Klavier in seiner Suite: »Erreicht mich postlagernd in Hazard, Texas; hab genug gespart, um eine Ranch zu kaufen.« Ich schlug's im Atlas nach. Das Städtchen lag im Pfannenstiel von Texas. Als unsere Großeltern dort im letzten Jahrhundert auftraten, war's eine sogenannte Ein-Pferd-Stadt, aber nach den Angaben im Atlas war das Pferd mittlerweile auch gestorben. Ganz schöner Wechsel nach Hollywood! Deshalb ist er da natürlich auch hin.

Also: Kein Peregrine mehr.

Dann ging irgend etwas schief mit der Zeit. Wir waren alle wie unter einem Bann. Der Drehplan lief ursprünglich über acht Wochen. Dann wurde er auf zwölf verlängert. Dann auf zwanzig, so ging's unbegrenzt weiter. Zunächst mal konzentrierte sich der Regisseur nicht aufs Geschäft. Er und Titania beschäftigten sich damit, ahem, das Tier mit den zwei Rücken zu machen, wenn immer die Truppe mal Pause machte für ein Käse-Schinken-Sandwich mit Mayo. Und den Wimperntuschentypen konnte einfach nichts zufriedenstellen, der Mann war besessen, ein Perfektionist. Und dieser »Wald bei Athen« war lebensgefährlich. Ein paar Kaninchen holten sich Gehirnerschütterungen an baumelnden Tautropfen; ein Zwerg trat auf einem Fliegenpilz daneben und brach sich das Wadenbein; wir stolperten mal rückwärts in so eine Stachelkastanie, Laufmaschen im Trikot, pieksten uns die Popos, und bei Nora entzündete sich die Chose, zehn Tage krankgeschrieben, lag im Forest of Arden auf dem Bauch und blätterte fluchend in der Illustrierten *Brides*.

Am nächsten Sonntagmorgen – Nora auf dem Bauch, ich auf dem Rücken im vollen Genuß meines wöchentlichen Ausschlafens – wird's höchst dramatisch. Daisy persönlich klopft an die Tür.

»Ich bin schwanger!«

Würde sie's als Dschingis' Kind ausgeben? Nachdem wir uns den Schlaf aus den Augen rieben und unseren Orangensaft getrunken hatten, rieten wir mit Nachdruck zu diesem Plan. Daisy ließ sich auch zu einem Glas Saft überreden, goß aber einen Schlag aus dem silbernen Fläschchen rein, das sie immer dabeihatte. Sie hatte noch ihr Nachthemd an (Chiffon, *café au lait*) und hatte sich nicht gekämmt, aber sie hatte uns trotz ihrer Aufregung ein paar Lachsbrötchen zum Frühstück mitgebracht, sie war schon ein lieber Kerl. Sie hielt mitten im Zubeißen inne, das Lachsbrötchen in der Hand. Was? Dschingis so anschmieren? Was glaubten wir eigentlich, wer sie war?

Dieses moralische Entsetzen, das ihr im Gesicht stand! Einmalig. Wir waren ganz überrascht und kamen uns vergleichsweise sehr schäbig vor, Bewohnerinnen eines ethischen Zwielichts, einer Kakerlakenwelt aus lauter Kompromissen, Lügen, emotionalen Tricks. So war's ja wohl auch. Wir nannten es »Leben«. Aber Daisy wollte etwas Besseres. Irish auch, wo wir schon davon reden. Die amerikanische Tragödie in nuce. Sie schauen sich um in der Welt und denken: »Es muß etwas Besseres geben!« Aber es gibt nix. Tut mir leid, mein Freund. Das war's auch schon. Sie sehen alles vor sich, was es gibt. Nichts als das Hier und Jetzt.

»Er will aber wirklich Kinder haben, weißt du«, meinte Nora dezent.

Wie wußte sie das? Ganz einfach. Er hatte ihr eins vorgeschlagen. Eine Aktennotiz von seinem Schreibtisch wurde ihr bei den Aufnahmen ausgehändigt: Miss Leonora Chance, bitte kommen Sie bei mir vorbei. Sie dachte, sie sollte wohl hingehen, wenn ihr beim Gedanken an Tony auch nicht ganz wohl war, weil der war eifersüchtig wie Othello. Man brauchte uns an jenem Tag nicht im Studio, also beschäftigte ich mich mit meiner Lektüre (Buchstabe W: Wedekind).

Er ließ sie bloß eine halbe Stunde warten, in sich schon ein kleines Wunder. Er hatte eine genaue Warteskala für seine Termine. Schauspieler durften von sieben Stunden bis fünf Tage warten, je nach Zugkräftigkeit. Agenten eine bis drei Wochen. Drehbuchautoren sechs Wochen Minimum. Irish saß einmal fünf Monate lang im Vorzimmer.

Aber Dschingis-Khans allereigenste Sekretärin in marineblauem Kostüm ließ Nora auf einem Ledersofa Platz nehmen und bot ihr sogar einen Kaffee an, ehe sie sich hinter ihren Mahagonischreibtisch zurückzog, um dort am Telephon ausweichende Antworten zu geben. Über ihrem Kopf hing eine große Kreuzigung von Grünewald, die Art, wo Christus Wundbrand hat. Wo immer man auch saß in diesem Büro, die Augen dieser Leidensgestalt folgten einem überallhin. Nora trank den Kaffee schwarz und streichelte ihre Handtasche – sie hatte nicht vergessen, die winzige Pistole mit dem Perlmuttgriff einzustecken, die Tony ihr zum Geburtstag geschenkt hatte, für alle Fälle.

Sie wußte – weil Daisy es ihr gesagt hatte –, daß sie Dschingis die ganze Zeit, während sie dasaß und wartete, durch einen speziellen Spion beobachten konnte, der durch eines der Augen des Grünewaldgemäldes gebohrt war.

Dann wurde sie per Summer hineingelassen – sie erhielt Zutritt zum Allerheiligsten, dem Orchideengarten. Er lehnte über einer Vitrine. Obwohl er weiße Handschuhe trug, hatte er kein Hemd an. Er inspizierte mit großer Genauigkeit etwas, das wie ein verrottendes Genital aussah, und gab keine Antwort auf ihr fröhlich-britisches »Tach auch, Mr. Khan!« Statt dessen ließ er ein Stückchen rohes Fleisch in die Öffnung fallen, deren Ränder dankbar zuschnappten. Ein Teller Steak tatare stand auf seinem Schreibtisch neben dem Photo von Daisy, welches, wie Nora bemerken mußte, auf dem Kopf stand. Er zog die blutigen Handschuhe aus und warf sie in den Papierkorb. Er schenkte Nora seine vollständige Aufmerksamkeit.

»Ich werde vor Ihnen nicht auf die Knie fallen«, sagte er. »Nicht vor einer Schauspielerin. Im Gegenteil, Schauspielerinnen gehn vor mir auf die Knie!« Er lachte laut. Vielleicht dachte er, sein Witz würde zu einer raschen Vertraulichkeit führen. Nora saß in einem Ledersessel, der etwas Zahnarztmäßiges hatte, kreuzte die Beine mal so, mal so und betastete die Umrisse ihres Pistölchens. »Raus damit«, sagte sie. Er war ganz verblüfft, ein Chorusgirl so entschlossen, so dreist zu finden – »Raus damit« sagt man in Amerika *nicht.* Sie übersetzte hastig: »Sagen Sie mir doch, was Sie zu sagen haben, daß wir's hinter uns bringen.«

»Meine Mutter hieß Leonora«, sagte er. »Ich habe Sie auserwählt, mein Kind zu gebären.« Er muß seine Mutter gern gehabt haben, der sentimentale alte Knochen. Er drückte auf einen Knopf an seinem Schreibtisch, und Noras Stuhl fiel in sich zusammen. Sie war höchst überrascht. Die Lehne senkte sich, der Sitz schoß vor, das Ganze verwandelte sich in eine Chaiselongue, und sie lag wie hingeschleudert da, die Beine in der Luft. Während sie an ihrer Handtasche rumgefingert hatte, muß sie die Sicherung gelöst haben, denn die Pistole ging los – die Tasche war ruiniert – und schoß ein Loch in eine Orchideenvitrine. Die Sekretärin trommelte an die Tür: »Ist alles in Ordnung, Mr. Khan?«

Nora hatte seitdem immer Respekt vor Dschingis, weil er bloß die Pistole anschaute, Nora anschaute, die Sprechanlage anknipste und der Sekretärin sagte, alles sei in schönster Ordnung.

»Ich würde mich hier sehr viel wohler fühlen, Mr. Khan, wenn Sie Ihr Hemd wieder anziehen würden«, sagte sie, also tat er's, und dann brach etwas in ihm, er warf sich ihr zu Füßen, er sagte, es hätte ihm das Herz gebrochen, und er wollte sich an Melchior rächen und so weiter und so fort. Dann sagte er: »Na, wenn Sie nicht mögen, wie wär's dann mit Ihrer Schwester?« Dann sagte er, ob sie vielleicht wenigstens ein gutes Wort für ihn bei Daisy einlegen könnte?

Aber Dschingis war die Tageszeitung von vorgestern, was Daisy betraf. Sie schwor, sie würde Melchior heiraten, wenn es das Letzte wäre, was sie tat. Wir versuchten sie abzuhalten, aber sie hüpfte wieder in ihren weißen Roadster, sobald sie ihre Lachssemmel intus hatte, und röhrte davon Richtung Hazienda Hazard.

»Sie ist total fertig«, sagte Nora. »Meinst du, Dora, wir sollten auch hingehen und zusehen, daß alles stimmt mit ihr?«

Ich streckte die Hand nach dem Telephon aus. Taxi!

»Aber ja«, sagte ich. »Aber ja, verdammt, das seh ich mir an, da hält mich keiner davon ab.«

Zufällig hatte sich an diesem sonnigen Morgen die gesamte englische Kolonie bei den Hazards versammelt, um eine Kiste Räucherhering zu verzehren – Kippers, die genau wie wir mit dem Super-Chief angekommen waren; und nach dem Brunch wollte man auf dem weiten Rasen eine Partie Cricket spielen. Alle waren sie da, in dem großen Speiseraum im Santa-Fé-Stil, tändelten mit den Gräten und strichen sich Cooper's Oxford-Orangenmarmelade auf den Toast, die Herren mit Monokel, die Damen in Handschuhen, während Lady A. hinter einer großen silbernen Teekanne präsidierte.

Auftritt Daisy.

Sie kam auf der Auffahrt nicht rechtzeitig zum Stehen, und der Wagen pflügte noch ein Stück durch den Cricketrasen und schmiß ein Mal um. Dann platzte sie durch die Fenstertür, sie fiel nach allen Seiten aus dem Nachthemd raus, das Haar stand ihr wie ein Wollknäuel, an dem die Katzen zugange gewesen waren, um den Kopf. Außerdem erkannte man sie gar nicht recht ohne Make-up, unter all der Kriegsbemalung war sie einfach ein kleines Ding wie viele andere.

Lady A. war's, die mir leid tat. Ich brachte es sogar fertig, damals, Imogen und Saskia ein wenig zu bemitleiden. Die Mädchen hingen am Rock ihrer Mutter (sie trug ein wunderschönes wadenlanges rosageblümtes Crêpe-de-Chine-Kleid mit Fichu, dazu einen breitrandigen Strohhut mit altrosa Band), zu erschrocken, um zu weinen, zu sehr überwältigt von dem Schrecken – die Verrückte in der Unterwäsche, das Geschrei, die Tränen, die Vorwürfe. Inzwischen verzehrte die englische Kolonie, durch nichts aus der Ruhe zu bringen, die letzten Bissen Kipper und legte Messer und Gabel säuberlich auf die Teller.

»Was für Kippers, Attie! Superb. Ganz wie zuhaus.«

»Reizendes Frühstück, Attie. Muß mich jetzt sputen!«

»Liebling, Tschüßchen. Vergiß nicht, nächste Woche bei uns. Roastbeef!«

Sie entschuldigten sich und gingen; man hätte nicht glauben sollen, daß die ganze Zeit über Daisy tobte und raste, wobei sie unzählbare Variationen des Themas »Es ist dein Kind!« improvisierte. »Es ist deins, ich schwör es! Deines! Dieses Kind hat ein Anrecht auf einen Vater!«

Nora und ich mußten uns an den Händen halten, und Melchior anzuschauen, das hätten wir nicht ertragen. Die Lady A., zu englisch oder zu verlegen, um die Rechte ihrer eigenen Kinder zu erwähnen, drückte die Mädchen kurz und sagte:

»Jetzt lauft mal nach oben und schaut nach, was Nanny macht.«

Sie trugen weißen Organdy. Saskia hatte eine rosa Schärpe um, Imogen eine blaue. Die Haare waren zu Zöpfen geflochten. In dem Alter haben wir unsere Omma ernährt.

»Nun lauft, seid liebe Kinder«, sagte Melchior gestreßt.

»Haut ab!« sagte Daisy drohend.

Die Lady A. befühlte die Teekanne. Offensichtlich war die Temperatur nicht mehr zufriedenstellend. Sie klingelte.

»Sicher würde uns allen eine Tasse Tee jetzt guttun.«

Das stoppte Daisy. Sie rollte die Augen.

»Das *glaub* ich einfach nicht!«

Und setzte sich plötzlich mit einem langen, zischenden Seufzer auf das Chintzsofa, als ginge die ganze Luft aus ihr raus. Sie war erstmal ruhig. Die Lady A. streckte meiner Schwester und mir die Arme entgegen.

»Nora ... Dora ... Wie reizend, euch zu sehen!« Sie roch nach Arpège. Das ist auch noch ein Grund, weshalb wir die alte Flunder ins Haus genommen haben, weil sie uns damals umarmt und jeder einen Kuß auf die Wange gegeben hat, als gehörten wir zur Familie. Dann ließ sie sich von Daisy Duck den Mann wegnehmen. Sie kämpfte nicht einmal. Sie lächelte tapfer und ließ ihn gehen. Als die Schatten lang auf dem Rasen lagen, war schon alles geklärt. Eine rasche mexikanische Scheidung für beide Teile, in den Drehplan eingeschoben, während man die Partien mit Hermia, Helena, Lysander und Demetrius abdrehte, und dann konnten Oberon und Titania sich legal vermählen. Man nennt das ganze »serielle Monogamie«. Daisy nahm uns in ihrem Wagen mit zurück und setzte uns am Forest of Arden ab, sie plante bereits ihre nächste Hochzeit. Sie wollte uns als Brautjungfern haben, aber wir sagten: schlechter Stil.

Das war's also.

Ich glaube schon, Melchior meinte zu wissen, was er tat, als er auf so spektakuläre Weise einen fliegenden Wechsel hinlegte – ich glaube, er dachte, nicht nur eine Hollywood-Connection zu heiraten, sondern Hollywood selbst, die ganze Traumfabrik, und so die hauptsächliche Traumproduktion der ganzen Welt zu übernehmen. Shakespeares Rache für den Unabhängigkeitskrieg. Wenn Melchior mal die Kontrolle dieser unglaublichen Maschinerie hatte, würde er den ganzen Globus überschatten.

Und jetzt, wo ich drüber nachdenke – sein Vater ist in Amerika dahingegangen, nicht wahr? Hatte das nicht auch etwas mit seinem Ehrgeiz zu tun, der nun auf dem Höhepunkt angelangt war? Er war besoffen vom Ruhm. Den *Traum* überließ er weitgehend sich selbst, den Einfällen von Mr. Wimperntusche, den Interventionen von Dschingis. Er war sich sicher, daß dem Film nichts geschehen, daß Melchior Hazard keinen Fehler machen konnte.

Aber irgendein sechster Sinn sagte mir, daß wir schon

vor einiger Zeit die haarfeine Linie, wo der Achtungserfolg zum Flop wird, überschritten hatten; jetzt bewegte sich die ganze Produktion schneller und schneller aufs Desaster zu.

Aber was war mit Dschingis?

»Du kannst dich doch mit Dschingis arrangieren«, sagte ich. »Er will dich schließlich zur Mutter machen.«

»O nein, ich kann mich mit Dschingis bestimmt nicht arrangieren. Tony würde mich umbringen. *Du* kannst das machen. Der merkt nie den Unterschied.«

»Und der arme Irish?«

»Ich dachte, du siehst Irish nicht mehr. Ach komm, Dora, das packst du doch. Meiner Meinung wird Dschingis anrufen und der von uns, die grade hingeht, einen Antrag machen, und zwar in« – sie schaute auf die Uhr – »etwa einer Viertelstunde, sobald Daisy heimkommt und ihm sagt, daß er jetzt zweite Liga spielt.«

Und so war's auch. Ich wollte nicht, aber Nora war unerbittlich. So merkte ich, daß sie wirklich verliebt war.

Wir beschlossen, alle drei Verlobungen – Daisys mit Melchior, meine mit Dschingis, Noras mit Tony – auf der Party zum Abschluß der Dreharbeiten im »Wald bei Athen« bekanntzugeben. Ich schickte Omma ein Telegramm: »Werde den mächtigsten Mann in Hollywood heiraten, sobald seine Scheidung durch ist.« Ich hatte bei Shakespeare nachgeschlagen – ich erkannte nun das Spiel, das Nora und ich schon einmal romantisch durchgespielt hatten, wieder: Jetzt brachten wir das Motiv von der Ersatzbraut (*Maß für Maß; Ende gut, alles gut*) als Farce. Ich wollte nicht. Ich brach auf dem Postamt zusammen, als wir das Telegramm aufgaben. Aber Nora ließ mich nicht entwischen. Ganz so hatte ich sie noch nie erlebt. Sie sagte, wenn die Dreharbeiten fertig wären, würde sie zum Unterricht bei einem Priester gehen. »Es ist eine sehr gläubige Familie, Dora.«

Sie schickte Omma auch ein Telegramm. »Werde den wunderbarsten Mann der Welt heiraten, sobald ich katholisch geworden bin.«

Er rief jeden Abend an, wenn wir von der Arbeit kamen; er schnatterte in undurchdringlichem Sizilianisch auf sie ein, und sie verstand kein einziges Wort, aber stand errötend da, während er mit ihr redete. Sie sah dann sehr hingegeben und lustvoll aus. Sie hielt den Hörer so zärtlich fest, als wär's sein Schwanz, aber *den* ließ sie jetzt in Ruhe. Es sollte eine Hochzeit ganz in Weiß sein. Mir fehlten die Worte.

Die Public-Relations-Jungs des Studios holten gewaltig aus wegen mir und Dschingis. Hedda Hopper deutete kokett eine Romanze an. Man streute Gerüchte über geheime Rendezvous und intime Abendessen aus. Die ganze USA fragte sich: Wird dieser Kinomogul der kleinen Miss Niemand aus Nirgendwo, England, einen Antrag machen? Louella Parsons brachte einen Artikel über Mrs. Khan Nummer eins, die arme alte Brooklyn-Gattin: »Ich wußte, das mit Delia konnte nicht lange dauern, aber ich habe gedacht, daß er am Ende zur Vernunft kommt und zurückkehrt zu mir.« Louella brachte einen Artikel über mich: »Ich denke an eine Garderobe in Beige und Ecru.« Sie brachte ein Bild von mir, bloß war's aus Versehen eins von Nora. *Photoplay* brachte eine Doppelseite. Hedda Hopper schlug sie alle und brachte ein Exklusivinterview mit Dschingis: »Meine englische Rose – Diesmal ist's für immer, sagt Mr. Hollywood.«

Dschingis und ich waren zwei scharfe Turteltäubchen auf dem Papier. Real nicht. Jetzt, wo ich seine Verlobte war, wurde ich von weitem verehrt – nix lief, ehe ich den Ring am Finger hatte, erklärte er, und ich wollte ihm da nicht widersprechen. Ich machte ganz automatisch weiter, ich hatte das Gefühl, keinen eigenen Willen mehr zu haben. Ich tat, was Nora wollte, weil ich sie am meisten liebte.

Das Telephon klingelte jetzt auch für mich jeden Abend. Ein Phantomanrufer. Nur schweres Atmen und manchmal ein Schluchzer, manchmal ein Laut, als hätte jemand zu reden begonnen und es dann verschluckt, weil er nicht wußte, was er sagen sollte. Ich hatte die Gattin aus Brooklyn geerbt. Ich sah den Regenmantel durchs Studio huschen, ich spürte unsichtbare Augen.

Ich wartete auf ein Zeichen von Omma, einen Brief, ein Telegramm. Nichts lief. Ich wartete vergeblich, aber ich wartete trotzdem immer noch, weil ich wußte, was drinstehen würde. »Laß die Finger davon, Mädel. Das klappt nie. Komm heim.« Aber jetzt steckte ich so tief drin in der ganzen Verwicklung, daß ich aus Eigenem nicht mehr raus kam. Ich erzählte meinem Deutschlehrer alles. »Auf, heiraten Sie ihn«, riet er mir. »Heiraten Sie ihn und ruinieren Sie ihn. So macht man das. Scheiß auf die Bourgeoisie, so heißt die Parole.« Es war eine atemberaubende Aussicht. Hatte ich das Temperament zu einer Delilah?

Wenn ich je mal zufällig im Studio Irish traf, dann wandte er sich weg.

Und Gott allein mochte wissen, wo Peregrine abgeblieben war.

Daisys geliebte Katze fing jetzt an, auf meinem Stuhl zu schlafen. Diese Katze spürte instinktiv, daß Dschingis' Zukünftige wohl eine verläßlichere Katzenfutterquelle sein würde als die von Melchior. Nicht, daß man eine besonders intelligente Katze hätte sein müssen, um vorherzusehen, wieviel Geld der *Traum* in den Sand setzen würde.

Wir drehten ganz zum Schluß die Szenen mit den ungehobelten Handwerksmeistern ab. Die waren auch katastrophal, weniger ungehobelt als biederstes Handwerk, nicht mal das. Roboter. Leblos. Es gibt da so eine Ehrfürchtigkeit, die kriegen die Jungs von der Klamottenbrigade nicht aus der Stimme, wenn's um Shakespeare geht, und das legte diese ganzen Szenen flach, obwohl Melchior persönlich den ungehobeltsten Mann in ganz England als Zettel importiert hatte.

Jawohl! Gorgeous George.

George war berühmter und immer berühmter geworden, seit Nora und ich zum erstenmal seine Nummer gesehen hatten, auf dem Pier in Brighton. »Der erste Komiker des Empire.« Er löste einen regelrechten Aufruhr aus, als er bei der Royal Variety Show vor der königlichen Familie ein paar Kartoffeln hochhielt und sachlich den Namen der Sorte nannte: »King Edwards.« Das war kurz vor der Abdankung. Peregrine hatte da eine Theorie und überzeugte schließlich auch seinen Bruder davon: die komischen Rollen bei Shakespeare waren ursprünglich für anzügliche Alleinunterhalter vom Schlage Georges geschrieben. Melchior war Feuer und Flamme. Zuerst wollte er, daß George sich irgendwie ausziehen sollte, damit die Zuschauer, Originalton Melchior, an das wesentlich *Englische* von Shakespeare erinnert würden, aber es war Peregrine gelungen, seinem Bruder klarzumachen, daß Zettel schließlich ein Bürger des antiken Athen sein sollte und insofern kaum eine Karte der britischen Inseln eintätowiert haben dürfte, von Afrika auf dem Bauch ganz abgesehen. Sie ließen ihm aber die berühmten Knickerbocker – die waren zumindest im Vereinigten Königreich berühmt und sollten, meinte Melchior in seinem Wahn, bald auch in den USA berühmt sein.

Da hatten wir also George in seinen Golfklamotten mit den entsprechenden Tretern, ganz Rosa und Purpur, hätte in Technicolor gefilmt werden sollen, man mußte lachen, wenn man ihn nur ansah, aber wenn er den Mund aufmachte, wischte er einem sofort das Lächeln vom Gesicht. Er war wie ein nobler alter Wein, zumindest in einer Hinsicht: Er ließ sich nur äußerst schwer transportieren.

Sobald er aus seiner Heimat raus war, war er nicht mehr komisch. In Kalifornien war er nicht mehr anzüglich, er war bloß noch geil. Dschingis-Khan sah die Probeaufnahmen und begann zu toben – nicht seine Vorstellung von einer Klassenummer, meine Herren! Also wurde Zettels Rolle zusammengeschnippelt, bis er fast nur noch so wenig wie Daisy zu tun hatte, und er lief mit etwas konfuser Miene herum, als wüßte er nicht recht, was er mit sich anstellen sollte, wenn niemand über ihn lachte.

Der Versuch von Gorgeous George, zum internationalen Star zu werden, fiel in sich zusammen. Melchior zermarterte sich das Gehirn und hatte schließlich folgende Idee: Überall ringsum gucken Elfen aus dem Laub und schauen Zettel zu, man ging dann davon aus, wenn die Zuschauer die ganzen Elfen lachen sehen, würden sie sich vielleicht auch dazu herbeilassen, mal ein wenig zu kichern. Aber es war verdammt harte Arbeit, sag ich Ihnen.

»Thisbe«, sagte Zettel, »wie eine Blum' von Lüften duftet süß –«

»Düften! Düften!« brüllte Melchior durch seine Flüstertüte. Er sah schick aus in seinen Schlagenhautstrumpfhosen; er war schon für die Party nachher angezogen, und in früheren Tagen wäre George gleich eine flotte Antwort eingefallen, das kann ich Ihnen sagen, aber jetzt war der arme George mit den Nerven fertig. Ich dachte: das arme Schwein ist auf dem absteigenden Ast, er hätte nie nach Hollywood kommen sollen.

»Thisbe, wie eine Blum' von Düften duftet süß –«

Er muß sich gedacht haben: Scheiß auf den ganzen Plunder! Weil plötzlich etwas von dem alten George in seinen mittlerweile fahlen Zügen aufblitzte. Seine Augenbrauen zuckten, und er wackelte mit dem Arsch, als wär er schon in einen Esel verwandelt. Er ließ seine Zeile im großen Stil von der Zunge rollen, und er sprach das

»Düften« mit seiner ganzen Kraft der Zweideutigkeit. Ich errötete. Perry hatte noch eine andere Theorie: Daß ein wirklich großer Komiker eine Wäschereirechnung obszön klingen lassen konnte. George war groß in diesem Augenblick.

»– Düften duftet süß –«

»Aus!« schrie Melchior weiß vor Wut.

Ein elendes Geschäft, die Sache war erst nach sieben Uhr im Kasten, aber konnten wir uns dann vielleicht zu einem heißen Bad und einem kühlen Drink nach Haus zurückziehen? Denkste. Die Türen flogen auf, und herein kam ein ganzer Fackelzug, diese gottverdammten Lautenzupfer wieder mal, wie immer im Kostüm, dazu die gesamte Englischfakultät von der UCLA in ihren akademischen Roben und ein hundertstimmiger Knabenchor, extra für diese Gelegenheit angeheuert, der im Diskant piepte: »The Boar's Head in Hand Bear I.«

Die kamen also alle rein, dazu ein elisabethanisches Bankett, aufgetragen von massiven Mannsbildern mit buschigen Augenbrauen, die Hemden bis zur Hüfte geschlitzt und mit Kniehosen – stellte sich heraus, daß Tonys Onkel die Sache übernommen hatte, nicht ganz der Jahreszeit entsprechend, mit ziemlich viel Knoblauch und Marinarasoße. Die Elfen trabten en masse zur Bar und fingen an, sich methodisch abzufüllen. Nanny kam, um Saskia und Imogen abzuholen, weil die Lady A. dachte, es wäre unüberbietbar geschmacklos, wenn die Mädchen bei der Verlobungsparty ihres Vaters anwesend wären, und Imogen ging auch still, aber Saskia heulte und hängte sich ans Bein ihres Vaters, bis Daisy die Geduld verlor und zischte: »Hau ab, du Gör!« Saskias Augen sprühten Feuer, aber was wollte sie machen? Sie war erst zwölf und hatte keine Rechte.

Dann kam Irish an, der schon länger auf Sauftour gewesen sein mußte, weiß im Gesicht und mit roten Augen und nur noch mit äußerster Anstrengung aufrecht – und er drückte mir sein vergiftetes Geschenk in die Hand, die Fahnen seiner *Hollywoodelegien*, mit der Widmung an seine »vergoldete Fliege«, unterzeichnet mit vollem Namen, Gottseidank, hab's letzten Winter bei Sotheby's verkauft, als es mit der Stromrechnung etwas eng wurde.

»Wenn ich ne Fliege bin«, sagte ich zu ihm, »was bist dann du – Fliegenpapier?«

Dann, ich hab doch ein großes Herz, stellte ich ihn der Helena vor. Sie kam aus einer Theatertruppe von der Ostküste, Abschluß am Bryn Mawr College, Anglistik, kaum gefahren, nur ein vorsichtiger Freund bis jetzt. Ich wünschte dem armen Irish nichts als Glück. Ich hatte ihn wirklich sehr gern. Aber was er haben wollte, war die sich ewig erneuernde Jungfrau – eine, der er's jede Nacht besorgen konnte, und die am Morgen wieder unberührt war. Mein Deutschlehrer sagte, es sei dies ein im Grund metaphysisches Bedürfnis, und ich pflichte ihm bei. *Seine* Bedürfnisse waren viel einfacher, und wir trennten uns als Freunde.

Journalisten mit Hüten auf kamen rein. Nutten, Schauspielerinnen und Ehefrauen in Satinkleidern kamen rein. Die englische Kolonie, vollzählig, mit Handschuhen und Perlenketten, kam rein. Ein komplettes Swingorchester kam rein, der Chef im Smoking und mit Taktstöckchen, die fingen gleich an, gegen die Zupfbrigade anzutreten – Dschingis gestand, daß ihm die Lautenmusik bis *hier* stand. Tony kam rein in nem hübschen schwarzen Anzug mit schwarzem Fedora, und Nora lief kichernd und errötend an seine Seite. Ein italienischer Tenor kam mit einer Mandoline rein und sang »Komm zurück nach Sorrent«, ein Kontrapunkt mit hoher Stimme zu »Satin Doll« von der Swingband und dem Lautenorchester, das sich immer noch tapfer an »Fine Knacks for Ladies« hielt, während Gorgeous George, der sich mit einem tiefen Zug gestärkt hatte, einen Refrain »Rose of England« versuchte, etwas aggressiv, etwas verlegen.

In jenen Tagen – Irishs abschreckendes Beispiel vor der Nase – war ich sehr enthaltsam, aber als Dschingis-Khan eine kleine Schachtel aus der Reithosentasche zog und mir den Ring darin zeigte, dachte ich: Wenn ich mich heute abend nicht betrinke, bring ich mich um.

Es war kein Diamantring so groß wie das Ritz, bloß so groß wie das Algonquin. Er wirkte wie ein Schlagring an meiner Hand, als wir unter einer Blitzlichtexplosion einen Foxtrott zu tanzen begannen. Mein Kinn rutschte über seinen Kopf, er trat mir auf die Füße – er schaute nicht, wo er hintrat, er starrte hilflos Daisy in ihrem Titaniakleid an, die an Melchior hing wie die Schale an der Banane. Ich versuchte zu lachen, aber es kam recht trocken raus. Ich war traurig.

Traurig. Mehr nicht, bloß traurig. Von einer Tragödie wollen wir nicht reden. Nur Tod vor der Zeit ist eine Tragödie. Und Krieg – ehe wir's uns versahen, sollten wir einen um die Ohren haben; tauschen wir die Komödienmasken gegen die mit den heruntergezogenen Mundwinkeln und schließen wir das Theater, denn ich weigere mich glatt, in einer Tragödie mitzuspielen.

Tragödie war's also keine. Aber ich mußte doch irgendwie an den blonden Tenor denken und das letztemal, als ich mit Nora die Betten getauscht hatte, das machte mich sentimental. Und ich glaube fast, der alte Dschingis meinte, es bräche *ihm* das Herz, er schwankte, er stolperte, ich führte, ich steuerte ihn weiter, vorsichtig zwischen den riesigen Fingerhutstengeln hindurch, den aufgeschwellten Gänseblümchen, den gemeinen Kastanien auf dem silbrigen Kiesboden. Dschingis tätschelte meinen Po, aber ich wußte, er war nicht mit dem Herzen dabei; er schaute Daisy an und brannte vor Rachelust.

Hoff auf das Beste, rechne mit dem Schlimmsten, ganz recht, Omma. Ich hoffte, Dschingis würde am Ende denken, daß er sich schon genügend gerächt hatte, indem er die Tochter von Daisys Liebhaber geheiratet hatte – ich hoffte es wirklich, ich hab immer viel für Daisy übrig gehabt. Aber ich dachte mir, in Wirklichkeit wird es so kommen, daß er die beiden fertigmacht.

Hoch über den Köpfen der Festesmenge sah ich die Stachelkrone, die mir zeigte, wo mein Vater war. Hin und her, perfekter Gastgeber, die Liebenswürdigkeit in Person. Ich erhaschte einen kurzen Blick auf Irish: Helena half ihm aus der Manege. Da ahnte er nicht, daß sie sich einmal selber spielen würde, in dem Film über seine letzten Jahre; weiß nicht mehr, wer mich gespielt hat. So ein angemaltes Flittchen. Der arme Irish hatte nicht mehr viel Zeit vor sich. Kippte bei der Premiere des *Traums* um, vor Graumann's Chinese Theater. Pumpe im Eimer. »Kein Grund zur Aufregung«, hieß es, als man ihn aus dem Weg trug und die Stars kamen, »nur ein Autor.« Dann kamen die *Hollywoodelegien* raus, aber was bringt ein postumer Pulitzerpreis? Ross O'Flaherty, R. I. P.

Ich sah meinen Deutschlehrer, der sich uneingeladen eingeschlichen hatte; er sah wie üblich ausgehungert drein. Er hielt irgendeinen Verwaltungslächler am Arm fest und redete scharf auf ihn ein. Droll kam vorüber und betatschte mich. Der Lärm, der Qualm, der Knoblauch, die grellen Lichter fingen an, mich aufzulösen. Vom Alkohol nicht zu reden. Nora kam mit Tony vorbeigewalzt, sie hing eng an ihm; die Augen waren geschlosen, auf den Lippen lag ein verträumtes Lächeln. Ich kotz jetzt gleich, dachte ich. Der Einfluß von Irish, ich hatte mich vorher noch nie auf einer Party übergeben.

Ich saß eine Weile auf der kühlen weißen Toilette und lauschte dem sanft plätschernden Gegurgel des Wassers im Kasten, das mich beruhigte. Ich betrachtete mich im Spiegel und sah, daß meine Augen glänzten, als hätte ich mir irgendwas eingepfiffen, strahlend wie der Diamant, für den ich mich, wenn wir mal ehrlich waren, verkauft hatte. Mein Herz schlug, klopf! klopf!, und es schauderte mich. Ein Trupp würgender Elfchen brach durch die Tür und beendete meine einsame Unruhe, aber ich war noch nicht in der Lage, auf die Party zurückzugehen und mich Dschingis' feuchten Händen auszusetzen, dem leeren Triumph meines Vaters, dem bewußtlosen Entzücken meiner Schwester, der Verachtung von Irish und dem Zynismus meines Deutschlehrers, den er gesunden Menschenverstand nannte – und wenn ich auch im Inneren wußte, daß er als einziger von ihnen allen etwas vom Leben begriffen hatte, war ich nur ein junges Mädchen und wollte ihm nicht glauben. Ich hab damals nie Nachrichten gehört.

Ich tat mir so was von leid, ich kann's Ihnen sagen, daß ich ein bißchen in diesem dichten künstlichen Wald herumstreifte, und die Musik und die Stimmen drangen seltsam verändert durch die bizarren Schatten, und alles fing an, merkwürdig auszusehen. Ich schlug mir das Knie an einem Tautropfen an, und während ich die Stelle rieb, teilte sich das Laub.

Ich dachte, ich müsse verrückt geworden sein.

Ich sah meine Doppelgängerin. Ich sah mich, mich selbst, in meinem Bohnenblütenkostüm, lebensgroß, wie ein Blick in den Spiegel.

Zuerst dachte ich, es sei Nora mit irgendeinem meschuggenen Plan, aber die Erscheinung legte den Finger an die Lippen, daß ich nichts sagen sollte, und da roch ich einen Hauch von Mitsuko und erkannte, daß es ein Replikat war. Ein handgefertigtes Replikat nach Maß, ein Wunder der kosmetischen Chirurgie.

Welche Mühe sie sich gemacht hatte! Sie hatte sich die Nase kürzen lassen, die Titten straffen, den Po heben, sie hatte sich die Pfunde des mittleren Alters abgehungert und wegbekümmert. Die hinteren Backenzähne waren gezogen, daß die Wangenknochen stimmten. Ihr Gesicht war so stramm geliftet, daß die Ohren irgendwo oben am Kopf sitzen mußten, aber die Perücke verbarg das Gott sei Dank. Und nach alledem sah sie sehr lebensecht aus, muß ich sagen, wenn auch nicht, bei genauerem Hinsehen, so sehr wie *ich*, mehr wie eine verschwommene Photographie oder die Skizze eines Malers, und, arme Alte, man konnte immer noch die Flecken unter der Max-Factor-Schminke sehen, mochte sie sie noch so dick auftragen, und die Narben da, wo die Ohren hätten sein sollen. Ach Gott, muß das weh getan haben! Glück für sie, daß wir so ziemlich gleich groß waren, Daisy war ganz kurz geraten.

Vor mir stand die verschmähte einstige Mrs. Khan, die ihren Mann so sehr liebte, daß sie bereit war, sich um seinetwillen in eine ganz gut gelungene Kopie seiner Geliebten zu verwandeln.

»Wieviel wollen Sie?« fragte sie. Ich hatte diese Stimme so oft gehört, wie sie verzweifelt ins Telephon geatmet hatte. Ich war richtig bewegt, sie endlich sprechen zu hören.

»Wieviel will ich wofür?«

»Meinen Mann zurück.« Ihre Lippe zitterte, ihre Lider zuckten. Man stelle sich mal vor, daß sich jemand so viel Mühe macht wegen einem Mann! Mein sentimentales Herz schlug für die alte Fregatte. Sollte man's glauben, sie liebte ihn wirklich.

Dann ertönte ein lauter Lärm, der die Geräusche der Party verdrängte – Dschingis mit dem Megaphon, er rief nach mir.

»Dora! DORA!«

All die Lauten fingen an zu klimpern, und, mein Gott! sie spielten den Hochzeitsmarsch. Wenn sich ihr Gesicht zum Weinen hätte verzerren können, jetzt wär's geschehen, aber es war zu straff gespannt.

»Ich dachte, es sei eine Verlobungsparty«, schrie sie klagend, »keine Hochzeitsparty!«

»Ich auch!« rief ich. Ich geriet in Panik. Ich dachte nicht lange nach. Ich zerrte mir diesen Diamantenprügel wie eine glühende Kohle vom Finger. »Hier. Ziehen Sie den an. Gehen *Sie* raus und heiraten Sie ihn. Auf geht's. Sie haben's doch schon mal gebracht, oder? Aber ich würde mir an Ihrer Stelle rasch noch einen Schleier besorgen.«

Ich glaube, sie hat es zuerst nicht geglaubt. Sie drehte und drehte den Ring zwischen den Fingern hin und her, die Hände hatten runzlige und fleckige Rücken, mit Händen läßt sich kosmetisch echt nichts anstellen, aber es war keine Zeit mehr, ihr ein Paar Handschuhe zu organisieren, hoffen wir, er schaut nicht zu früh hin. Sie schaute mich mit höchst merkwürdiger Miene an, ich begriff zuerst nicht, was los war, aber dann, sie hatte ja sozusagen kein eigenes Gesicht mehr, nicht wahr, merkte ich schließlich, daß sie mich anlächelte.

»DORA!!!«

Um uns her schwankten und klingelten die Tautropfen, so laut war sein Schrei. Sie tupfte mir rasch ein Küßchen auf die Wange. Dann rannte sie los, hab noch nie eine Frau sich so rasch bewegen sehn, kein Dankeschön, kein Blick zurück – weg, ehe ich mir's anders überlegen könnte. Und das war meine engste Berührung mit der Ehe, danke sehr.

Ich dachte, ich zieh mir besser was Unauffälliges an, weil es unter den Umständen nicht so gut gewesen wäre, wenn *drei* Chance Sisters rumgelaufen wären, also ging ich in

Richtung Ausgang, als ich über Zettel stolperte, voll drüber, fiel flach hin.

Zettel war der Welt gestorben, der spürte nichts mehr, hatte endlich die Plagen und Demütigungen der letzten paar Monate vergessen und würde seinen Eselskopf nicht brauchen. Ich zog ihm auch die Knickerbocker runter und sein Jackett, so legte ich unwillkürlich das ganze britische Empire frei, all das Rosa auf seinem Körper, von den ganzen Barbarenstaaten nebenan zu schweigen. Ich wollte die Schande unserer Nation nicht öffentlich werden lassen, also rollte ich ihn unter einen künstlichen Busch, pflückte ein paar künstliche Blätter ab und bedeckte ihn mit Laub. Es war wie das Ende von irgendwas, als ich das tat, aber ich hatte nicht die Zeit, mir zu überlegen, wovon wohl.

Ich habe mich schon oft fix umgezogen, in den Kulissen, bei der Panto, in den Revuen, aber so schnell niemals. So kam es, daß ich als Zettel der Weber, in Knickerbockern und mit einem Eselskopf, zu meiner eigenen Hochzeit ging. Ich fing langsam an, die komische Seite des Ganzen zu sehen. Man sieht sich nicht jeden Tag beim Heiraten zu.

Es war eine seltsame Nacht! Und seltsamer noch, weil ich mich nie genau erinnere. Es scheint nie zweimal ganz dasselbe in meiner Erinnerung. Es verzerrt sich. Bedenken Sie, ich stand zwar aufrecht und war bei Verstand, aber halb knülle war ich immer noch, oder mehr als zur Hälfte; alles schien körperlos, fern, eigenartig. Das Blechdach über unseren Köpfen schien aufgesprungen und verschwunden zu sein, denn es war der richtige schwarze Himmel dort droben, obwohl die Mondsichel aus bemaltem Sperrholz war und hin- und herschwang, Droll saß drauf und schaute pfiffig drein. Das Swingorchester war wieder dran, pizzicato, und Puck sang mit diesem hohen Sopran, bei dem man dachte, man sei schon tot und im Himmel:

It's only a paper moon,
sailing over a cardboard sea,
But it wouldn't be make-believe,
if you'd believe in me …

Ein kräftiger Wind ließ die starren Zweige klappern, aber ich glaube nicht, daß er aus der Windmaschine kam, weil er die ganze würzigmilde Taufeuchte der kalifornischen Nacht durchs Studio blies.

Und ich erinnere mich nicht mehr an das Studio *als* ein Studio, es war ein richtiger Wald, gefährlich, unbehaglich, mit richtigen stählernen Stacheln an den Kastanien und Dornen an den Sträuchern, und doch sah alles aus wie unwirklich und angestrichen, und das verblüffende Mondlicht goß sich wie Milch ins Unterholz, als sei »Hollywood« der Name des verzauberten Waldes, in dem man sich verliert und sich wiederfindet, des Waldes, der einen verändert, des Waldes, in dem man wahnsinnig wird, des Waldes, wo die Schatten länger leben als man selber.

Heute, nach einem halben Jahrhundert und mehr, würde ich vielleicht denken, ich hab diese Nacht nicht erlebt, nur geträumt, wenn die Photos nicht wären. Sehen Sie? Hier haben wir Zettel, umarmt von –

Da haben wir's wieder! Ich kann einfach nicht der Reihe nach erzählen, was? Betrunkene Alte verliert Kontrolle über Gang der Handlung.

Wo war ich stehengeblieben?

Da war ich – eine, einer in der Menge, unter den Elfen, Kobolden, Geistern, Mäusen, Karnickeln, Dachsen und so weiter und so fort, die sich um die Bräute drängten, die alle drei ein wenig überrascht schienen, sogar ein wenig unangenehm überrascht, daß die Eheschließung jetzt so spontan und unerwartet stattfinden sollte, und aufgeregt aufeinander einredeten, während Dienstpersonal hin und her wetzte, das Unterholz zur Seite drängte, um eine etwas kirchlichere Atmosphäre zu schaffen, und große Gebinde von Lilien mit Schleierkraut und Satinschleifen aufstellte. Ein paar Garderobengirls kamen angerannt, mit Brautschleiern und Orangenblütenkränzen, also gab's ein längeres Anprobieren, während die drei Bräutigame in einer Männergruppe zusammenstanden, sich räusperten, an den Zigaretten zogen und besorgt ausschauten.

Dann kam es zu einem Zwischenfall. Eine kleine alte Dame, die ich noch nie im Leben gesehen hatte, stand plötzlich da, wie aus einer Falltür im Boden hervorgesprungen, mit einem Pantomimen-Donnerschlag. Tony war ganz grau vor Schock. Sie hatte einen langen schwarzen Mantel an und einen dicken schwarzen Schleier, und sie warf die Arme um Tonys Hals und brach in eine Flut von Tränen und italienischen Ausrufen aus, er ebenso. Die alte Dame löste den Clinch lang genug, um Nora anzuschauen, wenn Blicke töten könnten!, und dann ging's wieder weiter mit ihr und Tony, daß Nora errötete und sich hinter ihrem Schleier versteckte. Dann ließ Tonys Mamma – denn die war's, eben aus Little Italy eingetroffen – ihn los und fing an, ihm eine lange drohende Rede zu halten. Daisy nahm unterdessen einen verstohlenen Schluck aus einem silbernen Flachmann, während die Ersatzdora sich klugerweise mit dem dichtesten Schleier versehen hatte und nun auf einem Tautropfen saß und ihren Augenblick abwartete.

Dann fingen die Lauten zu spielen an, »Home on the Range«, ausgerechnet.

Klipp-klapp, klipp-klapp, klipp-klapp.

Vorsichtig durch den ganzen Partyabfall auf dem Boden schreitend, bahnte sich nun das größte weiße Pferd, das ich je gesehen habe, den Weg auf die Szene, und obendrauf saß der größte Cowboy mit dem allergrößten gottverdammten weißen Hut und einem karierten Hemd mit einem silbernen Stern am Revers. Dschingis-Khan war beim Anblick des Cowboys hocherfreut, wie es schien, aber Melchior sah ganz grün aus. Tony wurde nun von seiner Mamma so eingedeckt, daß er nicht einmal zu dem Reiter hinsah, aber alle anderen lachten, jubelten ihm zu und klatschten, also rief ich auch I-ah und stampfte mit meinen Hufen.

Dschingis-Khan schaute stolz und verlegen drein. Diese unerwartete Cowboyhochzeit war seine eigene brillante Idee, wie's schien. Klipp-klapp, das Pferd hielt an. Der Cowboy sprach in breitestem nasalem Texanisch, das gerade vor der Selbstparodie haltmachte:

»Und wer von euch verdächtigen Sündern hier ist der Trauzeuge?«

Droll sprang elegant von seiner Mondsichel – ein Drahtseil half ihm – und schwang drei Fuß über uns in der Luft; er quiekte: »Das bin ich!«

»Und hast du auch die Ringe da, Sonny?«

Ein ungeheuerlicher Verdacht stieg in mir auf. Diese Stimme, diesen Riesenkörper kannte ich.

Droll zeigte eine Handvoll Gold her.

»Dann wollen wir mal!«

Alles tat meinen Augen weh, das Glitzern, das helle weiße Licht, aber ich wußte wohl, wer das war auf dem weißen Pferd. Es war –

»Alle Anwesenden mögen wissen«, rief der Cowboy mit lauter Stimme, »daß ich kraft der mir als dem Sheriff von Hazard County verliehenen Amtsbefugnis euch nun zu Männern erkläre – und zu Frauen. Ihr seid verheiratet.«

Tonys Mamma stieß einen schrillen Empörungsschrei aus. Zu spät. Drei Ringe glitten auf drei Finger. Drei Frauen schoben drei Schleier zurück. Ich konnte mir nicht helfen, ich fing an zu weinen. Ich gab so eine schöne Braut ab. Ich sah richtig strahlend aus. Ich weinte Gießbäche in dem Eselskopf.

Dann ergriff Tonys Mamma, kreischend und stotternd vor Wut, eine große Schüssel Marinarasoße – und leerte sie über Nora aus.

Blut auf dem Brautschleier! All die Tomaten, es sah aus wie ein Massaker. Mamma fiel rückwärts um, griff sich ans Herz. Ein Infarkt? Tony schrie auf und warf sich neben sie. Peng! Peng! Peng! Maschinenpistolenfeuer? Nein, nur eine Salve Champagnerpfropfen vom Büffet, sorgfältig vorbereitet, damit sie unisono losgingen, sobald das Eheband geknüpft war, aber *das* fanden wir erst später heraus, jetzt entstand erst die große Panik. Alle Anwesenden warfen sich platt auf den Bauch. Das weiße Pferd erschrak und stieg. Der Cowboyhut fiel herunter. Rotes Haar. Ich wußte doch, gleich vom ersten Augenblick an, daß es Peregrine war, aber Melchior fiel der Unterkiefer herunter, und Daisy brach zusammen. Pandämonium.

Das Auge schließt sich.

Ich wußte nichts mehr.

Ich hätte sicher hingehen sollen und Nora trösten, aber ich hielt's nicht mehr aus, ich hatte genug, ich drängte und stieß mich quer durch die Albtraumparty hinaus ins kühle, dunkle Freie und prallte direkt gegen, wurde beinahe umgeworfen von –

»Hören Sie mal, passen Sie bißchen auf«, sagte sie.

Meine Nase sog das Aroma ein, das ich unter allen Gerüchen der Welt am meisten liebte, das alle übertraf – diese vollendete Mischung aus Gin, Kohl, ältlicher Wäsche, Mottenkugeln.

»Omma!«

Blitz! Ein vorbeigehender Paparazzo machte ein Photo von einer alten Dame, die aussah wie der St.-Pancras-Bahnhof, monumental, altersgeschwärzt, voller bizarrer Details, wie sie verblüfft in den Armen einer Gestalt lag, die halb Mann, halb Esel war.

»Verdammte Scheiße, wer sind denn Sie?« fragte sie.

Sie schien allen zur Verfügung stehenden Raum einzunehmen, so daß in ganz Südkalifornien kein Platz mehr war für Unsicherheit und Angst. Sie hatte ihre Wachstuchtasche dabei, offenbar ihr einziges Gepäck. Daisys weiße Katze, die vorher auf einem Hügel wildem Thymian friedlich geschlummert hatte, kam nun wie der Kork aus der Flasche aus dem Irrenhaus hinter uns herausgeschossen. Sie hielt an, als sie Omma erblickte. Sie rieb den Kopf an ihrem Knie und fing zu schnurren an. Omma beugte sich runter und nahm sie auf den Arm.

»Mir ist grade danach, was zu knuddeln«, sagte sie.

Sie war geflogen, wie sich herausstellte, die furchtlose alte Schachtel. Sie hatte die Großvateruhr versetzt und war hergeflogen. Nicht die ganze Strecke, natürlich, nur von New York, aber so war sie immer noch in der halben Zeit hier. Sobald sie unsere Telegramme bekommen hatte, war sie zu Cook's am Piccadilly marschiert. »Bringen Sie mich tut swiet nach Hollywood!«

Wir nahmen die weiße Katze am Ende mit nach Brixton. Sie fing mit Daisy nichts mehr an. Während sie bei Daisy lebte, hatte man an ihr nicht viel vom einen oder anderen Geschlecht bemerkt, aber es stellte sich raus, daß sie deshalb nie schwanger wurde, weil Daisy sie in den Schrank sperrte, sobald sie heiß war. Als die Katze in der Bard Road ankam, wurde sie sofort zur Gebärmaschine. Die Urmutter der großen Chance-Katzendynastie. Wir hatten sie in der ganzen Zeit, als London bombardiert wurde. Sechs Kätzchen zweimal im Jahr, regelmäßig, bis die Staupe sie im Jahr 51 holte. Sie war unser einziges Souvenir aus Hollywood, wenn man von unseren Silberfuchstrenchcoats absieht, von denen ich besser nichts sage, und ein paar Widmungen in ein paar Büchern.

So zogen wir mit Omma nach Hause, ein wenig klüger, ein wenig trauriger. Tonys Mamma setzte sich natürlich durch. Was? Sollte ihr Sohn eine wiedergeborene Jungfrau heiraten? Nicht gut genug für Little Italy! Nora war so zornig, daß sie keine einzige Träne weinte, ihm aber den Kiefer brach, als er vorbeikam, um sich den Verlobungsring zurückzuholen, dann packte sie einfach weiter. Inzwischen lebten Dschingis-Khan und seine Imitationsdora, nachdem er über den ersten Schock weg war, glücklich zusammen bis ans Ende ihrer Tage, na ja, wenn Sie das glauben, dann können Sie auch gleich glauben, daß die Erde eine Scheibe ist. Aber Tatsache ist, das weiß ich, daß er nie mehr mit Daisy zusammengekommen ist, und wenn er auch versucht hat, ihr die Karriere zu ruinieren, ihr war's scheißegal. Melchior aber war fertig in Hollywood. Schluß, aus, Ende.

Im übrigen stellte sich raus, daß Daisy tatsächlich gar nicht schwanger war, nur ein bißchen Dysmenorrhoe und Verdauungsstörungen. Die Regel setzte um so massiver in der Hochzeitsnacht ein, und am Ende der Flitterwochen stritten sie sich schon wie die Foxterrier, also ging Daisy nochmal nach Mexiko, und Melchior kam nach London zurück, ohne Frau, ohne Kind, ohne Job, ohne Hoffnung, ausgelöscht. Dann wurde grade noch rechtzeitig der Krieg erklärt, er meldete sich subito und wurde ein Kriegsheld. Marineflieger. Nein, wirklich. Wer hätt's gedacht?

Aber Hollywood blieb ihm von da an verschlossen.

Daisy schickt uns immer zu Weihnachten eine Karte. Eine Frau, die zu keinem bösen Gedanken fähig ist. Wenn Sie mal ins Fernsehen schauen, da sehen Sie sie. Sie hat sich gut gehalten. Sie hatte nie eine Schönheit, die sie verlieren konnte, also hat sie sie nie verloren. Immer noch blond, mit diesem frechen Witz von Mund. Spielt in Soap Operas. Zeigt ein gutes Dekolleté für ne Achtzigjährige. Für Daisy hab ich immer viel übrig gehabt.

4

»Möge die Feder anderer bei Schuld und Elend verweilen.« A, wie Austen, Jane. *Mansfield Park*. Ich wünsche nicht über den Krieg zu reden. Es reicht, wenn ich sage, daß er kein Vernügen war. Nicht die Kampfhandlungen. Kein Vergnügen.

O ja, in der Tat, ich habe meine Erinnerungen, aber ich behalte sie lieber für mich, vielen Dank. Obwohl es ein paar Sachen gibt, die ich nie vergessen kann. Der Hahn, der immer früh am Morgen in der Bond Street gekräht hat. Und einmal hab ich ein Zebra gesehen, kam die Camden High Street runtergaloppiert, gegen Mitternacht, bei Verdunkelung – der Mond stand hoch, die weißen Streifen leuchteten. Ich war in einer Dachwohnung mit einem Freien Norweger. Und diese purpurroten Blumen, die auf den zerbombten Grundstücken wuchsen, kamen raus, fast ehe noch die Trümmer zu rauchen aufgehört hatten, als wollten sie sagen, das Leben geht weiter, auch wenn's mit dir mal aus ist.

Wir hielten ein patriotisches Schwein hinten im Garten, haben's immer gut gefüttert – Kartoffelschalen, Teeblätter. Omma liebte dieses Schwein und wollte nie was davon hören, daß es zum Schlachthaus sollte, klar, aber es endete dann als Begräbnisschmaus, nachdem es Omma erwischt hat. Sie hätte nicht schlecht getobt, wenn sie gewußt hätte, daß wir uns an ihrem geliebten Eberchen guttun, schön gebraten, sobald wir sie eingeäschert hatten, aber was hätten wir sonst an diesem Tag auftischen sollen? Die Leute waren von meilenweit her gekommen, wir konnten denen keinen geraspelten Wirsing vorsetzen. Die alte Nanny brachte einen Korb Äpfel für die Soße mit von Lady A., die sich konfus in die Provinz zurückgezogen hatte. Von Blumenspenden bitten wir abzusehen. Wenigstens in diesem Punkt blieben wir Ommas Prinzipien treu.

Cyn und ihre Kinder waren da, aber der Taxifahrer nicht, der war in Nordafrika, und da blieb er auch, armer Kerl, unterm Wüstensand in einer Kiste. Cyn kam nie drüber weg, sie wurde danach immer weniger, bis die asiatische Grippe sie 49 erwischte. Alle möglichen ehemaligen Mieter – senile Adagiotänzerinnen, greise Soprane. Nachbarn. Der Mann, der auf dem Markt von Brixton den Salatstand hatte. Jede Menge Kneipenwirte. Die halbe Besetzung von *What? You Will?* kam, dazu die Mutter des Komponisten in ihrem neuen schwarzen Mantel. Ich dachte so halb und halb, der blonde Tenor hätte vielleicht irgendwo was gehört davon und würde kommen, aber Pech gehabt.

Wir vermißten Peregrine unsäglich, aber er war fort und beging Heldentaten für den Secret Service. Weiß Gott, was es war, aber er hat nen Orden dafür gekriegt. Gott mag auch wissen, *wo* er da war; wir hatten eine Anzeige in die *Times* gesetzt, und dann klopfte es an die Tür, ein Jeep, ein Chauffeur in Armeeuniform, ein Dutzend Kisten Crème de menthe, ein Faß Guinness, so daß alle Trauergäste mit Bratenfett am Kinn und einer guten Dosis Alkohol im Blut nach Hause gingen, so erwies Peregrine Omma die letzte Ehre.

Nachdem wir die Schweineknochen verbrannt hatten – denn dieses Schwein starb einen streng geheimen Tod, das war Hochverrat, niemand durfte im Krieg selber schlachten –, setzten Nora und ich uns hin, direkt hier, im Frühstückszimmer, in eben diese Ledersessel, und wir horchten auf die Stille in dem langen schmalen Haus, wo wir in Zukunft alleine leben würden, und wir heulten uns richtig aus, nur wie beide, denn jetzt war endgültig und brutal die Kindheit vorbei, und wir waren wirklich allein und auf uns selbst gestellt.

Wir hatten auch nicht bloß Omma verloren. Sie war die einzige Zeugin jenes Tages, als unsere Mutter bei unserer Geburt starb, und sie nahm die letzte lebendige Erinnerung an diesen Geist ohne Gesicht mit ins Grab. Unsere ganze Kindheit ging mit ihr ins Vergessene, so verloren wir sie und dazu noch einen guten Teil von uns selbst, und wenn wir daran dachten, wie wir im Alter ihre Nacktheit bespöttelt hatten, schämten wir uns.

Jetzt waren wir schon rasch auf dem Weg zum Beginn unseres dritten Jahrzehnts, obwohl es mir von meinem jetzigen ehrwürdigen Standpunkt, reich an Jahren, unglaublich vorkommt, daß wir einst dachten, mit dreißig ist unser Leben zu Ende. Zu jener Zeit erschien es einem wirklich wie das Ende des Wegs, auch wenn nicht Krieg gewesen wäre, und wir waren nach dem Krieg dann auch nie mehr ganz dieselben.

Nachdem der Krieg vorbei war, war's immer kühl. Unsere Finger waren jahrelang blaßblau. Vor dem Krieg waren wir jung und dann im sonnigen Kalifornien; während des Kriegs liefen wir mit Adrenalin, und es gab immer den einen oder anderen Kerl, an dem man sich wärmen konnte. Aber danach setzte eine Müdigkeit ein, und das Blut war etwas dünner, und die Leute sagten, es wären jetzt die Jahre der Sparsamkeit – und doch glaube ich, die Kühle, die wir spürten, hing mehr damit zusammen, daß Omma fort war, als mit der Wirtschaftspolitik von Sir Stafford Cripps oder den kalten Wintern der späten Vierziger und sowas.

Ohne Omma, die die Feuer schürte, nachts das Licht für uns anließ, morgens den Teekessel aufstellte, auf den großen Messinggong donnerte, zum Zeichen, daß sie das Eipulver angerührt hatte und das Rührei auf den Tellern stockte – ohne Omma war das Haus bloß eine leere Scheuer, und wir klapperten unbehaglich drin rum, Stapel schmutziger Teller in der Spüle, die Türstufen dreckig, gebackene Bohnen wurden langsam in den Pfannen oben auf dem kalten Herd zu Fossilien, und so weiter und so fort.

Wir ließen das Haus verkommen. Wir kamen zum Schlafen her, das war alles. Manchmal brannten wir uns eine Scheibe Toast an. Das Herz war aus diesem Haus, seit Omma tot war. Die Zugluft rannte durch die Diele, und die Teppiche hoben sich und tanzten, wir wechselten nie die Bettlaken, also waren sie grau und fleckig und voller Krümel. Die Zeiten waren auch recht hart für den Tingeltangel, obwohl wir tapfer durchzuhalten versuchten.

Es kamen die Tage der Showtourneen, kleinere und kleinere Theater, weniger und weniger Besucher, die Showgirls trugen auch immer weniger, die Tage unseres Niedergangs. Absoluter Tiefpunkt: eine Panto-Nacktshow in Bolton, *Frisch und nackt ist halb gewonnen.* »Ziehen Sie sich doch auch aus, dann gewinn' wir ganz«, sagte Nora zum Regisseur, hatte aber keine Lust. Diese Nacktshows! Der letzte Seufzer der Music Hall. Es gab ein Gesetz, das besagte, ein Mädchen durfte alles zeigen, solange sich nichts bewegte. Sie durfte keinen Muskel rühren, keinen Zoll vom Fleck – einfach dastehen, fasernackt, und sich anschauen lassen. Soweit waren die Music Halls nach dem Krieg runtergekommen. Keine Kostüme von Oliver Messel mehr, Dekorationen von Cecil Beaton! Wir behielten immer G-strings und Höschen an, daß das klar ist. Nie gestrippt. Wir sangen noch, wir tanzten noch. Aber wir hatten das Gefühl, daß unsere Kunstform das Abflußrohr runterrauschte – und das waren die Tage, als die hohe Kultur Umsatz machte, unser Vater legte wieder groß los mit den älteren Herren in Shakespeares Stücken, Timon, Caesar, Johann von Gaunt, aber er wollte immer noch nichts mit uns zu tun haben, wie einst im Mai.

Es ist charakteristisch für die Menschen, ist mir oft aufgefallen, wenn sie keine eigene Familie haben, erfinden sie eine. Jetzt fuhren wir schon mal öfter nach Sussex, um die Lady A. zu besuchen. Lynde Court war nur ein Haufen verkohlter Schutt, und bei der Scheidung war das Haus am Eaton Square verkauft worden – als dann Lady A. aus Kalifornien nach Hause kam, setzte sie den Pächter auf dem Bauerngut von Lynde Court raus und zog selber ein, zu dem riesigen gußeisernen Küchenherd und in die Räume mit den alten Balkendecken. Sie hatte immer ein Porträt von Melchior im Wohnzimmer hängen, lebensgroß von Kopf bis Fuß. Das Bild nahm fast eine ganze Wand ein und machte das Zimmer trotz seines vergoldeten Rahmens düster, denn er war als Richard der Dritte dargestellt, Tricky Dicky, ganz in Schwarz, mit einem gemeinen Glitzern in den Augen. Sie brachte eine Lampe darüber an, die ständig brannte, und hatte immer einen kleinen Blumenstrauß auf einem Schemel davorstehen – wilde Narzissen im März, Goldlack, Gänseblümchen, je nach Jahreszeit, immer frisch. Selbst wenn der Schnee lag, ging sie nach draußen und suchte die Hügel nach Schöllkraut, frühen Veilchen, Schneeglöckchen ab, in Kopftuch und Gummistiefeln, immer mit einem kleinen Hund, der kläffend hinter ihr herlief.

Dieser bittere Winter 46 – da hielten Nora und ich den Gedanken nicht aus, daß sie da draußen in den Schneewehen rumgrub, also brachten wir ihr einen großen Strauß Treibhausnelken mit. Hat mehr gekostet als ein Abendessen im Savoygrill. Die verdammte Saskia war da, frisch und munter. Imogen auch. Rissen grade ihre Zeit an der Royal Academy of Dramatic Art runter, die beiden, und Saskia hatte ihre beste Freundin mitgebracht, so ein lässiges Ekel mit schwarzen Samthosen und Ballettschühchen. Saskia lachte wie verrückt, als sie unsere Nelken sah.

»Wie angemessen!« sagte sie. »›... Bastarde der Natur will man sie nennen.‹ *Wintermärchen*, vierter Akt, dritte Szene.«

Sie ahnte nicht, daß wir in dieser Beziehung alle in einem Boot saßen. Ihre Mutter schämte sich für sie und versuchte, das Thema zu wechseln.

»Meine kleine Saskia spielt in diesem Semester die Perdita. Ist das nicht schön?«

Na, wenn das die Art von Auftritt war, die man an der RADA lernte, dann wollten Nora und ich nichts weiter davon wissen. Billige Anmache! Wir sahen groß darüber hinweg.

Die Mädchen mochten an der RADA sein, Lady A. hatte immer noch die alte Nanny, die ihr Gesellschaft leistete, und eine Frau kam aus dem Dorf für die gröberen Arbeiten – es amüsierte mich immer, wenn mitleidige Wochenendgäste sie fragten: »Wie kommst du denn hier draußen ganz allein zurecht, Attie?« Man stolperte ja dauernd über irgendwelches Hilfspersonal, fiel buchstäblich mal über einen kleinen alten Mann, der an einem Blumenbeet kauerte, wenn man auf das Klo draußen wollte. Aber Lady A. lächelte ein wenig und sagte, sie wäre die Einsamkeit nun gewöhnt, und sprach von ihrem Garten. Sie war immer draußen, mit ihrem großen Hut, und sagte dem Gärtner, was er tun sollte. Es kamen Artikel in Magazinen. Sie war berühmt für ihre Klematis. Abends saß sie da und stickte, Melchior schaute düster von der Wand, und sie hörte ihre Schallplatten, genau wie jetzt in ihrem Zimmer vorn in der Bard Road 49. Dann kam gegen zehn die alte Nanny mit einer Tasse Horlicks, um sie ins Bett zu bringen.

Ihre Mädchen besuchten manchmal den Vater und kamen mit neuen Armbanduhren zurück und mit goldenen Kruzifixen, die einst Sarah Bernhardt und der Duse gehört hatten, mit Ausgaben von Shakespeares Gesammelten Werken mit dem Namenszug von Ellen Terry, aber für Lady A. kam nie auch nur eine Weihnachtskarte von Melchior, als sei es *ihre* Schuld gewesen, daß sie sich getrennt hatten.

Wie die Lady A. älter wurde, sah sie mehr und mehr britisch aus. Ihre Züge wurden durchscheinender, ihr Ausdruck immer stärker bescheiden-tapfer. Sie fing an, Wolljacken zu tragen. Schon vor Kriegsausbruch hatte sie angefangen, traurig auszuschauen; Traurigkeit stand ihr gut, wie Pastellfarben. Sie stand nach und nach im Ruf großer Traurigkeit, trotz ihrem – oder wegen ihrem – nicht unterzukriegenden Lächeln, diesem Mrs.-Miniver-Lächeln.

Das alte Farmhaus war wunderschön. Alter Backstein, Moos auf den Dachziegeln, es kuschelte sich in eine sanfte Talsenke, am Horizont der Kanal. Ein kleiner ummauerter Obstgarten, in dem Lämmchen hüpften. Ich denke an diesen Garten immer so, wie er im ersten Frühling war, Schlüsselblumen zwischen den Wurzeln der Apfelbäume, die ersten Knospen, blauer Rauch aus dem Schornstein, und Nor' und ich steigen aus dem Dorftaxi, rote Maroquinstöckelschuhe, Schlamm.

So gefroren hab ich im ganzen Leben nicht wie in dem Farmhaus. Gefroren und Angst gehabt. Nicht einmal im Luftschutzbunker. Nachts drängten wir uns in unserem kalten Bett aneinander, die Silberfuchsmäntel oben auf die Steppdecke gepackt, damit's ein bißchen wärmer wurde, an den Wärmflaschen aus Stein stieß man sich die Zehen kaputt. Die alte Nanny hatte sie uns noch ins Bett geschoben. Wir sahen das Mondlicht durchs Spalier fallen, hörten Nachtvögel rufen und Mäuschen und Wühlmäuse schreien, wenn die Eulen zustießen. Überall um uns töteten sich Lebewesen. Wir waren steif vor Kälte und starr vor

Schrecken. Lieber die Railton Road halb ein Uhr morgens, Samstagnacht, jederzeit.

Offengestanden, so malerisch und schön das Farmhaus war, wir gingen nur ihretwegen hin.

Sie gab uns ein Bett zusammen, immer im selben weißgekalkten Raum, die alte Nanny benutzte ihn als Nähzimmer – eisernes Bettgestell, Kiefernholzwaschtisch und eine Schneiderpuppe, die einen kopflosen Schatten warf, daß es mir ein wenig graute. Das Bad übergehe ich mit Schweigen – mit ner gußeisernen Badewanne, wo sich alle Spinnen von Sussex zwanglos versammelten. In die Zimmer der Maienknöspchen drangen wir nie ein, aber das von Lady A. war eine einzige Gedenkstätte für – na wen wohl? All seine Photographien und dazu eine, eine einzige, von Perry, ein Schnappschuß, wo er Saskia aus dem Zylinder zog. Es gab eine steile Treppe mit schmalen Stufen aus hochpoliertem Eichenholz – die Lady A. wollte da keinen Teppich haben, sagte sie, sie liebte das lebende Holz –, und Nora und ich stöckelten und wankten da hinunter, und es war uns völlig klar, daß Saskia und Imogen, wenn sie zu Hause waren, über unsere Schuhe lachten.

Eine große Schüssel aus chinesischem Porzellan voll getrockneter Blütenblätter stand auf einer wurmstichigen Eichentruhe in der Diele und verströmte einen traurigen, durchdringenden Geruch nach alten Damen und gebrochenem Herzen. Überall hingen Aquarelle, die irgendwelche Lyndes vor langer Zeit verbrochen hatten – Venedig, die Alpen, der Lake District. Verblaßter Chintz; alte Teppiche, zu feinem Spinngewebe abgetreten. Alles war von einer fadenscheinigen, kostbaren Schönheit, die jene Klasse hatte, welche uns immer unzugänglich sein würde, wir wußten das. Nichts für die Lucky Chances. Wir waren entweder zum Protz oder zum Dreck verdammt.

Das Essen war nicht besonders. Wir hofften immer, sie

würde sich endlich in den Schwarzmarkt von Sussex einschalten, aber die alte Nanny bat uns jedesmal, doch ja unsere Marken mitzubringen, und brachte dann wieder irgendeine Pastete aus undefinierbaren Resten auf den Tisch, nichts schaute aus, wie's war, obwohl das Geschirr natürlich Chelsea war und die Messer und Gabeln aus Silber, knubbelig, angelaufen, mit dem Lynde-Wappen graviert, einem Pelikan, der sich die Brust aufpickte. Beschissenes Essen. Trotzdem waren wir immer nervös, ob wir auch die richtige Gabel vom Urahnenbesteck benutzten.

Und immer eiseskalt, nicht bloß im Bett! Wir saßen in unseren Pelzen am Tisch, trotz der spöttischen Blicke von Saskia und Imogen mit ihren ballerinakurzen Dirndln, Rollkragenpullöverchen und ihrer ererbten Upperclass-Fähigkeit, Temperaturextreme durchzustehen. Zwischen uns herrschte reinste Antipathie, und sie konnten's kaum ertragen, zusehn zu müssen, wie wir die Füße unter den Tisch streckten, endlich – nicht jetzt, wo auch sie verlassen worden waren. Als also die Lady A. fragte, ob wir denn vielleicht zu Saskias und Imogens Einundzwanzigstem kommen könnten, sagte Nora spöttisch: »Im Ernst?«

»Nein, wirklich, meine Lieben«, sagte Lady A. »Ich möchte, daß ihr beide dabei seid.« Dann lächelte sie, ein ganz klein wenig, aber es war ein seltener Anblick in diesen Tagen, und ich freute mich. »Das wird eine richtige Familienfeier.«

Einmal machte ich eine kleine Anspielung. Wir hatten von Perry seit dem Tag des Sieges über Japan, als der Krieg endgültig aus war, nichts mehr gesehen und gehört, außer einer Postkarte aus Rio de Janeiro mit einem Ara drauf, aber ich wußte, die Lady A. hatte nach all den Jahren immer noch was für ihn übrig, ich hoffte sogar, daß sie und Perry es eines schönen Tages zusammen versuchen könnten. Als wir Lapsang im Garten tranken, fragte ich sie. Es war Mai, und die Apfelbäume blühten, aber ich behielt doch lieber meinen Mantel an.

»Vermißt du Perry nie?« fragte ich taktvoll.

Sie lächelte immerhin beim bloßen Gedanken an ihn, aber sie lächelte ein wenig abweisend.

»Man *heiratet* solch einen Mann nicht, meine Liebe«, sagte sie. Verwaschene blaue Augen, geplatzte Äderchen, ein Strohhut, unter dem Kinn mit einem bunten Seidenschal festgebunden. Das aristokratische Witwenschaf. Aber sie wußte schon Bescheid über Perry. Heute hier, morgen dort, weniger ein Mann als ein Zirkus auf Tournee. Ich wärmte meine Finger an der Porzellantasse – ich hatte keine Wahl, sie hatte keinen Henkel, wenn auch einen langen Sprung die ganze Seite runter – und fragte mich, ob meine eigene Mutter wohl dasselbe von Melchior gedacht hatte, daß er hervorragend war für kurze Strecken, aber über größere Distanzen ausfallen würde.

Mein Gefühl war, daß keiner von den Brüdern zum guten Ehemann gebaut war. Aber ich sagte kein Wort. Es blieb viel unausgesprochen im Haus von Lady A. Ich habe noch nie so beredtes Schweigen gehört wie auf Lynde, besonders, wenn die Töchter da waren, Schweigen, in dem das Unausgesprochene wie ein Nebel in der Luft hing, der einem in die Lunge kroch und einen würgte.

»Weiß Gott allein, weshalb wir überhaupt immer wieder da hingehn«, sagte Nora. »Wir könnten sonntags hierbleiben, schön ein Bad nehmen, unser Haar richten.«

Sie hatte nicht die geringste Lust, das Geburtstagsfest der Maienknospen zu verschönern. Perry kann bei uns vorbeikommen, sagte sie. Sie blieb felsenfest. »Nein! Nein! Und nein!« Dann rief unser Onkel Perry an und sagte, er würde uns rüberfahren, wir könnten noch in derselben Nacht wieder in Brixton sein.

»Aber keine Geburtstagsgeschenke«, sagte Nora. »Nicht für diese Kreuzottern. Bei Geburtstagsgeschenken hört's nun wirklich auf bei mir.«

Weil wir ja schließlich wegen der Lady A. hingingen, nicht? Wir brachten *ihr* eine Flasche Scotch mit. Da war dann auch Perry, hupte draußen in der Bard Road aus einem wahnsinnsgroßen Bentley-Kabriolett, bereit, uns zur Lynde Court Farm zu fahren, zum schlimmsten Sonntagmittagessen unseres Lebens.

»Tut mir leid, daß ich spät dran bin«, sagte er. »Nur ein kleiner Besuch auf dem Weg in Gunter Grove.« Augenzwinkernd, der alte Schlawiner. Aber es waren nur zwanzig Minuten.

Perry war größer denn je und braun wie Schokolade von der Sonne Brasiliens, und man hätte niemals glauben wollen, daß er schon über sechzig war, ebensowenig, daß sein Zwillingsbruder grade mit den Proben zu *König Lear* angefangen hatte. Nicht ein graues Haar in dem rostroten Schopf, kein Krähenfuß zwischen den Sommersprossen, noch genauso elastisch und einnehmend wie damals, als er zum erstenmal an unsere Haustür geklopft hatte. Natürlich hatte sich mittlerweile sein Glück wieder gewendet, er hatte Öl gefunden.

Ja. Öl. Das Stückchen halbe Wüste, das er sentimentalerweise mit dem Gold vom *Traum* erstanden hatte, seine Ranch in Hazard, Texas. Öl. Er war wieder stinkreich, und der Rücksitz des Bentley war voller Konserven und Päckchen und Flaschen, die meisten mit Etiketten aus Rio, Paris und New York, wie ich zufrieden sah, denn hier in Brixton hieß es immer noch: eine halbe Scheibe Speck pro Woche, ein Klacks Butter, das war's, alles auf Marken.

Er saß da und tutete, und die ganze Bard Road entlang raschelten die Gardinen, als die alten Wachteln sich unseren Besuch anschauten.

Er umarmte und küßte uns auf herzlichste, aber er war nicht so wie sonst, ich konnte es spüren. Ich war diesmal dran, vorne zu sitzen, und er war ganz konfus, nervös, glücklich, angespannt, abwesend, alles zugleich. Er fuhr über rote Ampeln, einmal kletterte der Tachometer auf neunzig, und als er bremsen mußte, um einem Fuchs auszuweichen, schoß Nora, die sich's hinten mit einer Schachtel belgischer Pralinen gemütlich gemacht hatte, nach vorn und hatte ein Veilchentrüffel an der Nase. Manchmal sang er Fetzen von Liedern, manchmal hörte er nicht, wenn man ihn etwas fragte, und ich mußte ihn erst am Arm ziehen. Nach ein paar Meilen schwiegen Nora und ich loyal. »Hoff auf das Beste, rechne mit dem Schlimmsten.« Ich spürte es im Urin, daß es vor dem Schlafengehn noch Tränen geben würde, also hielt ich ihm den Daumen, und Nora tat's auch, weil wir nicht wollten, daß etwas den alten Hund verletzte – oder Lady A., ausgerechnet an diesem Tag, doch war mir nicht klar, wie der Tag anders enden könnte.

Natürlich hatten wir zuinnerst immer gewußt, daß er der Vater von den beiden war. Wir taten so, als wüßten wir nichts. Ich war wie verrückt eifersüchtig, aber so ist es eben. Biologie bleibt Biologie. Einer Samenzelle macht man nichts vor. Ich bin mir nicht sicher, daß Melchior es je gewußt hat. Wenn »seine« Töchter rothaarig waren – na gut, seine Mutter war's auch gewesen, und außerdem, wer hätte das je von Lady A. gedacht, Caesars Gattin, über jeden Verdacht erhaben? Vielleicht ahnten diese Mädels selber was und waren unglücklich; Sie können, wenn Sie Lust haben, ihr ganzes schlechtes Benehmen darauf zurückführen, aber wenn Sie sie je getroffen hätten, würden Sie nur halb so großzügig aufgelegt sein.

Streatham, Norbury, Thornton Heath, Croydon. Nora hatte hinter Redhill alle ihre Pralinen aufgegessen und sagte, sie wäre einsam auf dem Rücksitz, also stieg sie nach vorn und zwängte sich zwischen uns. Er hatte Sonnenschein mitgebracht, wir machten das Verdeck runter und sangen: »Please direct your feet / To the sunny sunny sunny side of the street.« Er wurde fröhlicher. Wir waren noch jung, grade mal dreißig; wir machten was her, wir drei zusammen. Wir hätten nicht gedacht, daß das unsere letzte Fahrt zusammen sein sollte.

Als wir nach Three Bridges kamen, war er wieder ein wenig aufgetaut und erzählte uns von Brasilien. Das war seine neueste Marotte, der Dschungel und seine Bewohner. Er würde einen Vortrag vor der Royal Society halten, über die Schmetterlinge, die er entdeckt hatte, nicht wahr, und gleich nach dem Vortrag würde er wieder zurückreisen und nach weiteren Schmetterlingen suchen.

»Ich werde«, verkündete er großartig, »den Rest meines Lebens den Lepidoptera widmen.«

Wir zogen die Augenbrauen hoch und sahen einander an. Wieder eine neue Masche. Wie die Zauberei, wie das Kino. Wie das Öl. Wie die Spionage. Wie rasch würde ihn dort im Dschungel die Langeweile überkommen? Wir wußten es nicht, wir hätten nie gedacht, daß er selber zuerst in das Vergessen eingehen würde.

Saskia empfing, wie sich herausstellte, in der Küche. Sie hatte im letzten Winter grade ihren ersten Auftritt auf einer Bühne gehabt, in einer Inszenierung ihres Vaters, eine der Hexen in *Macbeth*, na ja, genau der Typ, mit ihrer samtbehosten besten Freundin, aber sie war mehr am Inhalt ihres Kessels interessiert gewesen als daran, ihren Namen in Leuchtschrift über den Theaterportalen zu sehen, und so geschah es, daß die beste Freundin – Goldmedaillengewinnerin der RADA – ausgewählt wurde, Melchiors Cordelia zu spielen, während Saskia mit ihren Töpfen hantierte.

Sie ist dann am Ende als Fernsehköchin groß rausgekommen, klar. Jedesmal, wenn ich den Kasten anschalte, nimmt sie irgendwas aus, zieht irgendwas ab, macht sich über irgendein harmloses Stück Fleisch her mit ihrem Hackebeilchen.

Die alte Nanny war aus der Küche verbannt worden, und Saskia kochte selbst für ihr Geburtstagsessen, versuchte sich an Entenbraten mit grünen Erbsen, und die Lady A., die kraft Klasse und Generation nie gelernt hatte, selber zu kochen, tat trotzdem ihr unbeholfenes Bestes, um der Tochter zu helfen, weil sie Geburtstag hatte, und die alte Nanny hatte im Garten in einem Liegestuhl die Füße hochgelegt und las den *Tatler*, das war *ihr* Geschenk, ehe sie dann wieder antreten würde, um bei Tisch zu bedienen. Sogar Imogen hatte sich aufgerappelt und deckte draußen im Garten den Tisch, man hatte beschlossen, im Freien zu essen, so ein schöner Tag, und Imogen beschwerte die Servietten mit kleinen Steinen, daß sie nicht wegwehten. Ein Strauß Federnelken stand in einem Glaskrug mitten auf dem gestärkten weißen Tischtuch, unter einer Laube altmodischer Rosenstöcke, und der Flieder blühte, der berühmte weiße Flieder von Lady Attie, der mal in *Country Life* kam.

Als wir vorfuhren, sah ich, daß dort schon ein Rolls-Royce parkte, und mich überfiel diese unverdauliche Mixtur von Gefühlen, die ich jedesmal empfand, wenn er mir nahekam – Freude, Entsetzen, Herzensschmerz, Liebesschmerz. Der weiße Flieder machte es nicht besser. Dieser Duft! Mir war, als hätte jemand mein Herz in die Hand genommen und fest zugedrückt.

Über jedem Ohr eine graue Strähne: Unser Vater zeigte sein Alter deutlicher als sein Bruder, aber sehr elegant. Wir waren alle zuerst recht kühl zueinander, wenn auch die Lady A. tapfer lächelte, aber Perry ließ einen Korken knallen, und wir tranken »Auf die Mädchen!«, ehe wir uns setzten, ich trank mit, so wenig ich sie leiden konnte, und Nora auch, denn so zufällig wir auch hier versammelt worden waren, wir gehörten doch alle zur Familie, und es war die einzige Familie, die wir hatten. Nach der zweiten Flasche taute die Stimmung etwas auf.

Suppe. Jetzt war die alte Nanny wieder dran; sie trug eine dampfende Terrine aus der Küche herbei, stolzer auf Saskias Leistung, als sie auf ihre eigene gewesen wäre. Also fingen wir mit einer Brennesselsuppe an, die Saskia in einem alten Buch entdeckt hatte, behauptete sie. Eine alte elisabethanische Suppe. Vielleicht hat Shakespeare gerade so eine Suppe gegessen! Als sie das sagte, warf sie ihrem »Vater« ein ganz spezielles Lächeln zu, sie und Imogen waren ja völlig weg von ihm. Shakespeare mag durchaus diese obszöne Suppe gegessen haben, aber ich frage mich, ob er sie auch bei sich behalten hat. Ich zwang aus Höflichkeit ein, zwei Löffel runter, und das Zeug war sehr, sehr bitter, aber die Männer aßen aus törichter Liebe alles auf, und Perry wollte noch eine Portion.

Dann kam die Ente, in ihrem Blut schwimmend. Mich würgte es, ich trank noch etwas Champagner, um mich zu stärken, nahm mir als meinen Teil nur eine Winzigkeit von der schwarzen Kruste – außenrum war diese Ente gewiß gut gebraten –, aber die Erbsen hüpften prasselnd von der Kelle, als ich mich bedienen wollte, und Saskia schenkte mir einen bösen Blick, als hätte sie's gleich gewußt, daß ich irgendwann während ihres eleganten Mahls mein wahres Gesicht zeigen würde. Also kratzte ich, um sie zu ärgern, die Erbsen zusammen und aß sie mit einem Dessertlöffel. Die Männer aber machten miteinander die ganze Ente fertig, in einem Wettbewerb, wer mehr essen und sie am besten loben konnte; ich saß da, von Hunger und Sodbrennen gequält, bis es mir einfiel: Hat sie das absichtlich gemacht? Ein vergiftetes Mahl! Ihr Gesicht sagte nichts, ruhig und oval wie ein Stück Seife.

Sie hatte ihr Haar zu einem hohen, weichen Chignon hochgesteckt. Wenn wir nur dieses rote, rote Haar geerbt hätten! Wir waren zu der Zeit immer noch schwarz, aber jetzt natürlich mit Dauerwelle. Pudelschnitt. Sie hatte ein Twinset aus erikafarbener Wolle an, dazu eine Perlenkette, Imogen aber, stets die etwas Bizarre, hatte sich »passend zu den Hügeln um uns her« gekleidet, wie sie geziert sagte, als Schäferin des achtzehnten Jahrhunderts, einschließlich Schäferstab mit blauer Schleife. Gottseidank sah ich an ihr nichts von ihrer weißen Lieblingsratte, obwohl es in William Hickeys Klatschspalte hieß, sie würde nie irgendwo ohne sie hingehen.

»Hervorragend, Darling«, sagte Lady A. »Mein kluges Kind!« Aber sie aß selbst nur wie ein Vögelchen.

Es war eine seltsame Mahlzeit. Das häßliche Essen, die Fliegen, kleine stechende Tierchen, Ameisen krabbelten einem die Beine hoch – die ganze Unbehaglichkeit eines Essens im Garten – und dieser angespannte Frieden unter der Familie Hazard, all das gab der Situation eine spezielle Würze, süßsauer, wie chinesisches Schweinefleisch. Nachdem wir ein wenig an der widerlichen Quarkspeise herumgelöffelt hatten, kam die Torte, Gottseidank bei Harrods bestellt, mit einundzwanzig Kerzen. Sie bliesen, wir klatschten. Perry fuhr sich mit der Hand über die Augen, und ich sah, daß er den Tränen nahe war.

Ich hatte mir nie Gedanken darüber gemacht, was es wohl heißt, ein Vater zu sein, bis zu diesem Moment, als ich Perry fast weinen sah. Und doch glaube ich, er hat Nora und mich wirklich ebenso geliebt wie Saskia und Imogen, wenn nicht mehr. Aber nicht, Sie verstehen, *auf dieselbe Art*. Wir waren nicht Fleisch von seinem Fleische.

Aber wiederum – man *ist* ja nicht Fleisch vom Fleische

seines Vaters, oder? Eine kleine Samenzelle von Millionen schwimmt den Gebärmutterhals rauf, und es ist so leicht, so überaus leicht, zu vergessen, wie es passiert ist. Und Melchior, dessen Fleisch wir waren, oder besser, dessen Ausstoß unsere Existenz in Gang brachte, fühlte für uns nur gelegentliches Mitleid und hie und da eine vage Zuneigung, deren Grund ihm unklar und verwunderlich zu sein schien. Aber er war Hals über Kopf in Saskia verliebt, und in Imogen ebenfalls, und als sie ihre Geburtstagskerzen ausbliesen, da sah ich, daß seine Augen auch feucht waren.

Ich wünschte, wir wären wie üblich mit dem Zug und dem Taxi vom Bahnhof gekommen. Dann hätten wir jetzt rasch wieder abschwirren können. So mußten wir warten, bis Perry endlich wieder gehen wollte, was noch Stunden dauern konnte.

Dann klingelte Lady A. mit ihrem Messer ans Glas und sagte, Peregrine wolle eine kleine Rede halten. Er stand auf, sein Gesicht ein Aprilhimmel aus Freude und Traurigkeit, wie Irish hätte sagen können, und er sprach:

»Meine entzückenden jungen Damen, alle vier« – kleine Lachfältchen erschienen um seine Augen, als er das Glas in unsere Richtung hob, aber Saskia warf giftige Blicke – »ich kann euch gar nicht sagen, was es für einen alten Sünder wie mich bedeutet, hier bei euch allen sein zu dürfen, an dem Tag, da ihr beiden süßen Rotköpfe endlich volljährig werdet, haustürschlüsselreif, heiratsfähig ... aber habt es nicht zu eilig und heiratet nicht zu schnell, meine Liebsten, und laßt uns nicht gleich einsam zurück.«

Sie grinsten selbstgefällig.

»Es war nicht leicht, glaubt mir das, ein Geschenk zu finden, das würdig ist, euch heute an diesem Tag der Tage überreicht zu werden. Ich habe lange nachgedacht, tiefe Runzeln haben sich in meine Stirn gegraben. Keine Kolliers, Kettchen und Klunker, sondern etwas, das dauern würde, etwas so schön wie ihr beide, das ewig sein würde. Also ... hier, für euch, mit meiner Liebe und meinen guten Wünschen.«

Seine Augen schwammen nun im Wasser, als er aus seinen Jackentaschen je ein eingepacktes Schächtelchen hervorzog, grade Diamantarmbandgröße. Sie grinsten in froher Erwartung.

»Jetzt schaut mal, was drin ist, meine Lieben!«

Er sah gespannt zu, wie sie das Papier wegrissen. Die Schachteln waren aus Metall, wie sich zeigte, mit kleinen Löchern im Deckel. Seltsam und immer seltsamer. Imogen hatte ihre zuerst auf, schaute hinein, stieß einen kleinen Schrei aus und ließ sie fallen. Saskia schaute in die ihre und sagte: »Um Gotteswillen!«

In jeder der beiden Schachteln lag ein kleines Nest aus Blättern und in dem Nest eine Raupe.

»Nach euch benannt«, sagte Peregrine. »Saskia Hazard. Imogen Hazard. Zwei der schönsten Schmetterlinge im ganzen Regenwald. Ihr werdet in allen Fachbüchern stehen. Solange Menschen die Schmetterlinge lieben, werden eure Namen genannt werden, ihr werdet eine Art wunderschöner Unsterblichkeit euer eigen nennen. Es sind seltene Stücke, genau wie ihr.«

Saskia und Imogen starrten ausdruckslos ihre Schachteln an. Zweifellos hatten sie mit einer kleinen Ölquelle pro Nase gerechnet.

»Ist das alles?« sagte Imogen. Sie stupste die Raupe mit ihrer Gabel. »Ich glaub, meine ist tot«, sagte sie.

Saskia klappte ihre Schachtel zu und ließ sie auf den Tisch fallen.

»*Vielen* Dank«, sagte sie mit bemühter Ironie.

Peregrines Gesicht fiel in sich zusammen. Auf einmal sah man ihm sein Alter an. Er wirkte noch älter. Hundert. Er sah aus wie Hundertundzehn. Und er wurde kleiner. Als hätte blitzartig jemand eine Nadel in ihn gestochen, und die ganze Energie ströme heraus, so sank er in seinem Anzug hin. Vielleicht mochte Melchior ihn doch irgendwie, auf seine Art; er beeilte sich jedenfalls, das Thema zu wechseln. Auch er stand auf und hob sein Glas.

»Auf euren Geburtstag, meine lieben Maienknospen!« Wir warfen alle noch ein Glasvoll ein, und dann sagte er: »Auch ich habe ein ganz besonderes Geschenk für meine geliebtesten Töchter ... eine neue –«

Was für ein Timing. Alle Augen hingen an ihm.

»– Stiefmutter!«

Dann, oh! war ich froh, daß wir gekommen waren! Was für ein Bild! Ihre Unterkiefer sackten herunter, ihre Augen traten hervor. Imogen stieß ein klagendes Heulen aus. Saskia stand auf und ergriff das Kuchenmesser. Ihr Chignon löste sich auf. Rote Haarschlangen flogen ihr um den Kopf, während die Haarnadeln wie Hagelschlag herabrasselten.

»Was soll das heißen?«

Melchior wich und wankte nicht.

»Ich werde meine Cordelia heiraten«, sagte er mit zärtlicher Stimme. Seine Zunge liebkoste das »Ich« und spielte damit.

»Deine Cordelia«, wiederholte Saskia tonlos. Ihre Wut verließ sie, Erstaunen trat an ihre Stelle. Sie ließ das Messer fallen. »Deine Cordelia?«

»Deine Cordelia!« Imogens Echo kam einen Takt später. »Aber deine Cordelia ist –«

»– ist meine beste Freundin!« heulte Saskia.

Und so war es. Die RADA-Goldmedaillengewinnerin, dem Dunkel des Unbekanntseins entrissen, um neben Melchiors Lear die Tochter zu spielen und ihn jetzt gleich noch zu heiraten – trotz des bedrohlichen Schattens, den abergläubische Leute über dieser Ehe liegen sehen mochten, dachte man an Ranulph Hazard und Estella Ranelagh, die auch mit einer solchen Mai-Dezember-Heirat angefangen hatten, was dann in Tränen beim Zubettgehen und davor und danach geendet hatte. Wenigstens hatte Melchior Cordelia nicht in den Kofferraum gepackt, um sie jetzt in diesem psychologisch unangemessenen Moment hervorzuholen, aber es mußte ihm klar gewesen sein, welche Bombe er hier zu Explosion brachte. Sogar die Lady A. sah etwas grün um die Kiemen aus, aber Perry heiterte sich wunderbar auf und schlug seinem Bruder auf die Schulter.

»Wenn eine alte Scheuer Feuer fängt –!« brüllte er.

»Ooooh«, stieß Saskia zähneknirschend hervor, »dieses intrigante Stück, diese –«

»Ach Saskia, Saskia«, sagte die Lady A. »Steh deinem Vater bei seinem letzten Griff nach dem Glück nicht im Wege –«

Saskia nahm die Geburtstagstorte auf ihrem Teller hoch und schleuderte sie gegen einen Apfelbaum. Sie zerbarst. Krümel und Kerzen spritzten in alle Richtungen. Dann fing sie an, die Schüsseln zu zerschmettern, schmiß die Dessertteller auf den Boden und trampelte darauf herum. Imogen, die verrückt kicherte, schlug mit ihrem Schäferinnenstab um sich und zerklirrte Gläser, nichts entkam. Als er seine Raupen zerquetscht sah, entrang sich Perry ein bemitleidenswertes Wimmern. Die Lady A., die ihr Erbservice aufs höchste gefährdet sah, begann die Hände zu ringen und Klagerufe auszustoßen. Saskias Geheul war am Rand echter Hysterie, schließlich ohrfeigte Melchior sie kurz und knapp, wie man's im Kino sieht.

»Schluß damit, mein Fräulein!«

Sie wurde sofort still, fuhr sich mit der Hand an die Wange, starrte ihn mit ihren blauen Lyndeaugen ungläubig an. Dann Tränen. Er nahm sie in die Arme und murmelte: »Schon gut, schon gut, Darling.« Sie schüttelte ihn ab und lief ergrimmt ins Haus. Die Tür schlug sie krachend hinter sich zu. Ein, zwei Augenblicke später folgte Imogen, die zuerst die von ihrer Schwester gerade zugehauene Tür öffnen mußte, um sie selbst dann wieder zuschlagen zu können. Wir anderen standen zwischen dem zerbrochenen Geschirr und starrten einander an, und ich bin mir im ganzen Leben nie so überflüssig vorgekommen, Nora genauso. Wir standen gleichzeitig auf.

»Ich werde jetzt ein gottverdammtes Taxi rufen«, sagte ich. »Ich hab jetzt die Faxen hier dick.«

»Trinkt doch erst noch euren Kaffee«, sagte die Lady A. heroisch, aber Perry schob seinen Korbstuhl so kräftig zurück, daß er umfiel und für kurze Zeit einen kleinen kläffenden Hund unter sich einschloß, wahrscheinlich ein Yorkshireterrier.

»Ich hau hier auch ab«, erklärte er. »Zurück in den Dschungel. Sofort. Ich freu mich auf die Gesellschaft der Krokodile nach dieser Familienfeier.«

Wir fanden die Flasche Scotch, die wir eigentlich der Lady A. mitbringen wollten; sie kugelte vergessen hinten im Auto rum, also hielten wir mal am Straßenrand und reichten sie in die Runde. Perry sah aus wie das Bildnis des Dorian Gray, muß ich leider sagen, ein furchtbarer Anblick. Der Himmel bedeckte sich, die Sonne verschwand, und alles war kalt und grau, als wir heimfuhren.

»Und doch liebe ich sie«, sagte er. »Mein Gott, ich liebe die beiden. Das ist meine Strafe, wie? Meine Missetat ist meine Strafe.«

Er wollte nicht mit reinkommen. Er saß im Auto und sah zu, wie wir die Stufen zur Haustür hochgingen, mit unendlich langem Gesicht. Wir drehten uns um und warfen ihm Kußhändchen zu und winkten, aber er rührte sich nicht.

Endlich waren wir so durchgefroren, daß wir reingingen und die Tür zumachten. Ich hatte eine Vorahnung: »Wir sehen ihn nicht mehr wieder.« Sein Haar war immer noch leuchtend fuchsrot. Es war die Abenddämmerung, die Lampen gingen grade an. Da saß er, in dem großartigen Automobil, das ihn auf seine letzte Reise hinwegtragen sollte.

Wir peilten zwischen den Vorhängen und sahen, wie er endlich in das Zwielicht davonfuhr. Er ging in seine Zimmer im Albany und packte eine Reisetasche. Er sagte seinen Vortrag vor der Royal Society ab; er brach noch diesen Abend nach Southampton auf, er hielt sein Wort. Nachdem Lady A. ihren Unfall hatte, haben wir versucht, die Polizei einzuschalten. Interpol sogar. Sie konnten ihn nicht finden, er reiste inkognito, er hatte sich ausgelöscht.

Das war's dann.

Wenn er auf dem Totenbett von grünen Feldern faselte, in Cuzco oder Iquitos, wir haben nix davon erfahren.

Unsere Tritte hallten mit untröstlichem Klang in der Diele der Bard Road 49. »Leer«, sagte der Hall, »leer.«

»Sie hätten's zusammen packen sollen«, sagte Nora. »Trotz allem.«

»Sie hat mir mal gesagt: Einen solchen Mann *heiratet* man nicht.«

»Ich hab nicht ihn und Lady A. gemeint. Er und Omma, hab ich gemeint.«

Nora war so klug gewesen, den Scotch mit reinzubringen, und wenn das auch nie mein bevorzugtes Gesöff war, Not kennt kein Gebot. Wir machten den Elektroofen im vorderen Zimmer an, kippten ein paar und ließen das Grammophon laufen, und nachdem wir den Teppich zurückgerollt hatten, holten wir all die guten alten Songs raus, Jessie, Binnie, »I'll See You Again«, auch wenn wir glaubten, wir würden ihn nie wieder sehen, und die verkratzten und verblaßten Lieder, von den Lichtern des Hafens und vom Abschied, weinerlich prophetisch, wenn wir's gewußt hätten, und die »Baby-Songs«, wie »Is You Is or Is You Ain't«, und endlich fanden wir ganz unten in dem Stapel den allerersten, den, welchen er uns vor all den Jahren mitgebracht hatte, als wir entdeckt hatten, wie herrlich es ist, zu singen und zu tanzen: »I Can't Give You Anything But Love.«

Wir sangen und tanzten, und die Musik spielte laut, und wir waren beide etwas angetütert, als das Telephon klingelte, Lady A.'s alte Nanny war dran, und so kam es schließlich, daß Lady A. bei uns vorne im Souterrain einzog, konnte ihre Beine nicht mehr gebrauchen, denn was Nanny uns sagen mußte, war: Die Lady A. war genau jene glänzend gewienerte und teppichlose Treppe runtergerasselt, vor der wir sie so oft gewarnt hatten, war mit ihrem Hintern auf den Steinfliesen der Diele aufgeschlagen und hatte damit ihre Wirbelsäule so durcheinandergerüttelt, gestoßen und angeknackst, daß sie nie wieder gehen würde, aber das wußten wir noch nicht, nur, daß die Lady A. ganz gewaltig auf den Arsch gefallen war und die alte Nanny nicht ein noch aus wußte.

»Hast du den Krankenwagen gerufen?«

So geistesgegenwärtig war sie immerhin gewesen.

»Und was ist mit Saskia und Imogen?«

Sie brach in einen derartigen Wortschwall aus, daß ich überhaupt nichts verstand und mir den Hörer ein Stück vom Ohr weghielt, der Lärm war geradezu schmerzhaft. Aber endlich begriff ich, ich konnt's allerdings kaum glauben, weil sie hatten sich einfach verpißt.

Es schien, daß Melchior kurz nach uns gegangen war, in Ungnade quasi, und die Lady A. hatte sich emotional ausgelaugt zu Bett begeben. Die alte Nanny machte noch den Abwasch und hörte plötzlich, über ihren Tellerstapel gebeugt, Stimmen im Zimmer über ihr und dann einen gottsallmächtigen Krach, zack, wumm! und als sie mit dem Geschirrtuch in der Hand rausstürzte, fand sie Lady A. stöhnend auf ihrem Viyellanachthemd am Fuße der Treppe.

Dann kamen die Mädchen die Treppe heruntergefegt, beide mit Tragetaschen, Necessaires, vollgepfropften Kissenbezügen beladen, und sie schoben die alte Nanny grob auf die Seite und rannten in die Nacht hinaus. Sie marschierten in ihren Sandälchen ins Dorf runter und klopften den Bäcker heraus, der aus irgendeiner tierisch doofen feudalen Loyalität zur Familie Lynde nebst Anhang bereit war, sie in seinem Lieferwagen zum Bahnhof zu fahren, von dem schrecklichen Unfall auf der Farm wußte er nichts.

Ist sie gefallen, wurde sie gestoßen? Das war die Frage. Aber kein Wort, kein Flüstern darüber kam je über die aristokratischen Lippen von Lady A. Wenn wir je die Rede darauf brachten, sei es noch so taktvoll, schaute sie nur sehr, *sehr* britisch drein und wechselte ruhig, aber bestimmt das Thema. Aber ich weiß wenigstens genau, daß diese entsetzlichen Mädchen sie dazu gebracht hatten, ihnen die Farm zu überschreiben und alles dazu, was sie noch an Kapital hatte, ehe sie die Treppe runterfiel. Wir waren zwangsläufig informiert darüber, wo sie nun keinen Penny mehr auf der Welt hatte und nirgendwo, wo sie hingehen konnte.

Peregrine war weg. Ich rief meinen Vater an, aber es stellte sich heraus, daß er in der Souterrainwohnung seiner Verlobten in Gunter Grove übernachtete, da lief also auch nichts. Die Lady A. lag flach auf dem Rücken im Lewes General Hospital, eine Träne rann ihr aus dem linken Augenwinkel, es war genug, einem das Herz zu brechen.

So haben wir die Lady A. geerbt, sie macht auch gar keine Mühe, Tatsache, auch wenn sie mit dem Silberknauf ihres Stocks gegen die Decke gehämmert hat: »Sofort aufhören mit diesem Lärm!«, in den *Eins*-zwei-drei-zack!-Tagen der Tanzakademie Brixton.

Sie war auch immer Babysitterin für die kleine Tiff, als die noch winzig durch die Gegend gewackelt ist. Sie sang ihr immer ein Schlummerlied von den Pferden, all den hübschen kleinen Pferden. »Sang«, sage ich, mehr so ein tonloses Summen, aber Tiff ist trotzdem eingeschlafen. Sie hat ihr den Kreuzstich beigebracht, wenn ich auch nicht behaupten kann, daß Tiff je viel Gebrauch von diesem Wissen gemacht hat.

Und die Ungerechten blühten und gediehen.

Ich hab mir immer gedacht, daß Saskias Berühmtheit vor allem was mit ihrem Nacken zu tun hatte. Ein sehr schöner Nacken, auf dem der Knoten scharlachrotes Haar wie ein Rhode-Island-Huhn auf seinem Gelege saß, und man sah ihren Nacken bei allem, was sie tat, ganz deutlich – intim, entblößt, sexy, während sie sich über den Herd beugte, um mit einem Löffel suggestiv in einem Topf zu stochern oder mit sadistischem Behagen eine Gabel in einen Schlegel zu schieben. Sowas Unanständiges wie ihre Fernsehkocherei hab ich sonst nie gesehen, nicht einmal von Gorgeous George bei der Royal Variety Show.

Wir sahen vor Jahren mal zu, wie sie im Fernsehen einen Hasen schmorte, damals, als sie gerade so richtig losgelegt hat. Sie zerschnitt das Ding mit langsamen, wollüstigen Bewegungen. »Sorgen Sie dafür, daß Ihre Klinge nicht versagt!« sagte sie mit rauher Stimme und fuhr mit dem Finger an der Schärfe entlang, allerdings hat Nora und mich der Anblick Saskias mit einem Metzgermesser automatisch daran erinnert, wie sie an ihrem Einundzwanzigsten mit dem Tortenschneider Amok gelaufen war. Dann bereitete sie liebevoll das Bad für den Hasen vor, zerschnippelte Schalotten, Knoblauch, Zwiebeln, gab ein Gewürzsträußchen hinzu und eine Pinte Rotwein und setzte das arme zergliederte Ding da anderthalb Tage lang rein. Dann ließ sie sich herbei, die Teile in einer heißen Pfanne über großer Flamme zu sautieren, bis sie leicht ansengten. Dann kam alles in den Ofen, fast einen ganzen weiteren Tag lang. Sie versiegelte den Topfdeckel mit einem Mehl-und-Wasser-Brei. »Seien Sie nicht unartig, schauen Sie nicht durchs Schlüsselloch!« warnte sie mit neckischem Augenzwinkern. Endlich Zeit, nachzusehen! Der Hase war zuerst halb gegerbt worden, dann verbrannt, dann aufgezehrt. Wenn es Gott gibt, und wenn sie zur Gattung Kaninchen gehört, dann wird Saskia am Jüngsten Tag tief in der Scheiße sitzen. »Köstlich«, stöhnte sie, tunkte den Finger in den Saft und lutschte. Sie leckte sich die Lippen, ließ die rosa Zungenspitze ein Weilchen liegen ... »Mmmmmm ...«

Während wir diese wahrhaft abstoßende Sendung anschauten, manifestierte sich Ommas Geist in Form eines scharfen Stoßes Kohlgeruch. Als wir sahen, was Saskia diesem Hasen antat, da wußten wir, es war nicht recht, Fleisch zu essen.

Warum tun wir's dann immer noch? Ich sag's Ihnen ganz offen. Wir haben Angst, daß wir eines schönen Tages, falls wir zuviel Salat essen, uns in Omma verwandeln.

Saskia hat einmal einen Hasen für Tristram geschmort, der ihn dann auch gleich in die Pfanne gehauen hat. Sie wohnte in einem Häuschen in Chelsea in jenen Tagen, ganz *reizend*, schrieb gelegentlich was für *Harper's Bazaar.* (»Aal ... o schlüpfrig dahinschlüpfendes Tier der taumelnden Tiefe!« und so weiter und immer weiter.) Sie muß lange angestrengt nachgedacht haben, wie sie sich an der dritten Lady Hazard dafür rächen konnte, daß sie ihr den Papa weggenommen hatte, und schließlich schrieb sie an Klein-Tristram, der damals wirklich noch recht klein war, in Bedales auf der Schule, und deutete irgendwelche Hazard-Geheimnisse an, zu denen allein sie den Schlüssel besaß. Weiß Gott, was sie schrieb oder versprach, oder ob er aus Lüsternheit oder Pflichtgefühl an einem Ferientag an ihrer Tür klingelte, aber sie hatte ihm seine Sadomasohosen runtergezogen, ehe man noch *crème renversée* sagen konnte, wenn sie auch alt genug war, seine Mutter zu sein.

Tatsächlich fast exakt so alt wie seine Mutter, und jetzt hatte sie das Gefühl, quitt zu sein, und sie und Lady Margarine wurden wieder Freundinnen und machten sogar mal ein Ketchupcommercial zusammen, aber Saskia vergaß nie, und wenn wir uns gelegentlich einmal über den Weg liefen, vor den Damenstrümpfen zum Beispiel bei Peter Jones oder ein andermal am Taxistand von Sloane Square, dann konnte ich in ihren Lynde-blauen Augen lesen, daß sie bei meinem Anblick immer noch nur an das Eine dachte: mir eine kräftige Dosis Rizinus ins Essen zu tun.

Sie hatte ihre Rache an der Frau ihres Vaters – und an ihm auch. Die Zwillinge verziehen ihm nie, daß er ihre Bezüge kassiert hatte. Die alte Nanny erzählte uns, wie er den Mädchen diese frohe Botschaft verkündet hatte, als wir schon gegangen waren. Kühl bis ans Herz hinan sagte er ihnen, er könne es sich nicht leisten, zwei Familien zu unterhalten, und jetzt, wo die Mädchen alt genug waren, selber Geld zu verdienen, würde er zusehen, daß sie einen netten Job kriegten. Während sie mit offenem Mund dasaßen, versicherte er ihnen, sie verlören keine Freundin – sie gewönnen eine Mutter, und dann fing's an zu regnen, und er hüpfte in seinen Rolls und war weg, ehe sie wieder aus ihrem Schock auftauchen und ihn anschreien konnten. Das war der eigentliche Grund, der alten Nanny zufolge, für den entsetzlichen Streit über's Geld, der die einstige Lady A. in unsere Rollstuhl-Lady verwandelte und sie ohne Heim und ohne Geld ließ, daß sie sich auf die Verwandtschaft zur linken Hand verlassen mußte.

Die alte Nanny erzählte uns alles, klar. Sie erzählte uns immer noch alles, auch nachdem sie bei Melchior eingezogen war, um den kleinen Tristram und den kleinen Gareth unter ihre Fittiche zu nehmen. Was konnte sie sonst auch machen, arme Alte, hatte keine Wahl. Die Lady A. hatte nicht mehr die Moneten für sie, und was hätten *wir* wohl mit einer alten Nanny angefangen, die mißbilligend mit der Zunge geschnalzt hätte, wenn sie die Ginflaschen im Papierkorb und die Kondome auf dem Klo gesehen hätte?

Obwohl, ach ja, die kleinen Gummis in den Sechzigern schon stark abnahmen und im folgenden Jahrzehnt ganz verschwanden, was gar nichts mit der Pille und dafür sehr viel mit Mangel an Gelegenheit zu tun hatte.

Die alte Nanny nahm oft in Camden Town den Hundertsiebenunddreißiger und fuhr rasch mal über den Fluß, und als sie uns von Saskia und Tristram erzählte, ließ Lady A. mit einem schockierten Quieken den Stickrahmen fallen. Er war noch ein Baby, grade siebzehn, und Saskia hatte schon vor einiger Zeit die Vierzig hinter sich gebracht und steuerte auf die Wechseljahre zu. Es war aber nicht die Mai-Dezember-Geschichte dabei, da waren wir alle ganz blasée, es war die Tatsache, daß wir Saskia kannten. Die alte Nanny hatte allerdings noch ihren eigenen Einwand vorzubringen.

»Verbotener Grad!« sagte die alte Nanny. Sie trank eine Tasse Tee. Mir fiel auf, daß sie bei uns immer von der *hinteren* Seite der Tasse trank. Zugegeben, Nora war eine ziemlich flüchtige Spülerin, vor allem nach Sonnenuntergang, aber die Nanny ging in unserem Haus auch nie aufs

Klo, selbst wenn man merkte, daß sie fast am Platzen war. Ich fragte mich, ob wir nicht den Haushalt ein wenig zu locker handhabten.

»Verbotener Grad.«

»Kein Problem, Nana. Du mußt bedenken, Melchior ist nicht –«

Aber Rollstuhl legte den Finger an die Lippen, weil die alte Nanny das nicht wissen sollte. (Obwohl sie's natürlich wußte – sie hatte persönlich vor Jahren unseren Verdacht bekräftigt. Aber Rollstuhl wußte nicht, daß sie es wußte, und dachte, sie müßte schauen, daß das Personal nichts mitbekam.)

»Aber andererseits«, sagte Nora, »hat Perry vielleicht –«

Warum hatten wir da nicht vorher drangedacht? Dieser alte Bock! »Kleiner Besuch in Gunter Grove«, haha! Aber wie hatte er Lady Margarine kennengelernt, und warum hatten sie das gemacht? War Perry entschlossen, die Hazardsche Tradition der ungewissen Abstammung bis zum bitteren Ende aufrechtzuerhalten? Niemand von uns konnte jedoch diese Theorie überprüfen, weil Peregrine weg war und nur die alte Nanny mit der dritten Lady H. sprach, und die beiden waren leider nicht intim genug. Wir konnten also nur spekulieren: Tristram war feuerrot, wie Peregrine und die arme, leidenschaftliche, ermordete Estella, während der hagere und hohlwangige Gareth rabenschwarzes Haar und Bovril-Augen hatte – so waren die Jungen tatsächlich Duplikate von Peregrine und Melchior selbst, dem Äußeren nach zumindest, wenn schon nicht in ihren Persönlichkeiten. Also konnte sich's jeder aussuchen, wer hier Regie geführt hatte.

Nicht, daß wir Gareth je gesehen hätten. Er war ein Geheimnis. Er konvertierte mit siebzehn, fand Gott, so wie Tristram den Sex entdeckte, und zog sich kurz darauf in ein Priesterseminar zurück. Von dort hörte man nie was, nie ein Brief oder eine Weihnachtskarte, denn Schauspieler und Priester mögen viel gemeinsam haben, der Jesuit und das Chorgirl aber – außerhalb von rüden Witzen – nix.

Vielleicht tat diese Saskia Jung-Tristram was ins Essen, irgendein Liebesmittel, das sie in demselben alten Buch gefunden haben mochte, wo sie diese Shakespearesche Brechsuppe aus Nesseln her hatte, die wir an ihrem Geburtstag kriegten. Er ging immer wieder zu ihr, immer, immer, immer wieder. Das war außerhalb der Familie natürlich ein tödliches Geheimnis. Er erfreute sich einer stolzen Anzahl offizieller Freundinnen, von denen unsere kleine Tiffany die bekannteste war, Schlagzeilen in den *News of the World*, und, wissen Sie was, ich glaube, Tiff liebte er wirklich.

Liebe. Was ist Liebe? Was will ich damit sagen: Liebe? Eine Weile wollte er sie nahe bei sich haben. Aber es stellte sich heraus, daß sie nicht reichte, ihn von der Saskia-Gewohnheit zu heilen, selbst wenn Saskia bestimmt schon sechzig war. Seine sechzigjährige Geliebte. Saskia die sexy Sechzigjährige.

»Nun laß doch, Dor', *du* hättest mit sechzig auch keinen von der Bettkante geschubst, wenn du ein Angebot gekriegt hättest«, tadelte Nora. Sie dachte, ich sei eifersüchtig.

Vielleicht bin ich's.

Saskia.

Aber Rollstuhl machte es auch Kummer, um so mehr, da ihre Töchter jetzt die radikale Gleichgültigkeit ihr gegenüber fast vierzig Jahre lang durchgehalten hatten – sie dachte, sie würde abtreten, ohne sie nochmal gesehen zu haben. Wir wußten, wir mußten sie mitnehmen, als endlich die Einladung zur Geburtstagsfeier unseres Vaters ankam, auch wenn sie nicht offiziell auf der Liste stand, und genau das würden wir auch tun, sobald wir uns entsprechend aufgetakelt hatten.

»Was ziehen wir an heute abend?« fragte Nora.

Kein Problem für Rollstuhl. Sie hatte noch ein wunderbares Norman-Hartnell-Kleid aus den Vierzigern, in das wir sie immer noch reintüten konnten, aß wie ein Vögelchen, kein Milligramm zugenommen. Weißes Satinoberteil, Tüllrock, den wir so locker drapierten, daß man den Stuhl nicht sah. Perlenkette. Ihre Töchter haben sie so was von ausgeplündert, Kissenbezüge voller Kostbarkeiten, aber die Perlen haben sie ihr grade noch am Hals gelassen. Wir badeten sie, mit ihrem Lieblingszusatz: Floris' Tuberosen. Was für ein Geschäft so ein Bad war! Nora nahm den einen Arm, ich den anderen, wir senkten sie in die Wanne. Nora schrubbte ihr den Rücken mit einem Waschlappen. Dann wickelten wir sie in ein großes weiches Badetuch, und Nora richtete ihr das Haar.

»Ihr seid so gut zu mir«, sagte Rollstuhl mit verdächtig bebender Stimme.

»Sei schon still, du alte Drossel«, sagte Nora. Man muß hart mit ihr sein, sonst fängt sie zu weinen an. Wir puderten sie ein, schlugen sie in eine Decke und ließen sie in der Küche, gut geheizt dort, frische Kanne Tee, konnte sie *Brief Encounter* im Nachmittagsprogramm gucken. Wir mußten warten, bis das Wasser für unser eigenes Bad wieder heiß war. Ich nahm ein Parfümfläschchen in die Hand und roch, ein Atemzug Nostalgie.

»Ich sag dir was«, sagte ich zu Nora. »Nimm du ein bißchen Shalimar heut abend, ich nehm mein Mitsuko.«

»Ganz wie in alten Zeiten«, sagte sie mit einem leichten Glitzern in den Augen.

»Wir wollen nicht übertreiben.«

Denn es handelte sich um zwei faltige alte Weiber, die sich jetzt in Kleider schmissen, die etwa im Geburtsjahr unserer Tiff gemacht worden waren, weil seitdem haben wir keine Abendkleider mehr gekauft, brauchten wir nicht in unseren mittleren Jahren; es war unsere kleine Tiff, die uns das schöne Parfüm gebracht hatte, als Erinnerung an die alten Zeiten, Gott segne sie, hat's im Duty-Free mitgenommen, als Tristram mit ihr eine Woche in die Toskana fuhr.

Das war eine Reise unter einem schlechten Stern. Obwohl er sie doch geliebt haben muß, eine kurze Zeit jedenfalls, denn sie war das erste Mädchen, wo er je den Mut hatte, zu Saskia mitzunehmen.

Saskias Villa hockte auf einem Hügel zwischen Florenz und Siena, zwischen den Chiantihügeln, Pinien die Auffahrt lang, Sie wissen schon. Sie haben's vielleicht sogar in ihrem Scheißprogramm gesehen. Sie hat's von der Steuer abgesetzt, weil sie dort mal eine Serie gemacht hat, *In Bocca Toscana*. Ich hab mal eine Folge erwischt, Wiederholung am Nachmittag, ich konnte wegen eines kriminellen Schnupfens nicht aus dem Haus, da war Saskia und streichelte einen Schinken. »Gut haben es die Schweine von Parma!« sang sie. »Jeden Tag bekommen sie Quark, deshalb sind sie so gesund, und nach dem Tode feiern sie postume Prosciutto-Apotheose!«

Ich fragte Tiff genau aus, als sie wieder da war, und sie plapperte eine Weile von reifen Feigen und frischem Basilikum daher, ehe sie gestand, daß sie den größten Teil ihres Aufenthalts mit Dünnpfiff auf ihrem geräumigen Zimmer lag, gefliester Fußboden und Blick über die Weinberge, als Unterhaltung bloß ein Stapel von Saskias Videos, die sie gezwungen war, endlos anzusehen – eine große Leserin war sie nie. Immerhin hatte sie danach soviel Selbstvertrauen, daß sie – obwohl sie nie auch nur ein weiches Ei gekocht hatte – uns jetzt und gleich Spaghetti Carbonara machen wollte, aber wir sagten: Danke nein.

Diese Magen-Darm-Geschichte hörte sich für mich stark danach an, als hätte Saskia eine kleine Extrazutat in die *trippa fiorentina* getan, und andererseits war Saskia zu diesem unerwarteten kleinen Mädel hinreichend höflich gewesen, daß ich höchst mißtrauisch wurde, denn normalerweise war sie unglaublich snobistisch. Aber Tiffany ahnte nichts und war überglücklich. »Seine Familie fängt an, mich zu akzeptieren! Seine Tante war so nett zu mir!«

Nett wie Lukrezia Borgia. Tiff wußte nicht, wie könnte sie auch, daß es zwischen Tristram und dieser Frau schon eine alte Geschichte gab, und ich muß zugeben, sie schaute immer noch gut aus, hatte immer gut ausgesehen, mit der blassen Haut und dem roten Haar, auch wenn sie sich die Augenbrauen und Wimpern immer dazumalen mußte. Die Hälfte ihrer dramatischen Erscheinung war weg, wenn sie sich mal gründlich wusch. Aber die kleine Tiff sah am allerbesten ohne Make-up aus, wenn ihr nur das Haar den Rücken runterhing und –

Geht's schon wieder los, jetzt denke ich an die kleine Tiff, wenn die Chance-Girls ihr bestes Lächeln aufsetzen müssen, die flottesten Kleider aus dem Schrank ziehen und den Hundertsten ihres Vaters feiern.

Ich dachte, irgendwas muß droben sein, das wir anziehen können, weil wir nie irgendeinen Fetzen fortgeworfen haben, der ganze Zinnober ist in Ommas Zimmer verstaut, dem großen Raum nach vorn im ersten Stock mit dem Erkerfenster, bestes Zimmer im ganzen Haus, aber keine von uns hatte das Herz, reinzuziehen, als sie nicht mehr da war, also gab's alle ihre alten Sachen auch noch.

Es war verdammt kalt in Ommas Zimmer und ziemlich düster, nur eine einzige Vierzig-Watt-Birne, die Vorhänge wollte ich nicht aufmachen – als hätte das Licht den Geruch nach Mottenkugeln, gedämpftem Kohl und Gin vertreiben können, der in der Luft hing und bei dem wir uns gerne vorstellten, daß sie sich so postum bemerkbar machte. Ihre Photos standen immer noch den Kaminsims entlang. Peregrine am Ehrenplatz, in der Mitte, in seinem Zauberanzug, auf jeder horizontalen Oberfläche saß ihm eine Taube, sah aus wie ein Denkmal auf einem öffentlichen Platz, und ein Lächeln auf dem Gesicht, an dem man sich die Hände wärmen konnte, wenn's auch nur ein Photo war, und er war tot. Viele Bilder von uns, splitternackt als Babys im Garten hinten, dazu – wenn man genau hinschaute – eine Nachbarin, gleichzeitig schockiert und begierig durch den Zaun linsend. Als kleine Sperlinge in unserer ersten Panto, halbe Portionen. In schwarzen Trikots und blonden Pagenperücken in *What! You Will!* Sogar ein Standphoto von Bohnenblüte und Senfsamen, mondüberglänzt im Wald, und ein schöner Schnappschuß aus dem Forest of Arden, Herumalbern am Swimmingpool mit Peregrine. Mit Matrosenmützchen als moralische Unterstützung unserer Streitkräfte. Immer wir beide zusammen, ewig jung auf Ommas Kaminsims.

Das Porträt, das Cecil Beaton für *Vogue* gemacht hat, das hat ihr nie gefallen, hat sie immer in der Schublade von der Frisierkommode liegen lassen. Er hatte uns als Püppchen zurechtgemacht, Rougeflecken auf den Wangen und entsetzlich künstliches Lächeln, so saßen wir auf dem Boden, Rüschenröcke, die Beine abgewinkelt, als wären sie aus Holz. Spielzeug für reiche Herren. Sehr subtil. Seine Nanny hat ihm immer das Blitzlicht gehalten, wußten Sie das?

Uns Cyn stand auch da, an ihrem Hochzeitstag; dann Uns Cyn mit ein, zwei, drei Kindern, auf dem Arm und dann in verschiedenen Krabbel- und Wackelstadien. Ich war froh, daß Omma von uns ging, eh die Asiatische dann im Jahre 49 Cynthia erwischt hat, sie wollte nie eine von uns überleben.

Und dann stand da das riesige Bett, das sie nie mit jemand teilte, soweit ich weiß, die ganze Zeit nicht, solang wir sie kannten, höchstens gegen Ende mal mit der einen oder anderen Katze. Ihr Bett, abgezogen, die nackten Kissen lagen da wie eine Leiche. Wir hatten das Gefühl, wir müßten flüstern und auf Zehenspitzen gehen.

Als wir den Kleiderschrank aufmachten, sahen wir uns in der Spiegeltür wie in einem Teich aus Staub schwimmen, und einen Sekundenbruchteil sahen wir, mit Weichzeichner, wieder wie junge Mädchen aus. Und diese alten Kleider durchzugehen, das war wirklich eine Reise in die Vergangenheit, kann ich Ihnen sagen. Zuerst die ganze Wäsche – Seide, Satin, Spitze, eau de nil, rosenrot, fleischfarben, schwarz mit roten Bändchen, glatte gerade Dinger aus den Zwanzigern, fließend gleitende Dinger aus den Dreißigern, kurvenreiche aus den Vierzigern, Wespentaillen, Lustige Witwen, Büstenheben. Ganz auf dem Grund des Stapels ergriff meine Hand etwas Marineblaues – die Schlüpfer aus unserer Tanzstunde! Aus Miss Worthingtons Tanzstunde! Man denke nur, Omma hatte unsere alten Hosen aufgehoben!

Dann die Kleider. Manches hatten wir in Plastikhüllen verstaut – schräggeschnittene Seidenjacken, perlenbesetztes enganliegendes Zeug, das ne Tonne wog. Andere waren mit Laken zugedeckt, die weiten Netzröcke, die Taffetkrinolinen, die Rückenfreien, die Trägerlosen, und so weiter und so fort, alles auf Ommas Bett gestapelt.

»Ein halbes Jahrhundert Abendkleider«, sagte Nora. »Eine Weltgeschichte der Partykleidung.«

»Wir sollten's dem Victoria and Albert stiften«, sagte ich.

»Warum sollte jemand Eintritt zahlen, um meine alten Kleider zu sehen?«

»Früher haben sie bezahlt, um dich ohne zu sehen.«

»*Uns* sollte man ins Museum stecken.«

»Wir sollten dieses ganze Haus zum Museum machen.«

»Ein Staubmuseum.«

Nora wühlte in den alten Lappen und lachte leise. Sie hielt ein schaumigweißes Georgette-Teil mit Kristallperlen hoch.

»Der Super-Chief!« sagte sie. »Weißt du noch?«

»›Sie trug etwas Dünnes, durchsichtig Weißes, trügerisch Jungfräuliches, das einen harten Glanz bekam, wenn sie sich bewegte, eine zweideutige Spinnwebweiche, durchzogen von einer geheimen Ader aus Eis. »Haben Sie mal Feuer?« Halb vertrauensvoll, halb dreist, eine heisere Stimme, älter als das blasse Gesicht mit dem purpurnen Lippenstiftherz, stolz auf ihre Gossenrauheit, die sie heraushängte wie eine geschwenkte Fahne‹.« Buchstabe I wie Irish, Ross »Irish« O'Flaherty, *Hollywoodelegien.* Genau das Kleid! Er wußte nie, daß ich mir's von Daisy geborgt hatte.

»Warum verkaufst du's nicht an diese Bibliothek da in Texas? Ich hab in der Zeitung gelesen, die haben einen Karton leere Flaschen von ihm erworben.«

Aber ich hatte ein zwiespältiges Andenken von ihr gefunden, um sie ein bißchen zu necken.

»Hier, Nora . . . hab nicht gewußt, daß du den aufgehoben hast.«

»Gib her!«

Sie riß ihn mir aus der Hand, den Schleier, den die Studiogarderobiere vom *Traum* angebracht hatte, daß sie Tony drin heiraten konnte.

»Dieser Bastard«, sagte sie. »Ich hoffe, er liegt sechs Fuß tief im Beton.«

Sie stopfte den Schleier unter ihre Luftschutzuniform, und etwas aus Chiffon glitt zu Boden.

»Dora? Weißt du noch?«

Sie hielt es hoch. Geblümt – große üppige Rosen, Rhododendron, Päonien, gedämpfte Farben: Dämmerrosa, weiches Mauve, Lavendel. Ich preßte den Stoff an mein Gesicht, er war weich wie Staub. Erster Kuß, erste Liebe, Augen blau wie Zuckerpapier und eine Haut wie Sahne.

»Ich bitte dich, mein Lieb, denk einst daran.«

Er ist nie mehr von der Burma Road zurückgekommen. Ein Komiker hat's mir mal hinter der Kulisse gesagt, 52, *Nackte Tatsachen* in Sheffield.

»Komm, Dora, kein Grund zum Weinen.«

»Weißt *du* noch, wie er hieß?«

Sie fragte mich, mit den hochgezogenen Augenbrauen: Wer?

»Du hast mir an unserem Siebzehnten ein Geburtstagsgeschenk gemacht, weißt du noch? Heute haben wir wieder Geburtstag, es war heute vor achtundfünfzig Jahren. Es war mein erstes Mal, weißt du noch?«

Sie dachte und dachte nach, aber sie konnte sich bloß an ihr eigenes erstes Mal erinnern und an die Gans und die Fehlgeburt, und dann zogen sich ihre Mundwinkel herab.

»Manchmal«, sagte sie, »komm ich mir ein wenig einsam auf der Welt vor. Kommst du dir nicht auch ein wenig einsam vor, Dora? Kein Vater, keine Mutter, keine lieben Kinder. Möchtest du nicht manchmal was zum Knuddeln?«

Keine lieben Kinder. Das war für sie, ich wußte es wohl, das Wichtigste, aber jetzt hatte es kaum mehr Sinn, sich über ungelegte Eier den Kopf zu zerbrechen, na ja, diese Metapher ist etwas merkwürdig in diesem Zusammenhang. Zu spät, jetzt noch was dran ändern zu wollen.

»Ich muß zugeben, manchmal ist es wirklich sehr einsam, vor allem, wenn du oben in deinem Zimmer hockst und auf deinem blöden PC rumklavierst, tief in der Vergangenheit, und ich sitz drunten, als einzige Gesellschaft das Greisenalter.«

»Sprich nicht so von unserem armen Rollstuhl.«

»Ich mein nicht den Rollstuhl, das weißt du gut. Ich meine *unser* Alter, der vierte Gast bei Tisch.«

»Du mußt das Positive sehen«, riet ich. »Ich hab dich, und du hast mich, und wir haben beide Rollstuhl, man könnte die Lady unser kleines Greisenkind nennen, immerhin baden wir sie, füttern sie, wir wechseln ihr sogar die Windeln. Unser Vater hat sich zwar vor seinem Job gedrückt, aber wir haben einen echten Sugardaddy in Onkel Perry gehabt, das kannst du nicht bestreiten. Unsere Mutter haben wir nie gekannt, aber Omma ist in die Bresche gesprungen, hoch drei, mußt du auch zugeben.«

Die Glühbirne flackerte – aus, an –, als wollte Omma ihre Zustimmung zum Ausdruck bringen.

»Und trotzdem«, sagte sie, »wünschte ich . . .«

Sie knüllte den alten Chiffon zusammen und drückte ihn an die Brust.

»Wenn Tiff zu uns gekommen wäre«, sagte sie und wiegte das Chiffonbaby in den Armen, »hätt ich –«

Ich rieb mir die überquellenden Augen mit den Knöcheln trocken. Keine Tränen mehr heut.

Dann geschah etwas Komisches. Etwas sprang vom Bord, wo die Hüte lagen. Nein, nicht »sprang« – es warf sich herunter, das trifft's besser, weil es aus dem Schrank gekurvt kam wie eine Fliegende Untertasse, semmelte durch den Raum, als wollte es uns die Köpfe absäbeln, daß wir uns duckten. Es schlug gegen die andere Wand, fiel auf den Boden, flatterte kurz und lag still.

Es war ihr Hut, ihr kleiner alter Hut mit dem gepunkteten Schleier, der wie ein Diskus da herausgesegelt war. Und als wir ihn nervös untersuchten, ging eine Lawine Handschuhe nieder – all ihre Handschuhe, alles rutschigglatte Lederdaumen und Lederfinger, die uns umwirbelten, als wohnten Hände in ihnen, uns klapsten, angriffen, uns ohrfeigten, daß wir uns schutzsuchend an den Händen faßten und wie verängstigte Kinder den Rückzug antraten, als mehr und mehr von Ommas Sachen – Wachstuchtaschen, Korsetts, Schlüpfer wie Segel, Strümpfe, die wie Schlangen zischten – aus dem Schrank herausströmten und auf uns herabprasselten. Wir wichen zurück, bis wir uns die Waden an der Bettkante stießen, daß wir von der Berührung mit dem kalten Metall zusammenzuckten, und dann schloß sich die Kleiderschranktür von selber mit einem gespenstischen Knarren und machte die eigene Leere zu. Wir sahen unsere erschrockenen Gesichter im Staub des Spiegels an.

»Omma will uns etwas sagen«, sagte Nora ehrfürchtig.

Die Tür knarrte mit Nachdruck.

»Sie sagt uns, daß der Weg in die Vergangenheit eine Sackgasse ist«, sagte ich. Ich konnte ihre Stimme laut und deutlich hören: »Schluß jetzt, Mädels! Ergreift den Tag! Noch seid ihr nicht tot! Ihr habt ne Party vor euch! Rechnet mit dem Schlimmsten, hofft auf das Beste!«

Wir schlugen alle Vorsicht in den Wind und plünderten das Marmeladenglas, wo wir unseren Seniorennotgroschen aufbewahrten, Geld für Kränze bei plötzlichen Beerdigungen, Taxis ins Krankenhaus und so. Die Läden waren noch offen, wir rannten auf den Markt. Electric Avenue runter, an den Gemüseständen vorbei. »Da, Mädels, wie wär's mit nem Witwentröster?« sagt er und streckt uns ne Aubergine hin. »Mehr haben Sie nicht zu bieten?« gab ich zurück.

Ganz plötzlich fühlte ich mich obenauf. Dann sah ich sie. »Schau mal, Nor', da kommt der Tierschutz.« Wir richteten uns zu unserer vollen Größe auf; wir hatten gelernt, daß wir uns wegen unserer Mäntel zu verteidigen hatten.

»Würde an einem Fuchs besser aussehen, Tantchen«, sagte der junge Mann – die Knie kommen durch die Hose durch, den Nacken hat er sich ausrasiert, warum muß er uns jedesmal anmachen?

»Nicht an diesem Fuchs«, sagte Nora, ganz *grande dame.* »Der auf humane Art und Weise nach der uralten Methode eines ökologisch weisen Eskimojägers um 1935 gefangen worden ist, junger Mann, ehe noch Sie oder auch nur Ihre werte Mutter ins Bett geschissen haben, und besagter Trapper ist wahrscheinlich mittlerweile dem Alkohol und der Verzweiflung zum Opfer gefallen, weil man ihm seinen traditionellen Erwerb genommen hat, und so oder so wären diese Füchse schon längst tot und verfault, wenn wir nicht ihre liebevoll erhaltenen Felle tragen würden.«

»Freut mich, daß ihr Schuldgefühle habt, Mädels«, sagte der junge Mann.

Er überreichte uns das übliche Traktätchen. »Ich beiß auch gern in eine schöne stramme Wurst!« vertraute Nora ihm lasziv an. Er hielt sich tut swiet die Hände vor die Hose.

»Manchmal denk ich, Omma ist zu früh auf die Welt gekommen«, sagte ich zu Nora.

»Wenigstens demonstrieren sie noch nicht an den Blumenständen«, sagte sie.

Auf dem Markt von Brixton kann man alles kaufen, was man will. Wir holten uns Strümpfe, die mit kleinen silbernen Sternen übersät waren, »mehr Sterne, als am Himmel stehen«, erinnerte sich Nora an MGM. Ich schob einen Zwanziger rüber für die Strümpfe und zuckte zusammen, als ich auf der Rückseite den alten Bill aufgedruckt sah. Das war jetzt mal was – Shakespeare, dem unsere Familie so viel verdankte, hatte sich tatsächlich in Landeswährung verwandelt, und nicht nur irgendein Geldschein, nein, eine ganz nett hohe Note. Nicht so hoch allerdings wie Florence Nightingale, was mich als Frau befriedigt.

Wunderschöne glänzende Strümpfe und zwei kleine kurze enge Röcke aus glänzendem Silberzeug dazu, die saßen wie eine elastische Binde und betonten unsere

Beine. Beine – das Letzte, was altert. Wir haben noch in den späten Sechzigern für Strumpfwerbung posiert, müssen Sie wissen. Bear Brand. Den halben Oberschenkel mußten sie natürlich abschneiden, daß man die Falten nicht sah. Für Frauen in unserem Alter sind unsere Beine immer noch gar nicht schlecht. Nora spielte mit so einer Art Netz-BH aus Lycra, ich dachte, vielleicht was mit Federn ... Kinder drängten sich kichernd, der Mann am Stand mit den Seebarben schüttelte traurig den Kopf. Alle dachten, die Chance-Sisters seien jetzt endgültig meschugge. Goldene Stöckelschuhe mit richtigen Bleistiftabsätzen gab's im Angebot, da schlugen wir zu. Wir kamen mit einem Armvoll Kram nach Hause, Ohrringe, Glasperlen, was man sich nur denken kann, billig und lustig, wir haben seit Jahren nicht so gelacht, und das Wasser war jetzt heiß genug, daß wir zusammen ein Bad nehmen konnten. Danach schlüpften wir in unsere Frotteemäntel, holten unsere Morgengesichter mit Reinigungscreme runter, fingen bei Null an.

Basis. Dunkel in den Höhlungen der Wangen und an den Schläfen, übergehend in einen helleren Ton überall sonst. Rouge, bloß heißt das heute Blusher. Zwei Sorten Blusher, eine, um die Hazardknochen hervorzuheben, eine andere, um uns rosige Wangen zu verpassen. Nora tut sich gern eine winzige Spur auf die Nasenspitze, warum ist mir völlig unklar, alte Gewohnheiten sterben schwer. Drei Sorten Lidschatten – dunkelblau und hellblau mit dem kleinen Finger auf den Lidern vermischt, dann alles mit Silber überzuckert. Dann unsere zwei Schichten Wimperntusche. Als Lippenstift heute: Rubies in the Snow, von Revlon.

Es brauchte eine Ewigkeit, aber wir zogen's durch – wir malten die Gesichter, die wir immer verwendet hatten, auf die Gesichter, die wir jetzt haben. Aus dreißig Fuß Entfernung im Gegenlicht sahen wir auf den ersten Blick so aus wie die Frau, die einst mal mit dem Prince of Wales getanzt hat ... als die Nachtigall sang am Berkeley Square ... in London an einem nebligen Tag. Wie die Erinnerung trügt. *Die* Frau war glatt wie ein Ei, und der Lippenstift setzte sich ihr nie in die kleinen Sprünge und Falten um den Mund herum, weil es in jenen Tagen keine gab.

»Es ist die Tragödie aller Frauen«, sagte Nora, als wir unsere Meisterwerke der Malerei betrachteten, »daß sie ab einem gewissen Alter aussehen wie Damenimitatoren.«

Abgesehen davon, wissen Sie, haben wir zu unserer Zeit ein paar ganz hinreißende Damenimitatoren gekannt.

»Und was ist die Tragödie aller Männer?« wollte ich wissen.

»Daß sie nicht so aussehen, Oscar«, sagte sie. Sie kann mich immer noch überraschen. Daß sie sich mit Oscar Wilde auskannte! Ich richtete ihre Nägel her, sie meine. Nach einer längeren Diskussion – sollten sie zu den Lippen passen? – entschlossen wir uns zu Silber, so paßten sie zu unseren Beinen. Sie richtete mir das Haar, ich ihres. Auch Silber, kann man nichts machen. Wir verschwanden in einer Wolke Parfüm und kamen verwandelt wieder hervor – wir sahen aus wie das, was all die Jahre die verdammten Hazards von uns gedacht hatten, geschminkte Dirnen, und dazu noch welche auf dem absteigenden Ast.

»Oh, meine Lieben!« murmelte Rollstuhl und tupfte sich die Lippen mit einem Papiertaschentuch, um ihr Lancôme-Bois de Rose richtig hinzukriegen. »Seid ihr nicht sehr weit gegangen, was meint ihr?«

Mit ihrem weißen Ballkleid und den Perlen sah sie wirklich schön aus, nicht mehr so sehr Miss Haversham, eher der Geist der vergangenen Weihnacht.

»Man muß einfach mit der Zeit gehen, Darling«, sagte Nora.

»Ich nicht«, sagte Rollstuhl. »Ich lebe dieser Tage meist in der Vergangenheit. Es bekommt mir besser.«

Ihre Augen drehten sich ehrfürchtig zu Melchiors Porträt hin, sie hatte damals darauf bestanden, es mitzubringen, auch wenn wir's etwas beschneiden mußten, damit es an die Wand paßte, und sie keine Blumen mehr davor aufstellte – wir weigerten uns schlicht und einfach, ihr welche zu besorgen, und selber welche holen, das konnte sie nicht.

Also sehnte sie sich immer noch nach Melchior, nach all den Jahren? Glauben Sie nicht, daß sie eine Heuchlerin war, ihn jetzt all diese vergessenen, verachteten Jahrzehnte zu lieben, nachdem sie in ihrer Jugend nichts gegen einen kleinen Seitensprung gehabt und ein Pärchen süßer Babys ins Haus gebracht hatte, die der DNA von E. I. Nemanderen zu verdanken waren. Wenn Sie glauben, sie sei eine Heuchlerin, dann wissen Sie gar nix von den Frauen. Nein. Sie liebte den alten Melchior sehr wohl, und, arme Alte, sie liebte auch ihre bösen Töchter immer noch, denn da standen sie, auf dem Nachttisch, neben den Pillendöschen und der Flasche Mineralwasser, in einem Rosenholzrahmen, die Maienknöspchen, ja, wie einst im Mai, als könnten sie kein Wässerchen trüben.

Es fing an zu regnen, stetig rieselte es gegen's Fenster. Aprilschauer. Der dreiundzwanzigste April. Ja! Melchiors Schicksal war ihm seit der Geburt vorgezeichnet, er war dazu verurteilt, die Pappkrone zu tragen. Hatte er nicht an Shakespeares Geburtstag das Licht der Welt erblickt?

Wir beide auch, natürlich. Aber all die kleinen Kinder in der Bard Road sangen ein Lied auf Charlie Chaplin am Tag unserer Geburt, und Omma trug uns ans Fenster, daß wir die Hemden und Schlüpfer in ganz Lambeth an den Wäscheleinen tanzen sehen konnten. Das hat schon einen Unterschied gemacht. Wir waren dazu verurteilt, zu singen und zu tanzen.

Dann richteten wir Rollstuhl die Nägel, nur Maniküre und Polieren, sie hat nie was gesagt, aber ich weiß, sie hält Nagellack für vulgär. Spritzer Arpège. Das Telephon klingelte nie währenddessen. Jedesmal, wenn ich es anschaute, klingelte es nicht. Und Brenda kam auch nicht mehr vorbei.

5

Wir überquerten den Fluß. Der Fluß liegt wie ein Schwert zwischen Brixton und dem Glamour. Mich würde interessieren, weshalb man von *Father* Thames spricht.

Im Regent's Park kauerten die Büsche sich zusammen wie sprungbereite Bären, und die Beete von Narzissen und Tulpen wirkten blaß und leicht gespenstisch, wie sie sich in unserem Geburtstagwind wiegten, der jetzt wieder frischer wurde, feucht nach dem Regen, warm. Die Straße vor dem Hause Hazard – was für ein Gedränge! Eine lange Reihe Wagen, grelle Scheinwerfer auf Ständern, Kabel, über die man stolpern konnte, und jede Menge Fernsehpersonal – kahlköpfige Männer in Parkas mit Brille, die sich in enggedrängten Gruppen besprachen, Mädchen in Jeans, die mit Clipboards hin und her rannten, dazu Fans, Neugierige und Müßiggänger in großer Zahl, welche die Hälse reckten.

Das Haus der Hazards war sehr hübsch. Ein- oder zweimal waren wir ganz beiläufig vorbeigeschlendert, nur um mal zu sehen ... Die ausgesperrte Liebe draußen vor der Tür, Schätzchen. Stuck und Säulen und ein Portikus vor der Tür, ein breiter Erker, eine steinerne Treppe zum Portal hinauf, wir hatten oft davon geträumt, hinaufzugehen, und würden das jetzt auch mit Grandezza tun, auch wenn wir einen stämmigen Domestiken für Rollstuhl finden mußten.

Aber Rollstuhl wurde der Anblick der Fernsehcrews zuviel. Da saß sie nun hinten im Taxi – wir hatten ein richtiges Taxi genommen, in so ein Minicab hätten wir sie nie reingekriegt – und weinte und klagte. Wie? Landesweit in den Neunuhrnachrichten gezeigt, wie man sie wie einen Wäschesack durch die Gegend trug? Was für eine Demütigung! Das traurige Ende der schönsten Frau ihrer

Zeit! Sie fing an zu lamentieren, aber glücklicherweise hatte Nora ein großes weißes Chiffontuch in ihrer goldgewirkten Handtasche, falls dem armen alten Ding gegen später die Schultern kalt werden sollten, also warf sie das jetzt über Rollstuhls Kopf. Sofort Stille. Ich rief einen vorbeigehenden Bediensteten her, der komplett kostümiert war, Trikot und Pumphose.

»Seien Sie doch so nett, diese Dame die Treppe hinaufzutragen, wir kommen mit dem Stuhl nach.«

»Ist mir ein Vergnügen«, sagte er und lächelte Rollstuhl mit der resoluten Freundlichkeit an, die man ganz alten Leuten und Kindern gegenüber zeigt. Sie war so leicht, daß er sie mühelos hochheben konnte – in ihrem weißen Kleid und ihrem Schleier sah sie aus wie eine Nonne oder ein Geist oder eine sehr alte Braut, bis sie ihm plötzlich unter dem Schleier hervor einen blitzenden Blick ihrer Lyndeblauen Augen zuwarf, und er errötete, richtete sich kerzengerade auf, er trug sie überrascht und stolz an surrenden Fernsehkameras vorbei, Blitzlichter zuckten staccato, und ein Gemurmel lief durch die Menge: »Wer ist das? Wer ist das?« Denn als ihre Augen aufblitzten, ihre schönen alten Knochen klar sichtbar waren, da war sie wieder die Lady A. von früher, und alles starrte mit offenem Mund.

Nora kämpfte mit dem Rollstuhl, versuchte ihn zusammenzuklappen, während ich das Taxi zahlte.

Um uns her lag nun eine Szenerie, wie der arme Irish sie so liebend gern gehaßt hatte. Noble Autos fuhren vor und spieen Tuxedos und lange Abendkleider aus – das Wageninnere war bei offener Tür immer kurz erleuchtet, so daß jedes Paar einen kurzen, aber eindrucksvollen Auftritt hatte. Die Menge tobte vor Begeisterung. Obwohl die Gäste alle bis jetzt alte Zausel wie wir auch waren, muß ich sagen, daß ich niemand erkannte, zweifellos, weil sie alle legitim waren.

Und dann spürte ich, wie mich etwas am Ärmel zog, ein zerlumpter Alter bettelte. Sobald ich ihn sah, stieg in mir eine unklare Erinnerung auf, aber ich wußte nicht, wo er hingehörte, nicht gleich.

In meinem Alter wird das Gedächtnis großartig wählerisch. Ja – ich erinnere mich mit halluzinatorischer Eindringlichkeit an Sinneseindrücke. Eine Hand auf meiner Brust, wenn ich auch nicht mehr genau weiß, wessen Hand. Der Geschmack eines Schinkensandwichs damals in jenen Tagen, als der Schinken in der Pfanne summte wie eine Biene im Lavendel. Das Gefühl des Sonnenlichts auf dem zarten Nacken an jenem Tag, als wir zum erstenmal die Haare geschnitten bekommen hatten. Aber etwas anderes heraufzuschaufeln, das kostet Anstrengung, kann ich Ihnen sagen. Ich könnte um mein Leben nicht sagen, wie jetzt die Marke von Irishs Lieblingsfusel hieß – neulich hab ich's versucht, und dabei hat er mir immerhin zum Abschied eine Flasche davon nachgeworfen. Eine volle dazu. Sie ist an der Wand zerklirrt, alles lief runter. »Ach schau doch«, sagte ich, »die Karte von Irland.« Er begriff den Witz nicht. »Er muß dich sehr geliebt haben, um eine ganze Flasche einzusetzen«, sagte Nora, als ich ihr's erzählte.

Aber wie hieß die Marke? Wenn man auf diese kleinen Details achtet, glauben einem die Leute alles.

Old Bushmills? Vielleicht war's Old Bushmills. Armer Irish. Schon vor langen Jahren ab in die große himmlische Destille.

Ich habe in vieler Hinsicht ein völlig ausreichend funktionierendes Gedächtnis, aber in anderer Hinsicht wieder nicht, und da stand ich und zerbrach mir den Kopf, während er heiser rief: »Ein halbes Pfund für ne Tasse Tee, Lady?«

Er streckte die Hand aus, und ich sah zwischen den Rändern seines unaussprechlich dreckigen Hemds, dem alle Knöpfe abgefallen waren, unter den fleckigen Revers seines Militärmantels die Umrisse von Europa und Afrika. Vor mir stand, was von Gorgeous George noch übrig war.

Wie sind die Helden so gefallen im Streit! Obwohl ich schon damals gesehen hab, wie's lief, im *Traum*. Es war ein Wunder, daß er noch ein halbes Jahrhundert durchgehalten hatte. Wenn ich mir's überlegte, er mußte so alt wie Melchior selber sein; so alt wie Perry, wenn Perry noch leben würde.

Ich merkte, daß ich mich an unzeitigen Tod erinnert hatte, und die festliche Stimmung, an der ich so tapfer arbeitete, verflog.

Warum hatten wir uns dann aber fein gemacht und waren hinaus in die Nacht, wenn unsere Herzen grade eben gebrochen worden waren? Gute Frage. Wegen unserem alten Herrn, nehm ich an. Um unserem Autor und Hervorbringer die Ehre zu erweisen, auch wenn er uns zu den Remittenden gelegt hatte.

Ich hab vielleicht meinen Vater nie richtig gekannt, im Sinne einer intimen Beziehung, aber ich wußte, wer er war. Ich war ein kluges Kind, was?

Ich stand gebannt da und schaute Gorgeous George an, aber er erkannte mich nicht.

»Dann halt nen Shilling«, sagte er, die halbe Hoffnung aufgebend, aber nicht die ganze. Seine Stimme war von der Zeit und vom Schnaps zerstört. Das harte Licht der gelben Straßenlampen bleichte das ganze Rosa aus seinen Kontinenten. Ich hatte einen Zwanzigerschein in der Hand, für den Taxifahrer. Shakespeare, auf der Banknote, sagte: »Komm, sei so gut.«

»Hier bitte«, sagte ich und drückte ihm, der mal Zettel den Weber dargestellt hatte, ein Stückchen seiner Literatur in die Hand. »Nehmen Sie's für den *Traum*. Sie kriegen es unter einer Bedingung: Sie müssen es alles vertrinken.«

Er schnappte sich die Banknote, aber er warf mir einen pikierten Blick zu.

»Was denken Sie von einem alten Soldaten?« sagte er vorwurfsvoll.

»Auf geht's«, sagte ich. »Wissen Sie nicht, daß wir heute Shakespeares Geburtstag haben? Mit Gott für England, Heinrich und Sankt Georg! Los jetzt, auf die Gesundheit der Bastarde.«

Er schaute mich etwas schräg an, als würde er mich da mißverstehen, aber er machte keinen Aufstand, nicht wo der Preis einer Beleidigung glatte zwanzig Hebel waren, also wankte er flott davon, seine Beute fest in der Hand, konnte sicher kaum glauben, was ihm da Glückliches passiert war.

»Den sollten Sie nicht noch in die Kneipe schicken«, sagte der Taxifahrer tadelnd.

»Ich hab ihn früher mal gekannt«, sagte ich und zahlte, ich schob ihm noch einen Shakespeare rüber, um meine Großzügigkeit für die verkommene Armut auszugleichen. Hab ein feines Ohr für plumpe Andeutungen.

»*Komm* schon«, sagte Nora, die unruhig auf den Stufen hin- und herhüpfte.

Wir marschierten synchron die Treppen hoch und zeigten unsere antiken, aber immer noch nicht völlig abgewrackten Beine mit wilder Hingabe: Mit gleichzeitiger Bewegung zogen wir die Silberfuchsmäntel runter und ließen sie hinter uns herschleifen, und all die Blitzlichter gingen auf einmal los. Ich fühlte mich richtig erfrischt.

Schönheit und Berühmtheit wimmelten in der Eingangshalle unten umher, und kleine Dämchen in elisabethanisch dekolletiertem Kostüm nahmen allen die Mäntel ab. Lautenspieler in authentischer Kleidung, immer eine Nummer auf den Partys unseres Vaters, drängten sich auf dem Treppenabsatz droben, und alte Musik schwebte herab. Es kam, herrlich! noch eine Treppe, die in großzügigen Kurven hinaufschwenkte, wie Mae West.

»Wo ist Rollstuhl? Was hat der Bursche mit ihr angestellt?«

»Keine Ahnung.«

Wir schlugen uns Rollstuhl erst mal aus dem Kopf, gaben unsere Pelze ab und legten Hand in Hand noch einen Hollywoodaufgang hin, die zweite Treppe hoch, obwohl ich den üblichen bösen Schock bekam, als ich uns beide in dem großen goldgerahmten Spiegel oben am Treppenende erblickte – zwei komische alte Mädels, zolldick angemalt, Kleider sechzig Jahre zu jung, Sterne an den Strümpfen und winzige Röckchen überm Po. Parodien. Nora erblickte uns zur gleichen Zeit wie ich, und auch sie blieb stehen.

»O je, Dor'!« sagte sie. »Wir haben etwas übertrieben.«

Wir konnten nicht anders, wir mußten lachen über den tollen Anblick, den wir boten, und so, von schwesterlicher Zuneigung gestärkt, stolzierten wir kühn in den Ballsaal. Wir konnten denen allen immer noch das eine oder andere zeigen, auch wenn sie den Anblick vielleicht nur schwer aushielten.

Dieses Haus verfügte über einen Ballsaal, und der war schon sehenswert. Der Erker an der einen Seite wölbte sich direkt über den Park, und am anderen Ende waren lange Fenster bis zum Boden. Rote Marmorsäulen mit goldenen Kapitellen hielten die Decke, die mit Akanthuskränzen, Ananas, Harfen, Palmwedeln, Trauben und versteckten Putten in Gips übersät war. Ein tonnenschwerer Hochzeitskuchen in Form eines Lüsters hing an einer Kette, strahlte, zwinkerte, warf Regenbogenlichter, und er war mit echten Kerzen besteckt. Überall gab es Kerzen, in Wandleuchtern, Kandelabern, einzeln postiert und in Bataillonen, sie füllten die Luft mit dem Duft von heißem Wachs, wärmten uns alle, schmeichelten dem Teint, der im ganzen Saal alt war, die

Kellner ausgenommen, die in ihren Pumphosen durch die Menge glitten, zischende Schampuskelche auf den silbernen Tabletts, kopfüber im Parkett gespiegelt wie bei einem Zaubertrick.

Und mir stand das Herz still, ich war wieder siebzehn, ich war eine Jungfrau, die sich mit klopfendem Herzen die Nase pudert, denn überall stand Flieder, Flieder. In Schalen, in Vasen, in Füllhörnern. Weißer Flieder, florales Leitmotiv des Abends. Ich war ganz schniefig wegen dem Fliedergeruch, als wir uns in der langen Reihe auf meinen Vater zu bewegten, der in einem Alkoven empfing, auf einer Art Thronsessel.

Er trug im Gegensatz zu den meisten männlichen Gästen weder Smoking noch Schwalbenschwanz, sondern hatte einen recht majestätischen und üppig bestickten purpurroten Kaftan an. Ich dachte mir: Kolostomie! Aber der Kaftan gab einen wunderschönen Kontrast zu seinem ziemlich lang getragenen, zinnfarbenen Haar ab, das immer noch dicht und schwer war. Er hatte Ringe an den Fingern wie ein König oder ein Papst und ein großes goldenes Medaillon um den Hals. Er sah herrscherlich, aber festiv aufgelegt drein. Mein Herz stolperte ein wenig und begann schneller zu schlagen.

Wir warteten geduldig in der Reihe, um ihm alles Gute zum Geburtstag zu wünschen, zwischen einem geadelten Schauspieler und einem Fernsehshowmaster, die sich über uns hinweg mit leerem Gebrabbel unterhielten, was uns stark irritierte – aber wir beschlossen, es für diesmal hinzunehmen, daß alte Damen unsichtbar waren (beachten Sie bitte, daß wir zwar aufgedonnert waren wie sonstwas, aber durch Alter und Geschlecht trotzdem unsichtbar), weil's ein besonderer Anlaß war. Im Regelfalle löst eine solche Unsichtbarkeit bei uns hitzige Diskussionen aus. Ich schnappte mir ein paarmal den Champagner, wenn er gerade vorbeigesegelt kam. Ich war verdammt nervös, ich sag's Ihnen.

Ich sah mich nach Rollstuhl um, aber ich konnte sie nirgendwo sehen, und ich hätte wohl angefangen, mir Sorgen über sie zu machen, wenn ich jetzt nicht langsam wegen mir selber besorgt gewesen wäre, genauer gesagt wegen der Kapazität meiner Blase, weil der geadelte Schmierant Melchior einmal die Hand küßte, dann zum zweitenmal, dann nochmal für die Kameras, weil irgendwas schiefgelaufen war, dann klappte wieder was anderes nicht, und das Leben war wie ein Endlosband, und ich wünschte, ich hätte das letzte Glas Champagner nicht getrunken, als ich daran dachte, wie ich mich aus Nervosität beim allerersten Mal bepinkelt hatte, als ich ihn sehen durfte. Aber Nora war ganz ruhig, obwohl die Lautenisten Melodien zum Herzzerreißen spielten, »Semper Dowland, semper dolens« und »Lachrymae«.

Die dritte Lady Hazard in einem Vivienne-Westwood-Kleid, das für ihr Alter ein wenig zu pfiffig war, stand wachsam neben ihrem Gatten auf dem Posten, die diamantschwere Hand beschützend auf seiner Schulter, aber ihr Blick ging ständig in dem überfüllten Raum hin und her, wo die Düfte von teurem Parfüm und Aftershave mit Flieder und Kerzenwachs im Wettstreit lagen, und wo langsam auch köstliche Essensdüfte hereindrangen. Eine Pumphose schwankte mit einem schwerbeladenen Tablett Hähnchenschlegeln vorbei; ich war halbverhungert, wir hatten das Mittagessen ausfallen lassen, aber wir konnten ja schlecht hinknien und unseren Vater um seinen Segen bitten, und dabei ein Hühnerbein in der Hand, was? Lady Margarine hatte ein so starres Lächeln aufgesetzt, daß die Nähte ihres Liftings schwer zu tun hatten, aber man konnte sehen, daß sie nicht glücklich war mit der ganzen Chose.

Natürlich! Sie hielt nach Tristram Ausschau.

Von dem nix zu sehen war.

Ich fragte mich, ob wohl der geheimnisvolle Pater Gareth Hazard SJ auftauchen würde und wenn ja, ob im Habit. Ich litt an einer gewaltigen Neugier auf Pater Gareth – ich hatte ihn noch nie gesehen und hätte viel drum gegeben, in meiner Eigenschaft als inoffizielle Chronistin der Familie Hazard mal einen Blick auf ihn werfen zu dürfen, weil nach den ganzen Vätern in unserer Familie und ihrer Aufführung schien es nur recht und billig, daß wir am Ende einen zölibatären Mann hervorgebracht hatten – einen Neutralen sozusagen.

Die Kameraleute waren überall, wie die Fliegen. Man konnte nie wissen, wann einer seine Nase plötzlich in dem Glas hatte, das man in der Hand hielt. Von einem Kellner erfuhr ich, daß die ganze Party vom ersten Hallo bis zum letzten Schluckauf für die Nachwelt aufgezeichnet wurde; unser Vater mußte sich bis zum bitteren Ende vor der Öffentlichkeit ausstellen.

»Bohnenblüte!« rief er. »Und Senfsamen!«

Er legte einen Arm um jede von uns, während Lady Margarine unerbittlich weiterlächelte, sie machte keine Pause zwischen den einzelnen Kunden, und ihre Gedanken waren unbezweifelbar ganz anderswo, sonst hätte sie wohl gefragt, wer zum Teufel wir wären, wir Senioren im Miniröckchen auf unseren wackligen Stöckelabsätzen. Sie erkannte uns natürlich nicht wieder, aber *wir* erinnerten uns schon noch, sonntags auf der Lynde-Farm im Patchworkdirndl, serviles Gekicher über irgendeine spitze Bemerkung von Saskia. Aber Melchior umarmte uns beide, so fest er im Sitzen konnte. Dann schloß er die Augen und holte tief Atem.

»Jetzt, meine Lieblinge, müßt ihr meinem Gedächtnis auf die Sprünge helfen ... welche von euch nimmt Shalimar und welche Mitsuko?«

Dieses Lächeln! Und, verdammt, wir verliebten uns

wieder in ihn, genau wie an jenem Bankfeiertag im August vor all den Jahren, als er uns zuerst das Herz brach, als er ängstlich und jung war und töricht. Wir sahen, daß er nun nichts mehr von all dem war. Wir waren wieder verliebt, abgestürzt, Hals über Kopf. Wir brauchten keine Worte. Worte hätten nichts genutzt. Dieses Lächeln. Nora weinte Wasserfälle, und er streckte seine alte, dickadrige, fleckige Hand aus und berührte zögernd, zitternd ihre Wange, daß einem gleich das Herz brechen wollte.

»Du solltest nicht weinen«, sagte er. »Nicht an unserem Geburtstag.«

Das war's. Jetzt legte ich auch los.

»Dad«, sagte Nora, und ich sagte: »Dad.« Er umarmte uns wieder. »Meine herrlichen Mädels.« Ich weiß nicht, was ihn geändert hat. Vielleicht ... vielleicht dachte er, als er die arme kleine Tiff so verwirrt bei der Spielshow sah, zum erstenmal seit Jahrzehnten an die hübsche Kitty. Vielleicht. Er hielt sein Profil leicht angewinkelt, daß sein Doppelkinn nicht ins Bild kam, er konnte nichts dazu, es lag ihm im Blut. Bloß weil er öffentlich bereute und halb England dabei zusah, hieß das noch nicht, daß es nicht echt war. Er drückte uns noch einmal und noch einmal, er machte all die Umarmungen gut, die wir nie bekommen hatten. An einem schönen Abend voller Fliederduft, als ich siebzehn war, hat er mich zum Tanzen aufgefordert, und eigentlich sollte er jetzt den Kreis schließen und mit Nora aufs Parkett gehen, aber der Fernsehfuzzi hinter uns schob und drängelte, um an seine Gegenwart zu erinnern, und wir sagten: »Bis später, Dad!« und machten uns davon.

Wir holten uns noch einen Schluck und versteckten uns hinter einer Säule, um uns zu sammeln. Wir grinsten wie die Honigkuchenpferde, wir konnten nicht anders. Nicht, daß er was gesagt hatte. Nicht, daß sich was geändert hatte. Aber wir hatten ein bißchen Liebe abgekriegt.

Das Hühnertablett kam vorüber, sie nahm sich einen Schlegel weg. »Ich könnt ein Pferd essen.« Sie biß in das Fleisch. »Prima.« Sie fand ihre Gelassenheit wieder. Ein stachliges Kräuterteil fing sich zwischen ihren Vorderzähnen – sie polkte es mit dem Fingernagel raus und betrachtete es.

»Rosmarin«, sagte sie. »*Zu Tisch in der Toskana*, Erstes Programm BBC, Freitag abend um halb neun. Das Essen hier hat die Saskia geliefert.«

Sie schmiß den halbverzehrten Schlegel in einen Aschenbecher.

»Deine Wimperntusche ist total verlaufen«, sagte ich. Ich mußte im übrigen verzweifelt pinkeln, also gingen wir mal auf die Damentoilette, und da fanden wir die Lady A., wie von einem bösen Zauberspruch wieder zu Rollstuhl verwandelt und hinter dem Bidet abgestellt, immer noch verschleiert, zitternd, und die alte Nanny, ausstaffiert als Julias Amme, tröstete sie mit sanftem Gemurmel. Sie hatten offenbar die Nanny auf dem Klo postiert, daß sie sich mit den Betrunkenen befassen konnte.

»Ich könnte ihm nicht unter die Augen treten«, sagte die Lady A. »Nicht nach dem, was ich ihm angetan habe. Ich habe ihn geliebt, und ich habe ihn betrogen.«

»Du brauchst einen kurzen kräftigen Schluck«, sagte Nora. Die alte Nanny kniff zuerst die Lippen zusammen, aber als Nora den Gin aus ihrem goldenen Täschchen zog, kippte sie erst mal selbst einen weg, und dann schafften wir endlich Rollstuhl in den Ballsaal, wir beide zusammen, obwohl sie so sehr zitterte, wenn sich die Menge teilte und sie Melchior erblickte, daß sie fast in Stücke fiel, also parkten wir sie hinter einer Nackten von Canova, wo sie noch einen zur Brust nahm, und warteten ab, was denn jetzt als nächstes passieren würde.

Als nächstes kam Daisy Duck.

Eine Fanfare von Barocktrompeten ertönte. Tatsache. Ich hatte seit der Abschlußparty vom *Traum* keine echte Barocktrompete mehr gehört. Es gab ein allgemeines Gemurmel und Gepsssste, und die Menge wich zurück, aber die Lady A. lehnte sich ganz animiert nach vorn, hätte sich fast schon den Schleier weggestreift, um besser zu sehen, aber ich hielt ihr die Hand fest – ich hatte so ein Gefühl, daß die Zeit, sich zu zeigen, für sie noch nicht gekommen war. Sie knurrte und murrte, aber sie deckte sich wieder ab und setzte sich bequem hin, um den Einzug der Gladiatoren zu betrachten, ganz zufrieden, wenn sie jetzt auch durch den leichten Nebel des Schleiers schauen mußte.

Es war mehr der Einzug einer regierenden Fürstin. Täteräterä, machten die Trompeten. Dann fingen die Lautenisten, die auch das Stimmen nicht so gewohnt waren und mit vielen schrägen Tönen spielten, mit »Hello Dolly« an, und sie kam rein, alles jubelte ihr zu. Die Leute standen auf Stühlen. Sie sah aus wie eine Million Dollar, ich muß es sagen, wenn auch in gebrauchten Scheinen. Klein wie eh, fünf Fuß nix in Stöckelschuhen, aber eine Wahnsinnswerbung für Hormontherapie, das muß man zugeben, keine einzige Falte auf der Haut, na ja, Haileder wirft keine Fältchen, jetzt werd nicht gemein, Dora. Sie war glänzendbraun wie ein Sonntagsbraten, füllige braune Schultern, leuchtendbraunes Haar mit ein paar grauen Strähnen – sie war klug genug, daß sie nicht wie fünfunddreißig aussehen wollte, sie hatte sich für vierzig entschieden. Zähne wie ein Bechsteinflügel, ich mußte im Glitzern ihres Lächelns blinzeln. Im raschelnden Kielwasser ihres enganliegenden Satinkleides stolperte eine kleine Gestalt daher, fast unsichtbar unter dem Gewicht ihres Geburtstagsbuketts: hundert rote Rosen. Ich dachte, das muß Daisys Gigolo sein, er kam wie ein verspäteter zerstreuter Einfall hinterher, aber der war nicht das, was *ich* mir unter einem Gigolo vorstellte – kleines Männchen, schlecht sitzendes gebleichtes Blondhaar, einen von diesen grauseidenen Italoanzügen an, die im Dunkeln leuchten, ein Gesicht wie ein altes Kind. Ich hoffte ihretwegen, daß er verborgene Talente hatte.

Gute alte Daisy. Ich sah auf den ersten Blick, daß sie total zu war.

Sie marschierte in die Mitte des Parketts und hielt dann inne. Sie hob die Arme hoch über den Kopf mit einer unbekümmerten, extrovertierten Geste und ließ ihr weißer-als-weißes Nonstoplächeln in alle vier Saalecken blinken, ehe sie Melchior damit unter Beschuß nahm. »Hello Dolly« hörte endlich auf, Gottseidank. Tosender Beifall.

Melchior schaffte es, auf die Füße zu stolpern, schwankte vom Podium und umarmte sie, eine öffentliche Versöhnung nach all den Jahren, so, wie er uns auch in den Arm genommen hatte, aber die beiden verbrachten mehr Zeit damit als wir, ihre Profile am günstigsten vor die Kameras zu bringen, und Daisy gewann, sie war zwar halb hinüber, aber noch compos mentis.

Weil, es bekümmert mich, aber ich muß es zugeben – ich fürchte, das Herz unseres Vaters erweichte sich in dem Maß, in dem seine Birne langsam weich wurde. Die alte Nanny erzählte uns, er sei nie mehr ganz derselbe gewesen, seit er eines Tages in der U-Bahn auf dem Weg zum Garrick-Klub war und irgendein alter Knochen seine Hand ergriff und rief: »Liebe Zeit, waren Sie nicht einst der Melchior Hazard?« Danach fing er an, Trübsal zu blasen, wurde unsicher, weigerte sich auszugehen, versteckte sogar seine kostbare alte Pappkrone und behauptete steif und fest, er sei zu alt, sie noch zu tragen. Er war langsam ein wenig neben der Mütze. Aber so ist's wohl, kein Fünkchen Hoffnung ohne Dunkelheit.

Gute alte Daisy! Sie sah uns plötzlich, während die beiden für die Kameras posierten, und ließ ihn mitten in der Umarmung stehen. Der Medientroß kam mit Hallo hinterher: Was treibt sie da, küßt diese beiden aufgetakelten Pennerinnen ab? Wir waren einmal jünger gewesen als sie, aber sie hielt sich gut, und hatte natürlich auch ein paar Dollar dazu.

Der Gigolo kam ihr unglücklich ein paar Schritte nachgetrabt, ging dann unglücklich zurück, immer den Pack Rosen im Arm, bis Melchior so freundlich war und ihn herwinkte, ihm den Strauß abnahm und die Blumen gleich – improvisieren muß man können – an die Lady Margarine weiterreichte, die schockiert dreinsah und sie sofort dem Fernsehshowmaster in die Hand drückte, der immer noch herumlungerte, dieser gab sie an einen schon etwas zerlaufenen Schauspieler in einem haarigen Jean-Paul-Gaulthier-Anzug weiter, und so spielte dieser Rosenstrauß durch den ganzen Saal Ringlein, Ringlein, du mußt wandern, bis eine Serviererin ihn an sich nahm und auf die Damentoilette brachte, wo die stets praktisch denkende Nanny ihn für die restliche Dauer des Festes in eine Kloschüssel steckte – es gab kein anderes Gefäß, das groß genug gewesen wäre.

Daisy schrie vor Freude schrill auf, als sie Rollstuhl in ihrem Schleier sah, aber es blieb keine Zeit für eine große Begrüßung, weil jetzt die Presse en bloc davonrannte und zur Türe galoppierte – Margarine reckte sich wie ein Terrier zum Eingang hin und fing an zu beben und zu wimmern: Hier kam der verlorene Sohn endlich wieder!

Wie hätte man nur denken können, daß es Tristram über sich gebracht hätte, den hundertsten Geburtstag seines Vaters zu versäumen, auch wenn er am selben Tag seine Geliebte und sein Kind verloren hatte? War das nicht schön von ihm? Ha! Das einzig Anständige, was meiner

Meinung Tristram noch geblieben war, war Harakiri. Aber die Show muß weitergehen, was?

Tristram sah am Boden zerstört aus. Er war zwar im Smoking, aber grün im Gesicht, als hätte er den ganzen Tag gekotzt, und sehr wacklig auf den Füßen, rechts und links von einer Tante gestützt. Wir hatten seit ihrer schicksalsschwangeren Feier zum Einundzwanzigsten nicht mehr mit den Maienknospen gesprochen, nur gelegentliche Blicke im Kaufhaus getauscht. Die Lady A. stöhnte und klammerte sich an die Arme ihres Rollstuhls. »Ganz ruhig!« zischten wir. Sie saugte einen Mundvoll Chiffon ein und kaute darauf, sie knebelte sich selbst; Daisy zog einen silbernen Flachmann aus der Handtasche und hielt ihn ihr hin, aber die Lady A. kaute Chiffon und schüttelte den Kopf. Es war schön zu sehen, daß die Zeit zwischen den beiden die Wunden geheilt hatte.

Aber alles heilt die Zeit nicht unbedingt. Ich spürte das alte, vertraute Erschauern, das unbehagliche Gefühl, als ich Saskia sah, ihr Haar war röter denn je und hochgeflochten, sie sah rank und schlank aus, in einem gelbgrauen Schnipsel aus Irgendwas von Jean Muir. Was Imogen anging, die war vollkommen ausgerastet. Sie hatte ein Goldfischglas auf dem Kopf mit einem Fisch drin. Kein Witz. Ein lebender Fisch. Die Blitzlichter knallten und leuchteten, als ob's Guy Fawkes' Night wäre, und Imogen drehte sich hierhin und dorthin, nickend, sich verneigend, der Neugier der Leute entgegenlächelnd, wobei der Goldfisch scheißgefährlich umeinanderplatschte. Ich überlegte fieberhaft, was der Fisch für eine Bedeutung haben mochte, dann kam ich drauf: *Goldie der Goldfisch* – ihr Kinderprogramm. Sie war als ihr eigenes Commercial auf das Fest gekommen. Sie hatte ein bronzefarbenes Kleid mit Fischschuppenpailletten an und begrüßte ihren Vater so, wie es ihrer Fernsehheldin entsprach: Sie öffnete und schloß den Mund häufig und heftig. War gar nicht schlecht, daß sie im Kostüm gekommen war und ihn mit dieser Fischpantomime begrüßt hatte, weil es die Stimmung ein wenig lockerte.

Nachdem die Mädchen – »Mädchen«, sag ich, da feiert keine mehr ihren Sechzigsten, darf ich mal die Seniorenkarte sehn, die Damen – dem alten Herrn ihre Geburtstagsküßchen gegeben hatten, eine auf jede Wange, weinte er wieder, und sie traten zurück, ließen Tristram vor ihm stehen. Das war der Moment, auf den die Paparazzi gewartet hatten, als er auf den Knien zusammenbrach und den Kopf in Melchiors Schoß vergrub. Seine Schultern zuckten. Über das Lautengemache hinweg hörte ich schluchzende Geräusche. Die Kameraleute rollten heran, um ein besseres Bild zu kriegen.

Seine Mutter kauerte sich nieder und knuddelte ihn, Melchior wiegte seinen Kopf in den Händen. Der alte Melchior tat nun etwas rührend Törichtes, er versuchte, die Kameras wegzuwinken, versuchte, sie zum Wegsehen zu bringen, damit sie diesen Moment ohne den Blick der ganzen Welt samt Kind und Hund ertragen könnten, aber dazu war es in ihrem Leben zu spät. Vor allen lachen und weinen, vor allen leben und sterben. Auf ihren Gesichtern stand eine nackte Empfindung, die man auf Schauspielergesichtern nicht sieht. Heute abend waren sie in den Nachrichten. Das Schlimmste ist, die eigenen Kinder leiden sehen.

Aber als ich an Brendas Gesicht dachte, heut morgen, wußte ich, daß es etwas noch Schlimmeres gab, und ich hätte Tristram Hazard mit Freuden umbringen können.

Immer noch ging's weiter mit der verdammten Show.

Saskia, die alles gut unter Kontrolle hatte – ein Wunder der Natur, eine kaltblütige Kuh –, gab ein Zeichen mit den Augenbrauen, und die Barocktrompeten tröteten weiter. Eine Menge kleiner Jungs von der Italia-Conte-Schule in kleinen Halskrausen und geschlitzten kurzen Hosen rannten umher und löschten die Kerzen mit den Fingern aus, daß Dutzende von scharfriechenden Rauchwölkchen aufstiegen.

Die Torte kam.

Ich hätte mir denken können, daß Saskia die Torte übernehmen würde. Es war ihr Meisterwerk. Sie war enorm groß. Es war ein Modell des Globe-Theaters, ungelogen. Rund stiegen die Stockwerke empor, das Dach war aus Schokoladenguß, in den Ziegelreihen geritzt waren. Das Ding war groß genug, daß rund um das Dach hundert Kerzen brennen könnten, und die brannten auch munter, als ein Dutzend kleine Pagen das Gebäude schulterhoch hereintrugen, auf einer Art Bahre, unter Beifallsgeschrei, an dem sich Daisy enthusiastisch beteiligte, nachdem sie Flachmann und Tasche dem Gigolo zum Halten gegeben hatte. Die Lady A. jedoch schluchzte ganz leise und diskret unter dem Schleier vor sich hin, und *wir* waren nicht in Stimmung, zu applaudieren, bestimmt nicht, bestimmt nicht.

Ein Page reichte Saskia ein Schwert, so eins zum Fechten. Nora und ich holten scharf Atem, wir dachten beide an einen anderen Geburtstag, eine andere Torte, eine Geste plötzlicher Gewalttätigkeit – aber sie reichte Melchior den Griff, offenbar alles Teil einer gut einstudierten Nummer, und der – gut gemacht, alter Veteran – schob Tristram vorsichtig mit dem Fuß zur Seite und erhob sich wackelnd.

Das einzige Licht, das Flackern der Geburtstagskerzen auf der Torte, warf seltsame Schatten und ließ den alten Mann ausgezehrt erscheinen.

Es war ganz still; ein Trommelwirbel ertönte.

Lady Margarine, die fahrig Tristrams Hand tätschelte, erinnerte sich verspätet an ihr Stichwort.

»Alles Gute zum hundertsten Geburtstag, Darling!«

Man konnte an der Leuchtkraft ihres Lächelns sehen, daß *diese* Torte nicht mit Butter gebacken war. Auch ne unerschütterliche Veteranin.

Unser Vater hob das Schwert. Ich fühlte mit ihm, man konnte erkennen, daß es eine große Anstrengung war. Er hob das Schwert und –

– und –

Ich würde gerne erzählen, daß in diesem spannenden Augenblick (Trommelwirbel, Flammen, Glückwunsch, Stille) die große Torte plötzlich explodierte oder aufplatzte, und heraus kam –

– aber wenn ich das täte, würd ich lügen.

Es geschah folgendes: Trommelwirbel, Flammen, Stille, hoch erhobenes Tortenschwert, aber ehe es sich senken konnte, hörte man an der Haustür ein gewaltiges Klopfen. GEWALTIG. Ein solches Klopfen, daß die Geburtstagskerzen schwankten und einknickten und Wachs auf die Schokoladenziegel kleckerte; die Fliederzweige schüttelten sich und verstreuten Blütengirlanden; sogar das Parkett unter uns schien zu erzittern, als wollte es sich emporheben.

Eine Welle der Erregung lief durch den Raum. Jetzt passiert was, was nicht in den Regieanweisungen steht.

Als sie die Tür aufmachten, ließen sie den Wind herein. Denselben erstaunlichen Wind, der heute morgen die Blätter und Dora Chances müde Blutkörperchen aufgewirbelt hatte, kam nun brüllend die Treppen hoch in den Ballsaal gestürmt, blies Röcke hoch, daß die Frauen kreischten, warf die Kerzenflammen hin und her, daß sie fast verloschen, und fachte sie dann wieder an, wehte den Schleier der Lady A. hierhin und dorthin und schien ihn ganz abreißen zu wollen, bis sie ihn mit dem Mund festhielt. Ein Gelächter wie sanfter Donner rollte ihm auf dem Winde voran, und alle Köpfe drehten sich um: Wer mochte verspätet in so einem fröhlichen Sturm noch ankommen?

Wer sonst hätte es sein können?

Erinnern Sie sich an den alten Song, den er mit Irish immer gesungen hat – »In Dublin town lived Michael Finnegan ...«, und die Leiche springt bei der Totenwache auf, eine Auferstehung. Und die letzte Zeile ging so:

»Thunder and lightning!« sang unser Peregrine. »Glaubt ihr denn, ich bin tot?«

Groß wie ein Lagerhaus, größer wie ein Turm, anscheinend in derselben zerkratzten und verwitterten Fliegerjacke, die er damals anhatte, als wir ihn zuerst erblickten, als wir noch auf den Boden gepinkelt haben – grinste von Ohr zu Ohr, Haare rot wie Paprika, kein Fleckchen Grau, offensichtlich vom Alter ganz unberührt.

Er hätte ja vom Flughafen aus anrufen können, nicht wahr, und sagen, daß er kommt. Sicher gibt's heutzutage wohl auch in Brasilien Telephone. Aber wenn er angerufen hätte, wäre unser Erstaunen nicht so groß gewesen. Typisch Peregrine, dem Bruder die Schau zu stehlen.

Andererseits war es ja auch sein hundertster Geburtstag.

Ich hatt's doch im Urin gehabt, daß dies so ein Tag würde, wo was passiert.

Auf dem Wind, mit dem Perry hereintrat, wehten Dutzende und Aberdutzende von Schmetterlingen mit, rote, gelbe, braune und bernsteinfarbene, manche sehr geheimnisvoll in Violett und Schwarz, ganz kleine grüne, große, langsam flatternde, mit blau-khaki-marmorierten Flügeln, sie wirbelten und kreiselten durch den Saal, ließen sich auf den bloßen Schultern der Frauen, den Glatzen der Männer nieder. Nora und ich hatten je zwei im Haar.

Melchior ließ das Schwert fallen und setzte sich abrupt wieder hin, weiß wie die Wand, und die Kameras waren dies eine Mal still, als hätte Peregrine nicht nur seinem Bruder, sondern der Realität selbst die Schau gestohlen. Die unangeschnittene Torte auf ihrem Dutzend Beinen stand leise schwankend vor Melchior und wußte nicht, was sie machen sollte, und Fragen summten durch den Raum, weil natürlich niemand mehr übrig war, der gewußt hätte, wer Perry war, bloß sie und ich und er und die beiden, und vielleicht dachte Melchior sogar, er sähe ein Gespenst.

Aber solch ein habhaftes Gespenst! Mit schweren Tritten wie je. Der Lüster schütterte, der Flieder verstreute sich. Die Torte wich bei Peregrines Nahen zur Seite. Er war mit Schmetterlingen übersät. Ganz, ganz sanft löste er ein herrliches karmesinrotes Exemplar mit einer zarten Flügelspanne von etwa sechs Zoll und reichte Melchior das in seiner halbgeschlossenen Hand pulsierende Tier.

»Für alle unsere Töchter«, sagte er, »hab ich einen Schmetterling benannt. Und *der* da heißt nach dir, du alter Sack!«

Unverkennbar die Sprache männlicher Zuneigung. Hatte ihn die lange Abwesenheit sentimental gemacht? Oder sollen wir einfach sagen: Zwiespältige Gefühle? Aber ich war froh, sie friedlich zusammenzusehen. Melchior schaute die Schmetterlinge an, so schön, so unwirklich, und dann sah er zu seinem Bruder auf, und dann lächelte er. Und dann kam der Schmetterlingskurator vom Zoo mit einem großen Netz herein und fing all die Schönen und nahm sie mit an einen Ort, wo es warm und behaglich war, weil Peregrine sich um ihr Wohlergehen bekümmerte. Es herrschte allgemeiner Aufruhr, aber wir drängten uns vor, um geküßt zu werden.

»Floradora! Du hast dich überhaupt nicht verändert!«

Ich wollte das gerade bestreiten, ihn auf die Krähenfüße und grauen Haare und das Faltenkinn aufmerksam machen, da sah ich in seinen Augen, daß er meinte, was er sagte, daß er uns wirklich und wahrhaftig liebte und deshalb keinen Unterschied wahrnahm – er sah die Mädchen, die wir immer sein würden, unter der eingerunzelten

Altersschale, die uns die Zeit aufgezwungen hatte, denn er war zwar nicht monogam, aber er war treu, und wo er liebte, da änderte er sich nie und sah niemals eine Veränderung. Und dann dachte ich: Bin ich auch so gebaut? Sah ich die Seele von dem, den ich liebte, wenn ich Perry anschaute, und nicht seinen Körper? War sein Leib vielleicht in Wirklichkeit in ebenso kläglicher Verfassung wie die Leiber seiner Nichten, außerhalb des Zauberkreises meiner Sehnsucht?

Aber als ich merkte, daß ich in Gedanken dieses Wort »Sehnsucht« gebraucht hatte, hörte ich tut swiet auf, in diese Richtung weiterzudenken. Ich spürte einen richtigen Schock und mußte noch ein Glas Champagner kippen, um mich abzukühlen, während Nora ihren Teil Umarmung und Küsse abkriegte und dann Daisy Duck und der Rest, weil nicht seit dem Ende der Wechseljahre hatte ich so einen plötzlichen Blutzustrom da drunten gespürt.

Saskia zeigte ihm hochnäsig die kalte Schulter. Imogen versuchte sich wegzustehlen, war aber durch ihren Kopfputz behindert, so daß er sie sich schnappte und so fest drückte, daß der Goldfisch aus dem Glas platschte und Imogen sich in einer Pfütze hinkniete, um nach ihm zu suchen, er war schlüpfrig wie ein Stück Seife und ließ sich schwer festhalten, die Jagd führte über das ganze Tanzparkett, während die Kameracrews und die Photographen und die Reporter nicht wußten, wo sie zuerst hinschauen sollten, es gab so viel Kummer, Freude, Widerborstigkeit und Verfolgungsjagd, die Menge schnatterte und stand allen im Weg, bis plötzlich Peregrine eine gewisse, schwer verschleierte Gestalt hinter einer Säule bemerkte und innehielt, den keuchenden Goldfisch in der Hand.

»Ist das nicht ...«, sagte er.

»Tu ihn wieder rein!« rief Imogen zu seinen Füßen. Perry ließ abwesend den Fisch ins Glas fallen, und eine sich in immer weiteren Kreisen ausbreitende Stille senkte sich über die Menge, bis vollkommenes Schweigen herrschte. Alle Augen waren auf die unsichtbare Lady A. gerichtet. Ihre Finger umkrampften, sich öffnend und schließend, die Armlehnen des Rollstuhls. Sie schob sich zurück, als wollte sie von der Bühne wegrollen, in die Kulisse, wo niemand sie sehen konnte, aber sie schlug gegen die Wand, weil sie nirgendwo hinkonnte als dort, wo sie war.

Melchior, der spürte, daß etwas vor sich ging, lehnte sich, schwer auf Lady Margarine gestützt, in unsere Richtung, so daß er alles deutlich sehen konnte, als Perry den Schleier wegzog. Es folgte eine verwirrte Pause. Melchior sank auf seinen Thron zurück, mit ratlosem Gesichtsausdruck und ganz grau vor Erschöpfung, obwohl es gerade erst richtig losging. Ich glaube, er hatte nicht die leiseste Idee, wer die Dame im Rollstuhl war. Man konnte Margarine hören: »Wer ist denn das? Wer ist denn das?« Aber Saskia und Imogen wichen entsetzt zurück, hatten auch allen Grund dazu.

Perry sagte leise: »Hallo, Blauäuglein.«

Die Lady A. sagte: »Peregrine! Du bist's!« und lächelte.

Er drehte ihren Stuhl im Halbkreis herum, daß ihr Gesicht der Menge zugewandt war.

»Meine Damen und Herren«, sagte er, »Lady Atalanta Hazard. Die schönste Frau ihrer Zeit.«

Plötzlich sah sie wieder aus wie einst, nur, wegen ihrer weißen Locken, noch mehr wie ein Schaf, für meine Begriffe, aber anscheinend sind Schafe unwiderstehlich – alles starrte sie verzückt an. Perry führte den Beifall an, der folgte. Sie hantierte an ihrem Schleier, als wollte sie sich eher wieder bedecken, aber ich konnte sehen, daß es sie freute. Melchior zuckte zusammen.

»Attie!«

Jetzt waren also alle drei Lady Hazards zusammen in einem Raum, und ich fragte mich, ob der Geist meiner

Mutter vielleicht auch irgendwo gegenwärtig war und etwa in der verqualmten Luft über der Torte schwebte, die ein bißchen hin und her wankte, die Arme wurden ihr müde.

»Ich habe dir in meinem Koffer etwas Besonderes mitgebracht«, sagte Peregrine zu Melchior. »Könnten wir mal etwas Licht in die Sache bringen, bitte?« Die kleinen Pagen rannten hierhin und dorthin, bis der ganze Raum wieder strahlend erleuchtet war.

Perry muß den Barocktrompetern was zugesteckt haben, weil sie wieder eine Fanfare bliesen, als ein halbes Dutzend kleiner untersetzter brauner Männer mit Federn und Penishülsen, offenbar Freunde von Perry aus Brasilien, einen großen Kabinenkoffer hereinwuchteten, der bedeckt war mit den Aufklebern längst geschlossener Hotels, längst aufgegebener Schiffahrtslinien, längst eingestellter Eisenbahnen. Sie schleppten ihn bis in die Mitte des Ballsaals, stellten ihn aufs Parkett. Peregrine spuckte in die Hände und rieb sie sich, schritt forsch hinzu, und zuerst dachte ich: Er bringt einen Zaubertrick, weil er jetzt sein Magiergebaren angelegt hatte, das ich lange Jahre nicht gesehen hatte. »Meine Damen und Herren, ich habe nichts im Ärmel.« Er marschierte noch rüstig daher. Hundert? Niemals!

»Er hat einen Pakt geschlossen«, flüsterte Nora.

Er wandte sich an Melchior. Er verbeugte sich so tief, wie sein Bauch es zuließ.

»Melchior, mein lieber Bruder«, sagte er, »ich schenke dir ... die Zukunft der Familie Hazard.«

Er hob den Deckel des Koffers hoch.

»Falls«, fügte er hinzu, »sie euch nimmt.«

Wir wußten, wer es sein würde.

Aus dem Koffer trat unsere kleine Tiff, frisch und nagelneu, alles wie eh und je, nur die Augen waren nicht mehr die einer Taube, erdolcht oder heil, und sie sah fast übertrieben gesund an Leib und Seele aus. Sie hatte sich umgezogen; trug jetzt einen Overall und diese großen Stiefel, Doc Martens, aber sie sah schöner aus denn je zuvor, machte einen regelrecht blinzeln. Unsere Tiff, unser Augapfel, unser Herzblatt.

Wir weinten und lachten. Wir rutschten über diese Eislaufbahn von Parkett, auf unseren lächerlichen Stöckelschuhen, und hielten sie fest, als wollten wir sie nie wieder loslassen, während die Barockfanfaren schmetterten und töteten, bis ich dachte: Vielleicht sind wir tot und im Himmel. Aber die erste Verzückung legte sich, und wir waren noch da.

Das muß man Tristrams Reflexen lassen, er kniete sofort vor ihr auf dem Boden, lachte und weinte zur gleichen Zeit oder machte beides doch sehr überzeugend nach.

»Ich liebe dich, Tiffany«, sagte er. »Verzeih mir.«

Sie starrte auf ihn hinab, als sei sie tief in Gedanken verloren, was mir schon mal an sich gut gefiel – sie hatte früher nie groß über irgendwas nachgedacht. Sie wischte sich mit dem Handrücken die Nase, sie hatte sich irgendwo einen gemeinen Schnupfen geholt, aber jedenfalls, wie sich herausstellte, nicht auf dem Grunde des Flusses.

»Wohl kaum!« erklärte sie endlich.

Tristram war völlig verblüfft. Er setzte sich aus seiner knienden Stellung heraus hin.

»Aber Tiffany, ich heirate dich!«

»Nicht um alles in der Welt, du Bastard«, sagte sie vor all den Leuten. Gott, war ich in diesem Moment stolz auf sie! »Nicht nach dem, was du mir öffentlich angetan hast. Dich würde ich nicht heiraten, wenn du der letzte Mann auf der Welt wärst. Heirate du lieber dein Tantchen.«

Das saß. Saskia wurde weiß und ließ ihr Glas fallen. Der arme Melchior war konfus, konnte sich auf *dieses* Hin und

Her keinen Reim machen, klar, aber der unauslöschliche Anblick, wie sein Sohn zurückgewiesen wurde, durchdrang sein Herz.

»Ach, meine Liebe«, murmelte er mit seiner dicken, üppigen Alter-Portwein-Stimme. »Hab Mitleid mit ihm; erbarm dich deines eigenen ungeborenen Kindes.«

Melchior tat mir richtig leid, sein Enkelkind wurde ihm schon vor der Geburt geschenkt und genommen. Er sah so erbarmungswürdig aus, und es *war* ja schließlich sein Geburtstag, so daß Tiffany vielleicht gezögert hätte, aber Tristram verdarb alles. Er wurde melodramatisch.

»Mein Baby! Denk an mein Kind!« Er riß sich an den Haaren, knirschte mit den Zähnen.

»Nimm dich zusammen und sei ein Mann oder versuch's wenigstens«, sagte Tiffany scharf. »Du hast nicht das, was einen Vater macht. Zum Vatersein braucht's mehr als Ficken.«

Wir drückten einander die Hand, die wir jeweils hielten. Ich dachte: Wir bringen dem Baby Steppen und Ballett bei, wenn's soweit ist. Dann donnerte es wieder an die Tür.

»Das sind meine Mama und mein Dad«, verkündete sie zuversichtlich. Das ganze Personal stand jetzt mit im Ballsaal, festgebannt von diesem Drama im wirklichen Leben, niemand da, der die Neuankömmlinge hereingelassen hätte, aber ein splitterndes Krachen zeigte, daß die verschlossene Haustür für einen einstigen Mittelgewichtschampion kein Problem darstellte. Tiff schoß ihren Abschiedspfeil ab.

»Nicht, daß dein alter Herr und deine Mutter nicht jederzeit gerne mal das Baby anschauen kommen können, wenn's dann da ist, aber komm du mir bloß nicht vorbeigeschnuppert, eh du trocken hinter den Ohren bist, Tristram.«

Er war zu betäubt, um aus seiner knienden Stellung

aufzustehen, als Bren und Leroy um ihn herumgingen, um ihre Tochter im Blitzlichtgewitter zu umarmen. Die Lauten fingen wieder an, Old Lord Tralala oder wie, ich glaube, Perry hat ihnen ein paar Scheine zugesteckt. Wie in alten Zeiten, Beleuchtung, Musik, Action. Man applaudierte kurz, als Tiff und Bren und Leroy zu ihrem Taxi gingen, gefolgt von keinen Photographen, nachdem Leroy einem eins aufs Ohr gegeben hatte, daß er sich lang hinlegte.

Perry sagte, er hätte unsere kleine Tiff zufällig gefunden, wie sie in der letzten Nacht durch die Straßen wanderte, als er vom Flughafen kam; sein Taxi hatte sie beinahe überfahren.

»Also hab ich sie mitgenommen in den Travellers' Club –«

»Oh, Peregrine!« rief ich, plötzlich von einem furchtbaren Gedanken überfallen. »Du hast doch nicht –!«

»Das habe ich ganz gewiß nicht«, sagte er beleidigt. »Was für eine Idee! Das Mädel brauchte einen *Beschützer*, das sieht ein Gentleman sofort.«

Tristram weinte an Saskias Schulter. Ich konnte am Blick seiner Mutter sehen, daß sie Saskia auch nicht ausstehen konnte, mochten sie auch beste Freundinnen auf der RADA gewesen sein, Anno Schnee. Und da stand jetzt das Biest von Saskia und drängte sie mit beiden Ellbogen aus ihrer großen Szene mit dem eigenen Sohn raus. Margarine kochte vor verhinderter Mutterliebe und schnappte sich ein Stück Torte, das aus schierer Materialermüdung heruntergefallen war, zog eine zum Stummel abgebrannte Kerze raus und drückte ihrem Sohn die Portion in die Hand.

»Iß was, mein Guter«, sagte sie. »Nur einen Bissen, um dich etwas zu stärken.«

Man hörte einen spitzen Schrei, und überall flogen Krümel durch die Gegend, weil Saskia den gerade zum Munde geführten Kuchen aus Tristrams Hand geschlagen hatte, worauf sie hysterisch in den Armen ihrer Schwester zusammenbrach, die prompt wieder mit ihrer Goldfischnummer anfing, die Lippen öffneten und schlossen sich, o, o, o, aber es kam kein Laut. Perry reagierte wie immer rasch, ergriff Imogens Goldfischglas und leerte das Wasser über Saskia; der Schock unterbrach ihren Anfall, der in einen noch nie gesehenen Shimmy überging, als sie versuchte, den Fisch aus ihrem Ausschnitt zu schütteln.

Ja, gestand sie, sie *hatte* etwas in die Torte getan, die sie mit ihren eigenen Händen zum Geburtstag ihres Vaters gebacken hatte, aber ob es ihm davon bloß schlecht geworden wäre oder ob er daran erkrankt wäre oder ob's ihm den Rest gegeben hätte, das hab ich nie herausbekommen, weil jetzt ein solcher Aufruhr losging, Scheinwerfer, Kameras, das dünne klagende Heulen des armen alten Mannes, die Vorwürfe seiner Gattin, die Ausrufe seines Sohnes, und alle anderen gaben auch noch ihren Senf dazu. Sogar Perry sah ernst aus, als ob er Schuld hätte und sich Vorwürfe machte, vielleicht zum erstenmal in einem Jahrhundert. Er und die Lady A. stellten sich nahe zueinander, die insgeheim Angeklagten, als Saskia heulend zu Melchior sagte:

»Du hast uns niemals liebgehabt!«

Es war höchste Zeit, daß Saskia endlich Bescheid wüßte. Wissen Sie noch, Gorgeous George auf dem Pier von Brighton, lang ist's her, und die Pointe von seinem Witz? Ich konnte nicht widerstehen. Ich brachte den Satz laut und deutlich:

»Keine Angst, Darling, *der* ist nicht dein Vater!«

Was wäre, wenn Horatio das Hamlet in der ersten Szene des ersten Aktes zugeflüstert hätte? Und bedenken Sie mal, was das für ein Unterschied für Cordelia gewesen wäre. Andererseits wären die späten Komödien auf diese Weise sehr viel düsterer, oder? Wenn Marina und vor allem Perdita nicht wirklich die Töchter von ...

Eine Komödie ist eine Tragödie, die *anderen* Leuten passiert.

In Brighton auf dem Pier brach alles zusammen, als Gorgeous George sagte: »*Der* ist nicht dein Vater«, als ich denselben Satz im Hause Hazard brachte, hätte man eine Stecknadel fallen hören. Da wünschte ich, ich hätte den Mund gehalten und die Dinge ihren alten ahnungslosen Gang gehen lassen, denn nach der Sekunde der angehaltenen Zeit und des Schweigens, als alle erst einmal begreifen mußten, was ich gesagt hatte, da brach, wenn wir den Lärm vorher als Aufruhr bezeichnen wollen, die Hölle los, als Saskia auf Peregrine lossprang und mit den Fäusten auf ihn einschlug, während die Lady A., so rasch ihre Räder sich drehen wollten, versuchte, sich dazwischenzuschieben, und erbarmungswürdige Klagelaute ausstieß, während Imogen (jetzt Gottseidank ohne Aquarium) der Lady A. hinterhertrottete und alle Einzelheiten wissen wollte und hysterisch kicherte wie ein zurückgebliebenes Kind. Aber Nora und Daisy Duck, die sich offenbar gründlich an Daisys Flachmann gütlich getan hatten, hielten sich verzweifelt aneinander fest und, muß ich leider sagen, lachten, als ob sie platzen wollten.

Melchior blitzte der Lady A. einen »Wie-konntest-du!«-Blick zu, und sie richtete sich in ihrem Stuhl hoch auf – nichts von »Blauäuglein«, eher wie Medusa. Sie redete sich alles in einem Aufwasch von der Seele. Was für ein Auftritt! Wer immer sich einen von den kleinen vergoldeten Stühlen sichern konnte, die in der Gegend herumstanden, setzte sich, die anderen hockten sich ohne einen Gedanken an Abendkleider und Anzughosen auf den Boden, und alle verwandelten sich in das ideale Publikum, mäuschenstill, in besonders spannenden Momenten aufgeregt raschelnd und manchmal diskret erheitert kichernd; die Kellner lehnten derweil an der Wand, eher distanziert, selber

Profis, sie verfolgten die Vorstellung mit kritischem Blick und waren nicht so leicht hinzureißen.

»Und war es nicht das Blut der Hazards?« rief sie kehlig, schmetternd. Wir hatten sie nie zuvor so sprechen hören. »Das Blut der Hazards! Das kostbare, einmalige Blut der Hazards, das die Eltern blind für ihre Kinder macht und die Tochter gegen die Mutter hetzt!«

Melchior hustete, gurgelte und wand sich auf seinem Thron – sie hatte jahrelang alles, was für ihn peinlich war, verdrängt und aufgestaut, und jetzt, peng! gluck, gluck, gluck, strömte alles hervor. Alle, alle, mischt am Schwalle! Perry bändigte Saskia mit einem Halbnelson, und sie war endlich still und starrte Lady A. mit aufgerissenen Augen an – sie hatte nie gedacht, daß so viel Leidenschaft in ihrer Mutter steckte, und ich auch nicht.

»Du hast mich zu Hause sitzen lassen, und ich durfte meinen leeren Leib streicheln, den du nicht füllen wolltest, Melchior!«

Allgemeines schockiertes Zusammenzucken.

»Du konntest *meinen* Schoß nicht füllen, Melchior, wenn du auch vor mir deinen Samen versprengt hast, ein unschuldiges Mädchen verführt und verlassen, sie hast sterben lassen, allein, und dann hast du als zweiten Verrat ihre Töchter im Stich gelassen –«

Sie gestikulierte in unsere Richtung, und Nora setzte rasch eine undurchdringliche Miene auf, während erneut ein schockiertes Aufstöhnen durch die Menge ging, und alle Augen sich uns zuwandten, wie auf der Tribüne im Wimbledon. Ich fragte mich: Sollten wir uns rasch verbeugen?

»– o ja! Die Töchter, die du nie anerkannt hast, als ob du dächtest, das Hazardblut verlöre seine Kraft, wenn es sich einmal mit dem eines Zimmermädchens vermengte –«

Er machte eine wütende Geste, die das bestritt. Sie rief: »O doch! Das hast du!«

Ein Element von Farce – es müßte jetzt ein klassischer Wortwechsel folgen: »O nein! Hab ich nicht!« – »O doch! Das hast du!« Nichts lief. Sie war nicht aufzuhalten.

»Es war dein Blut, das Blut der Hazards, das diese ›Maienknospen‹ zeugte, die Mädchen, die du so sehr geliebt hast, sogar, als sie ihrer Mutter ihr Heim und ihr Geld raubten –«

Ungläubiges Raunen; unterdrückte Ausrufe; alle Blicke richteten sich jetzt auf Saskia und Imogen, die feuerrot wurden und nicht wußten, wo sie hinsehen sollten.

»Dein Blut, das Blut der Hazards, rinnt in ihren Adern, aber dem *Samen* von Melchior Hazard sind diese Maienknospen nie entsprungen!«

»Oooh!« und »Aaaah!« sagten alle. Ich selbst hatte mich gefragt, wie die Lady A. wohl die sozusagen technische Seite des Ehebruchs sprachlich zum Ausdruck bringen würde, angesichts ihres vornehm-züchtigen Vokabulars. Nachdem sie einmal einen Unterschied zwischen »Blut« und dem tatsächlichen Zeugungsakt gemacht hatte ... Aber der irgendwie biblische Klang von »Samen« gab dem ganzen doch ein gewisses Pathos, obwohl ich mich wesentlich anders ausgedrückt hätte und es mir zum erstenmal richtig zum Bewußtsein kam, daß es zwischen den beiden Zweigen der Familie Hazard ein echtes Sprachproblem gab.

Verstehen Sie mich nicht falsch. Wir haben sie sehr liebgewonnen. Sie war immer willkommen vorne im Souterrain, wir würden ihr nie ihr Essen nicht gönnen, und ich weiß ja, daß sie nichts dafür kann – ich glaube wirklich, sie würde sich ändern, wenn sie könnte. Aber immer der noble Ton, sogar heute, wo sie alles mal raushängen ließ und all die Jahrzehnte vornehmer Zurückhaltung in Rauch aufgingen. Was sie nun sagte, lief darauf hinaus, daß sie's vor langer Zeit mal mit ihrem Schwager gebracht hatte, und als Folge davon zwei Mädel mehr auf der Welt waren. Tut mir leid, Melchior, Entschuldigung. Aber sie konnte das nicht einfach *sagen*, wie? Sie mußte ne abendfüllende Veranstaltung daraus machen. Verschiedenes von dem, was sie sagte, war mir natürlich neu und erklärte einiges, aber sie kam so damit an, als ob's um Leben und Tod gegangen wäre. Und wie konnten wir Chances ihr das abnehmen? Wir wußten, daß es nie um Leben und Tod geht außer beim Leben und im Tod.

»Nicht dein Samen, Melchior, und doch waren diese Mädchen deinesgleichen! Sie haben mich ausgeplündert und aus meinem eigenen Haus vertrieben und die Liebe, die ich empfand für sie, verschmäht, genau wie du selbst, Melchior!«

Sie brach in Tränen aus. Ein Schwarm mitfühlender Taschentücher flatterte auf. Peregrines Wangen waren auch tränennaß, und die lieblichen Maienknospen klammerten sich aneinander, ein Bild der Scham und des Kummers. Als die Lady A. sich wieder gefangen hatte, fuhr sie sich mit Noras zusammengeknülltem Schleier übers Gesicht, schneuzte sich rein und fuhr dann, anscheinend erfrischt, fort:

»Du hast mich einsam zurückgelassen, Melchior, während du deine ruhelose, gierige Suche nach dem Ruhm fortgesetzt hast, deinen Titanenkampf mit deinem toten Vater –«

Titanenkampf? Das erste, was ich höre, dachte ich süffisant. Aber, na ja, wie hätte ich davon was hören sollen? Unser Vater und ich hatten uns nie besonders intensiv ausgetauscht.

»– und ich blieb einsam mit meinem leeren Schoß. Und dann –«

Aber diesen Satz konnte sie nicht beenden, als vollkommene Dame. Sie hob die Augen bittend zu Peregrine, und mit einem Sprung war er bei ihr, die Arme schützend um ihre Schultern gebreitet, und ihre Töchter kamen weinend ebenfalls angerannt und kauerten in zerknirschter Haltung zu ihren Füßen. Peregrine schaute Melchior genau zwischen die Augen.

»Es sind meine, Melchior, die kleinen Ungeheuer. Verzeih mir, Melchior. Verzeih uns allen.«

Ein kleiner Beifallssturm erhob sich, der rasch ausdünnte, als den Leuten klar wurde, daß all dies echt war. Die zarte, liebliche Lady A. nahm erschöpft einen dankbaren Schluck aus Daisys Flachmann, während die Videokamera jede Bewegung für die Nachwelt aufzeichnete. Daisy war beeindruckt und fragte sich laut, wer wohl die Serienrechte hatte.

Inzwischen hatten Saskia und Imogen je eine Falte von Lady A.'s Rock ergriffen, küßten den Stoff und flehten sie an, ihnen zu vergeben, zu verzeihen und zu vergessen und so weiter und so fort. Der arme Perry stand während der folgenden gefühlvollen Versöhnung etwas töricht daneben, während ich ein wenig beiseite ging und mir meine eigenen Gedanken machte, folgendermaßen: Eine Mutter bleibt immer eine Mutter, weil eine Mutter eine biologische Tatsache ist, aber ein Vater ist ein sehr beweglicher Feiertag. Melchior aber, der den Kopf in den Händen vergraben hatte, sah aus wie das Inbild des Elends, und Margarine fuchtelte hilflos durch die Luft und wußte nicht, was sie tun sollte, um ihn aufzuheitern.

Daisy und Nora hatten die Köpfe zusammengesteckt. Dann gab Daisy ihrem Gigolo einen kleinen Rippenstoß, und er erwachte wieder zum Leben – es sah vorher aus, als wäre er kurz mal in Trance. Es gab eine Diskussion mit den Lautenisten, und dann begannen sie alle zu spielen, während eine Stimme, oh! solch eine Stimme, die eines Engels, sich hochschwang und den Kristalllüster kitzelte – ein

Knabensopran von solcher Reinheit, solcher Kraft... Eine Stimme, die ich schon einmal gehört hatte, in Hollywood, aber dieses Mal erhob sie sich nicht, um uns vor bunten Schlangen zu warnen.

»Väterchen«, sang er, »teures...«

Kein anderer Gigolo begleitete Daisy als der, der einst Trauzeuge für sie und Melchior gewesen war. Mit Perücke und halb senil konnte er mit seinen Stimmbändern immer noch ein Herz aus Stein rühren. Sie hatte ihn wiedergesehen, als er ihr den Oscar überreicht hatte, für ihr Lebenswerk. Er war unanständig reich und hatte sie nicht mehr alle, und wenn sie ihm sagte: Sing!, dann sang er. »Meine beste Ehe überhaupt«, sagte sie. Von Daisy Duck zu Daisy Droll.

»Väterchen, teures höre...«

Nora warf mir einen Blick zu: ein Zeichen. Es war jetzt an der Zeit, unsere Abkunft öffentlich zu machen. Unsere Röcke waren uns in den Schritt gerutscht, wir zogen sie runter, wir klopften uns die Frisur zurecht, unsere Absätze machten Klack, Klack, Klack auf dem Parkett, dieses sexy Geräusch, aber wir sahen aus wie schrumpelige Kinder, die sich – du traust dich nicht! – in Mammis Kleider geworfen haben, und das Herz ging uns über. Wir preßten unsere Wangen an seine Hände. Dies war zuviel für Melchior. Er schmolz vor allen Leuten.

»Väterchen –«

Die Kristalle des Kronleuchters klangen bei den letzten Tönen von Drolls großartiger Arie mit. Kein Auge war trockengeblieben, als Melchior den Kopf hob und seinen Mädels ein tränenreiches, zittriges Lächeln schenkte.

»Ich bin der, der zu weinen verdient hat«, sagte er und küßte uns.

Ich hätte schwören können, daß der Vorhang fiel, das Licht im Haus anging und das Publikum stehend applaudierte, aber, wie Nora später ausführte, es gab keinen Vorhang, das Licht war schon an, und es wäre unhöflich gewesen, wenn die Zuhörer geklatscht hätten. Also hab ich mir das alles eingebildet. Aber jedenfalls kam nach dieser unbeschreiblich bewegenden Versöhnung eine kurze Pause. Alles stand auf und streckte sich und diskutierte lebhaft über den Gang der Handlung bis jetzt, während die Kellner die Torte abtransportierten. Niemand hat an diesem Geburtstag die Kerzen ausgeblasen, die gingen von selbst aus, aber alle unsere Wünsche waren in Erfüllung gegangen, und wir saßen einfach da und strahlten.

Als die Lauten nach ihrem Puccini-Exkurs wieder weitermachten, kamen die Golden Oldies. Ich spitzte die Ohren – vergessene Melodien drifteten aus der Vergangenheit herauf ... ein Potpourri aus, klar doch *What? You Will!?!* Wir summten mit, und als sie zu »Oh Mistress Mine« kamen, als Foxtrott gespielt, stieß Nora Melchior an.

»Jetzt, alter Herr«, sagte sie, »wie wär's mit nem Tanz? Gib mir mal die Ehre.«

Sie reichte ihm eine Hand, lotste ihn auf die Tanzfläche. In der Nacht meines siebzehnten Geburtstags, lang her, da hat er mit mir getanzt. Heute, auf der großen Hundertjahresfeier unseres Vaters, ging er mit der anderen Hälfte aufs Parkett, und das Orchester spielte Melodien aus der Zeit, als die Männer noch Hüte trugen. Wieder blieb kein Auge trocken. Er war ein wenig wacklig auf den Stelzen, sackte schon mal weg, aber sie wußte zu führen, und beide trugen ein Lächeln törichter Freude, denn was verloren, ward gefunden, und so weiter.

Perry aber war ganz aufgelöst, bei allen diesen Wiedervereinigungen draußen vor. Er tauchte trostlos neben mir auf. »Sie wollen mich immer noch nicht ansehen«, sagte er. »Ich kann's ihnen nicht verdenken. Gott, Dora, ich hab mich so danebenbenommen.«

Ich fühlte mich recht sentimental und schaute Dad und Nora zu.

»Du warst immer gut zu uns, Darling«, erinnerte ich ihn. »Nora hat immer gedacht, du hättest eigentlich Omma heiraten sollen.«

»Was?!?«

»Uns eine richtige Familie besorgen.«

Er kaute in betäubtem Schweigen dran und platzte dann laut lachend raus.

Als Nora mal angefangen hatte, kamen auch andere Paare auf die Tanzfläche. Margarine holte Tristram, der noch unsicher auf den Beinen war, aber langsam wieder Farbe kriegte. Daisy schnappte sich ihren Droll und schwenkte ihn herum, wofür ich dankbar war, weil er bloß weggetreten rumzustehen schien, wenn er nicht sang. Die Lady A. war zu sehr mit ihren Töchtern beschäftigt und sie mit ihr, um dem Tanzen viel Aufmerksamkeit zu schenken, aber bald waren alle anderen dabei, und Perry streckte die Pfote aus:

»Wie wär's mit uns, Dora?«

»Nach nem Foxtrott ist mir grade nicht, Perry«, sagte ich. »Aber nichts gegen einen –«

Es rutschte mir raus, ehe ich drüber nachdenken konnte. Stolz bin ich nicht drauf, schämen tu ich mich auch nicht, obwohl ich dachte, morgen früh schlägt mich Nora ans Kreuz. Obwohl er schließlich und endlich mein Onkel väterlicherseits war, und glauben Sie nicht, ich hätt nicht gewußt, daß ein bißchen Balsam für sein zerkratztes männliches Ego dabei abfiel, von allem anderen abgesehen, aber ich hab's nicht gemacht, um ihn aufzuheitern, nicht doch. Und auch nicht, ich schwör's, um Saskia eins auszuwischen. Nein. Es waren die Melodie, das Mondlicht und der Fliederduft. So hatte ich mich zwanzig Jahre lang nicht gefühlt. Niemand bemerkte, daß wir uns davonstahlen, weil alle tanzten.

Der aufregende Wind dieses Tages, der nun seinen Teil zur Aufregung des Abends beigetragen hatte, hatte sich bis auf ein leises Flüstern vom Park her gelegt, voll feuchter Erde und Frühling, das die weißen Leinenvorhänge ins vordere Schlafzimmer blies, daß sie sich bauschten. Es war richtig kühl, ich erschauerte. Peregrine ging hin, um das Fenster zuzumachen, dann hielt er inne. »Hör doch, die Löwen!« In der Ferne, im Zoo, über die wehenden Baumkronen her brüllten die Löwen sich das Herz aus dem Leib.

Es war ein kahler weißer Raum mit Operationssaalwänden und einer weißen Lederscheibe auf einem Metallstachel als Sessel, blanken Bodenbrettern und einem rätselhaften Bett, wie etwas Therapeutisches mit einem Stahlgestell. Margarine hatte sich dafür irgend so einen Innenarchitekten mit Bürstenschnitt und Ohrring geholt. Ein paar überzählige Mäntel von der Party lagen auf dem Bett, das verdarb den ganzen Effekt – hier konnte man es sich nicht leisten, auch nur einen einzigen Pantoffel rumliegen zu lassen. Ich hatte mir den Artikel über dieses Zimmer aus der *World of Interiors* ausgeschnitten, für meine Hazard-Sammlung, und merkwürdigerweise hatte der Raum, obwohl er ein Meisterwerk von sparsamstem Understatement war, genau dieselbe befangene Stimmung wie jenes andere längst verbrannte Schlafzimmer in Lynde Court: Es war ein Zimmer, das angesehen werden wollte, wie Melchiors ganzes Leben, aber jetzt waren all die schmutzigen kleinen Geheimnisse aus dem Schrank gekrochen. Tatsächlich waren sie gekommen, um hier auf dem Bett zu ficken. Wir machten uns nicht einmal die Mühe, die Mäntel wegzuschieben.

Selbst in seinem Alter konnte man leicht begreifen, warum Perry bei den Frauen immer so erfolgreich gewesen war.

»Wie lang ist's schon her, Dora?«

»Zu lange, mein lieber Spitz!« erwiderte ich frank und frei, obwohl, ich mochte mir das Hirn zermartern, wie ich wollte, ich konnte mich nicht erinnern, je mit ihm geschlafen zu haben, und es schockierte mich, daß ich das vergessen haben könnte – *wenn* ich's vergessen hatte, heißt das, und er sich im besonderen und nicht nur ganz allgemein erkundigt hatte, aber jetzt war nicht die Zeit und der Ort, um ihn zu bitten, sich deutlicher auszudrücken, wie? Trotzdem, soviel vergessen zu haben, so viele andere Namen, ja, alles geschmolzener Schnee von vorvorgestern – aber vergessen zu haben, ob ich mit meinem geliebten Perry geschlafen hatte – und dann dachte ich, vielleicht kann er sich auch nicht mehr erinnern. Aber selbst dann.

Aber glauben Sie nicht, daß dies meine Gedanken in einer ordentlichen Reihenfolge und einem vernünftigen Zusammenhang waren. Weit gefehlt.

Das erste Mal vergißt man nie. Ich werde das letzte Mal auch nie vergessen.

Wenigstens bin ich ziemlich sicher, daß das das letzte Mal bleiben wird, aber man weiß nie, was sich noch ergibt.

Sein alter Rücken knackte, und er ächzte und keuchte. »He, Vorsicht, mein Alter! Willst mir doch nicht an deinem Geburtstag den Löffel abgeben!«

»Wär mir ganz gleich«, sagte er, rot im Gesicht, schweißüberströmt. »Gar nicht schlecht für nen Hundertjährigen, was?«

Ich schlang die Arme um ihn, obwohl sie nicht ganz rumreichten, und sagte: »Ich liebe dich mehr, als ich je irgendeinen Jungen geliebt hab, einen mit kurzen Hosen, einen frisch von Mammis Schürze.«

Gar nicht schlecht für einen Hundertjährigen.

Gar nicht schlecht.

Gar – nicht – schlecht.

Nora erzählte mir später, daß das Rumoren auf dem stählernen Bettgestell den Kristalllüster direkt darunter ins Zittern brachte, so daß die Musik der Lauten, die jetzt für die verehrten Herrschaften eine Auswahl Revuemelodien zupften, beinahe unmerklich vom Klingeln und Klirren all der kleinen Kristallprismen überlagert wurde, die zu schaukeln anfingen, daß heißes Wachs auf die Tänzer drunten tropfte – die erst langsam schwangen und dann mit einem immer entschlosseneren Rhythmus, bis sie hin und her fegten wie der Popo von Josephine Baker –

»Was für ein Geklapper und Geklirre!« sagte Nora. »Wie Beckenschläge, Darling. Glaubst du, ich hätte nicht gewußt, was ihr da vorhabt?«

Es gab einen kurzen ekstatischen Augenblick, meinte sie, als sie dachte, daß das gewaltige Gehoppel auf dem Bett droben – Sie müssen bedenken, Perry war ein *großer* Mann – den Lüster und all die Kerzen abstürzen lassen würde, krach und klirr!, und die Stuckdecke dazu – daß das Haus zusammenstürzen würde, in Grund und Boden gefickt, zusammenbrechen über all den schicken Abendtoiletten und Frackschwänzen und der vergifteten Torte und den Geliebten, Müttern, Schwestern, die Linsen zerschmettern, die unsere Leben zu Peepshows machen, kleine Kerzenflämmchen auf jedes Haupt verstreuen wie zu Pfingsten, die ganze Familie, die Freunde, die Kameracrews mit Gips und Sperma und Feuer bedecken.

Aber das sollte nicht sein. Es gibt Grenzen für die Macht des Gelächters, und ob ich sie auch gelegentlich andeute, ich habe nicht vor, sie zu überschreiten.

Perry und ich hatten natürlich keine Ahnung, was unten vor sich ging.

Gar nicht schlecht für einen Hundertjährigen, oh nein.

Aber glauben Sie nicht, ich sei mit dem burlesken Alten ins Bett gegangen, der eine Stunde vorher mit meinem

Patenkind im Koffer angekommen war. Nicht doch. Ich lag in den Armen des jungen Fliegers mit dem rostroten Haarschopf und der verwitterten Lederjacke, der in der Bard Road 49 an die Tür geklopft hatte und uns am Tag, als jener Krieg endete, der alle Kriege beenden sollte, vor düsterer Langeweile rettete, grade zwanzig Jahre, ehe der nächste los ging. Und Kriege sind Tatsachen, die wir nicht wegficken können, Perry. Weglachen auch nicht.

Hörst du mich, Perry?

Nein.

Er war er selbst, als junger Mann – und während wir uns liebten, verwandelte er sich auch, ausgerechnet, in den blauäugigen Jungen, der nie meinen richtigen Namen wußte. Dann ging, wer sonst, Irish kurz durchs Bett, na, daß wir uns mal wieder treffen! Ein kurzer Geruch nach Trumpers Limonenessenz, aber diesmal nicht Perry – statt dessen der Freie Pole, in jener Nacht, als ich mir im Ritz einen Floh geholt hab. Und dann ein Besuch vom Mann am Klavier, bloß hatte er diesmal Gottseidank kräftig gegurgelt. Ich hab mich keineswegs währenddessen in meinen Erinnerungen verloren, aber Perry war in dieser Nacht nicht nur der eine liebe Mann, sondern ein Kaleidoskop von Gesichtern, Gesten, Liebkosungen. Er war nicht die Liebe meines Lebens, sondern alle Lieben meines Lebens zugleich, der Beschluß meiner Karriere als Geliebte, das letztemal trat ich vor den Vorhang.

Und wer war ich?

Ich sah mich in seinen farnbraunen Augen widergespiegelt. Ich war ein mageres Ding mit einer grünen Schleife im mausbraunen Haar, das die Tränen seiner ersten großen Enttäuschung in der Sonne auf der Promenade von Brighton wegblinzelte.

Als ich erst dreizehn war, Perry! Du alter Lüstling!

Offenbar fing der Lüster drunten nach einem letzten

ungeheuerlichen, furchterregenden Paroxysmus langsam an, wieder zum Stillstand zu kommen, und nach einem letzten Klirren und Klingeln hing er so mürrisch und statisch wie immer da, die Kerzen brannten wieder normal, und alle tranken noch ein Glas Schampus.

»Und was hast *du* gemacht, Nora?«

»Ich bin bei unserem Daddy auf dem Knie gesessen, wie's eine gute Tochter am Geburtstag ihres alten Herrn tun sollte, Dora.«

Was wäre geschehen, wenn wir wirklich das Haus zum Einsturz gebracht hätten? Die ganze Chose, das Dach weggesprengt, der Boden eingebrochen, alle Leute aus den zersprungenen Fenstern gewirbelt ... alles hoch in die Luft gejagt, alle Klauseln aller Verträge gelöscht, all die alten Bücher in Brand gesteckt, tabula rasa. Als ob der junge König, wenn er Jack Falstaff im zweiten Teil von *Heinrich der Vierte* trifft, ihn nicht zum Teufel schickt, sondern ihm augenzwinkernd zuflüstert: »Ich hab nen guten Job für dich!«

Während wir's trieben, schien alles möglich, muß ich sagen. Aber das ist die Illusion während der Nummer. Jetzt erinnere ich mich, wie alles möglich schien, während ich's tat, aber sobald ich aufhörte – vorbei. Als wär das Ficken selbst der Ursprung aller Illusion.

»Das Leben ist ein großer Zirkus«, sagte er. Er war, bedenken Sie, ein Illusionist.

»Irgendwann muß der Zirkus mal aufhören, Perry«, sagte ich. »Wenn du mal die Nachrichten hören würdest, denn vergeht dir das Lachen.«

»Nachrichten? Welche Nachrichten?«

Ich sah: er war unbelehrbar, aber ich gab ihm trotzdem einen dicken Kuß. Als er wieder bei Atem war, wischte er uns beide mit einem Seidentuch ab, das er vom Boden aufhob, wo's irgendwann hingefallen war, Gucci oder

Pucci oder wie. Es gehörte Saskia, muß ihr aus der Tasche gerutscht sein. Ich entdeckte, daß ich auf ihrem Nerz lag. Sie hatte ihren Pelzmantel nicht dem Gedränge der Garderobe drunten anvertrauen wollen, nicht wahr, dachte wohl, die Dienstmädchen könnten ihn klauen, aber jetzt schaue man sich die fürchterlichen Flecken an, die er droben abgekriegt hatte! Als ich sah, was ich mit Saskias Pelz gemacht hatte, war mein Glück vollkommen.

Dann befiel mich Panik, und ein alter schleichender Zweifel kam mir wieder.

»Jetzt sag mal, Perry ... du bist nicht zufällig mein Vater, oder?«

Er war einen Augenblick lang sprachlos. Dann lachte er, bis er hustete und prustete, und ich mußte ihm auf den Rücken klopfen. Er lachte und schüttelte den Kopf und lachte und würgte und war dem Ersticken nahe.

»Dora, Dora, ich habe doch *gewisse* Prinzipien! Ich hab weder dich noch deine Omma bis zum Waffenstillstandstag gesehen, ich schwör's dir.«

»Ich dachte, ich frag mal«, sagte ich, »wo du doch sonst überall der Vater bist.«

Er griff nach seinen Hosen.

»Ich bin nicht dein Vater, Dora. Ich hab's so an die siebzig Jahre lang bedauert, meine Liebste, aber eben jetzt bin ich sehr froh darüber.« Immer das *mot juste* bei der Hand, unser Perry. Er stand auf. Er fing an, sich anzuziehen.

»Aber ... ist dir je der Gedanken gekommen, daß deine Mutter nicht deine Mutter sein könnte?«

Ich zog meine Strümpfe an. Von einem Stern lief eine Laufmasche runter. Ich stand starr da, ein Bein in die Luft gestreckt.

»Was?«

»Hast du je das Grab deiner Mutter gesehen, Dora?«

»Worauf willst du raus, Perry?«

»Ich bin nicht sicher«, sagte er langsam. »Ich hab keinen wirklichen Beweis. Aber manchmal hab ich mir so meine Gedanken über eure Omma gemacht.«

»Omma?«

»Ihre letzte Schlacht«, schlug Perry vor. »Hat den alten Melchior auf seine Matratze gedrückt und ...«

»Du hast, das muß ich schon sagen, eine unanständige Phantasie, Perry.« Ich verstaute meine Titten säuberlich in meinem Top. »Möglich, aber nicht wahrscheinlich. Omma war mindestens fünfzig, als wir auf die Welt kamen, und sie wäre riesig stolz gewesen, sie hätte nie irgendein Märchen vom Zimmermädchen erfunden, weshalb denn auch?«

»Nur so ein Gedanke«, sagte er. »Sie hat nie von eurer Mutter erzählt. Ich hab sie ein paarmal gefragt, sie wollte nichts hören davon. Sie behielt ihre Geheimnisse gerne bei sich. Einmal hab ich sie gefragt, wo sie denn selber herkommt, und sie hat gesagt: ›Aus ner Flasche, Schätzchen, wie die Geister in Tausendundeiner Nacht‹.«

»Unsinn, Perry. ›Vater‹ ist immer eine Hypothese, aber ›Mutter‹ ist eine Tatsache. Omma hat sie nicht beerdigen lassen, sie hat nichts davon gehalten, daß Körper rumliegen und Platz wegnehmen, wenn die Leute fertig sind damit. Sie hat unsere Mama verbrennen lassen und die Asche in den Garten getan. Wir haben die von Omma auch dahin gebracht. Hervorragend für die Rosen.«

»Am Ende ist nur wichtig, wer die Mutter macht«, sagte Perry. »Sie hat euch ebenso geliebt, als –«

»Bring mich nicht wieder zum Weinen. So was von Aprilwetter.« Ich tupfte mir vorsichtig die Augen, wegen der drei Arten Wimperntusche. Er zog seine Fliegerjacke an. Wir betrachteten einander von oben bis unten. Wir konnten nicht zu lächeln aufhören. Ich hatte es doch gleich gewußt, der heutige Tag würde was ganz Besonderes.

»Komm, gehen wir wieder runter«, sagte er. »Ich hab ein kleines Geschenk für dich und Nora. Ich vergeß doch euren Geburtstag nicht.«

»Augenblick noch –«

Denn ich wußte jetzt, was ich tun mußte.

Nicht daß ich an Telepathie glaubte, aber Perry begriff sofort, und zusammen haben wir das Zimmer durchsucht. Nicht, daß es da viel zu durchsuchen gab, alles so minimal eingerichtet, aber dann entdeckten wir, daß Margarine alle Indizien für Melchiors Existenz in ein Zimmerchen nebenan wegdrückte – mit einem schmalen Bett, einem braunen Nebel alter Theatergraphik und einem schwachen Aroma von Inkontinenz. Der Photograph von *Interiors* hat das nie zu Gesicht gekriegt.

Als ich das Bild an der Wand hängen sah, dachte ich im ersten Augenblick, er ist es selber, weil es war ein purpurn gekleideter Alter dargestellt, der genauso aussah. Aber dann sah ich, wie dick und braun der Firnis war, wie grandios altmodisch der Malstil. Und *dieser* Mann trug eine Krone. Das Bild war weit älter als Melchior, und der Rahmen trug ein kleines Schildchen: »Ranulph Hazard. ›Niemals, niemals, niemals, niemals, niemals . . .‹.«

Das war der Ursprung dieser ganzen königlichen, tragischen Maskerade – purpurnes Gewand, Ringe, Medaillon. An seinem hundertsten Geburtstag darf ein Mann sich jeder Laune hingeben, die ihn ankommt: Melchior hatte das Kostüm seines Vaters angelegt. Der verleumdete, verspottete, gehörnte Ranulph, Gattinnenmörder, Freundesmörder, Selbstmörder, zu nah, zu fern, »mehr als befreundet, weniger als Freund«. Das kann man wohl sagen. Der Sohn hatte die Kleider des verschollenen Vaters angelegt, und als ich erkannte, was er da getan hatte, hätte ich weinen können, weil mir nie in den Sinn gekommen war, daß er auch Probleme haben könnte mit seiner Familie.

Seine Kindheit, die mit zehn anhielt und nie wieder ging, wie die Großvateruhr im Lied (nur nicht wie *unsere*, die ist noch gut beieinander, vielen Dank). Keine Liebe, kein Garnichts. Und heute unter allen Tagen hatte er sein eigener Vater sein wollen, als sei in seinem Falle nicht das Kind der Vater des Mannes gewesen, W wie Wordsworth, sondern als hätte hier sein ganzes langes Leben der Mann drauf gewartet, sein eigener Vater zu werden.

Als wir später nach den wunderbaren Ereignissen der Nacht endlich zu Hause waren, vertraute ich Nora etwas von diesen Gedanken an. Sie runzelte die Stirn.

»Wenn das Kind der Vater des Mannes ist«, fragte sie, »wer ist dann die Mutter der Frau?«

Haben Sie sich übrigens schon mal auch nur den leisesten Gedanken darüber gemacht, wie wohl die verstorbene *Mrs.* Lear gewesen sein mag? Ist Ihnen je eingefallen, daß Cordelia vielleicht nach ihrer Mutter geschlagen ist, während die anderen Mädels ...

Melchior hatte sich als sein Vater kostümiert, aber die Krone hatte er nicht aufgesetzt. Peregrine stieg auf einen Stuhl und durchwühlte die höchsten Fächer in Melchiors Schrank, und zuerst fand er eine Schachtel mit steifen Kragen und dann eine Schachtel Gamaschen und dann eine Schachtel, in der mal ein Zylinder gewohnt hatte. Und da war sie drin. Melchior muß an jenem Tag, als der Mann in der U-Bahn dachte, er sei tot, heimgekommen sein und sie bei seinem ganzen anderen Nachlaß versteckt haben.

Sie war zerstoßen und abgewetzt, und die Goldfarbe blätterte, aber Perry fuhr ein paarmal mit seinem Zaubergriff drüber, und sie war schön präsentabel.

»Ich hab ihn mal danach springen lassen«, sagte er. »Du kannst sie ihm heute umsonst geben.«

Drunten war nur noch die Familie da. Niemand mehr von den Medien, keine Gäste, nur dreckige umgekippte

Gläser, zerknüllte Servietten, Hühnerknochen, welkender Flieder, schief hängende Kerzen. Die Lautenspieler waren weg, die Kellner waren weg, die Serviererinnen und Pagen, Perrys brasilianische Freunde hatten sich auf ihre Zimmer im Traveller's Club zurückgezogen, aber die alte Nanny war aus der Damentoilette hervorgekommen, um den ihr zustehenden Platz unter uns einzunehmen, und alle saßen friedlich da und mümmelten an einer großen Platte mit übriggebliebenem Huhn. Als ich das sah, bekam ich Appetit, aber es gab noch eine kleine Zeremonie, die ich durchführen mußte, ehe ich essen konnte.

Ich nahm ein Kissen von einem der vergoldeten Stühle und schwenkte es hin und her. Zerbrochenes Glas fiel heraus. Sie ignorierten uns alle mit höflicher Nonchalance, außer Nora, die uns zublinzelte, es schaute also niemand her, als ich das Kissen aufschüttelte und die alte Krone säuberlich daraufsetzte. Wo waren die Barocktrompeter, jetzt, wo ich eine Fanfare brauchen könnte? Aber als ich sagte:

»Vater, schau, was ich gefunden hab!«

und auf ihn zuschritt, das Kissen hocherhoben, fing Perry an, perfekt einen Trommelwirbel nachzuahmen. Nora, die auf Melchiors Knie saß, schaute sentimental drein. Daisy klapste die wandernde Hand beiseite, die ihr greiser Gatte aus reiner Gewohnheit in ihren Ausschnitt geschoben hatte, und setzte eine andächtige Miene auf. Alle saßen mit halb zum Mund geführten Hähnchenschlegeln da, als Perry seinen imaginären Trommelwirbel zu einem bravourösen Höhepunkt brachte und mit üppigrunder, tiefer, mahagonifarbener Stimme intonierte:

»König der Schauspieler! Nimm deine Krone zurück!«

Ich stellte mich auf die Zehenspitzen. Ich setzte ihm die Krone auf das lange graue Haar. Manchmal weiß man, es ist sentimental, und manchmal ist einem das völlig gleichgültig. Ich war schon ein bißchen älter als Cordelia, aber so geht's eben.

»Meine Prinzessinnen«, sagte er. »Meine zwei tanzenden Prinzessinnen.« Nein, er hat's gesagt. Wirklich! Wenn nur unsere Mutter hätte dabeisein können. Aber – welche Mutter? Die hübsche Kitty? Omma? Das ist schon ein Problem. Ich weiß nicht, was Kitty dazu gesagt hätte, aber Omma hätte sicherlich eine spitze Bemerkung gewußt. Die Lady A. sah hochzufrieden aus. Lady Margarine wirkte verärgert. Die Maienknospen wirkten bedrückt, aber auch sozusagen geläutert.

Nora und ich aber waren sehr guter Dinge. Wir hatten uns endlich ins Herz der Familie geschlichen, zu der wir schon immer gehören wollten. Sie hatten uns auf die Bühne gebeten und mitmachen lassen, endlich waren wir im richtigen Theater. Es gab ein Haus, das war uns allen gemeinsam, das hieß Vergangenheit, wenn wir auch in recht verschiedenen Zimmern gelebt hatten. Dann sagte Perry mit seinem Zauberkünstlerlächeln:

»Greif mir mal in die Tasche, Nora.«

Ihr Lippenstift war überall, vom Hühneressen, ihr Haar kam langsam runter, sie sah äußerst frivol aus. Ich übrigens wohl auch.

»In deine Tasche, was?« sagte sie beziehungsreich. Sie fühlte mal nach. Dann veränderte sich ihr Gesichtsausdruck. Ich hatte sie noch nie so dreinschauen sehen, nicht in all den Jahren, die wir zusammenwaren. Sie sah aus, als wollte sie sich verlieben, stünde gerade auf der Schwelle – aber es war noch etwas Stärkeres. Als ginge es darum, sich endgültig zu verlieben, ein für allemal, als wäre sie dem idealen Fremden begegnet.

»Ach. Perry!« Sie stieß einen langen Seufzer aus und zog es hervor.

Braun wie Kakao, rund wie ein Ei, schläfrig wie ein

Kätzchen. Nie werde ich begreifen, wie er's in seine Tasche gebracht hat.

»Schau in die andere, Dora.«

Jede eins. Zwillinge natürlich, drei Monate alt, so wie sie aussahen.

»*Aaaach*, Perry!« sagte Nora. »Genau das, was ich immer schon wollte.«

»Von Gareth«, sagte Peregrine zu Melchior. Es stellte sich also heraus, daß die Hazard-Dynastie durchaus nicht am Ende war, sondern sich in alle Richtungen verzweigte, und dem hypothetischen, strittigen, abwesenden Vater, der in unserer Familiengeschichte solch eine große Rolle spielte, konnte man jetzt noch einen heiligen Vater zugesellen. Rechnen wir's der Befreiungstheologie an.

Margarine ergriff Perry: Hast du ihn gesehen? Wie geht es ihm? Wer ist die Mutter? Wo ist sie?

Aber wer sie war und wo sie beide waren, das gehört nicht in die Welt der Komödie. Perry hat es uns natürlich gesagt, weil wir zur Familie gehören, aber ich hab nicht vor, es *Ihnen* zu erzählen, jetzt nicht, als die Einöde blühte, das fast erloschene Feuer aufflammte und Nora eine fünfundsiebzigjährige Mutter war, und alles Gelächter, Verzeihung, Großzügigkeit, Versöhnung.

Jawohl.

Schwer zu glauben, was?

Na, Sie hätten eben wissen müssen, worauf Sie sich einlassen, als Sie sich von Dora Chance mit ihrem strähnigen alten Pelz und ihrer Kriegsbemalung und mit den orangeroten Zehennägeln, Persian Melon, die aus den Schlagenhautsandalen rausgucken, und der Alkoholfahne im *Coach and Horses* haben anquatschen lassen – und sich von ihr eine Geschichte erzählen ließen.

Ich hab schon so meine Geschichte, und die zu erzählen, das braucht seine Zeit.

Aber, wahrhaftig, diese herrlichen Pausen gibt es manchmal in unseren Lebensgeschichten, die sich so mißtönend ergänzen, und wenn Sie die Geschichte hier anhalten wollen, in einer solchen Pause, und nicht mehr weiter mögen, dann können Sie's ein glückliches Ende nennen.

Der Vollmond stand über dem Regent's Park, als wir in Saskias Lieferwagen kletterten, in dem sie das Essen gebracht hatte; das Innere roch immer noch nach Rosmarin. Peregrine war eine so machtvolle Persönlichkeit, daß niemand – nicht einmal Margarine, die offizielle Großmutter, und nicht einmal die alte Nanny – auch nur einen Augenblick lang daran dachte, Nora den Besitz der jüngsten Hazardzwillinge streitig zu machen, die – wie sie beim Windelnwechseln entdeckte, ein schriller Schrei – Junge und Mädchen waren, was Neues in unserer Familie.

Nicht nur das. Margarine ging persönlich auf den Dachboden, um uns einen Zwillingskinderwagen zu holen, den von Tristram und Gareth, so daß unsere Babys wie die Fürstenkinder nach Hause rollen würden, und wir wollten unterwegs bei dem die ganze Nacht geöffneten Boots am Piccadilly anhalten, um Babynahrung und Fläschchen zu besorgen.

Perry nahm Tristram beiseite und fragte, ob er mit ihm nach Südamerika gehen wolle und helfen, Gareth zu suchen. Tristram holte tief Luft, schluckte und sagte: »Ja.« Das also wird jetzt erstmal aus Tristram. Vielleicht kommt er so zurück, daß er sich als Vater eignet und seine Verantwortlichkeiten übernehmen kann, und vielleicht auch nicht. Margarine und Melchior sahen erschrocken und stolz drein, sie haben ihn lieb. Ich bin nicht so sicher, daß das ein Happy End ist. Ich drücke vorsichtig die Daumen.

Der Chauffeur kam, und er und Daisy trugen zusammen Droll in Daisys Limousine, er war schon weg und futsch, davongetragen auf den Winden seiner eigenen herrlichen Stimme:

Und spiel ich mal ne Runde Golf,
Probier ich's mit dem Caddy –

Er verschwand im Erdgeschoß; als ich das Fenster aufmachte, um den Mief abziehen zu lassen, luden sie ihn gerade in den Wagen, und er sang immer noch:

»... doch mein Herz gehört nur Daddy.«

»Sehr angemessen«, sagte Nora, aber ich dachte doch: geschmacklos!

Die Lady A. nickte im Rollstuhl ein, während wir uns um den Doppelkinderwagen kümmerten, weil sie doch schon sehr zerbrechlich war, das arme Ding, und der Abend sie ermüdet hatte, kein Wunder, also trug Perry sie in seinen Armen hoch ins Gästezimmer, ein rührender Anblick. Saskia fragte, ob sie uns mitnehmen könnte, und ich war von der herrschenden Stimmung guten Willens so infiziert, daß ich sagte: Nimm uns mit bis nach Elephant and Castle, von da an laufen wir, es ist eine schöne Nacht, und ein kleiner Gang tut uns gut, daß der Kopf wieder klar wird.

Margarine ging umher und löschte die Kerzen, als wir uns verabschiedeten, und sie küßte die Babys und war schon drauf und ran, uns auch zu küssen, als sie sich's anders überlegte und zurückwich. Die Geschworenen beraten ja noch immer, wer der Vater ihrer Jungen ist, aber im innersten Herzen meine ich doch: Nein. Nicht sie und Perry. Niemals. Er muß jemand anderen in Gunter Grove gekannt haben. Melchior kam, immer noch mit der Krone auf dem Kopf, jetzt ziemlich schief, ans Fenster, um zu winken, und dann krochen wir hinten in den Lieferwagen und machten es uns zwischen verschiedenen Plastikcontainern voll Salat bequem, den Saskia vergessen hatte zu servieren, war einfach zuviel los.

Tristram würde in seinem alten Zimmer schlafen, seine Mutter strahlte hochzufrieden vor sich hin, und Saskia war klug genug, ihm nicht zuzureden, aber ich konnte in ihren Augen lesen: Wenn wir alle an diesem Punkt innehalten würden, wär's für sie bestimmt kein Happy End. Sie war mit dem Jungen noch keineswegs fertig, ich dachte mir, je früher der an den Amazonas kommt, desto besser.

Und doch, wie brüchig oder kurz er auch sein mochte, in dieser Nacht herrschte ein Waffenstillstand zwischen den Chance Girls und den Schwestern Hazard. Wir sagten kein Wort über die Vergangenheit, die Spötteleien, das Farmhaus, die Schikanen, die Treppe. Imogen saß vorne neben Saskia, das Goldfischglas auf dem Knie. Hie und da machte sie mit dem Mund ihre Goldfischbewegungen.

»Was sagst du?« fragte Saskia sie.

»Goldie sagt: ›Gutnacht! Alles gut‹«, sagte sie. Mir wurde fast schlecht. Waffenstillstand! schärfte ich mir ein.

Nora schob den Kinderwagen. Ich trug die Tüte von Boots. Mensch, war das Ding schwer. Ein herzförmiges Leuchten schien unsere Nora in der Nacht zu umgeben, aber Sie dürfen nicht glauben, daß ich mit unseren Babys nicht auch sehr zufrieden war.

Aber so spät im Leben und so unerwartet ...

»Was sollen wir mit den Katzen machen, Nora?«

»Ich glaube, wir können Ommas alten Raum ausräumen und als Kinderzimmer einrichten«, sagte Nora und ignorierte meine Frage. »Den ganzen Krempel rauswerfen. Alles weiß streichen lassen, vielleicht einen Fries mit Beatrix-Potter-Figuren. Was meinst du?«

»Wir können abends nicht mehr weg, Nora.«

»*Du* kannst gehen, Liebes«, sagte sie großmütig. »Mir

reicht es völlig, mit diesen kleinen Engelchen zu Hause zu sitzen.«

Sie muß sich eingebildet haben, einen Kinderlaut zu hören, weil sie sich über den Wagen beugte und unter das Verdeck peilte.

»Babys!« sagte sie und gackerte entzückt.

»Macht keinen Spaß, ohne dich auszugehen«, sagte ich.

»Na komm schon, Dora. Werd erwachsen.«

»Das ist für dich alles schön und gut, Nora. Du wolltest immer Kinder. Jetzt hast du sie.«

Wieder lachte sie.

»Wir sind beide Mütter und sind beide Väter«, sagte sie. »Das werden verdammt kluge Kinder.«

Wieder spähte sie zu den Babys in den Wagen; sie schliefen ruhig weiter. Kein Laut außer dem Rollen der Gummiräder und einem Kater irgendwo, der einen Brunftschrei von sich gab. Ich sagte Nora, was mir im Kopf herumging. »Hör mal, Nora ...«

Sie legte lauschend den Kopf schräg.

»Nora ... meinst du nicht auch, daß unser Vater heut nacht zweidimensional ausgesehen hat?«

Sie warf mir einen Blick zu: Sprich weiter.

»Zu freundlich, zu schön, zu reuevoll. Nach all den Jahren ohne ein einziges Wort. Weißt du noch, dieser entsetzliche Bankfeiertag, wo er uns ins Gesicht hinein vorgemacht hat, daß er glaubt, wir sind von Perry? Und heute abend, da hat er so künstlich ausgesehen, sogar als er geweint hat, besonders als er geweint hat, wie einer von diesen großen Pappköpfen beim Umzug in Notting Hill, überlebensgroß, aber nicht sehr ähnlich.«

Nora hundert Yards in Gedanken versunken.

»Weißt du, ich frage mich manchmal, ob wir ihn nicht im Lauf der Zeit erfunden haben«, sagte sie. »Ob er nicht einfach eine Ansammlung von unseren Hoffnungen und

Wünschen und Tagträumen am Nachmittag ist. Etwas, nach dem wir unser Leben einrichten können wie nach der alten Uhr in der Diele, die ist schon real, aber wir müssen sie immer aufziehen, daß sie geht.«

»Sehr originell. Tief.«

»Denk doch mal«, sagte sie. »Wir können diesen kleinen Süßen hier erzählen, was wir wollen, wer ihre Mama und ihr Dad waren, wenn Perry sie nicht findet, aber was wir ihnen auch erzählen, sie werden sich darauf ihre eigene Geschichte machen.«

Aber der Gedanke an die Zwillinge ließ mich jetzt an etwas Dringenderes denken als an erfundene Familiengeschichten.

»Hör mal, Nora ... wenn wir uns um diese Zwillinge kümmern müssen, können wir's uns mindestens zwanzig Jahre lang noch nicht leisten, zu sterben.«

»Gottseidank sind wir ne langlebige Familie.« Sie hatte selbst schon drangedacht.

Wir kamen am Oval vorbei. Wir waren zu einem Jahrhundert verdammt. Grade, als ich dachte, es wäre höchste Zeit für den endgültigen Vorhang. Sieht man's mal wieder, man weiß morgens nie, wie der Abend aussieht, und ich hatte einen kleinen Sonderbonus abgestaubt, aber Nora stellte keine Fragen, wir sind zwar Zwillinge, aber wir respektieren unsere kleinen Geheimnisse. Endlich bogen wir in die Bard Road ein, und in den Tiefen des Kinderwagens regte es sich ein wenig.

»Na, was ist los, ihr Winzlinge?«

Sie maunzten und raschelten.

»Hör mal, Nora, wir singen ihnen eins. Sind doch schließlich Song-and-Dance-Girls, oder?«

»Wir sind tanzende Prinzessinen«, sagte Nora. »Was für ein alter Schaumschläger!«

»Du würdest ihn nicht anders haben wollen.«

»Ich wollte lange Zeit, daß er tot wär.«

Wir legten unsere Handtaschen zur Sicherheit in den Kinderwagen. Und ebendort und ebendann fingen wir zweistimmig an, wir konnten nicht warten, wir brachten den Neuankömmlingen ein Ständchen:

We can't give you anything but love, babies,
That's the only thing we've plenty of, babies –

Das Fenster im zweiten Stock von Nummer 41 ging auf, ein Kopf streckte sich raus. Wilde Locken. Dieser Rasta.

»Ihr beiden schon wieder«, sagte er.

»Ach kommen Sie!« sagten wir. »Wir haben heut nacht was zu feiern!«

»Na, paßt bloß auf, daß kein Streifenwagen vorbeikommt«, sagte er. »Betrunkenes Steuern von nem Kinderwagen, in eurem Alter.«

Wir hatten unseren Babys so viele Songs vorzusingen, all unsere alten Lieder, daß wir ihn gar nicht mehr beachteten. »Gee, we'd like to see you looking swell, babies!« und den alten Hazardschlager: »Is You Is or Is You Ain't«. Dann die Songs aus der Show, an die sich sonst keiner erinnert, »2 B or Not 2 B«, »Tra la la la Menschenskind«, »Mistress Mine«, und Broadwaymelodien, und den Mond aus Papier und Flieder im Frühling, schon wieder. Wir machten weiter, tanzend und singend. »Diamond bracelets Woolworths doesn't sell.« Außerdem war's unser Geburtstag, nicht wahr, wir mußten ihnen den blöden alten Song von Charlie Chaplin und seinen Absätzen vorsingen, nach dem all die kleinen Kinder auf der Straße getanzt haben, am Tag unserer Geburt. Die ganze Bard Road entlang wurde damals getanzt und gesungen, und wir tanzen und singen weiter, bis wir dabei umfallen, was, Kinder?

Wie herrlich es ist, zu tanzen und zu singen!

Verlag Klett-Cotta
Die Originalausgabe erschien unter
dem Titel »Wise Children« bei
Chatto & Windus, London

Printed in Germany
Schutzumschlag: Klett-Cotta Design
Gesetzt aus der 10 Punkt Bembo
von Steffen Hahn FotoSatzEtc., Kornwestheim
Auf säure- und holzfreiem Werkdruckpapier
gedruckt und gebunden von Ebner Ulm

Die Deutsche Bibliothek – CIP-Einheitsaufnahme
Carter, Angela:
Wie's uns gefällt: Roman/Angela Carter.
Aus dem Engl. übers. von Joachim Kalka. –
Stuttgart: Klett-Cotta, 1992
Einheitssacht.: Wise childen <dt.>
ISBN 3-608-95845-2

Peter Carey

Illywhacker

Roman

Aus dem Englischen übersetzt
von Dirk van Gunsteren
688 Seiten, Linson mit Schutzumschlag
ISBN 3-608-95634-4

Herbert Badgery ist 139 Jahre alt und ein hinreißender Lügner. Doch seine Lebenserinnerungen sind gleichzeitig eine traurig-komische Tour de force durch unser Jahrhundert, von der wilden Zeit des Aufbruchs Australiens bis zur Invasion der Touristen, die den fünften Kontinent mit einem Freilandzoo verwechseln.

Der Autor:

Peter Carey, 1943 in Australien geboren, lebt heute in New York als freier Schriftsteller. Gelegentlich arbeitet er mit Wim Wenders zusammen und schreibt Drehbücher für Kinofilme. Oscar und Lucinda wurde u. a. mit dem Booker Prize ausgezeichnet.

Oscar und Lucinda

Roman

Aus dem Englischen übersetzt
von Dirk van Gunsteren
600 Seiten, Linson mit Schutzumschlag
ISBN 3-608-95682-4

»Dieser Roman ist ganz außergewöhnlich bunt, vielschichtig und stark – er ist ein ganzes Universum, das vor Leben strotzt und summt…«.
(Angela Carter)

1866. Eine englische Gouvernante in der australischen Provinz geht eben ihre Liste indiskutabler Verehrer durch, als sie eine gläserne Kirche erblickt, die von zwei Männern den Fluß hinaufgezogen wird. Es ist keine Halluzination, sondern eine kunstvoll aus Glas und Stahlstreben gebaute Miniaturkathedrale, zwölf Tonnen schwer. Dieses Symbol der Zivilisierung des australischen Kontinents wird zum Gegenstand einer Wette zweier Liebender, die sich an Bord der »Leviathan«, unterwegs von Southampton nach Sydney, kennenlernten: Oscar Hopkins, ein englischer Pfarrer, der die »Wilden« Australiens missionieren will, und Lucinda Leplastrier, eine reiche australische Glasfabrikantin, die in der industriellen Revolution eine Chance für die Emanzipation der Frau sieht. Zwischen diesen Außenseitern der viktorianischen Gesellschaft entspinnt sich eine skandalöse Liebesgeschichte, die nur tragisch enden kann.

Klett-Cotta

Christopher Koch

Ein Jahr in der Hölle

Roman

Aus dem Englischen übersetzt von Rudolf Hermstein
354 Seiten, Leinen mit Schutzumschlag
ISBN 3-608-95561-5

Die Ereignisse des verhängnisvollen letzten Regierungsjahres Sukarnos bilden die Kulisse für einen Polit-Thriller, wie ihn Graham Greene hätte schreiben können, und für die menschliche Tragödie von enttäuschter Hoffnung, verratener Freundschaft, verschmähter Liebe. Billy Kwan, der Zwerg, der dazu verurteilt ist, ein Leben aus zweiter Hand zu führen, meinte, er könne den Gang der Geschichte beeinflussen. Die erste Kugel an jenem denkwürdigen 30. September traf ihn und zerstörte den Traum von Selbstbestimmung und Freiheit für ganz Südostasien. Denn dies sollte nur der Anfang sein. Inzwischen hat Vietnam aus dem Bewußtsein der Welt ausgelöscht, was 1965 geschah.

Der Mitgänger

Roman

Aus dem Englischen übersetzt von Joachim Kalka
408 Seiten, Linson mit Schutzumschlag
ISBN 3-608-95688-3

Christopher Koch, beeinflußt von der deutschen Dichtung der Romantik, erzählt die Geschichte einer Besessenheit: Richard, die Hauptfigur, gerät in den Bann eines merkwürdigen Mannes, der durch Drogen und okkulte Rituale geistige Räume erschließt, die zunächst faszinieren, sich dann aber als verderblich, ja lebensbedrohend erweisen.

Der Autor:

Christopher J. Koch wurde 1932 in Hobart, Tasmanien, geboren, war lange Zeit Produzent beim australischen Rundfunk und lebt seit 1972 als freier Schriftsteller in Sydney. Seine bisher vier Romane wurden mehrfach ausgezeichnet, zwei wurden erfolgreich verfilmt.

»Der Mitgänger« wurde 1985, dem Jahr seines Erscheinens, mit dem wichtigsten australischen Literaturpreis ausgezeichnet, dem Miles Franklin Award.

Klett-Cotta

S. 183 - 201 → Die + Fr. 28.5.

S. 11 [illegible]
16 → Ich, du & der Leser
cremefarbenes feuchtes Teeblätter
35 Abgang!!
40 Listen, schon nervös?
44 [illegible] - Oma Chance
50 Peregrin
57 Hamlet: Der Rest ist Schweigen → 218 Sh
89 Tragödie & Kommödie → 225
94 Zauberer
166 Hollywood
170 " "
175 Rimbaud & Baudelaire: 'An den Leser'
205 Die keifende Orchidee
217 Hochzeit
236 → Wenn sie das glauben
279 Geburtstag Shakespeare
318 Grenzen des Gelächters
324 Mrs Lear
327 Komödie → 308